U0958721

中国新时期
短篇小说论稿

郝敬波　著

生活·讀書·新知　三联书店

Copyright © 2016 by SDX Joint Publishing Company.
All Rights Reserved.
本作品版权由生活 · 读书 · 新知三联书店所有。
未经许可，不得翻印。

图书在版编目（CIP）数据

中国新时期短篇小说论稿 / 郝敬波著. —北京：生活 · 读书 · 新知三联书店，2016.5
ISBN 978－7－108－05585－9

Ⅰ. ①中… Ⅱ. ①郝… Ⅲ. ①短篇小说－小说研究－中国－当代
Ⅳ. ① I207.427

中国版本图书馆 CIP 数据核字（2015）第 259551 号

责任编辑 胡群英
装帧设计 蔡立国
责任印制 宋 家
出版发行 生活 · 讀書 · 新知 三联书店
（北京市东城区美术馆东街 22 号 100010）
网 址 www.sdxjpc.com
经 销 新华书店
印 刷 北京市松源印刷有限公司
版 次 2016 年 5 月北京第 1 版
2016 年 5 月北京第 1 次印刷
开 本 635 毫米 × 965 毫米 1/16 印张 20
字 数 259 千字
定 价 58.00 元
（印装查询：01064002715；邮购查询：01084010542）

目　录

导 论

短篇小说：安静的文体与艺术的创新

新时期以来中国小说发生了很大的变化，新时期小说的演变史首先应当是“艺术创新史”，但是以往人们对新时期小说的文体与艺术形式的演变尚未给予充分关注。正是基于对这个问题的关注，我们开始关注新时期的短篇小说。短篇小说一向被称为“小说中的小说”，是小说家族中“最要技巧”的文体，同时，短篇也多被作家当作艺术创新的“试验田”。新时期小说的文体创新，如意识流的引入、结构的散文化、语言的陌生化实验，以及新历史、新写实等，大都在短篇小说中率先实施，然后扩展到中长篇小说。因此从短篇小说入手应当能够把握新时期小说艺术创新的脉动，深入了解新时期小说艺术创新的整体走向。

在新时期文学三十多年的发展历程中，短篇小说的荣辱兴衰在文学史上烙下了深刻的印痕。从新时期之初的大红大紫，到现在的安静平淡，短篇小说留给了我们丰富的言说空间。对于中长篇小说而言，短篇小说是一种“轻文体”，也可以说是一种“文学性”最强的文体，任何人都无法轻视它的技术含量和艺术价值。然而，由于短篇小说数量及篇幅的制约，以及理论的严重滞后，短篇小说的批评和研究往往面临更大的难度，也需要批评者具有更大的审美耐心与能力。也许正是这方面的原因，在新时期文学中占据极其重要位置的短篇小说反而成为批评界研究较为薄弱的领域，这不但在某种程度上造成了对于短篇小说这种文体的遮蔽与轻视，也在深层次上影响了新时期文学史的建构思路。从这个意义上说，重视对新时期短篇小说的研究，在更为广阔的文学史视野中关注新时期短篇小说，将是我们还原新时期文学史真相的一条重要途径。

短篇小说鲜明的文体特征决定了它在文学发展进程中的独特作用，“由于短篇小说天然具有的敏锐、短小、快捷的艺术表现形式，由于短篇小说易于实现的叙述的实验和探索性特征，短篇小说常常成为社会转型、艺术变革时期的‘轻骑兵’。它不仅与社会生活发展的联系最广泛、最密切，而且往往先于长篇和中篇，成为作家对一定社会时期人与社会整体认识成熟程度的重要标志。对短篇小说的扫描和研究将成为观察我们时代整体文学风景的一个特殊窗口”[①]。新时期是中国文学发展的重要转型阶段，在各种文学观念不断更新、文学思潮不断更迭的过程中，短篇小说呈示出诸多实验和探索性特征，并在很大程度上起到了“先导性”作用，正如有评论家指出：“即使不跟其他文体相比而只在小说这一文体属类中看，那些新奇的技术动作也是在短篇里得到最早的演练。”[②]进一步说，短篇小说的文体特征赋予了它更多的艺术创新的可能。因此，关于艺术创新的探讨是新时期短篇小说研究中一个极其重要的课题。不仅如此，艺术创新也是新时期

---

① 张学昕：《亟待跨越的短篇小说》，《人民日报》，2004 年 7 月 13 日。

② 汪政、晓华：《有关短篇小说技术的断想》，《上海文学》，1996 年第 7 期。

文学创作一直需要面对和关注的问题。创新性一直是文学创作追求的目标，新时期文学的创新性也一直是评论界讨论的重要问题之一，然而，新时期文学创作在艺术创新方面的表现却令不少批评家忧心忡忡："许多作品的价值和成就都不是体现在其艺术上的成熟与创新上，而是体现在其反映、追踪时代的现实性、报告性或所谓真实性上。中国文学之所以与世界先进文学之间有那么大的'隔膜'和距离，之所以很长时间内只能在一个低水平上徘徊、循环、反复，其主要原因恐怕也正在这里。我们不缺迅速敏锐地捕捉和表现时代的现实主义作家，也不缺关心历史、文化甚至人类命运的'思想家'，但我们缺少那些对于艺术的完美有高度敏感和追求的真正的'艺术家'。"[①] 正是在这个意义上说，开展艺术创新方面的研究是新时期文学发展的内在要求，也是当前文学研究和批评的迫切需要，而关于新时期短篇小说艺术创新的探讨显然是一个极其重要的研究维度。

对于新时期短篇小说艺术创新的研究，我们有必要首先梳理一下短篇小说在新时期文学中的格局。我们可以从"数量"和"质量"两个维度来考察新时期短篇小说，从整体上大致考量短篇小说在新时期文学中的格局。

准确地统计新时期以来短篇小说的创作数量是一件比较困难的事情，但新时期短篇小说的数量远远超过中长篇小说是一个显而易见的事实。我们可以用不完全统计的方法获得对短篇小说数量上的整体认识。众所周知，在新时期开始的头几年，文学界是短篇小说的天下，每年短篇小说的创作数量是相当惊人的，仅从全国优秀短篇小

---

① 吴义勤：《难度·长度·速度·限度——关于长篇小说文体问题的思考》，《当代作家评论》，2002 年第 4 期。

说评奖活动的相关情况就可见一斑："仅读者向评委会推荐的备选作品，1978年是1285篇，1979年近2000篇，1982年竟多达6500篇。这六年报纸杂志上实际发表的作品就更要数以万计了。……它和新中国成立初期从1949年至1955年六年时间才编选出一个全国性短篇小说选本，恰好形成了鲜明的对照。"[①]中篇小说尽管到新时期进入了一个快速发展的时期，但数量上还不能与短篇小说同日而语："1979年的中篇小说有八十几部之多；1980年突破了100部大关，多至190部；1984年达到410部，到了1982年一跃而为600多部。这个数字与十七年中篇小说的总和相接近，比'十年动乱'的中篇小说多九倍，创造了我国中篇小说史上的年产的最高纪录。"[②]此时的长篇小说的数量则更少："1977年全国出版的长篇新作50部，1978年近60部，1979年增至近80部；而1980年则突破了100部大关，1981年总数竟达120部左右，1982年也有100多部。六年来共计出版了500多部长篇小说。"[③]显而易见，在新时期开始后相当长的一段时间内，短篇小说的数量是中长篇小说望尘莫及的。

随着中篇小说的崛起和长篇小说的繁荣，二者的年度创作数量在迅猛增加，究竟中长篇小说每年有多少，尚无准确的统计数字。不过，在我看来，目前批评界对小说的年度创作数量有想象或夸大的可能。譬如，有人说现在每年出版的长篇小说有3000多部、5000多部，甚至更多，短篇小说当然数以万计。我们不妨以2010年的长篇小说和短篇小说的数量统计情况对此作一说明。中国现代文学馆、中

---

① 中国社会科学院文学研究所当代文学研究室：《新时期文学六年（1976.10—1982.9）》，北京：中国社会科学出版社，1985年版，第142页。

② 同上书，第211页。

③ 同上书，第265页。

国当代文学年鉴中心根据期刊发表和国家新闻出版总署的相关数据对2010年出版的长篇小说进行了细致的统计："据不完全统计，2010年首次发表和出版的长篇小说有2000余部。"[①]我采用不完全统计的方法，对2010年发表在文学刊物上的短篇小说进行了统计。根据邮政报刊目录统计，全国2010年度刊发短篇小说的省级以上的文学期刊有以下108种：

1.《人民文学》 2.《中国作家》 3.《当代》 4.《十月》 5.《钟山》 6.《收获》 7.《长城》 8.《上海文学》 9.《民族文学》 10.《北京文学》 11.《星火》 12.《文学界》 13.《作家》 14.《青岛文学》 15.《朔方》 16.《边疆文学》 17.《天津文学》 18.《文学港》 19.《香港文学》 20.《辽河》 21.《山西文学》 22.《飞天》 23.《西湖》 24.《绿洲》 25.《中国铁路文艺》 26.《阳光》 27.《牡丹》 28.《草原》 29.《回族文学》 30.《太湖》 31.《红岩》 32.《岁月》 33.《延河》 34.《橄榄绿》 35.《四川文学》 36.《芙蓉》 37.《天涯》 38.《雨花》 39.《红豆》 40.《江南》 41.《百花洲》 42.《西部·新世纪文学》 43.《莽原》 44.《山东文学》 45.《广州文艺》 46.《滇池》 47.《西北军事文学》 48.《小说林》 49.《小说界》 50.《北方作家》 51.《青海湖》 52.《春风文艺》 53.《时代文学》 54.《山花》 55.《芳草》 56.《黄河文学》 57.《长江文艺》 58.《广西文学》 59.《厦门文学》

① 中国当代文学年鉴中心：《2010年中国当代文学年鉴》，北京：文化艺术出版社，2011年版，第1页。

60.《作品》 61.《鸭绿江》 62.《青年文学》 63.《南风》 64.《赤水魂》 65.《含笑花》 66.《雪莲》 67.《北大荒文艺》 68.《江门文艺》 69.《短小说》 70.《大家》 71.《娘子关》 72.《草地》 73.《小说月报·原创》 74.《翠苑》 75.《特区文学》 76.《当代小说》 77.《夜郎文学》 78.《重庆文学》 79.《六盘山》 80.《盐州文艺》 81.《芒种》 82.《金银滩》 83.《地火》 84.《西藏文艺》 85.《凉山文学》 86.《躬耕》 87.《鹿鸣》 88.《江山文艺》 89.《渤海》 90.《问鼎》 91.《三角洲》 92.《啄木鸟》 93.《萌芽》 94.《满族文学》 95.《布老虎青春文学》 96.《短篇小说》 97.《小说月刊》 98.《北极光》 99.《清明》 100.《作家天地》 101.《安徽文学》 102.《青春》 103.《都市文学》 104.《江河文学》 105.《吐鲁番》 106.《伊犁河》 107.《金沙江文艺》 108.《杉乡文学》[①]

对上述刊物全年所刊发短篇小说逐一统计，2010年短篇小说为3800余篇。即使仅就这个数字而言，短篇小说在小说家族中也占据着不可比肩的数量份额。如再加上报纸、其他刊物上所发表的短篇小说，数量将会更多。

如何评估新时期短篇小说创作的“质量”，对于整个新时期文学的批评和研究来说都是一个重要的问题。对于这个问题，本书将在不同的章节里进行具体的探讨，这里，我们只是从以下两个方面对新时期短篇小说的创作成就进行一个整体性把握。一是在短篇小说的创作中，新时期出现了一大批有影响的作家，这也从一个角度体

---

① 见 http://bk.chinapost.com.cn。

现了短篇小说创作的“质量”。在新时期，一大批作家是通过短篇小说创作的影响而崛起于文坛的，如刘心武、李陀、张洁、张承志、贾平凹、铁凝、王安忆、王蒙、陆文夫、蒋子龙、高晓声、张弦、张贤亮、韩少功、赵本夫、陈建功、史铁生、冯骥才、尤凤伟等，可以说他们都是通过短篇小说获奖而崭露头角的，并在新时期文学的发展中发挥了重要作用。此外，余华、方方、池莉、东西、阎连科、范小青、裘山山、苏童、迟子建、红柯、陈染、荆歌、李洱、韩东、刁斗、邱华栋、毕飞宇等重要作家的短篇小说在其文学创作中也占据着举足轻重的地位。20 世纪 90 年代以来的许多青年小说家，如鲁敏、潘向黎、温亚军、石舒清、叶弥、郭文斌、张惠雯、魏微、盛可以、徐则臣、戴来、朱文颖、乔叶、付秀莹、张楚、田耳、于晓威、路内、李师江、晓苏、笛安、张悦然等，在短篇小说创作中都有着突出的表现。二是新时期创作了数量可观的优秀短篇小说作品。目前，新时期许多有影响的作家都出版了自己的短篇小说集，如贾平凹、莫言、铁凝、韩少功、苏童、王安忆、张炜、迟子建、李锐、刘庆邦、林白、残雪等，集中展现了新时期短篇小说的创作成就。从对短篇小说创作的执着态度和作品的影响来看，一批作家甚至堪称“短篇小说家”，他们对短篇小说文体的个性认知和鲜明的创作风格让人印象深刻，如汪曾祺、林斤澜、苏童、铁凝、迟子建、残雪、毕飞宇、刘庆邦、鲁敏等。新时期以来，大量优秀的短篇小说作品已经成为新时期文学成就的重要标志之一，没有它们，新时期文学甚至是难以想象的。这里，我们不妨列出一个简短的篇目：《班主任》（刘心武）、《骑手为什么歌唱母亲》（张承志）、《被爱情遗忘的角落》（张弦）、《爬满青藤的木屋》（古华）、《灵与肉》（张贤亮）、《陈奂生上城》（高晓声）、《夜的眼》（王蒙）、《受戒》(汪曾祺)、《溪鳗》(林斤澜)、《乡场上》(何士光)、《卖驴》(赵本夫)、《塔铺》(刘震云)、《哦,香雪》(铁凝)、《白色鸟》(何立伟)、《无主题变奏》(徐星)、《系在皮绳扣上的魂》(扎西达娃)、《最后一个渔佬儿》(李杭育)、《狗日的粮食》(刘恒)、《厚土·合坟》(李锐)、《我的遥远的清平湾》《命若琴弦》(史铁生)、《喜马拉雅古歌》《拉萨河女神》(马原)、《十八岁出门远行》(余华)、《山上的小屋》《公牛》(残雪)、《巫女与她的梦中之门》(陈染)、《反标》(韩东)、《达马的语气》(朱文)、《冷也好热也好活着就好》(池莉)、《亲亲土豆》《雾月牛栏》(迟子建)、《发廊情话》(王安忆)、《桥上的疯妈妈》《茨菰》《堂兄弟》(苏童)、《鞋》(刘庆邦)、《哺乳期的女人》《地球上的王家庄》(毕飞宇)、《城乡简史》(范小青)、《厨房》(徐坤)、《清水里的刀子》(石舒清)、《吉祥如意》(郭文斌)、《化妆》(魏微)、《伴宴》《离歌》(鲁敏)、《塞纳河不结冰》(笛安)……我们无须再罗列下去,类似的短篇其数量在当下的创作中仍在迅速地增加。现在的问题是,我们如何及时、科学地评价它们,并给新时期短篇小说以客观的文学史定位,特别是从短篇小说艺术创新的角度发掘、总结其艺术经验,这不仅对于短篇小说而且对于整个新时期文学的研究都具有十分重要的意义。

迄今为止,对新时期短篇小说的研究总的来说还是分散和不足的,关于其艺术创新的研究更是显得非常薄弱。伴随着 20 世纪 90 年代“中篇兴起”和“长篇热”的文学现象,长期以来学术界对中长篇小说的研究较多,对短篇小说的研究往往成为中长篇小说研究的附带言说,缺乏多角度的、系统的深入探究。目前,关于新时期短篇小说的研究整体上表现在三个方面:一是创作概况扫描。诸多的当代文学史版本都以时间为维度,描述了“80 年代”“90 年代”等不同阶段短篇小说的发展脉络，阐述了新时期短篇小说的发展概况和创作特征。一些学者如陈思和、钱乃荣、张学昕、段崇轩、黄发有、汪政、洪治纲等多从小说的整体发展变迁中回顾和反思新时期短篇小说，尤其从政治、文化的转型中梳理了短篇小说的“兴衰”。二是艺术形式的整体考察。一些学者关注和考察了新时期短篇小说文体形式诸多要素的发展变化，如洪子诚在其一些论著（如《当代中国文学的艺术问题》等）中谈及了新时期之初短篇小说在题材及艺术表现形式上的一些特点，董之林、雷达、胡平、丁帆、王彬彬、何振邦、陈晓明、李洁非、程德培、谢有顺、庞守英等也在论著和论文中涉及了新时期短篇小说艺术形式的问题。黄子平的《论中国当代短篇小说的艺术发展》是早期关于当代短篇小说研究较有影响的文章。该文对新中国成立后短篇小说的艺术形式进行了分析研究，探讨了短篇小说艺术形式的发展衍变，但研究范围仅限于20世纪80年代中期以前的短篇创作。三是年度现场批评。陈思和、雷达、季红真、李敬泽、吴义勤、洪治纲、谢有顺、汪政等一批学者对年度的短篇小说创作进行了具体的考察，阐释了他们对短篇小说的理解，并进行了年度短篇的编选和具体的文本分析，从创作现场的角度对新时期短篇小说予以批评和研究。此外，再从全国博士、硕士的学位论文来看，在全国优秀博士、硕士学位论文全文数据库中，还没有见到从时间跨度上就新时期短篇小说进行研究的论文。以单个作家创作为选题的博士论文，除涉及以短篇小说创作为主的作家之外（如《汪曾祺小说创作论》），也很难发现就某个作家的短篇小说进行专门研究的论文。在大量的硕士论文中，选题几乎涵盖新时期的知名作家和崭露头角的青年作家，也只有少量的论文研究新时期作家的短篇小说，而且还往往与中篇小说放在一起论述。上述相关研究尽管涉及对新时期短篇小说艺术创新方面的某些探讨，但往往多为零散的批评话语，有些仅为印象式的点评。把新时期短篇小说放在20世纪中国短篇发展历程中来考察，从而探讨新时期短篇的艺术特点和艺术创新，这方面的深入研究更为少见。近几年来，一些批评家如陈思和、孟繁华、张学昕、汪政等积极提倡短篇小说的创作，呼吁对新时期短篇小说的艺术经验进行深入的研究，但目前关于该方面的相关研究仍然较为薄弱，并没有给新时期短篇小说的研究现状带来显著的变化。

那么，如何有效地进行新时期短篇小说艺术创新的研究呢？

伊恩·里德在谈到短篇小说的研究方法时认为："我们需要以经验为基础，把握短篇散文体小说作为一种严肃的文学创作活动在浪漫主义前后得到广泛承认后所经历的变化。"[①]这种观点为本书的研究策略提供了启示。在注重短篇小说"文体独立性"的同时，本书不把短篇小说"抽离"出来进行"本体"式的探讨，而是把短篇小说放在新时期乃至20世纪中国文学发展的大背景下，研究新时期短篇小说的艺术变化。

本书是把"短篇小说"作为一种文体进行探讨的。文体是一个非常复杂的概念，使用起来也没有一个统一的标准，我们常把小说、散文、诗歌等文学样式各归为一种文体，有时也把它们其中的"一族"，比如小说中的短篇、中篇和长篇，诗歌中的叙事诗和抒情诗，各表述为一个"文体"，如"短篇小说"文体等。当然，这种类分会引起一些争议，比如"短篇小说"是"文类"还是"文体"。韦勒克和沃伦在《文学理论》中指出："文体学的纯文学和审美的效用把它限制在一件或一组文学作品之中，对这些文学作品将从其审美的功能与意义

---

① [美]伊恩·里德：《短篇小说》，思涵等译，哈尔滨：北方文艺出版社，1988年版，第6页。

方面加以描述。”[①]我们把短篇小说作为“文体”，就是在文体观念开放的视域中，力图凸显短篇小说这一艺术形式的独立性，努力避免在“小说”概念下“不及物”的研究状况。

同时，本书把“艺术创新”放在历史的语境中去认知，并在20世纪中国文学发展特别是短篇小说文体演化的视域中进行观照和研究。艺术创新不仅是理论问题，也是一个实践过程，蕴含对传统的继承，也涉及对西方文学经验的借鉴，特别是在文体意义上的艺术创新，更是一个复杂、开放的概念，正如有批评家指出：“我们没有理由，也没有能力证明某一种文体是‘正’，某一种文体是‘奇’，某一种文体是‘新’，某一种文体是‘旧’。我们唯一能确定的其实只是这一种文体与作家的才华、个性，与他的表达需要和时代的审美需要，以及与小说的思想、内涵的契合、和谐程度。我们最需要寻找和证明的应该是这种文体的意义。”[②]在这个意义上说，对新时期短篇小说艺术创新的研究必须置放于具体的历史语境中，在对短篇小说纵横比较的考察中发现叙事技巧、创作观念的突破性转变，归纳和总结其呈现出的新的审美方式和审美价值。因此，本书探讨的“艺术创新”不是囿于“本体”意义上的短篇文体理论的“创新性”，而是更注重创作实践中展现出来的具有时代审美价值的演变特征和趋势，更为重要的是发现和阐析短篇小说呈示出来的对中国新时期文学具有启示意义的“力量”因素。譬如，对于中国现代短篇小说、十七年短篇小说而言，新时期短篇小说创作所呈现的变化性特征；对于同时期的中长篇而言，新时期短篇小说先期所呈示出来的变革性因素等都应是新时期短

① ［美］勒内·韦勒克、奥斯汀·沃伦：《文学理论》，刘象愚等译，北京：文化艺术出版社，2010年版，第195页。

② 吴义勤：《长篇小说与艺术问题》，北京：人民文学出版社，2005年版，第44页。

篇小说艺术创新的应有之义。即使对于西方创作手法的借鉴，短篇小说进行的“先导性”实验，其呈现的艺术特征也不应排除在“艺术创新”之外。总之，新时期短篇小说在探索和演化过程中所呈现出来的转型时间上的先导性、技术运用上的集中性、创作影响上的启示性等都应视为艺术发展中的新因素。同时，还应该特别指出的是，本书中的艺术创新不仅是转变式的、革命式的，更多是一种艺术发展多元前提下的创新，或者是多元性背景下新的可能性的生成。因此，本书对艺术创新的考量更多在于观照新时期短篇小说所具有的新的元素、新的可能性方面，而不是纠缠于对文体“新”“旧”本体意义上的辨析，否则，我们将无法证明新时期短篇小说这种文体之于新时期文学的意义，因为从某种意义上而言，新时期短篇小说的艺术创新“不仅是旧方法的丰富和完善，更是一种新观念的寻求和诞生，是一部分作家在新的历史环境下自觉的美学追求，其意义和作用，远远超出了增强表现力的艺术技巧的范围，而给整个文学创作带来一股新的势头”[①]。

新时期短篇小说艺术创新的研究，既是一个复杂的理论问题，需要从小说理论上加以分析和探讨，又是一个具体问题，需要广泛、细致地阐析小说文本；既要有宏观的“小说史”视野，把新时期短篇小说置放于20世纪中国小说史中加以观照，又要有微观的“文本”视野，即根据文本说话。简而言之，它是在深入细致的文本分析的基础上，通过对新时期短篇小说历时演变和横向比较的考察，剖析其艺术创新，总结其艺术经验，把握其审美价值，考量其艺术创新为新时

① 冯云清：《技巧的创新与小说的发展》，见汪靖洋主编：《当代小说理论与技巧》，南京：江苏教育出版社，1989年版，第535页。

期文学发展提供的启示意义。本书将从文体观念的继承与新变、小说主题的独特呈现、形象塑造的技术转型、叙事结构的模式转换、艺术语言的先锋变革、艺术风格的生成与突破六个方面深入探讨新时期短篇小说的艺术变化，试图建立起新时期短篇小说艺术创新研究的整体构架。

与研究思路和研究内容相对应，本书所确立的基本研究方法：一是点与面、宏观与微观结合方法。对新时期短篇小说的艺术创新既注重整体性的考察，又重视具体类别、个别文本和文学现场的阐释与分析。二是"史""论"结合方法。既在"史"的视野中对新时期短篇小说的渊源、演变等进行线性梳理，又在"论"的视野中对新时期短篇小说艺术创新进行理论提升与观照。三是细读和归纳方法。本书采用"细读法"，通过大量阅读文本，进行类型总结，归纳分析，深入探讨新时期短篇小说的艺术创新。四是比较研究方法。把新时期短篇小说放在 20 世纪中国短篇小说发展的背景下观照，与"五四"以降短篇小说创作进行比较研究，分析新时期短篇小说的文学成就和艺术创新。在此基础上，本书将特别注意处理好两个问题：其一，力图使新时期短篇小说评论的话语方式具有"及物性"，在对新时期短篇小说文学构成要素进行分析时注重区别于中长篇小说，从而彰显短篇小说艺术表现的独特性。其二，因为新时期短篇小说自身具有较长的发展演变阶段，因此在考察分析时将重点处理好统一性和差异性、历时性和共时性两组关系，辩证地体现和突出新时期短篇小说艺术创新的整体性和差异性。

最后，鉴于短篇小说文体概念的复杂性和开放性，有必要对本书研究的新时期短篇小说的范围作一下说明：其一，对新时期通过一定形式指认并获得普遍认可属于"短篇小说"文体的作品，如全国优秀短篇小说奖获奖作品等，尊重其文学生成的历史语境，对其文体归属不再进行分类辨析；其二，由于微型小说具有自身的文体特征，本书讨论的新时期短篇小说不包括微型小说；其三，由于网络小说的发生和发展具有较为鲜明的时代性，其文体特征具有相对的独立性，本书研究的新时期短篇小说也不包括网络小说。

第一章　文体观念的继承与新变

中国当代文学的各种文体都在反思中前行，在前行中反思，并且日益发展和进步，这是不争的事实。但这个过程中也存在诸多问题，其中在消费潮流裹挟下文学自身的迷失以及创造性的弱化就是令人忧虑的问题之一。就小说而言，中篇小说还沉浸在崛起的喜悦之中，仍正与长篇小说分享着被消费的快感，而长篇小说还在以“重文体”的面目追求着“史诗”般的深度。文体等级化对文学性和艺术性本身的忽略与伤害无疑值得我们警惕，“在这方面，中国当代长篇小说所走的弯路、所陷入的误区实在不少”[①]。不过，这种长篇文体崇拜所营构的氛围也有正面的文学意义，那就是给新时期短篇小说带来了安静的空间，使后者具有了在孤独中进行文体反思的可能性。在这一进程中，新时期短篇小说所呈现出的文体观念继承和新变的艺术品格，无论是对于短篇小说文体本身还是对于新时期文学史来说，都是值得重视的。

---

① 吴义勤：《难度·长度·速度·限度——关于长篇小说文体问题的思考》，《当代作家评论》，2002年第4期。

第一节　现代短篇小说文体观念的确立

探讨新时期短篇小说的文体问题必须溯源到现代短篇小说，新时期短篇小说的文体观念本质上仍然源自现代短篇文体观念的自觉和确立，而中国现代短篇小说的文体观念又必须溯源至西方短篇小说文体观念的演变。

一、观念溯源

什么是短篇小说？这是一个经常被提起却又一直没有令人满意答案的问题。因此，如何界定短篇小说，如何确定短篇小说与其他文体的边界，始终是一个能说得很多而又说不清的问题，这使得对短篇小说的言说成为一件比较困难的事情。对于上述问题，当然莫过于确定一个精准的、广泛接受的“短篇小说”定义，而这更是一个一直试图解决而又没有最终结果的命题。对短篇小说文体观念的考察显然不能局限在新时期的时间范围以内，区别于中国传统“短篇小说”的中国现代意义上的短篇文体观念是从“五四”时期开始的，因此，对中国现代意义上短篇文体观念的梳理应该溯源至“五四”时期，并应在世界文学的视域中加以观照和探讨。

从世界短篇小说史来看，短篇小说文本的存在要比其概念或命名早得多。19 世纪短篇小说已广泛出现，直到 1933 年《牛津英语大辞典增补本》才开始标有“短篇小说”术语，“短篇小说”自此才正式得到英语词汇的承认。[①]但是，19 世纪人们对短篇小说理论开始研

---

① ［美］伊恩·里德：《短篇小说》，思涵等译，哈尔滨：北方文艺出版社，1988 年版，第 1 页。

究的时候，就努力地发掘和凸显它的艺术个性，试图把短篇小说在概念上与其他的艺术类别区别开来，成为一个独立的艺术形式。对短篇小说推崇备至，并最早将其作为独立艺术形式进行研究的是美国 19 世纪的诗人、小说家和文学评论家埃德加·爱伦·坡（Edgar Allan Poe）。他在 1842 年发表了评论霍桑短篇小说的著名文章《〈故事重述〉的回顾》（“Review of *Twice-Told Tales*”），就试图对短篇小说（当时爱伦·坡称之为“Prose Tale”或“Brief Tale”）的独立性特征进行较为明晰的论述：

> 在几乎所有的文学创作中，效果或印象的统一性是最为重要的一点。非常清楚，这种统一性在我们阅读一些不能一次读完的作品时是无法达到的。我们读散文时，由于散文自身特征，阅读时间超过了一些效果好的诗歌。阅读诗歌，如果我们进入诗的情境，就会情绪兴奋、精神升华，而这无法持续太久，所有的兴奋会很快消失。因此，一首长诗有其内在的矛盾性，深层次的效果不能实现，所以史诗的艺术效果是不完善的，它已风光不再。如果一首诗太短，可能会给人生动的印象，但也不会持续太久。……而我们说的短篇小说，却可以在半小时到一两个小时读完。一般的长篇小说因为太长，无法一口气读完，当然失去了从“整体性”中产生的力量。……在短篇小说中，作者可以实现任何意图，利用较短的阅读时间控制读者的精神，不会因读者疲劳或其他干扰而受到影响。①

---

① Edgar Allan Poe, “Review of *Twice-Told Tales*”, in: *Short Story Theories*, edited by Charles E. May, Athens: Ohio University Press, 1994, pp. 46－47.

我们可以看出，爱伦·坡选择读者的角度，从阅读感受的维度来探讨短篇小说的属性和边界。美国作家、评论家布兰德尔·马修斯（Brander Matthews）接受了爱伦·坡的观点，并通过自己的阐释使“印象统一”的短篇小说观念得到广泛的传播和认可。他将“短篇小说”的独立性品格进一步凸显出来，并首先使用了“Short-Story”的概念。他在《短篇小说的哲学》（“The Philosophy of the Short-Story”）一文中指出：

> 长篇小说与中篇小说之间的差异仅仅在于篇幅的长短：中篇小说是简短长篇小说。但是，长篇小说与短篇小说的不同却在于类别的不同。真正的短篇小说绝不是简短的故事。短篇小说与长篇小说最为本质的区别在于印象的统一。更为精确地说，短篇小说具有长篇小说所不具有的印象统一的艺术形式。[①]

1908年，美国学者哈米顿（Clayton Hamilton）出版了著名的*Materials and Methods of Fiction*一书，直译为《小说的材料与方法》。该书由华林一于1924年用文言文翻译成中文出版，译为《小说法程》。吴宓为之作序，其中提到“其书在美国极通行，哈佛大学至今用之为教科书，予年来在东南大学教授，亦用此书为课本”[②]，可见哈米顿这部著作的影响。哈米顿在该书中指出：

> 短篇小说为独立之一体，爱伦波之名言，马太斯之定则。短

---

① Brander Matthews, “The Philosophy of the Short-Story”, in: *Short Story Theories*, edited by Charles E. May, Athens: Ohio University Press, 1994, p. 52.

② 吴宓：《小说法程·序》，见［美］哈米顿：《小说法程》，华林一译，上海：商务印书馆，1924年版，第1页。

> 篇小说之定义，此定义之解释：(1) 独一之叙事文感应；(2) 最经济之法；(3) 最能动人之力。故事之篇幅短者非短篇小说，短篇小说之篇幅长者，卜立之批评。①

文中的“爱伦波”“马太斯”现在通常译为“爱伦·坡”“马修斯”。哈米顿理论显然是综合了爱伦·坡、马修斯的短篇小说观点，并从上述三个方面对短篇小说进行了界定。

我们在这里之所以不厌其烦地梳理爱伦·坡、马修斯和哈米顿的理论，一方面是追溯短篇小说理论的缘起，探寻短篇小说作为独立艺术形式的观念渊源。这些理论对于短篇小说文体观念的形成和发展产生了深远的影响，成为后来短篇小说文体理论发展的基础，至今仍是我们理解短篇小说文体的重要理论资源，也是我们研究新时期短篇小说重要的理论视野。另一方面，这些理论是中国现代短篇小说观念形成的直接渊源。也正是从哈米顿开始，我们可以把回溯的目光转移到中国现代短篇小说文体观念的起始阶段。哈米顿短篇小说的概念很容易让人想到胡适的短篇小说定义：

> 短篇小说是用最经济的文学手腕，描写事实中最精彩的一段或一方面，而能使人充分满意的文章。②

我们可以把胡适的短篇小说定义与哈米顿的概念进行一下比较。“最经济的文学手腕”之于“最经济之法”，“描写事实中最精彩的一

---

① ［美］哈米顿：《小说法程》，华林一译，上海：商务印书馆，1924年版，第147页。

② 胡适：《论短篇小说》，见钱理群主编：《二十世纪中国小说理论资料》（第二卷），北京：北京大学出版社，1997年版，第37页。

段或一方面”之于“最能动人之力”，都不难看出胡适的定义在很大程度上借鉴了哈米顿短篇小说的观念。关于这个问题，已有研究者进行过细致的考察，并得出较为肯定的答案。[①]胡适通过对西方理论的借鉴所形成的短篇小说文体观念，可以说从理论上开启了中国现代短篇小说文体观念的自觉时代：“今世所谓之‘短篇小说’，则未尝一见。有之，其自胡适之《论短篇小说》始乎！”[②]

胡适的短篇小说理论产生了深远的影响，特别是他在定义阐释中提到的“横截面”的观点传播更为广泛，正如有研究者指出：“胡适小说翻译的成绩是有目共睹的，他不仅只是给国人造了点精神上‘救荒的粮食’，而且对于创作示范的指导意义似乎更为深远，胡适在此基础上所形成的现代短篇小说文体理论规范，至今仍是现代小说创作的指路标志。他的短篇小说文体理论就是以西方短篇小说为参照，针对中国新小说创作实际提出来的，其内容集中在《论短篇小说》中……”[③]在此基础上，一些作家如茅盾、沈从文、汪曾祺等都曾从某一个角度阐述了对短篇文体的认知。新时期以来，对短篇小说文体观念的反思则更为深入。其实，在爱伦·坡、布兰德尔·马修斯、哈米顿等人的理论之后，西方关于短篇小说文体的探讨也一直没有停止过，伊恩·里德在《短篇小说》中对此进行了全面的梳理。他考察了爱伦·坡、布兰德尔·马修斯、哈米顿、贝茨（H. E. Bates）、比奇克罗夫特（T. O. Beachcroft）、Ruth J. Kilchenmainn、Sean O’Faolain、Frank O’Connor 等众多评论家关于短篇小说的理论，对短篇小说的

---

① 张丽华：《现代中国“短篇小说”的兴起——以文类形构为视角》，北京：北京大学出版社，2011 年版。

② 张舍我：《短篇小说泛论》，《申报·自由谈》，1921 年 1 月 9 日。

③ 刘东方：《“五四”时期胡适的文体理论》，济南：齐鲁书社，2007 年版，第 166 页。

“定义问题”“附属形式”“简洁叙述的扩展”“基本属性”等问题展开分析，但对每一个问题都没有结论性的答案，“曾经是关于短篇小说正确的结构和素材的权威观念，也需要加以改变适应文学进化的事实”[①]，这或许是他可以肯定的结论。

二、文体观念的建构方式

现代短篇小说的文体观念发生在中国社会、文化的变革时期，它的建构方式具有鲜明的时代性。现代短篇小说文体观念的建构方式也是新时期短篇小说文体观念反思和演进的出发点，因而对建构方式的考察和探讨是十分必要的。整体而言，现代短篇小说文体观念的建构方式呈现出如下三个方面的特点。

其一，断裂与移植的自觉方式。现代短篇小说的观念不是在中国传统“短篇小说”的观念基础上演进的，而是“另起炉灶”，采取的是一种断裂与移植的文体自觉方式，“断裂”是与中国传统的短篇小说观念背离，“移植”是西方短篇小说文体观念的引入。胡适在《论短篇小说》一开始就开宗明义地表明现代短篇小说文体的“断裂”意味：“中国今日的文人大概不懂‘短篇小说’是什么东西。现在的报纸杂志里面，凡是笔记杂纂，不成长篇的小说，都可叫作‘短篇小说’。……一派的滥调小说，居然都称为‘短篇小说’！其实这是大错的。”[②]这一如一年前他在《文学改良刍议》中提出的语体革新的主张。胡适把哈米顿的理论移植过来，目的很明确，就是要与传统的“笔记杂纂”决裂，建立起中国现代意义上的短篇小说的观念。这种

---

① ［美］伊恩·里德：《短篇小说》，思涵等译，哈尔滨：北方文艺出版社，1988 年版，第 5 页。

② 胡适：《论短篇小说》，见钱理群主编：《二十世纪中国小说理论资料》（第二卷），北京：北京大学出版社，1997 年版，第 36 页。

文体的“自觉”方式不同于西方短篇小说观念在既有文本基础上的理论化，也不同于其后新时期短篇小说观念在承继基础上的探索，而是或多或少地带有了工具性的取向，这为现代短篇观念的确立以及后来新时期短篇小说的文体反思都埋下了伏笔。

其二，规避与导向性的建构方式。把胡适与哈米顿的短篇小说定义进行比较，我们不难发现哈米顿定义中的“独一之叙事文感应”在胡适那里没有得到体现。这很奇怪，因为这一点恰恰是西方短篇小说文体概念的一个重要内涵。“独一之叙事文感应”现在通常译作“印象的统一性”，如前文所述，它是哈米顿从美国作家、评论家爱伦·坡、布兰德尔·马修斯那里继承过来的概念。爱伦·坡认为，作者首先要构思一种独特的“效果”或者“印象”进行创作，并通过一定的艺术方式来表达这一构思，而“短篇小说”就是以其简洁性能够实现“印象的统一性”的艺术形式。[①]布兰德尔·马修斯在《短篇小说的哲学》一文中指出：“短篇小说与长篇小说最为本质的区别在于印象的统一。更为精确地说，短篇小说具有长篇小说所不具有的印象统一的艺术形式。”[②]美国学者玛丽·罗尔伯格也认为：“至于它的定义，多数人认为，其特征是印象的统一和结构的紧密。”[③]“印象的统一性”现在仍不失为短篇小说重要的一个文体特点，它不仅是文体简洁的艺术特性，而且含有对“精神”“韵味”层面的艺术追求。那么，胡适为什么忽略“印象的统一性”这个特征呢？

---

① Edgar Allan Poe, “Review of *Twice-Told Tales*”, in: *Short Story Theories*, edited by Charles E. May, Athens: Ohio University Press, 1994, pp.46－47.

② Brander Matthews, “The Philosophy of the Short-Story”, in: *Short Story Theories*, edited by Charles E. May, Athens: Ohio University Press, 1994, p.52.

③ ［美］玛丽·罗尔伯格：《论作为一种文学形式的短篇小说》，见汪靖洋主编：《当代小说理论与技巧》，南京：江苏教育出版社，1989 年版，第 254 页。

在我看来，这应是胡适的一个规避策略。首先，胡适的短篇概念关注整体性的描述界定，目的主要在于短篇小说文体观念的启蒙实现，还未能对短篇小说内部诸要素进行精细观照；其次，胡适站在文学革命的立场上，凸显小说的时代性和社会学意义，规避“印象的统一性”，便于对其短篇小说定义进行导向性阐释，导向“以小见大”的文体含义（“大”即指时代和社会的“大事件”）。胡适在《论短篇小说》中列举了都德的《最后一课》和《柏林之围》，说明“以小见大”是“传世不朽”短篇小说的必要条件。此外，20世纪二三十年代，许多作家和批评家如赵景深、夏丏尊、周作人、刘半农、叶绍钧、郑振铎、叶灵凤、何穆森、余楠秋等从结构、语言、主题等不同方面对短篇小说文体进行过相关论述，阐析了短篇小说文体的一些技术性特征，丰富了现代短篇小说的理论内涵，但从影响程度来看，都不如胡适。胡适的“横截面”观点广为传播，已经成为关于短篇小说的一条重要的文学规训。

其三，实践领域中的范型建构。创作实践是现代短篇小说文体观念确立的另一个重要维度，现代小说家通过艺术实践建立和发展了现代短篇小说的文体观念。在这方面影响最大的当推鲁迅，鲁迅以其突出的文学成就极大地影响了中国现代小说的艺术范型。他的文言短篇《怀旧》已具备现代短篇的形式意义，被普实克称为“中国现代文学的先声”[①]；《狂人日记》是现代文学史上第一篇白话短篇小说，体现了鲜明的现代小说的文体特征。无疑，鲁迅对于现代短篇小说文体观念的确立发挥了不可替代的重要作用。值得注意的是，

---

① ［捷］普实克：《鲁迅的〈怀旧〉——中国现代文学的先声》，见《普实克中国现代文学论文集》，李燕乔等译，长沙：湖南文艺出版社，1987年版，第112页。

鲁迅小说的艺术范型在很大程度上使现代短篇小说凸显了“深度”的文体观念。优秀的短篇小说不仅要在较短的篇幅内表现时代和社会的“大事件”，而且还要有“深度”，这是中国现代短篇小说追求的理想状态。众所周知，鲁迅小说的“深度”蕴含在深刻的主题之中，因此凸显时代主题也成了现代短篇小说的重要观念。当然，现代短篇小说的“深度”诉求与中国现代文学的主题特征是密切相关的，正如黄子平、陈平原、钱理群指出：“启蒙的基本任务和政治实践的时代中心环节，规定了20世纪中国文学以‘改造民族的灵魂’为自己的总主题，因而思想性始终是对文学最重要的要求，顺便也左右了对艺术形式、表现手法的基本要求。”[①]可以说文学与时代特殊的历史关系生发了中国现代文学从社会政治的意义上去寻找主题的欲望，以“最经济”的方式来表现深刻的时代主题成为中国现代短篇小说重要的文体取向，并以其强大的惯性力量影响了后来短篇小说的观念和创作。

当然，茅盾、郁达夫、老舍、废名、沈从文、张爱玲等作家的经典短篇也呈示了风格不同的范式文本，体现了现代短篇文体创作形态的多样性，从创作实践的角度拓展了现代短篇小说文体观念的丰富性。应该注意的是，现代短篇小说文体观念的范型建构，与现代经典作家自身杰出的创造力是分不开的，这对当下文坛来说是一个值得深思的问题。现代短篇小说的理论观念是新时期短篇小说文体观念的重要渊源，新时期短篇小说文体观念的发展正是从对现代短篇观念的继承和反思开始的。

---

① 黄子平、陈平原、钱理群：《论“二十世纪中国文学”》，《文学评论》，1985年第5期。

第二节　新时期短篇小说文体的反思

尽管十七年短篇小说创作在文学的进程中也在不断地变化和发展，但其呈现的文体观念明显具有时代的局限性，正如有学者指出的那样："50年代以来，我们关于短篇小说的性质和功能的特征，通常被局囿在一种比较狭窄、单一的功利观念中。曾经有过最流行的观念，把短篇小说称誉为文学中的'轻骑兵'或'侦察兵'……这种观念直到70年代后期仍然是比较受到重视和肯定的。"[①] 进入新时期之后，短篇小说开始步入了文体观念和创作实践发展的新阶段。新时期短篇小说的文体观念是在对"五四"以降短篇小说文体观念的反思中变化和发展的，因此，我们可以从文体反思的维度去把握它的演进。新时期短篇小说的文体反思大致体现在如下三个方面。

一是文体"独立性"的反思。这里的"独立性"是指，与此前的文体观念相比较，新时期短篇小说文体观念所呈现的区别性特征，以及在创作实践上不同于其他文体的文学表现形态。具体表现在：第一，对现代短篇小说观念的反思。胡适的短篇观念影响广泛，新时期小说家对以此为核心的现代短篇观念进行了深刻的反思，呈示出文体独立和创新的探索意识。在新时期之初的短篇创作中，一些短篇已呈现出对"以小见大"观念的反思，如何士光的《乡场上》等小说。今天重读这一短篇，老实巴交的冯幺爸为一件日常小纠纷做证的简约叙事，更多地指向对冯幺爸这一人物精神状态的表现，并未彰显对当时实施农村新经济政策这个社会"大"主题的表达，这实际上蕴含了与

---

① 张兴劲：《当代短篇小说观念：从开放走向放大》，《文学自由谈》，1985年第1期。

现代短篇小说“以小见大”观念的某种差异性特征。王安忆曾说：“我并不多么欣赏都德的《最后一课》，尽管它是我们历来认为的短篇小说的精品和典范。它带给我们那些‘攫取横断面’‘以一斑窥全豹’的短篇小说观念，在我看来是一种投机取巧的观念。……身后的事件越大、越是重要，那小说的场景越是集中、越小，这作品越是成功。这样的短篇小说其实是有着极大的依赖性的，是插曲的性质。……大事件自有大事件的大逻辑、大骨骼、大脉络，是那一斑、一言、一横断面代表不了的。要‘以小见大’便摆脱不了依附的命运。”[①] 这些对现代短篇小说文体观念的反思和探索，在很大程度上赋予了新时期短篇文体观念一种独立性的品格。第二，区别于传奇片段的反思。十七年短篇小说长于展现“英雄”或“先进”人物战斗和生活的传奇片段，比如朱定的《关连长》、王愿坚的《党费》、峻青的《党员登记表》、马烽的《我的第一个上级》、王汶石的《新结识的伙伴》等。这种创作倾向甚至延续到新时期初期，如邓友梅的《我们的军长》、周立波的《湘江一夜》等。从创作实践上看，自“伤痕”小说、“反思”小说开始，短篇小说创作显然对十七年传奇片段的叙事观念进行了反思和更新，疏离了传奇性的事件叙述，更多地关注叙事本身的文学意义。第三，区别于中长篇文体的反思。十七年中长篇的文体特征显然具有鲜明的时代特点，往往在其篇幅的长度中追求曲折动人的故事情节，凸显时代的政治主题，如当时社会影响较大的长篇小说“三红一创保青山林”（《红日》《红岩》《红旗谱》《创业史》《保卫延安》《青春之歌》《山乡巨变》《林海雪原》）及马加的《开不败的花朵》、杜鹏程的《在和平的日子里》、从维熙的《并不愉快的故事》等中篇小说。

---

① 王安忆：《故事和讲故事》，上海：复旦大学出版社，2011 年版，第 40 页。

从创作实践上来看，新时期一开始的“伤痕小说”，如《愿你听到这支歌》（李陀）、《弦上的梦》（宗璞）、《从森林里来的孩子》（张洁）等都已显示出对十七年中长篇小说彰显故事性特征的反思。进入20世纪80年代，中篇小说崛起，这在很大程度上促进了短篇小说的文体反思，短篇文体逐渐把故事性的叙事更多地让位于中篇小说，特别是80年代中后期出现的“新笔记体小说”（如汪曾祺的《故里三陈》、阿城的《遍地风流》等）成为新时期短篇小说创作探索的一个重要标志。随着新时期短篇小说创作实践的发展，许多小说家表现出了对短篇小说独特品格的更多关注，特别是短篇文体在叙事等方面与中长篇的区别性特质。铁凝称短篇小说是“诱惑我一生的体裁”①，认为短篇小说创作具有“独立”的特性，并不是长篇小说创作的“练习阶段”：“我的写作是从短篇小说开始的。即使后来写了几部长篇小说，我也不认为短篇小说创作是营造长篇小说的过渡和准备。”②王安忆认为正是短篇小说具有不同于其他文体的特殊属性，才增大了短篇创作的难度：“短篇小说在我的写作里，特别地突出了文体的挑战，它使文体变成显学。”③毕飞宇认为短篇小说与中长篇小说有着内在的本质区别：“长篇、中篇、短篇，粗一看它们都是小说，字数多一些少一些罢了，其实不是这样。它们都是小说，都是一个字一个字地叠加起来的，可是在本质上，它们是三个完全不同的东西，不是外部形式的不同，而是质地的不同。因为它们对你的要求完全不一样。”④诸如此类的思考和探讨，都充分体现了新时期作家在创作过程中对短篇文体

① 铁凝：《诱惑我一生的体裁》，《当代作家评论》，2005年第1期。

② 同上。

③ 王安忆：《论长道短》，见《王安忆短篇小说编年·自序》，北京：人民文学出版社，2009年版，第6页。

④ 毕飞宇、汪政：《语言的宿命》，《南方文坛》，2002年第4期。

观念的自觉意识和创新诉求。

二是文体“深度”的反思。如上所述，现代短篇小说突出了“以小见大”的文体观念，追求“大”所蕴含的深度意识。耐人寻味的是，新时期短篇小说反而通过对深度的反思，更多地注重和发掘“以短见长”的文体特性，追求短篇文体的“精神长度”。20世纪90年代以来，短篇小说的精神长度颇受评论界的关注：“中、短篇小说完全有可能拥有比长篇小说更大的精神长度和精神含量”[①]，“一部好的短篇小说所追求的思想艺术容量应该与中长篇小说是相等的”[②]。显然，这些声音里没有了“深刻”“深度”的表述，当然，精神长度、精神含量和艺术含量可以具有“深度”的表达，但更赋予了短篇文体一种丰满、悠长的审美意味。创作界则通过对短篇叙事技术的考察和运用来反思精神长度。譬如，苏童十分推崇霍桑的短篇《威克菲尔德》，小说主人公是个离家出走的男人，但只到了离家几百米远的另一个街区，每天暗中观察家人的生活，二十年后的一天傍晚，他像以前回家一样信步踏进家门。苏童谈到这篇小说的阅读感受时说：“我觉得它给我的震动不比《红字》弱小……一个离家出走几百米的男人因此比许多小说描写的漂洋过海的离家出走的人更加令人关注。”[③]苏童在第五届鲁迅文学奖颁奖现场接受记者采访时谈到，在当下“长篇沙龙主义”的文学环境下，短篇小说依旧是偏爱艺术的，尽管它只是把一个“味道”交代出来，是“一唱”，而它希望完成的却是“三叹”

---

① 吴义勤：《难度·长度·速度·限度——关于长篇小说文体问题的思考》，《当代作家评论》，2002年第4期。

② 陈思和：《20世纪中国短篇小说选集·总序》，见钱乃荣主编：《20世纪中国短篇小说选集》（第一卷），上海：上海大学出版社，1999年版，第16—17页。

③ 苏童：《短篇小说，一些元素》，见苏童：《枕边的辉煌——影响我的10部短篇小说·序》，北京：新世界出版社，1999年版，第2页。

内涵的延伸。[①]这实际上也是对短篇小说精神长度的一种表达。精神长度追求的是一种文体品格和创作境界，这种境界重在富有意蕴的简洁叙事，正如潘军所说：“我很喜爱短篇小说这一特殊的叙事形式。在我看来，它类似传统中国画里的小品，要求的是寥寥几笔，尽得风神，于有限的篇幅里出大境界。这无疑是难以企及的目标，我的努力无疑是表达某种欲望。”[②]在新时期的许多短篇小说中，我们看到的往往不是用力的思想，不是寻找深度的努力，而是一种悲悯的情怀和善良的理解。小说家往往不再是简单地否定和批判，而是寻求内心真相的完整表达，从而在小说中展示一种习见的生活图像和潜隐的人生况味。

三是文体“世界认知”的反思。这里的“世界”是文学意义上的概念，如同美国当代文艺学家 M. H. 艾布拉姆斯认为的含义：“由人物和行动、思想和情感、物质和事件或者超感觉的本质所构成，常常用‘自然’这个通用词来表达，我们不妨换用一个含义更广的中性词——世界。”[③]国内学者一般把这个意义上的“世界”阐释为“社会生活”[④]，研究作家如何根据现实生活进行艺术创作的过程和规律。如果我们将现代文学中的短篇与 20 世纪 80 年代以来的短篇放在一起阅读，就会明显感受到二者展现的“世界”大不相同。我们发现这绝不仅仅是时代变迁的缘故，更多是小说家在创作实践中对“世界”的认知差异造成的。现代文学中广阔复杂的社会现实的“一斑”，鲁迅小说中

---

① 参见 http://video.sina.com.cn/p/book/v/author/subject/2010-11-09/204261179273.html?opsubject_id=book-249。

② 潘军：《潘军·自序》，北京：人民文学出版社，2000 年版，第 5 页。

③ [美] M. H. 艾布拉姆斯：《镜与灯——浪漫主义文论及批评传统》，郦稚牛等译，北京：北京大学出版社，1989 年版，第 5 页。

④ 童庆炳：《文学理论教程》，北京：高等教育出版社，1998 年版，第 6 页。

深广意义的时代图像，老舍小说中细密的社会生活场景，沈从文小说中静美的乡土风情，等等，都很难说是新时期特别是先锋小说以来短篇文体所要追求的书写“世界”。我们从马原、余华、苏童、李锐、迟子建、残雪、陈染、毕飞宇、李洱、郭文斌、鲁敏等小说家的短篇“世界”里，更多体验到的是一次细微的变故，一点不经意的念想，一个习以为常的场景，一种若有所思的氛围，但这些都能强烈地冲击读者，使读者感受到这些“图景”是自己生存境况中不可或缺的“世界”，并在自己的精神世界里客观而有力地存在着。在新时期短篇小说的观念中，“世界”不仅是十七年小说中“真实的社会生活”，而且也是现代生活中闪烁恍惚的精神和意识，短篇小说必须要以自己的方式切入和认知“世界”：“短篇更擅长一种闪电的切入，不着痕迹的撕扯。”[①]或许正是对“世界”观念的转变，短篇文体才具有这样“切入”现代人思想和精神世界的能力和方式。

此外，新时期短篇小说对篇幅“长度”的反思也是值得注意的。“多少字以内是短篇小说？”关于短篇小说的字数限制，通常可以见到一些这样的描述：“三万字以下为短篇小说”“几千字到两万字为短篇小说，两万字到十万字为中篇小说，十万字以上为长篇小说”“五千字到一万五千字为短篇”，等等。中篇小说崛起后，中短篇之间在字数方面的边界问题显得更为突出。一篇小说在这里称“短篇”，在那里称“中篇”的现象并不少见。如被认为是“反思文学”的“典型”的小说《内奸》（方之），在陈思和主编的《中国当代文学史教程》中被界定为“中篇小说”[②]，而在洪子诚的《中国当代文学

---

① 吴义勤：《让“思想”轻易地穿越现实》，《北京文学》，2010 年第 7 期。

② 陈思和：《中国当代文学史教程》，上海：复旦大学出版社，1999 年版，第 208 页。

史》中被称为“短篇小说”[①]。伊恩·里德在《短篇小说》中也专列一个部分：“多长才算短？”他最后指出：“所有这些替代标准似乎都不够准确。不过，没有必要在其中选择，因为把数字作为唯一的判断标准无论如何都不会令人满意。类型不是用算术方法来定义的。虽然亚里士多德说过一段悲剧情节必须要有‘一定的量’，然而他并没有试图准确地去测那个量。不容置疑的是，短篇小说必须有一定的简洁性，但把它限制在一定的数量里则是徒劳的。”[②]新时期开始后的较长一段时间内，短篇小说与中篇小说的划分还是比较含混的，有时为了研究工作的方便，必须要作“硬性”切分：

> 有时中篇和短篇的区分完全靠编辑的自由裁量，或者像有些刊物比如《人民文学》直到80年代末期也很少标出中、短篇，一概是“小说”，这在文学生活中有时会引起意想不到的麻烦。记忆所及，1987年的全国中短篇小说评奖和1997年的第一届鲁迅奖评奖中，都发生过一篇小说究竟是中篇还是短篇的争执——不幸而凑巧的是，两次都与李佩甫有关，第一次是他的《红蚂蚱 绿蚂蚱》，第二次是《学习微笑》。结果，就在1997年的那次评奖中，两边的评委会达成协议：今后两万字以上为中篇，以下为短篇。这个分界当然也没有什么道理可讲，但应也大致合于这个时代的读者对于“短”与“中”的直觉，从此以后，混沌分矣，再无争议。[③]

① 洪子诚：《中国当代文学史》，北京：北京大学出版社，2007年版，第260页。

② [美] 伊恩·里德：《短篇小说》，思涵等译，哈尔滨：北方文艺出版社，1988年版，第15—16页。

③ 李敬泽：《中国新文学大系1976—2000·短篇小说卷一》，上海：上海文艺出版社，2009年版，第3—4页。

我们可以看出，新时期短篇小说的文体反思实际上并没有在篇幅的字数上纠缠，而是把反思的目光更多地投向了对文体概念的深层理解，把“文体”视为一个复杂、丰富的文学系统：“文体绝不是一个平面的‘语言’问题，而是一个深邃、复杂、立体、多维的系统结构，它牵涉到小说的故事、结构、修辞、叙述、描写等几乎所有的方面。”①这种篇幅“长度”的反思态度以及对文体内涵的探究，不断推动着新时期短篇文体观念的变革。

新时期短篇小说文体观念的反思是与艺术探索实践紧紧结合在一起的。一方面，对“五四”以来各种短篇小说经典的模仿、交流与碰撞，既彰显了短篇小说的无穷可能性，也暴露了新时期短篇小说的局限性；另一方面，新时期短篇小说也在与西方短篇小说的“深度”交流中明确了自身的定位，找到了自己的位置。新时期一些优秀小说家的短篇与西方同时期的短篇相比，已经具有了一比高下的可能。严歌苓曾说：“我在国外生活这么多年，是看了很多的书……我看《纽约客》上的许多小说，很多都不如中国作家的短篇小说。”②正是这些不同维度的理论反思与创作实践，不断推动着新时期短篇小说文体的演化和发展。

第三节　新时期短篇小说文体的演变

王蒙指出：“文学观念的变迁表现为文体的变迁。文学创作的探索表现为文体的革新。文学构思的怪异表现为文体的怪诞。文学思路

---

① 吴义勤：《难度·长度·速度·限度——关于长篇小说文体问题的思考》，《当代作家评论》，2002年第4期。

② 莫言等：《“小说与当代生活”五人谈》，《上海文学》，2006年第8期。

的僵化表现为文体的千篇一律。文学个性的成熟表现为文体的成熟。文体是文学的最为直观的表现。”[①]可以说，一个时期一种文学形式的发展变化集中表现为文体的演变。新时期短篇小说在文体反思的基础上，在文体观念和创作实践上都进行了有益的探索和尝试，体现了短篇文体在多元背景下艺术创新的某种追求。这里，我们可以从体裁、语体、风格三个层面探讨新时期短篇小说文体演变的一些趋向。

一、体裁观念的探索

目前，学术界对文体研究的范围较为广泛，早已超越了过去仅把文体归结为“体裁”的理解。童庆炳指出，仅中国古代文论中的“体”“文体”的内涵就非常丰富，起码可分为三个层次：第一层次是“体裁的规范”，第二层次是“语体的创造”，第三层次是“风格的追求”。[②]当然，随着西方文体学的引入，文体的内涵变得更为复杂。童庆炳对文体内涵所进行的三个分层为我们提供了有益的启示，即着眼“体裁”“语体”“风格”三个层面所呈现出来的变化特点，从整体上来把握新时期短篇小说文体观念的演变。

中国古代文论对体裁研究非常重视，以至于“辨体”成为历代文论家重要的研究内容，其核心就是对诸文体的区别性特征进行细致的探讨，正所谓“文各有体”。《诗经》与《尚风》分属诗歌、散文总集，足见先秦时期体裁的分类意识就开始萌生了。曹丕的《典论·论文》被认为是最早提出文体分类的著作，他把文体分为“奏议”“书论”“铭诔”“诗赋”四科；后来陆机的《文赋》把文体分为诗、赋、

---

① 王蒙：《文体学丛书·序言》，见童庆炳：《文体与文体的创造·序言》，昆明：云南人民出版社，1994年版，第1页。

② 童庆炳：《文体与文体的创造》，昆明：云南人民出版社，1994年版，第10—30页。

碑、诔、铭、箴、颂、论、奏、说等十类。最著名的是萧统的《昭明文选》和刘勰的《文心雕龙》，“体裁”分类细致，影响深远。其后的姚鼐、梁启超等人也对文体分类研究做出了很大贡献。这里我们无须作太多的梳理就可以看出古代文体学家对体裁研究的重视程度，对体裁规范性的辨析探究。应该说，体裁的规范性是文体自觉性和独立性的基础，也是历代文体研究追求的重要目标。当然，古代文论的文体研究基本上是把小说、戏剧等排除在外的。“五四”以后，由于受到西方文学的影响，中国的文体研究变得更加复杂，小说、戏剧、诗歌等多是现代意义上的文体观念，难以与古代的文体概念对接。西方的文体概念的外延、内涵与中国传统的文体概念有较大的差异，而中国文学的发展终究不可能完全脱离传统文学的影响。新时期短篇小说体裁观念的探索和变化也正是在这种语境中发生的。

显然，要凸显文体的自觉性和独立性，首先要明晰体裁的“规范性”，如果没有“体裁”“体制”相对的明朗范式，何谈文体的独立性呢？前文所述，新时期短篇小说对文体观念进行了深刻的反思，彰显出强烈的文体独立意识，这实际上也是对体裁规范的一种思考。新时期短篇小说体裁观念的建立通过两种路径：一是向“五四”时期现代意义上的短篇小说体裁观念回归，溯本求源，试图进一步厘清现代短篇体裁的特征；二是在回归的基础上，在开放的视野中进行探索，在新的时代语境中凸显新的“短篇体裁”观念。整体而言，新时期短篇小说体裁观念的探索和变化大致体现在如下三个方面。

其一，短篇小说是区别于“短故事”的文学体裁。如果从整体性上考察新时期短篇小说的体裁观念，短篇创作以决绝的态度排斥了那种“非文学”的“短故事”，以体裁规范的方式划清了与“短故事”的边界。当然，短篇小说不是拒绝讲故事，而是以文学的方式讲故事。不仅如此，短篇小说对故事越来越挑剔。有人说现在最好的故事是报纸上的“社会见闻”，是电视等媒体中的“社会大观”，试想，当下短篇小说叙述的故事——如余华、苏童、迟子建、刘庆邦等作家短篇小说中的故事——与媒体中的那些“故事”相似吗？显然是不一样的，正如张炜所说的那样：“我们期待文学的不应该是简单的、一般意义上的信息和事件，而是特别的愉悦和感动——这些只有文学才能提供。有这种东西吗？当然。你应该从语言艺术本身，从文字本身，去寻找你生命里所需要的那一份感动。那是一种纯粹的阅读快感，是语言和词汇给你的，是另一个生命在调动文字时，与思想高度合作的结果。这儿有强烈的个性，而不是一般的个性；这里有非常的敏感，而不是一般的敏感。其讲故事的方式，语言的兴奋点，智性，都是极为特别的——你是在寻找这些东西——离开了文学作品，从哪里才能获得？没有，没有这种可能。”[①]短篇小说中的故事不是大众媒体津津乐道的人间百态中的离奇事件，而是人们精神想象中的一种“故事”，它可能来源于“离奇事件”，但它一定是从中抽离出来并经“虚构”而成的故事，从而注定了这两种故事的体式归属，也从“讲故事”的角度凸显了新时期短篇小说的体裁观念。

其二，短篇小说是小说门类中的独立体裁。如前文所述，新时期的许多作家都在反思短篇小说与中长篇小说除却篇幅以外的差别性品格，并有不少很有见地的观点，推动着新时期短篇小说文体观念的演化。从阅读的感受来考察，我认为新时期短篇的体裁观念与中长篇的体裁观念的分野已经较为清晰。打开当下诸多的文学刊物，中短篇的

① 张炜：《世界与你的角落》，见林建法等编：《中国当代作家面面观——寻找文学的灵魂》，沈阳：春风文艺出版社，2003年版，第16页。

阅读感受明显是不一样的，更不要说短篇与长篇的阅读差异了。中短篇小说不仅仅是篇幅长短有别，而是小说的人物、结构、场景、节奏等共同编织的“体式”传递给读者的感觉也迥然不同，这也充分显示了短篇文体在小说门类中追求独立性的体裁观念。

其三，短篇小说是“印象统一”的叙事体裁。走进年度短篇小说的创作现场，我们就不难发现这样一个现象：短篇小说的篇幅愈来愈短了。这个变化是一个渐进的过程，负载着新时期短篇小说体裁观念的某种变化。在十七年和新时期之初，许多短篇小说写得“太长”，并引起茅盾、孙犁等著名作家的质疑和批评（对此后文将另行探讨）。这在很大程度上说明了当时短篇与中长篇之间的界限是比较模糊的，也就是说短篇与中长篇体裁概念的区分还不是较为明晰的。短篇小说篇幅的缩短，呈现出短篇小说体裁观念强化了“印象统一”的属性特征，显示出新时期短篇小说在体裁规范方面的探索努力。前文已论及，“印象统一”是西方短篇小说理论中一个重要的概念，博尔赫斯也曾表达过短篇小说胜过长篇小说的“长处”是“一眼就能看到全貌”：“依我看，最基本的长处在于，短篇小说一眼就能看到全貌。而与之相反，在长篇小说里，事情一件件接连发生，才能看出端倪。而且，一部三百页的作品不能舍弃任何一个细节，任何一页，尽管它们只是这一部分与另一部分之间的一种联系而已。而这一点，也是明摆着的事实。而短篇小说，就能够做到什么都是最基本的，或者说大致上是最基本的，也可以看上去像是最基本的。”① 这里的“最基本的长处”与“印象统一”有着内在的通连性，都是基于短篇小说文

① ［阿根廷］博尔赫斯、索伦蒂诺：《博尔赫斯七席谈》，林一安译，北京：光明日报出版社，2000年版，第182页。

体根本的属性特征而阐发的。因此，篇幅的缩短以其所凸显的“印象统一”的特征，使得短篇小说的体裁意识变得更为独立和鲜明。不仅如此，新时期短篇小说的体裁观念又凸显了传统性和现代性相互融合的意识，传统性是指对中国文学传统的承继，现代性是在社会转型中对现代意义上文学审美价值的探索以及对西方文学表现形式的借鉴。“现代性”的意识使新时期短篇小说始终走在新时期文学实验的前列，而“传统性”又使得新时期短篇小说在方寸的叙事时空中呈现出中国传统文学的独特意蕴，从这个意义上说，“传统性”“现代性”“印象统一”业已成为新时期短篇小说体裁观念的重要内涵。

二、语体特征的变化

语体是语言的体式，是指在一定的情景中语言所生成的某种特征，在研究文体问题时常常把语体理解为“用以体现文学的体裁并与特定体裁相匹配的文学语言”①，如一般情况下诗歌用抒情语体，戏剧用对话语体，而小说用叙述语体。新时期短篇小说语体特征的变化具体表现在如下三个方面。

其一，自由的文辞。小说叙述语体的诸多共性特征，譬如巴赫金所说的“双声话语”（a dual-voiced discourse）和“多声齐鸣”（heterolossia）等，是叙述语体与小说体裁相匹配的关联性因素，正如童庆炳所指出的那样：“叙述语体是一种内指性的、特别注意视角的、多音齐鸣的语体，这种语体之所以被运用于小说等这类叙事虚构作品，是因为小说能够更多方面地、立体化地、纵深地反映社会生活，表现人们的思想感情，换言之，构建小说的独特的广阔、深邃的

① 童庆炳：《文体与文体的创造》，昆明：云南人民出版社，1994 年版，第 119 页。

艺术世界，需要与之相匹配的具有多功能的叙述语体。”① 作为个体作家的创作而言，叙述语体只是基本的规范语体，带有创造性的、独具特色的自由语体才是作家风格的真正体现。同样，作为一种文体的短篇小说在新时期的发展过程中，凸显了语体的“自由”之势，以“自由的文辞”表达了其独特的语体观念。文辞所表达的基本特征就是语体，正如刘勰在《文心雕龙》中把语体视为“文辞气力”。追求文辞表现的开放性，展现自由之文辞，是新时期短篇小说语体特征的重要体现，比如，短篇小说的文辞可以“抒情”如诗歌如散文，可以“对话”如戏剧，不拘一格，灵动自由。当然，中长篇小说也会出现类似的语体自由，但是比较而言，短篇小说在这方面的表现要突出得多。譬如，汪曾祺的短篇小说《受戒》发表后，许多小说家发出“原来小说可以这样写”的惊呼，语言冲破僵化的模式呈现出的自由体式显然是这篇小说一个重要的文体特征。再比如下列一些短篇小说中语体的“自由”表现——

> 而那河水，似乎有了伤痛，就很匆遽地流，粼粼闪闪。这是南方有名的一条河，日夜的流去流来无数美丽抑或忧伤的故事，古老而新鲜。间或一叶白帆，日历一样翻过去了，在陡然剩下的寂寥里，细浪于是轻轻腾起，湿津津地舔着天空舔着岸。有小鱼小虾蹦蹦跳跳。卵石好洁净。
>
> ——何立伟《白色鸟》

> 这乐声早已不足为奇，那凄凉的钢琴右手单音总是从她的裤

① 童庆炳：《文体与文体的创造》，昆明：云南人民出版社，1994 年版，第 141 页。

腿爬上来，滑过全身，然后那乐声便走进她的眼里，既湿润得有如一洼浓郁的绿草，又干枯得像寂寞的路边一丛荒凉的残枝，一点即燃。

——陈染《与假想心爱者在禁中守望》

仲熙不知宋琛意在何指，但也不禁顺着往下想：也是，声无哀乐呀，这些古器，从来就是这么自在的，高于庙堂，或低在陋巷，都与它本身无关，正所谓近者自近，远者自远……推而言之，与物、与情、与人，世间万物，皆当如此——这样看来，宋琛的平静竟是真的。她日日与民乐厮磨，心智的弹性，已得其一二了。

念及此，倒让仲熙感到一种苦涩的欣慰。直到那二胡拉完一整支曲子，他们才走过去，淡淡地走进混沌的夜色，跟别人一样，没有任何施舍。

——鲁敏《伴宴》

甚至许多短篇小说的段落可以改写为诗歌，如陈思和就把孙甘露的短篇小说《我是少年酒坛子》的某一段落分列成诗：

他们决定遇见的
第一块岩石的。回忆。
送给它音乐。其余的岩石
有福了。他们分享回忆。
等候音乐来拯救他们进入消沉。
这是1959年之前的一个片段。
沉思默想的英雄们表演牺牲。

在河流与山脉之间。

一些凄苦的植物。被画入风景。[①]

试想，从叙述语体的意义上说，新时期中长篇小说中有哪些作品能有如此“自由”的文辞表现呢？因此，我们可以说“自由的文辞”是新时期短篇小说语体特征的一个重要的特征。

其二，节制的语言体式。在自由语体的探索过程中，新时期短篇小说要受到其文体特征的制约——篇幅的限制。与十七年短篇小说相比，篇幅的进一步精约，更要求更新与之相适应的语体特征。在这种背景中，新时期短篇小说凸显了“节制的语言体式”这一语体特征。我们这里之所以把“节制的语言体式”作为一种语体的特征，是因为这种节制不仅仅是简单的语言锤炼，也不仅仅是语句的精练，而是短篇小说在语言、笔致、节奏、音调等语体要素的诸多方面所呈示出来的一种制约的状态，突出了节制的文辞润饰，恰如其分地保持了短篇文体结构应有的“扩缩性”。更为重要的是，节制的语言体式作为一种语体的观念也已成为作家创作短篇时的自觉意识，同一个作家在进行短篇和长篇创作时这种意识的表现也是有区别的。我们不妨列举贾平凹的两部短篇和一部长篇的开篇部分，来考察这一语体特征在创作中的表现——

王满堂在土改的时候是个积极分子，地主李百发的老婆给他骚情，鬼狐狐的眼，王满堂就把她放倒在了石堰背后。王满堂想，操归操，斗还是要斗的；照例给李百发背绳索。狐女人再来

① 陈思和：《中国当代文学史教程》，上海：复旦大学出版社，1999 年版，第 297—298 页。

与他亲嘴儿，就把他的舌头咬下来。王满堂自此口齿不清。

这件事王满堂不敢揭发“阶级斗争”，狐女人也不便炫耀，王满堂当然还是积极分子。但损失了一些舌头，王满堂不愿多说话；不说话又显得不好，就常常闭了眼，做瞌睡状应付场面。

——贾平凹短篇小说《王满堂》

我去采访这个州刚刚离休的专员。采访结束时我们坐在客厅喝茶，他却放了一段录音问我听到些什么，我说是风里的树声。是树声，他说，你听得懂这树声吗？

有树风就有了形状，但风里的树是要说话的。

——贾平凹短篇小说《制造声音》

要我说，我最喜欢的女人还是白雪。

喜欢白雪的男人在清风街很多，都是些狼，眼珠子发绿，我就一直在暗中监视着。谁一旦给白雪送了发卡，一个梨子，说太多的奉承，或者背过了白雪又说她的不是，我就会用刀子割掉他家柿树上的一圈皮儿，让树慢慢枯死。这些白雪都不知道。她还在村里的时候，常去苞谷地里给猪剜草，她一走，我光了脚就踩进她的脚窝子里，脚窝子一直到苞谷地深处，在那里有一泡尿，我会呆呆地站上多久，回头能发现脚窝子里都长满了蒲公英。她家屋后的茅厕边有棵桑树，我每在黄昏天爬上去瞧院里动静，她的娘以为我偷桑葚，用屎涂了树身，但我还是能爬上去的。我就是为了能见到她，有一次从树上掉下来跌破了头。清风街的人都说我为吃嘴摔疯了，我没疯，他们只知道吃嘴，哪里晓得我有我的惦记。窑场上的三踅端了碗蹴在碌碡上吃面，一边吃一边说：

清风街上的女人数白雪长得稀，要是还在旧社会，我当了土匪会抢她的！他这话我不爱听，走过去，抓一把土撒在他的碗里，我们就打起来。我打不过三踅，他把我的饭吃了，还要砸我的碗，旁边人劝架，说甭打引生啦，明日让引生赔你个锅盔，拿手还比画了一个大圆。三踅收了拳脚，骂骂咧咧回去了，他一走，我倒埋怨起劝架人：为啥给他比画那么大个锅盔？他吃他娘的 × 去！旁边人说：你这引生，真个是疯子！

——贾平凹长篇小说《秦腔》

《王满堂》中的主人公王满堂到死都保持着“闭眼”的习惯。小说一开始就以非常干净利索的叙述方式交代了其“闭眼”习惯的由来，并且说明了王满堂、李百发、李百发的老婆几个人物的关系。我们注意到，在小说叙述的语体中，每一句话就是一个“交代”的层次，语势不蔓不枝，节奏简明有力。同样，在《制造声音》中，贾平凹也很有耐心地保持了限制的分寸，把统领全篇的“风里的树声”这个关键词在诗性的语言里简洁地表达出来，语势没有丝毫延展的欲望。而在长篇小说《秦腔》的一开始，似乎贾平凹将短篇的语体限制的“压抑”一下子释放出来，语势恣肆蔓延，叙述语体呈现出一种放松的、流淌的、自由的状态和特征，《王满堂》《制造声音》中的那种小心翼翼、守定边界的“节制”意识已荡然无存。同是短篇文体，十七年的短篇小说譬如《我的第一个上级》（马烽）、《新结识的伙伴》（王汶石）、《春大姐》（刘真）、《李双双小传》（李凖）、《赖大嫂》（西戎）、《出山》（方之）等，它们的语体特征与中长篇的区别并不明显。在这个意义上说，新时期短篇小说的这种“节制的语言体式”的语体特征是非常鲜明的，而且在一定程度上也带有了语体创造的某种品格。

在新时期短篇小说探索和发展的过程中，上述语体特征也是作家关于短篇文体一种审美价值的呈现，同时，在很大程度上也体现了短篇小说文体风格的审美旨趣和艺术追求。

三、文体风格的追求

尽管文体风格的概念存有争议，但这种争议基本上是在探讨个体作家创作风格的范围内展开的。作为对一种文体的独特性品格的观照，“文体风格”的概念应该有其存在的理由，并能有效地呈现一种文体的审美风貌。新时期短篇小说的风格观念即指短篇小说呈现出来的关于对短篇文体艺术风格的意识，体现短篇小说在新时期阶段的风格追求。当然，文体风格也是作家创作风格的共性体现，新时期短篇小说作家创作风格的共性特征形成了短篇文体的风格形态，具体的风格形态下文将另行讨论。

巴赫金认为，文体学应该成为“体裁文体学”，并与社会学结合起来，“体裁的变革应该与社会变化息息相关”[①]。我国古代文论也非常重视文体变化与社会变迁的关系，正所谓刘勰所说的“文变染乎世情，兴废系乎时序”。文体与风格是脱离不开的，“文变”也必定伴随或者包含风格的变化，特别是在讨论文体风格的时候更应该注重时代的转型与变化，因此，我们对新时期短篇小说文体风格的讨论，也应该在社会变迁的背景中考察短篇小说与其他文体不同的风格追求。

毋庸置疑，新时期文学的发展在很大程度上受到了消费文化的影

---

① ［法］托多罗夫：《巴赫金、对话理论及其他》，蒋子华、张萍译，天津：百花文艺出版社，2001年版，第285页。

响。当今，文化消费似乎愈来愈变得“合法化”，似乎更多的人愿意接受包括文学在内的各种文化形态“被消费”的事实，“消费”俨然已经成为当下文化的一个重要属性。在各种大众媒体的簇拥下，几乎各种文化形态纷纷以一种心安理得的姿态漂浮在汪洋恣肆的消费大潮之中。在新时期，政治、经济和文化等社会的诸多方面都发生了较大变化，作家的创作心理也处在剧烈的变化之中。伴随着商品大潮产生的消费文化，在社会各个层面都扮演着极其重要的角色，“商业手段正倾向于进一步分化消费者来加强由美学革新引发的断裂”[①]，正如有学者指出：“当商品变成一种生活品位的象征时；当休闲变成一种重要的生活内容时；当身体感官的刺激愉悦可以搬上木台面上谈时；当新奇事物以不同扮装一再复制，社会生活的事事物物都冠上了‘文化’标签。”[②]迈克·费瑟斯通在《消费文化与后现代主义》一书中对消费文化作了深入的论述，他从消费生产、消费方式、消费梦想、影像与快感去阐释消费文化理论，最后指出：“重要的是要着重研究变得越来越显著的消费文化，而不仅仅将消费看作是生产过程的顺理成章的结果。……这也不断激发了人们根据消费体验，而不仅仅根据一些心理操作的逻辑，去对欲望与快感、情感及审美的满足等问题加以概念化的兴趣。”[③]在这种时代背景和文化语境中，新时期许多文体的观念都发生了深刻变化。有评论家在谈到长篇小说创作时指出：“在20世纪90年代的中国，文学失败的命运似乎早已注定。文学不但被

---

① [美] 查尔斯·纽曼：《后现代主义写作模式》，见王潮主编：《后现代主义的突破——外国后现代主义理论》，兰州：敦煌文艺出版社，1996年版，第128页。

② 陈义芝：《台湾后现代诗学的建构》，见台湾师大国文学系编：《“解严”以来台湾文学国际学术研讨会论文集》，台北：万卷楼图书有限公司，2000年版，第384页。

③ [英] 迈克·费瑟斯通：《消费文化与后现代主义》，刘精明译，南京：译林出版社，2005年版，第19页。

挤压在社会和时代文化话语的边缘，而且它只能痛不欲生而又无可奈何地听任商业巨手的任意涂抹和侮辱。商业对文学的吞没和文学对商业的投诚规定了中国文学在世纪末文化屠场里的基本景观和宿命。”[①]其他文体也逃脱不了商业大潮的裹挟，比如散文创作中出现了大量的伪抒情、伪智慧、伪启迪、伪文化的作品，正如美国学者康正果指出：“长期以来，这种伪抒情写作培养了读者消费软激情美文的趣味，已经形成的阅读市场又转过来反哺此类写作的滋生，泛文与泛情遂在这一交叉中泛滥起来。”[②]这种创作实践的变化，也呈现出文体观念在消费文化中的深刻变化。对消费物质和消费过程的感触是消费文化影响的重要内容，而书写出当代人对“物”的感受也正是许多长篇小说书写中的一个普遍的现象。“遵循享乐主义，追逐眼前的快感，培养自我表现的生活方式，发展自恋和自私的人格类型，这一切，都是消费文化所强调的内容。”[③]而这个“所强调的内容”也成为许多长篇小说作家追求的书写旨趣，从不同的角度去书写身体、性爱、暴力，铺陈的是本能享受的体验，言说了享乐的尖叫甚至兴奋的呻吟。正是从这个意义出发，人们对消费文化语境中的文学充满了深深的忧虑，正如李锐所指出的那样：“我看到，当年被当作敌人，当作万恶之源的金钱和资本主义，如今正在和权力紧紧纠缠在一起，成为中国新的宗教。我发现，人们再一次地用同样的语言说话，用同样的价值标准思想，用同样的道德行事，用同样的腔调唱歌，用同样的姿态跳舞，用同样的名牌产品打扮包装自己。唯一不同的是，现在不是为了革命，

---

① 吴义勤：《长篇小说与艺术问题》，北京：人民文学出版社，2005 年版，第 51 页。

② ［美］康正果：《重建家园的报告》，《南方周末》，2008 年 9 月 18 日。

③ ［英］迈克·费瑟斯通：《消费文化与后现代主义》，刘精明译，南京：译林出版社，2005 年版，第 114 页。

而是为了流行，为了能够赚大钱而制造流行。为此专门炒作出了名目繁多的流行明星来‘引导’市场。为了垄断这个赚大钱的市场，中国的金钱、外国的金钱都千方百计地和权力共谋，不知有多少人性和良知被淹死在这同谋和流行的污水之中。在这个权力和金钱双重专制的世界里，制造出来的是最驯服的眼睛，是最真实也最流行的谎言。正因为如此，留下内心和情感的真实，留下良知的证言，就成为文学最正当的理由。”①

在这样的文学生态中，新时期短篇小说的独特表现是值得关注的。从整体上来看，短篇小说创作表现出一种拒绝“被消费”的姿态，退居边缘，远离喧嚣，在消费文化的语境中，我们几乎找不到还有哪种文体像短篇小说表现得如此安静。正因为如此，短篇小说创作所追求的文体风格是值得重视的。如果我们对其风格追求进行描述的话，那么“孤独”和“雅洁”可以成为这种描述的关键词。“孤独”是短篇小说在喧嚣时代中表现出的创作状态，“雅洁”是短篇小说在市场社会中呈示出的作品风貌，它们在很大程度上构成了短篇小说在新时期对艺术风格的审美取向。在风格与时代的关系中，“孤独”与“雅洁”的具体表现特征是“疏远消费”；正是对消费的疏远甚至抵制，短篇小说文体才得以形成纯净、精致、潜细、绵远等具体的风格形态。

总之，新时期短篇小说在体裁、语体和风格三个层面都呈示出更为自觉、独立的文体观念，并呈现了短篇文体演变的诸多特征和趋向。值得注意的是，正是由于新时期短篇小说文体的演变，短篇文体对创作技术的要求变得更高，创作的技术难度变得更大，这也更进一

① 李锐：《被克隆的眼睛》，见林建法等编：《中国当代作家面面观——寻找文学的灵魂》，沈阳：春风文艺出版社，2003年版，第12页。

步凸显了短篇小说与中长篇小说在技术性方面的差别性特征，正如评论家胡平所指出："新时期以来成长起来的成熟小说家们大都在攻长篇，但形势依然是：短篇比中篇强，中篇比长篇强。这是因为，以期刊为阵地的短篇小说创作经历过最严格的训练。每一位知名作家都体验过被退稿的痛苦。掌握着期刊的资深编辑们心中自有一定之规，他们可以帮助作者逐步修改稿子，但不会轻易容许不成熟的作品出笼。于是，几乎所有的作者都曾经呕心沥血地探究过短篇小说创作的奥秘，把他们的心得和创作谈汇集起来，可以构成短篇小说创作理论的庞大体系。至于长篇小说，情况就很有不同。当作家们由短篇而中篇最终进入长篇创作时，他们大多都已享有盛名，创作便进入怎么写怎么有的境界。重要的是，关于长篇小说，无论编辑还是作者，都缺乏完整的概念，理论上少得可怜，想搜集一些作家们关于长篇小说艺术的创作谈，都很困难。大家都在无师自通。进入网络时代后，无门槛发表的境遇，又使一批新的写手横空出世，唯以点击率分出高下，长篇小说变更为自由竞争的领域。青年作家们不必再经过短篇小说的写作训练，甚至无须编辑介入，处女作就在出版商的支持下风靡市场。当然，这作品一定是长篇小说，而不是短篇小说，他们对写短篇往往视为畏途，因为，很奇怪，不管什么人，一写起短篇，便容易暴露技法和功力上的缺陷。所以，至今，短篇小说仍旧是小说中艺术性最强的部分，门槛最高的创作。"[①]也许正因为如此，新时期短篇小说才能更凸显出它的独特魅力，并在探索和创新的征程中以更沉稳的创作姿态、更纯粹的文学品质不断前行。

---

① 胡平：《新中国六十年文学大系·短篇小说精选·序言》，武汉：长江文艺出版社，2009年版，第1页。

第二章　小说主题的独特呈现

如前所述，新时期短篇小说已卓有成效地开启了文体观念的探索之路，这实际上也显现出短篇小说文体对世界表达方式的变化。主题是艺术对世界实施表达的重要方式和体现，正如俄国著名文学理论家瓦·叶·哈利泽夫认为主题“同作者对艺术之外的现实的诉求是相联系的，要是没有这种诉求，艺术便不可思议”[①]。因此，对主题话语的探讨是进入新时期短篇小说艺术世界的必然路径。莫言认为：“文学的突破总是在边缘地带突破。”[②]用这句话描述新时期短篇小说主题的呈现特征是非常恰当的。新时期短篇小说不仅在社会影响方面从“中心”退居“边缘”，而且它安静的创作状态也使得其主题话语处在一种“边缘”的地带。值得注意的是，正是这种边缘地带的主题话语形成了一种不可忽视的言说力量，造成了文体“安静”与艺术突破之

① ［俄］瓦·叶·哈利泽夫：《文学学导论》，周启超等译，北京：北京大学出版社，2006年版，第64页。

② 莫言：《作为老百姓写作》，见林建法等编：《中国当代作家面面观——寻找文学的灵魂》，沈阳：春风文艺出版社，2003年版，第7页。

间的内在张力，从而在主题的呈现方面显示了新时期短篇小说探索和创新的艺术品格。

第一节 主题话语的“边缘”切入

在西方文艺批评中，主题是一个非常重要的范畴：“在现代欧洲诸种语言中广泛流通的‘主题’（主题学）这一词语，乃源生于古希腊语中的thema——该词的含义：那种被置于基础之地的东西。”[①]当然，主题的概念是相当复杂的。亚里士多德在《诗学》中指出诗歌构成的六个方面，即“情节、性格、言语、思想、戏景和唱段”[②]，弗莱在其名著《批评的解剖》中把希腊词的“思想”译成“主题”，并指出：“任何文学作品都有虚构的一面又有主题的一面，而两者中究竟哪一个更为重要的问题，往往仅是看法不同，或在解释时强调了不同方面。”[③]这里的“虚构”是指人物、情节的非事实性叙事，“主题”则是指作品所着力表达的理想或观念。对这种带有“基础”性观念形态即作品主题的表达，不同文体所采取的方式显然是不一样的，新时期短篇小说就是从主题话语的“边缘地带”显示了独特的呈现方式。

一、边缘的形态

文学主题按照不同的标准可以类分为多种，譬如爱情、死亡、战争主题等，或者以揭露社会矛盾、反映社会变革、表现历史变迁等表

---

① ［俄］瓦·叶·哈利泽夫：《文学学导论》，周启超等译，北京：北京大学出版社，2006年版，第53页。

② ［古希腊］亚里士多德：《诗学》，陈中梅译，北京：商务印书馆，1996年版，第64页。

③ ［加］诺斯罗普·弗莱：《批评的解剖》，陈慧、吴伟仁译，天津：百花文艺出版社，2006年版，第77—78页。

述方式对主题进行描述。新时期短篇小说的主题当然也包含在这些话语之中，那么其主题话语的“边缘”状态又是从何说起的呢？

显然，“边缘”是相对于“中心”而言的。在主题话语的系统中，新时期短篇小说的主题话语往往处在这个系统的“末梢”，犹如“神经末梢”的存在状态一样；或者说是一些主题话语的“支话语”，零散、细微地分布于一个主题话语范畴的边界。比如爱情主题，新时期短篇小说的爱情主题话语往往不是一往情深、爱恋切切的展示，而是表达一次细微的爱的心动，一丝不易察觉的爱的萌生，读者如浅表式的阅读甚至不把它视为爱情的主题，而它却通连着爱情的意念。诸如这种主题言说的存在方式我们就称之为主题话语“边缘的状态”。具体来说，新时期短篇小说主题话语“边缘的状态”具有以下几种表现形态。

一是对社会矛盾话语的潜隐。“20世纪的中国文学，‘主题’是一个关键词，主题的好与坏、轻与重、和时代关系之密切和疏远，常常是评判一部（篇）文学作品优长短劣的首要标准。作为现代白话文学之发端的‘五四文学革命’，便是一次在‘救亡’与‘启蒙’的时代主题之下直接询唤出来的文化革命。”[①]社会和时代对文学主题的这种影响，使得对社会矛盾的揭示成为20世纪中国文学的重要主题。实际上，20世纪初的许多短篇小说在很大程度上就继承了清末谴责小说的主题传统，譬如，当时有影响的作品有徐卓呆的《卖药童》、李劼人的《强盗真诠》、孙剑秋的《哟哟……原来是老子》、范烟桥的《禁烟小史》、徐枕亚的《再来人》等，这些短篇小说揭露社会黑幕，反映社会腐败，感叹贫富不公，鞭挞社会现实。“五四”文

① 洪子诚、孟繁华：《当代文学关键词》，桂林：广西师范大学出版社，2002年版，第277页。

学之后，表现“新”“旧”对立的社会矛盾更成为小说的重要主题，以鲁迅《狂人日记》为代表的许多短篇小说鲜明地凸显了揭示封建社会本质的文学主题。接下来随着文学与政治关系的密切，小说在一定程度上具有了“战斗武器”的作用，那么在“战斗”的过程中，揭示社会中的“矛盾”和“对立”自然而然地成为小说主题话语的一个中心，而且影响深远，正如有学者指出：“自从20年代中后期开始倡导‘文学革命’以后，在部分文学社团中，小说和小说家的社会作用渐渐地又被无限放大，许多人相信小说可以成为时代的号角和政治的晴雨表。到50年代以后，文学为政治和革命服务成为要求的一统模式，此后文学界虽亦非铁板一块，但小说作为载道言志工具和批评战斗武器的那种状态实际上一直延续到20世纪的最后20年前。直到1985年，我们的小说才又回归到扮演它最正常的角色，于是出现了各种流派竞相争艳以至流派淡化个性张扬的全盛收获期。”①

对于新时期小说而言，无论如何实施文学的回归和转型，不可能忽视社会矛盾的存在，也不可能不表达出对社会矛盾的文学感受，然而，主题话语的表达方式却发生了重大的变化。如果说在长篇小说（如大量的“官场”小说）中我们还能感受到直接揭示和批判的主题话语的存在，那么在短篇小说中我们只能体会到这种揭示社会矛盾主题话语“潜隐”的状态。当然，新时期之初的“伤痕小说”和“反思小说”，如刘心武的《班主任》、卢新华的《伤痕》、王亚平的《神圣的使命》、宗璞的《弦上的梦》、张洁的《从森林里来的孩子》、陆文夫的《献身》、张弦的《记忆》、陈国凯的《我该怎么办》等短篇小说

---

① 钱乃荣：《20世纪中国短篇小说选集·序言》（第一卷），上海：上海大学出版社，1999年版，第9页。

都揭露和批判了特殊历史时期非人道的社会黑暗，在主题表达方式上还处在一种过渡的文学时段。从寻根小说开始，短篇小说揭示社会矛盾的主题话语便从叙述话语的“中心地带”弥散开来，散落在文化追寻的气息里。试想，刘恒的《狗日的粮食》是一篇揭示“缺粮时代”矛盾的主题小说吗？或许我们只能说类似的短篇小说具有揭示社会矛盾主题话语的指向性特征，这种特征也是潜隐在文化寻根主题的诉求之中的。同样的阅读感受也会出现在李锐等作家的短篇小说中，如李锐的《厚土·合坟》中写北京女知青玉香为保“大寨田”在洪水中丧生，小说主题的重心并不在于对特殊时代的批判，而是通过“合坟”这个民俗事件来表达更为复杂、丰富的主题内蕴。先锋思潮、新写实思潮中短篇小说的主题话语依然如此。在世纪之交以及新世纪以来，即使在许多注重反映社会现实的短篇小说中，如苏童的《过渡》、白桦的《呦呦鹿鸣》、莫言的《师傅愈来愈幽默》、王安忆的《死生契阔，与子相悦》等，揭示社会矛盾的主题话语也依然明显地处于“潜隐”的状态。

二是对历史和现实变迁话语的放逐。夏志清认为“感时忧国”的精神是中国现代文学的重要特征：“但那个时代的新文学，却有不同于前代，亦有异于中国大陆文学的地方，那就是作品所表现的道义上的使命感，那种感时忧国的精神。……即使从世界文学的眼光来看，中国现代文学感时忧国的精神，仍然值得我们进一步加以探讨。”[①]这里，夏志清把“感时忧国”作为现代文学主题的关键词。因此，反映具有时代意义和历史变迁的题材，表现充满历史感和民族感的思想观念，是中国现代小说一个重要的艺术特征。在十七年文学的进程中，

① 夏志清：《中国现代小说史》，上海：复旦大学出版社，2005年版，第357—358页。

“重大主题”概念的提出，更加强化了文学对社会历史变迁主题的书写：“‘重大主题’概念的提出，体现了要求文学在一种新的国家意识下对历史和现实的重新书写，要求作家按照党的文艺路线、方针和政策，处理好政治与文学、理想与现实、个人与集体等一系列关系，通过表现现实和历史中的重大事件和问题，来改造和塑造（作为读者的）人民的现实观、历史观和世界观。因此，十七年的文艺创作和批评的指导思想，便体现为强调写与社会政治运动密切相关的题材，必须保证‘政治正确’的优先性；强调表现工农兵伟大的革命实践活动，任何人的行动和命运必须放在革命的大潮之中；强调文艺直接对光明面的歌颂；强调文艺反映的生活要比现实生活更高、更美、更典型、更理想，这构成‘重大主题’的基本内涵。于是我们看到，在历史领域，描写党所领导的新民主主义革命史成为创作的主导性题材和主题；在现实领域，具体到每一个时期，从新中国成立初的抗美援朝、土地改革，到随后的大炼钢铁、人民公社运动，都有相应而及时的文学作品出现。”①在这种情况下，对于历史和现实变迁的叙写无疑成为十七年文学话语的中心，短篇小说当然也不例外。尽管有为数不多的短篇小说，如萧也牧的《我们夫妇之间》、王蒙的《组织部来了个年轻人》、陆文夫的《小巷深处》、宗璞的《红豆》、丰村的《美丽》、刘绍棠的《西苑草》等也显露出“人性”的一点微光，只不过“掘微烛隐地发现那些可构成新小说的创作母题”②，但整体上并没有脱离十七年文学主题话语的中心。

进入新时期以来，文学对历史和现实变迁主题的表现方式显然发

---

① 洪子诚、孟繁华：《当代文学关键词》，桂林：广西师范大学出版社，2002 年版，第 279 页。

② 董之林：《旧梦新知：“十七年”小说论稿》，桂林：广西师范大学出版社，2004 年版，第 104 页。

生了重大变化，但是我们注意到，对这种宏大叙事主题的呈现依然占据着小说主题话语的中心，这在长篇小说创作中表现得尤为突出。譬如，陈忠实把巴尔扎克的名言“小说被认为是一个民族的秘史”①作为《白鹿原》叙事前的某种基调和主题诉求，写在作品的前面，贾平凹则在《秦腔》叙事结束后的《后记》中写道：

> 我决心以这本书为故乡树起一块碑子。
>
> 当我雄心勃勃在2003年的春天动笔之前，我祭奠了棣花街上近十年二十年的亡人，也为棣花街上未亡的人把一杯酒洒在地上，从此我书房当庭摆放的那一个巨大的汉罐里，日日燃香，香烟袅袅，如一根线端端冲上屋顶。我的写作充满了矛盾和痛苦，我不知道该赞歌现实还是诅咒现实，是为棣花街的父老乡亲庆幸还是为他们悲哀。②

我们理解陈忠实、贾平凹对世事变迁的那种沉郁的历史悲情，呈现历史和现实变迁的完整过程是长篇文体的“强项”，这是中短篇小说难以实现的。但是，以历史和现实变迁为话语“中心”的情结往往造成长篇小说创作走进“史诗”诉求的误区，这种现象倒是值得我们反思和警惕的，正如有批评家指出的那样：“长篇小说首先应该澄清的就是在‘史诗’问题上的误读和误解。某种意义上，长篇小说对于‘长度’‘宽广度’以及‘大而全’的追求也可以说是对‘史诗’的追求。从古典形态的长篇小说起源来说，史诗、传说、神话确实是长篇

---

① 陈忠实：《白鹿原》，北京：人民文学出版社，1997年版，扉页。

② 贾平凹：《秦腔·后记》，北京：作家出版社，2008年版，第517页。

小说的直接渊源，长篇小说具有某种‘史诗’基因是完全可以理解的。……但是，史诗是与特定时代人类的审美水平与认识水平相适应的，从世界文学史的演进来看，史诗品格的丧失以及从复杂到简单的转化才是长篇小说文体变化的真实方向。然而，这一切，在中国却似乎是背道而驰的，我们一直推崇史诗，甚至把史诗神化成了判定长篇小说艺术成就的唯一标准，但是我们并不理解‘史诗’的真正内涵。不要说20世纪50、60年代长篇小说的‘史诗’情结，甚至当下的长篇小说也仍然没有摆脱史诗的阴影。”①

而短篇小说关于历史和现实变迁主题的表达方式则不同于此。短篇小说采取的是一种“放逐”的策略，即把对历史和现实变迁的叙述从主题话语的“中心”放逐到“边缘”地带。对历史和现实变迁话语的“放逐”，最为显著的特征就是小说的叙事表面上疏远了与时代的关系，而以近乎曲径通幽的方式指向主题，以至于使主题呈现出难以辨认的模糊状态，正如汪政所说：“现在的短篇已不再有什么明确而深刻的主题，不再提倡复杂的生活内容，它们只注重‘效果’，一个抽象的对某种‘存在’的接近，一种可感而不可说的状态的呈现……”②当然，这仅仅是对新时期短篇小说的整体观照，在新时期之初，诸如伤痕文学、反思文学及改革文学中的短篇小说，也表现出对历史和现实变迁话语那种“中心”位置难以释怀的情结。

三是对爱恋话语的疏离。爱恋可以归为爱情的主题，这里用“爱恋”一词意在说明这种爱恋话语的时尚和流行特征。在当今的文学生态中，对带有时尚和流行气息的爱情主题的书写已然成为一种潮

---

① 吴义勤：《长篇小说与艺术问题》，北京：人民文学出版社，2005年版，第22—23页。

② 汪政、晓华：《有关短篇小说技术的断想》，《上海文学》，1996年第7期。

流，网络、影视、“街头”报纸杂志等媒体中到处演绎着这种主题的“故事”。其实，这种爱恋的主题话语在中国传统短篇小说甚至20世纪初的短篇小说中是大量存在的，在当今文学生产的语境中，短篇小说也是很容易“拾起”这个话题的。唐传奇、宋元话本、“三言二拍”之中都明显带有采录异闻、记人逸情的闲情娱乐的审美旨趣，当然不乏这种情趣的“言情”文本。20世纪初，包天笑主编的《小说时报》，王蕴章主编的《小说月报》，王纯银、孙剑秋主办的《礼拜六》，徐枕亚主编的《小说丛报》等，都发表了大量的短篇小说，其中“最多的是反映市井恋爱生活及其情调的言情小说，由于数量之多，又细分‘怨情’‘哀情’‘苦情’‘艳情’‘恨情’‘奇情’‘幻情’等多类”[①]。陶报癖的《恨史》、包天笑的《一缕麻》、许指严的《香囊记》、陈蝶仙的《玉田恨史》、罗韦士的《采桑女》、周瘦鹃的《恨不相逢未嫁时》《此恨绵绵无绝期》、刘铁冷的《祸里奇缘》、朱瘦菊的《柔乡苦海录》……都是市井言情的代表性短篇小说，明显带有了轻松休闲的、时尚流行的情调。当然，由于后来的启蒙与救亡的主题压倒了一切，短篇小说这种爱恋主题的表现才收敛起来。新时期以来，随着政治主流话语的淡出，小说讲述故事进行闲情娱乐的“特长”又被市场所利用，我们便看到了许多小说夸张地炫耀着娱乐式的爱恋主题话语。在每年出版的数量众多的长篇小说中，表现这种主题话语的小说占了很大的比例，特别是一些一开始就写长篇小说的年轻作者似乎更热衷于这种主题的表达，但他们的小说大多进入不了专业读者的批评视野。即使那些进入批评家视野的长篇小说，也因为其时尚的情结，或者对

---

① 钱乃荣：《20世纪中国短篇小说选集·序言》（第一卷），上海：上海大学出版社，1999年版，第4—5页。

爱情的肤浅表达而招致非议，正如洪治纲指出："从90年代开始，与欲望泛滥的私语化写作相随的，还有一股以小资生活为审美情调的时尚化写作思潮。……这种时尚性的写作，主要以崇尚都市生活的年轻作家为主体，他们不断地抛出一些所谓的'小长篇'，如石康的《晃晃悠悠》《支离破碎》、朱文颖的《高跟鞋》、周洁茹的《小妖的网》、画眉的《林黛玉的短信息》、蓝昊的《高贵女人》、林播的《半枝圣罗兰》、尹丽川的《贱人》、郭虹的《伤过的心可以重来》，以及一大批从网络走向纸质平面的'网络小说'，如今何在的《悟空传》、蔡智恒的《第一次的亲密接触》《雨衣》《槲寄生》、安妮宝贝的《告别薇安》《彼岸花》、宁财神的《第二次亲密接触》《无数次亲密接触》、李寻欢的《迷失在网络与现实之间的爱情》等等。"[①]可以说这些小说都有爱情主题的叙写，但是小说对爱情的消解姿态以及对时尚欲望的诉求，使其真正呈现的却是在爱情主题话语掩饰下的欲望表达。

那么短篇小说呢？我们发现爱情主题的短篇小说创作往往不在上述的"思潮"之中，短篇小说创作在很大程度上疏离了那种闲情爱恋的叙事话语，从细微的精神层面表达着对爱情的感受和理解。当然，这些短篇小说也带有爱情叙事常见的话语模式，譬如"邂逅爱情"（如叶弥《香炉山》）、"爱情小剧"（如周新天《稀世之鸟》）、"青春爱恋"（如孙频《鱼吻》）、"爱恋场景"（如华静《夕阳船》）、"酒吧情感"（如祝红蕾《金波的星期九》）等。但是，我们注意到这些小说都是从一个小小的事件或一种氛围中折射出爱情的韵味与绚烂，主题话语中往往传递着一种纯洁的爱情观念。譬如叶弥的《香炉山》，篇幅很短，叙述了"我"在香炉山与"苏"的一

① 洪治纲：《陷阱中的写作——论近年来的长篇小说创作》，《当代作家评论》，2002年第6期。

次偶遇。“苏”是一个快乐的、阳光的男孩，对“我”充满了好感，出于非常纯洁的动机为“我”引路。“我”享受着朦胧的爱意，内心却充满了怯弱和猜测，最后失去了本来可以拥有的一份爱情。小说的叙事显然是爱情主题，细致地传递着充满诗意的爱情意念，然而，小说的叙述似乎距离爱情的“中心”话语较远，游走在爱情感觉的边缘，从而也使得这些小说的主题话语处在爱情主题的“边缘地带”。

二、主题话语的变革性特征

正是在主题话语的“边缘”地带，新时期短篇小说在主题的审美观念和呈现方式等方面开始实施了探索的努力，并表现出诸多的变革性特征。从整体上来看，这些特征大致表现在以下三个方面。

其一，以观照取代贬抑的主题审美旨趣。中国现代文学从一开始就注重文学改造人生和社会的意识，思想启蒙的主题理念赋予了文学强烈的理性批判色彩，相继出现的一些文学思潮更加强化了革命化和政治化的主题创作。在这种背景下，文学被赋予了承担启蒙任务的使命，往往以反传统的姿态出现，抨击传统文化理念，以对传统的贬抑来确立“现代性”的叙述。在现代文学的传统中，对旧时代贬抑改造的诉求不仅成为文学的书写主题，而且也成为当时重要的艺术追求。除却鲁迅的《狂人日记》《孔乙己》等诸多经典之外，诸如郁达夫的《沉沦》、叶圣陶的《多收了三五斗》《潘先生在难中》、茅盾的《林家铺子》《春蚕》、柔石的《为了奴隶的母亲》、张天翼的《包氏父子》、王鲁彦的《一个危险的人物》、蹇先艾的《在贵州道上》等许多现代经典短篇，其主题都带有“贬抑”的审美特点。十七年的小说由于与政治关系紧密，“贬抑”和“歌唱”成为小说主题的关键词。20 世纪

50 年代“干预生活”的短篇小说如孙谦的《奇异的离婚故事》、王蒙的《组织部来了个年轻人》、李凖的《灰色的帆篷》、刘绍棠的《田野落霞》、张弦的《甲方代表》等，尽管其中的一些小说当时受到批判，但它们还是表现了介入社会政治生活的强烈愿望，揭露和贬抑的主题特征是十分鲜明的。新时期短篇小说没有排斥对社会和时代意义的呈示，而是更注重对历史和命运的静静观照，注重理解与尊重，倾向同情与怀念，追求观照式的主题审美旨趣。尽管新时期短篇小说有时也用讽喻、象征的手法对家国变迁、命运变化等社会历史现实表达不满和厌恶、实施嘲讽和责问，但总是把这些欲望压得很低，使之让位于叙事的静观。譬如，寻根、新写实思潮中的短篇小说更多的是一种展示和观照的主题审美旨趣，更多的是寻觅和探究，是铺陈和观察的叙说，并不张扬出贬抑或赞美的主题话语。在贾平凹、余华、苏童、毕飞宇、刘庆邦、迟子建等作家的短篇小说中更表现了一种静观的主题审美情趣，这或许正像尼采认为的那样：“在每个艺术种类和高度上，首先要求克服主观，摆脱‘自我’，让个人的一切意愿和欲望保持缄默。没有客观性，没有纯粹超然的静观，就不能想象有哪怕最起码的真正的艺术创作。”①

其二，以“隐曲”取代“凸显”的主题呈现方式。胡适“横截面”的观点其最核心的观念是以情节结构的“经济”手段表现社会“全形”的“大”主题，尽管强调短篇小说创作的“技术性”，但也旨在突出从“小处”凸显“大主题”的叙事技巧。鲁迅及许多现代作家的创作实践更凸显了短篇小说文体的这种主题意识，闰土、祥林嫂的

---

① ［德］尼采：《悲剧的诞生——尼采美学文选》，周国平译，北京：生活·读书·新知三联书店，1986 年版，第 17 页。

鲜活形象是活在鲁迅的“揭示病态，引起疗救”的深刻主题之下，冰心、王统照的小说人物也活在“问题小说”的主题之中，叶圣陶笔下的人物笼罩在“人生小说”的主题氛围中，茅盾的《林家铺子》、“农村三部曲”更是在社会革命、农村问题的主题中来塑造和把握人物的。这些作家的小说主题不是含蓄呈示的，而是“凸显”呈现的；诚然，这些作家的小说做到了主题内容和艺术形式的统一，能够穿越时代的局限，具有了永恒的艺术魅力。在十七年的短篇小说中，主题“凸显”的呈现方式表现得更为明显，如峻青的《党员登记表》、王愿坚的《党费》、刘真的《我和小荣》、刘绍棠的《田野落霞》、徐怀中的《卖酒女》、周立波的《山那边人家》、王汶石的《新结识的伙伴》、马烽的《我的第一个上级》、唐克新的《第一课》、巴金的《无畏战士李大海》、马识途的《最有办法的人》、方之的《出山》、杨沫的《房客》等。新时期短篇小说的主题呈现方式则不同，叙事主题不是外露呈现的，而是以“隐曲”的形式呈示的。譬如，马原的《拉萨河女神》《错误》、余华的《十八岁出门远行》《我没有自己的名字》、苏童的《仪式的完成》、孙甘露的《我是少年酒坛子》……这些著名的先锋短篇的“主题”实际上“隐曲”在先锋的形式之中，“新潮作家尽管反复声明了对于文学主题的不屑一顾，对现实、真实和功利主义的无暇理睬以及对于形式主义和语言虚构的痴迷和钟情，然而在他们的文本中，在他们那夸张化和极端化的‘形式’背后，其现实的破碎化和真实的虚幻化本身又显然正是一种昭然若揭的‘主题’”[①]。新生代作家如毕飞宇、陈染、韩东、李洱、戴来、刁斗、郭文斌、朱文颖等人的短篇小说主题往往都不是通过浅表的阅读就能认知的，它们都潜

---

① 吴义勤：《中国当代新潮小说论》，南京：江苏文艺出版社，1997年版，第37页。

隐在或感性，或诗意，或快感，或游戏等风格灵动的叙事之中。

其三，以“内部”取代“外部”的主题表现特征。“边缘”状态是一种从距离远近的维度对主题话语的表述；如果从纵深的维度进行观照，主题话语的“边缘”化表现了审美视角的“外部”和“内部”的关系问题。这里的审美视角的主体是小说家，正是小说家在创作中艺术视角由原来的外部世界向内心世界的转变，小说的主题话语才实现了从“中心”到“边缘”的转移，于是反映外部世界的主题才渐变为表现内心世界的主题，从而实现了以“内部”取代“外部”主题表现特征的转变过程。作家审美视角由“外”向“内”的转变也就是人们通常所说的“内转向”。“内转向”已成为描述新时期文学创作变迁的一个常用术语，它的提出与新时期之初短篇小说的创作变化有着直接的关系。“内转向”的概念是鲁枢元于1986年首先提出的，经过长时间的文坛论争最终为学术界所认可。关于这个概念的提出，鲁枢元认为最初是受到了短篇小说等创作转向的启示：“王蒙的《夜的眼》、《春之声》等六篇新颖别致的小说，舒婷、顾城等人的‘朦胧诗’，使多年来僵化的文学观念发生了动摇，我凭直觉认识到中国当代文学开始了一场意义深远的变更，在一些重要的文学问题上，已经有可能做出一些不同的答案来。”[①]这里至少可以说明，短篇小说在“内转向”过程中具有“先导性”的作用，也就是说短篇小说率先突破了原来在反映外部世界方面较为直线的创作思维，主题表现由“外部”向“内部”转变，这在一定程度上呈现了小说叙事方法新变的一些趋势。

主题话语的变化也体现出新时期短篇小说审美意识的转变。其实，有学者就把主题视为文学的某种审美意识：“主题指文本通过形

① 洪子诚、孟繁华：《当代文学关键词》，桂林：广西师范大学出版社，2002年版，第173页。

象或形象体系传达出来的某种审美意识。这一概念并不只是适用于小说。任何一种类型的任何一部文学作品，都在传达着某种审美意识，因而也有自己的主题，只是它们的显隐程度和复杂程度会有所不同而已。”[①]在这个意义上说，新时期短篇小说从主题话语的“边缘地带”显示出的变革性特征，在很大程度上都与主题的“显隐程度和复杂程度”密切相关。

第二节　主题形成的“差异”性方式

主题话语或审美意识的变化归根到底来源于文学与世界（社会生活）的关系，新时期短篇小说主题话语的转变来源于短篇文体对社会生活的一种独特的“差异性”选择。韦勒克、沃伦在《文学理论》中指出：“文学总需要趣味，有一个结构和审美的意义，有一个整体的连贯性和效果。当然，它和生活之间必须要有可以认知的关系，但是，这种关系确是非常复杂的：生活可以被提高，被滑稽地模仿或对照。文学在任何时候都是为了某种特殊的目的而从生活中选择出来的东西。”[②]新时期短篇小说正是通过其文体对世界独特的观照方式感受和认知社会生活，从而呈现出与其他文体不同的主题话语特征，可以说对世界独特的观照方式成为短篇小说主题话语形成的缘起。当然，主题话语的形成是一个复杂的问题，涉及小说创作的诸多方面，我们这里仅着眼于上文所述的新时期短篇小说“边缘性”的主题话语特征，从短篇小说文体形成的“差异性”方式来探讨其主题形成的特

① 王耀辉：《文本解读》，武汉：华中师范大学出版社，1999 年版，第 148 页。

② ［美］勒内·韦勒克、奥斯汀·沃伦：《文学理论》，刘象愚等译，北京：文化艺术出版社，2010 年版，第 239 页。

征，从而进一步从主题话语的角度来把握新时期短篇小说探索和创新的艺术品格。

这里的世界仍是 M. H. 艾布拉姆斯的文学“世界”内涵或者是“社会生活”的一种理解。由于短篇小说的篇幅限制，它对世界的观照方式与其他文体之间存在着显著的不同。由观照的角度、距离等要素所形成的对世界认知的基本方法和途径，直接决定了小说文本世界的形成，同时也决定了主题形成方式的差异。短篇小说主题的“差异”性主要由以下三种不同的世界观照方式所决定。

其一，远距离的观照方式。创作要贴近生活，贴近现实，长期以来一直是文学创作的一种规约。其实，怎样才是“贴近”，什么是“生活”和“现实”，也是当代文学创作值得反思的问题。也正是从这个意义上说，新时期小说开始了对世界观照方式的反思，短篇小说无疑成了这一反思和转变的先行文体。从文体的角度来看，短篇小说是新时期文学的发端文体，重新审视和反思这一文学现象，对于考察短篇文体对世界的观照方式及其主题的形成都是十分必要的。

尽管学术界对“新时期”的上限和下限存在着一些不同的看法，但更多的还是认为发表于《人民文学》1977 年第 11 期刘心武的短篇小说《班主任》是新时期文学的发端之作，“奢望新时期文学完全拥有一个独立于历史发展进程的纯粹线索是不切实际的，我们需要做的是在借用政治、历史意义上的‘新时期’概念时尽可能多地赋予它文学的、美学的、艺术的内涵。从这个意义上说，我觉得‘新时期’文学不应发端于 1976 年的粉碎‘四人帮’和 1978 年的十一届三中全会，而应肇始于 1977 年刘心武的小说《班主任》的发表”[①]。《班主

① 吴义勤：《中国新时期文学的文化反思》，南京：江苏文艺出版社，2009 年版，第 6 页。

任》这一短篇小说作为新时期文学的发端之作，是文学史发展的一种机缘，还是人为切分的一种巧合？这是一个值得思考的问题。如果从文体的角度来回答《班主任》作为新时期文学的发端原因，我们很容易想到类似这样的表述：短篇小说短小精悍，便于反映当时的社会生活，是新时期之初文学的“轻骑兵”。这样的回答注意到了短篇小说的某些文体特征，具有一定的说服力。但如果仅仅如此，我们是否可以认为：既然短篇小说有这样的“功能”，短篇小说是否在任何一个类似的“转型期”都具有如此“符号”的意义呢？这个问题似乎又不好做出肯定的回答。因此，我认为对于短篇文体作为新时期文学“发端”的问题，需要从“世界”与“文体”的关系中作进一步的思考。

就以《班主任》为代表的“伤痕文学”而言，短篇小说在其中占了很大的比例，仅在1978年、1979年全国优秀短篇小说奖获奖作品中，“伤痕小说”就可以列出许多，如《伤痕》（卢新华）、《神圣的使命》（王亚平）、《愿你听到这支歌》（李陀）、《弦上的梦》（宗璞）、《从森林里来的孩子》（张洁）、《最宝贵的》（王蒙）、《献身》（陆文夫）、《姻缘》（孔捷生）、《记忆》（张弦）、《我该怎么办》（陈国凯）等。这些小说都是在“文革”结束后的时代背景中揭批“四人帮”的罪行，控诉“文革”对社会和个人的伤害。小说往往通过对人物的塑造表现“文革”结束后人们内心尚未抚平的伤痛，如《班主任》中“小流氓”宋宝琦受到的伤害，“好学生”谢惠敏受到的“内伤”，于是小说发出了“救救孩子”的沉重呼唤。此时，作家脑海中的“世界”就是一幅满目疮痍、亟待修整的社会“图景”，作家一方面要揭示“疮痍”的根源，另一方面也有参与修复的欲望。因此，作家在观照这个“世界”的时候是身在其中的，小说的叙述视点是“现在”，是“文革”结束后新时期的“社会生活”。《班主任》中故事的发生地是“光明中学”初三（三）班，故事叙述指向的并不是“过去”的“文革”中的“世界”。有意思的是，事过三十多年，刘心武还在强调这一点：

> 请注意《班主任》的文本，故事并不是发生在“文革”时期，而是发生在粉碎“四人帮”之后，故事发生的空间被设定为“光明中学”，笔调是乐观的，绝无表面的阴暗，更没有眼泪。当然，在如此包装下，它很厉害地否定了“文化大革命”，甚至通过谢惠敏这个角色，一直否定到“文革”前的极“左”。①

着眼的是“现在”，又要揭批“文革”，因此小说对“世界”的叙述必须要有一个时空的转换，即由“过去”拉到“现在”，才可以实现对当下的“世界”的聚焦。在当时的社会氛围里，作家与迎接“新时期”到来的人们一样，都有一种建设新“世界”的急迫心情和强烈愿望，因此小说需要迫不及待地、迅捷地实施“过去”和“现在”的叙事转换。那么，能够有效表达作家这种创作诉求的文体便是短篇小说了。

仅此还不能说明“世界”对新时期短篇文体的选择。“世界”对作家诱发了何种想象，这决定着作家创造何种的文本“世界”，正如美国文学评论家克林斯·布鲁克斯（C. Brooks）、罗伯特·潘·沃伦（R. P. Warren）在《小说鉴赏》中指出的那样：“小说可以从任何事物

---

① 刘心武：《刘心武短篇小说》，北京：现代教育出版社，2009 年版，第 245 页。

发源，只要这些事物能激发人的想象力从而去完成小说的特殊使命，即把事物有机地联合起来并从中生发出某种意义来——不，不仅仅是联系起来就够了，而是要创造一个世界，在这个世界里，各种事物相互自然依存而其中又赋有意义。”[①]对于创作《班主任》等“伤痕文学”的作家来说，当时的“世界”激发他们去“控诉”，而作家也要创造一个相应的“暴露罪恶”的世界，于是作家便选择小说的虚构叙事来创造文本中的“世界”了，加之如上所说作家的“急切”诉求，此时短篇小说便被“世界”和作家共同选择了。同时，在那个特殊的历史时期，短篇小说也放大了自己的文体篇幅之“短”的特点，具有了与“世界”“共谋”的可能。在我看来，这或许是短篇小说成为新时期文学“发端”文体的重要缘由。如果换一个“世界”，那么，“发端”文体或许是另外一种文学形式了。

试想，“中国当代文学”的“发端”文体是什么呢？提出这个问题，我们是想进一步说明“世界”与“文体”的关系，更深入地探讨新时期短篇小说主题形成的“差异性”方式。中国当代文学是以新中国成立的时间来切分的，至于以“文学性”切分的维度在当时就显得并不重要了。如果试着找出“当代文学”的一个发端文体，我认为应该是诗歌。因为，那是一个充满“歌颂”的世界：“天安门城楼上五星红旗的升起，标志着中华民族的历史掀开了新的一页。摆脱了深重苦难的人民群众，满怀喜悦地赞美新生活，歌颂党和领袖，欢歌笑语响彻神州。”[②]这是作家感受到的“世界”，它充满了诗意的诱惑，于是，“曾经预言古老中国必将像火中凤凰一样获得新生的郭沫若，以

① ［美］克林斯·布鲁克斯、罗伯特·潘·沃伦：《小说鉴赏》，主万、冯亦代、丰子恺等译，北京：世界图书出版公司，2006年版，第369页。

② 丁帆、朱晓进：《中国现当代文学》，南京：南京大学出版社，2007年版，第286页。

一曲格调高亢、情绪豪迈的《新华颂》率先揭开颂歌诗潮的序幕，表达了亿万人民的心声。暗夜里曾向渴望光明的人们传递过‘黎明的通知’的艾青，面对新时代的晴空艳阳，高唱起《我想念我的祖国》。何其芳抚今追昔，百感交集地欢呼《我们伟大的节日》，臧克家分外深切地感受到《祖国在前进》”[①]。可以说，此时诗歌更多地实现了作家对“世界”进行欢唱的诉求。同样，在新时期之初，短篇小说则更多实现了小说家对特殊时代的“世界”予以控诉的愿望。这里，我们可以体味到文体与世界的某种关系。

显然，无论是新中国成立之初，还是新时期初期，作家创作采用的是一种近距离的世界观照方式。当然，需要再次强调的是，这里的“世界”是指文学的、历史的观念，是作家认识中的概念，而不是哲学意义上的范畴。而从 1980 年开始，随着中篇小说的崛起，短篇小说的社会功能开始减弱，中篇小说开始更多地承担了时代和社会的“故事”叙述，短篇小说对世界观察的距离开始迅速地位移，并形成了对世界的远距离观照。当然，中长篇小说在发展进程中对世界的观照视点也会向远距离移动，但是，由于承载较多的社会事件及其进展过程的叙述，很难形成类似短篇小说对世界如此显著的远距离观照方式。不要说不同时期不同作家的短、中、长小说之间在这方面有差异，如余华的《十八岁出门远行》与贾平凹的《秦腔》对世界的观照距离显然不同，即使同一作家相近时期的小说在这方面的表现也有较大的不同，譬如，毕飞宇的短篇《地球上的王家庄》《哺乳期的女人》与其长篇《平原》《推拿》对世界观照的距离一样吗？显然，短篇小说能够摆脱世界中纷繁的事件叙事，轻灵地在世界的远处观照，以自

① 丁帆、朱晓进：《中国现当代文学》，南京：南京大学出版社，2007 年版，第 286 页。

己的文体方式实现对世界独特的认识和表达。在这里，我们具体以陆文夫的短篇小说创作来说明这个问题。

作为一位有影响的当代作家，陆文夫无疑是苏州书写的代表，他对苏州地域风情和吴越文化的书写给人留下了极其深刻的印象。陆文夫对现实生活的深切关注以及优雅、幽默的叙事风格也对不少作家——比如范小青——产生了深刻的影响。当然，陆文夫的小说创作也有明显的局限性，这也是时代留给这一代作家的历史印痕。陆文夫因1956年发表的短篇小说《小巷深处》一举成名，他的《献身》《小贩世家》《围墙》曾获全国短篇小说奖，中篇小说《美食家》因其丰富细致和充满地域特色的“美食”书写更为读者所熟知，并得以广为流传。整体来说，陆文夫小说的叙事主题非常明确，那就是表现时代变迁中人的生存状态的变化。在这个过程中，陆文夫以聚焦社会重大事件来反映时代变迁，表现人物在生活和精神上的前后变化，尽管这使得陆文夫的小说不同程度地具有“政治话语”的书写特征，但陆文夫独特的情感表达方式却生成小说多维度的审美意蕴。在小说中，无论是怎样的故事叙述和主题表达，陆文夫总表现出对笔下风物人情的浓重情感。这种情感的呈现与表达，使得其小说的叙事在主题话语和生命情感之间存在着一种张力，而正是这种张力使得陆文夫的小说具有了多重阐释的可能。当然，在小说创作中，很少有作家忽视这种情感，但值得注意的是，陆文夫的这种情感从来没有被时代的主题话语挤压掉，而是浸透到叙事的不同环节之中，因而他的小说叙事多了一种灵动、鲜活的艺术气质。而这种艺术品格在相同主题叙事的小说中是并不多见的。

我们先来看陆文夫20世纪50年代的短篇小说《赌鬼》。小说叙述了“赌鬼”张大林与乡长关老二周旋的故事。很明显，小说表现的是新中国成立后政府禁赌的主题，这与十七年的文学主流是投契的。陆文夫并没有把这个主题写得非常严肃，而更多地把它处理成一个叙事背景，把叙事的重心放到了张大林与关老二的冲突上面，或者更进一步说，把叙事的焦点放在张大林身上。在阅读中，我们发现陆文夫对张大林的态度是耐人寻味的。小说的叙事从恬静、优美的乡村景观开始："大新桥很小，一顶小木桥横担在港河上，三十几户人家，疏疏落落地散在河两岸。沿岸植满了肥桃树，春天放花，夏天结桃时谁见了都眼馋。不过，现在已是严冬腊月，桃树都秃得像个罗汉头，没有什么好看的。再加上路又那么窄，两部独轮车不能在路中心碰头；房子又那么矮，人在屋檐下伸手可以碰到竹椽子。"从这里，我们感受到陆文夫那种"身在其中"的情感融入，透露出对地域风物人情的叙事欲望，并使得整篇小说都弥漫着这种潜在的情感氛围。而对张大林的描写，也呈现着陆文夫的一种宽容、善意的情感取向："张大林今年四十多，生得一副好身坯。百来斤的大壮猪，他能一手掀倒、放血、挂上钩。他三十岁上丧了妻，光棍打了十几年，摆个肉案子也够吃够烧的。何况他还烧得一手好小菜，谁家婚丧喜庆，都要请他去帮几天厨，不讨工钱，只消把吃剩的鱼肉给他兜点回来。"而接下来的对"爱赌"的"乡风"描述更强化了我们的这种阅读感受：

> 要是爱赌的只有张大林一个，那么，不必费多少心思便可以禁绝。可是大新桥却有个坏乡风，过年的时候都要赌赌钱。这乡风不知是哪个朝代养成的，正月里的头三天，人们只做两件事：拜年，赌钱。搓麻将，扒纸牌，摇宝，滚铜钱，样样都来。当然喽，赌钱的人总想挖别人的腰包，要是说个个都想赢人的钱，那

倒也不见得。有许多赌局都是家兵家将，伯叔妯娌，儿子和老子碰在一起也赌，这叫三天无大小。儿子把钱输给老子，老子马上就还；老子把钱输给儿子呢，就算增加几个压岁钱。

当然，我们在这里不是说陆文夫对小说中的“赌”有什么含混的情感倾向，而是指他的这种情感融入方式在一定程度上消融了政治话语叙事的“僵硬感”，使小说叙事在类似“板结”的氛围中得到了某种自由的舒展，以至于多年以后陆文夫对这篇小说仍情有独钟：“在50年代的作品中，只有一篇是没有受过批判的，就是《赌鬼》，这是我的真正的处女作，所以没有受批判是因为当年根本就未能发表，说是写了农村的阴暗面，哪有二流子之类的人还在赌钱？我也不服，在80年代又把它改了个题目，塞进一本集子里。如今还其本来面目，因为原来的题目就叫《赌鬼》。我重读之后只想笑，觉得这篇小说比50年代曾经大受赞扬的小说还写得好一点。”① 其实，不仅这篇小说，陆文夫在《小巷深处》《牌坊的故事》《二遇周泰》《小贩世家》《美食家》《临街的窗》《井》等小说中也都不同程度地体现了这个创作特点。《小巷深处》当时的成功主要来自于对新社会改造妓女的主题言说，可小说对苏州小巷的情感表达却给读者留下了深刻的印象，如小说的开篇写道：“苏州，这个古老的城市，现在是睡熟了。她安静地躺在运河的怀抱里，像银色河床里的一朵睡莲。那不太明亮的街灯照着秋风中的白杨，把婆娑的树影投射在石子马路上，使得街道也撒上了朦胧的睡意。”今天看来，这种地域文化情感的投入成就了这

① 陆文夫：《〈赌鬼〉前言》，见《陆文夫文集》（第五卷），苏州：古吴轩出版社，2006年版，第310页。

类小说的价值，正如陆文夫自己所说："有人说《小巷深处》比我现在的小说写得美，连题目都美。此话不知道是真的还是假的，前两年我复看此篇小说时，觉得也美不到哪里去。可能是因为我现在所认为的美要比二十六年前质朴些，内在些，还掺杂了一些不可救药的幽默在里面。如果真是比现在写得美的话，那也不能归功于我，得归功于苏州。苏州的姑娘长得美，园林美，小巷也有一种深邃而宁静的美。'小楼一夜听春雨，深巷明朝卖杏花。'苏州的小巷里确实有过卖白兰花的，那叫卖的声音也十分优美。老实说，此篇小说的环境描写是帮了大忙的。"①

《小贩世家》是陆文夫最优秀的小说之一。小说通过对小贩朱源达生活遭遇和人生命运的叙说，反思特殊时代对个人和社会所带来的伤痛，以及对社会现实的种种思考，正如小说结尾处写道："楼下的大门吱呀一响，我下意识地推开了临街的长窗，好像发现一副冒着热气的馄饨担子移过来；好像要听到那笃笃的响声掠过去……什么也没有，只有夹着油印材料的朱源达，渐渐地消失在夜暗里。我有点失望，但也不敢对朱源达有意见。这些年来我和别人都伤害过他，打击过各种各样的个人努力。到头来大家都想捧只铁饭碗，省心思，省力气。那铁饭碗到月也不会太满吧，可那锅子里的饭却老是不够分的！"对小人物的书写，对生活的深入表达，使这篇小说获得了读者的广泛赞誉，正如范伯群指出："《小贩世家》给我们的启示是：陆文夫笔下的'凡人小事'竟有如此大的威力，竟使我们看到三十年中，我们习惯性的折腾，竟会酿造出如此可怕的'酸酒'来，而这一

---

① 陆文夫：《〈小巷深处〉的回忆》，见《陆文夫文集》（第五卷），苏州：古吴轩出版社，2006年版，第134页。

池‘酸酒’竟要我们自己去喝干。并非是陆文夫过去没有写过‘凡人小事’，而是我们还不能想象，‘凡人小事’题材还会有如此巨大的潜力，它是可以总结我们沉重的历史教训的。陆文夫之所以能使‘凡人小事’的《小贩世家》写得如此感人，如此经得起咀嚼，当然是因为他对生活的丰富的积蓄和深刻的开掘。但更重要的是他懂得了不再去信‘题材决定论’的邪。……他可以‘心安理得’地以‘凡人小事’为题材，他也应该力争将‘凡人小事’，挤入补历史之不足的‘人物形象博物馆’的殿堂中去。”①这种对生活有效的开掘和表达，来源于陆文夫对生活的了解和体验：“我在苏州高中读书时，有个卖馄饨的人，我天天晚上要去吃他的馄饨的。晚上下了夜自修以后，所有的馄饨担子都歇在学校的门口做生意。在跑到学校对面的宿舍去睡觉时，我就先在他那儿吃馄饨。新中国成立后，我还在铁瓶巷吃他的馄饨呢。这些事我观察了几十年了，看不清楚不行。”②仅凭这一点，陆文夫的小说对当下的小说创作都具有不可忽视的启示。

不仅如此，值得重视的还有《小贩世家》对生命个体的关注。而这一点，已然超越作家创作时的主题表达，成为小说现在依然能打动人心的艺术力量。意欲表达对社会问题的反思，但小说叙事的“入口”却很小，选择了一个挑担卖馄饨的小贩的生活进行切入。重要的是，陆文夫的生活经验使得小说叙事充满了个性化的情感融入，而这种情感介入的方式又成功地把读者拉到了小贩朱源达的情感立场，从而使小说对朱源达的表现具有了一种自然而鲜活的质感。同时，正因为这种情感的存在，小说叙事才充满了一种对个体生命悲悯的关怀基

---

① 范伯群：《三论陆文夫》，《文学评论》，1986年第1期。

② 陆文夫：《陆文夫由〈小贩世家〉等谈创作体会》，《苏州大学学报》（哲学社会科学版），1984年第3期。

调。这种基调在小说一开始便表现出来："我推开临街的长窗往下看，见巷子的尽头有一团亮光，光晕映在两壁的白粉墙上，嗖嗖地向前，好像夜神在巡游。渐渐地清楚了，原来是一副油漆亮堂的馄饨担子，担子上冒着水汽，红泥锅腔里燃烧着柴火。那挑担子的便是朱源达，当年十七八岁，高而精瘦。担子旁边走着一个头发斑白，步履蹒跚的老头，那是朱源达的父亲。他再也挑不动了，正在把担子向儿子交付，敲着竹梆子走在前面，向儿子指明他一生所走过的、能够卖掉馄饨而又坎坷不平的小路。"一个儿子，接过年迈父亲的馄饨摊，也用那根扁担挑起了养家糊口的重担，用竹梆吆喝着这简单的生意，行走在小巷深处。这是独具陆文夫艺术气质的画面，表现出个性化的审美旨趣，充满了对底层和弱者的情感关怀。朱源达对生活的要求何其简单，一人一担，走街串巷，自食其力，然而，这竟也被世间所不容，甚至以极其粗暴的形式"抄家"——

抄朱源达的家可不同呀，那场面是十分惊心动魄的。老远便听见哭喊、喧嚷、呼唤、号叫、杂物的破碎和折裂，还有壮胆助威的口号声……朱源达家成了格斗场，里面打得乒乓山响，一团团的灰尘喷到大门的外面。柳条筐被抛出去了，用大刀斩得粉碎。因为这是犯罪的工具，用它卖过菱藕。菜篮也逃不了，拎过鱼虾的。缸盆一只只飞出来，在石街沿上摔成十八瓣，这些东西都是做过黄豆芽的。铅桶不知何罪，也被铁棍敲瘪。每抢出一件东西，便是一阵孩子的哭声，女子的号叫。孩子们死命地拖住柳条筐，这是他们活命的东西；朱源达的妻子紧抱着瓦盆，这里面还有舍不得吃的黄豆。争夺啊，厮打，翻滚，流血；哭声和吼叫声混成一片！我简直不能相信自己的眼睛，堂皇的理论怎么会制造出海盗的行为！

在这个细致的场景描写中，小说凸显了个体存在的破碎和毁灭，以及个体生命的弱小和无奈。从这个意义上说，小说不仅深刻地批判了社会现实，而且指向了对个体生存境况的深刻反思。我们注意到，在挤压和伤害朱源达的力量中，“我”也是其中之一。朱源达的馄饨担子曾在寒夜里给“我”带来温暖，而“我”在“苏醒”之后——“解放以后我有了职业，在教育部门当了干部”——便以价值和道德的优越感训斥朱源达：“怎……怎么消灭呀，蒋介石八百万军队都消灭掉了，还在乎什么小商小贩的！”在“我”看来，“我”这个“个体”精神世界中的荒凉远比政治运动的野蛮更可怕，正因为有这样的一个个“我”，才组成“抄家”的群体。而时过境迁，“我”往往把一切推脱给了时代，从此变得心安理得。或许，这才是那个时期诸如《小贩世家》这样的优秀小说最值得关注的现实意义。

正因为陆文夫的小说充满了对生命情状的关注和表达，因而小说的叙事是安静和平淡的，节奏是顺畅和舒缓的，并往往充满了生命的情趣。这也是陆文夫追求的叙事风格，正如他自己所说：“一篇小说如果有个好故事，人物的性格容易鲜明突出，看起来头路清楚，引人入胜，容易造成街谈巷议。但是这种故事性很强的作品，往往容易和生活拉大距离，露出人工气息和刀砍斧凿的痕迹。也有一种作品，它不写什么环环紧扣的故事，避开大起大落的情节，着重于人物、生活、意境和心理的描写，像清溪流过山林、乱石和草地，真实、诚朴而优美。这种作品拥有的读者虽然不如前者那么广泛，但你不得不承认它是一种高超的手艺。当然，这种写法也容易产生平淡和散乱的感觉。完美无缺的创作方法是没有的，何况每种方法都有上品、中品和末流。对于学习创作的人来讲，倒是应该多向后者学习。”[①]在这样的追求中，陆文夫往往表现出很强的叙事耐心。这一点，在陆文夫的许多小说中都能显现出来，无论是情节的推进，还是场景的描写都是如此。比如，小说《临街的窗》的开篇：“三山街上没有山，也不能叫街，用现在的眼光来打量，只能算作一条比较宽阔的小巷，可在清朝确是通衢大道，能走八人大轿。就在三山街向南拐的地方，在那拐弯角上有三间小楼房。那楼房大概还是清代的，楼上有一排长窗，总共十二扇，每扇有一尺多宽，却有一丈多高，两头有天花板，当中嵌玻璃。不知道从什么时候起，那十二扇长窗被一分为二，楼上住了两户人家，每家有六扇。窗子是人类的一大发明，它不仅能透光透气，还能透出个中的许多信息。”再比如小说《井》开始部分关于“井”的叙述：“这口井坐落在东胡家巷的西头，在朱世一家的小楼下，围墙外，石库门的右半边，隐蔽在一棵香樟树的下面。树下用砖头支着两根长条石，算是石凳，给到井边来劳作的人搁菜篮、等空当，坐在上面闲聊天。东胡家巷在一九七八年之前没有自来水，半条巷子的人都是靠这口井过活的。一九七八年之后虽然通水了，但也不是家家都有水龙头，何况那井水冬暖夏凉，又不花钱，那些不能挣钱却很懂得花钱的阿婆和阿姨们，还是乐意到井边来洗衣、洗菜、淘米。乘此机会每日举行一两次非正式的办公会议，提供和交流各种信息，使这个古老的信息中心不因为自来水的冲击而自行倒闭。你别瞧不起这个古老的信息中心，它的常委们都是东胡家巷里的活字典。法院和派出所经常要向她们咨询，当然她们总是乐于尽义务，从来不收咨询费。”在

---

① 陆文夫：《漫话情节》，见《陆文夫文集》（第五卷），苏州：古吴轩出版社，2006年版，第12—13页。

这些文字中，陆文夫所表现出的从容、稳健的叙事姿态以及自信、充分的叙事耐心，也是当下小说创作中应该汲取的经验。

我们对陆文夫这种叙事情感的重新关注，重点并不在于对小说文本和创作方法上的一般分析，而是探讨在具体的历史语境中作家介入文学的一种方式，正如王德威所说："阅读对我们而言，是透过虚构或非虚构的媒介，思考生命情景的种种可能与不可能的契机。"①那么在这个过程中，小说家在短篇小说创作时所表现出来的对世界的观察方式，则是值得关注和思考的。

其二，俯视的观照方式。文学源于生活，而且要高于生活，这实际上也是探讨文学与世界的关系。但是"高于生活"的文学表现形态是多种多样的，譬如，长篇小说往往是一种鸟瞰式的观察方式，以整体的、全景的观照来实现"波澜壮阔"史诗般的世界表达，如路遥的《平凡的世界》、陈忠实的《白鹿原》等。短篇小说文体没有这个容量，也没有这个雄心，它更多是采取一种俯视的世界观照方式，搜寻的目标往往是一个"点"，像苍鹰寻觅大地上的一只猎物一样，发现踪迹便以闪电般的速度俯冲下来，以这种高空巡视的姿态和瞬间捕捉的力度来完成对世界的观照和表达。新时期以来，由于社会、文化的快速变化和发展，人的精神世界也日益变得纷繁复杂，短篇小说便不断呈现出对细微目标的更多关注。从具体作家的创作来看，苏童、余华、铁凝、迟子建、李锐、残雪、陈染、刘庆邦、毕飞宇、鲁敏、潘向黎、石舒清、叶弥、郭文斌、张学东、张惠雯、魏微、戴来、朱文颖、乔叶等作家的短篇小说对世界某一方面的精准表达与这种俯视的

① ［美］王德威：《现当代文学新论：义理·伦理·地理》，北京：生活·读书·新知三联书店，2014年版，第195页。

世界观照方式是密不可分的。这些作家用短篇小说文体来建构文学地理中的一个点，这个“点”往往区别于中长篇中的一个“面”或一段历史，拉长一些也不过是习见的生活段落。但这个“点”是作家站在“世界”的高处巡视的，具有丰富的阐释内涵，它往往能够形成与作家心中的世界图式进行对话和呼应的一种张力，寄托着短篇小说作家个性化的艺术理想与艺术追求。

譬如，对于死亡、生存等这些宏大的主题话语，新时期短篇小说不仅区别于中长篇小说去寻找一个“点”进行表达，而且更为重要的是，它不是像此前的短篇小说那样描述一个所谓典型的细节、片段和场景，而是更为敏感、精细地呈示一个姿态、一丝意念，并形成一种意象的聚焦，以闪电般的速度和强度切入死亡、生存的主题空间。苏童的短篇《吹手向西》的创作就展现了这种特点，正如他自己描述的那样：“我经常提到的很早的《吹手向西》这个短篇，来自于一次苏北之行的路途上，准确地说来自于车窗外的偶然一瞥。我瞥见一个用石灰水写了字的草垛。这个草垛上写了四个浅显却不容易懂的字：吹手向西。其实那就是四个字的记忆，它给了我神秘的、能激发我的东西，在当时还不能成为写作冲动。但是，它是一种非常深刻的记忆。即便过了很长时间，仍记得‘吹手向西’这四个字，因为在我的感觉上这四个字构成了未知的故事。……在南方，包括苏南一带，‘吹手’这个词听起来是很陌生的。但是在苏北，整个北方，大家都知道吹手是干什么的，婚丧嫁娶之类的事大多都是要请他们的。因为苏南人不说这个词，所以我觉得很突兀。‘吹手’是什么意思？‘向西’，是提示一种指向吗？后来我弄明白了，如果谁家有婚丧喜事，找吹手就要向西面去找。但这‘吹手向西’四个字，确是在我说的另外一种回忆的姿态当中，在草垛上的这四个字而引发的巨大变化，是那种文学想象的膨胀，然后，细节纷至沓来的那种感觉。最后具体就变成了一个得麻风病的孩子，被送到麻风病医院的故事。”①“吹手向西”这四个写在路边草垛上的字，被苏童在小说中聚焦和放大，成为呈现生命主题的神秘意象。这种选择，实际上是苏童在长期思考死亡、生存问题过程中的一次无意的、精准的主题话语“捕获”。苏童的其他一些短篇，如《白雪猪头》《人民的鱼》《马蹄莲》《手》《哭泣的耳朵》等，也都体现了这种主题话语的生成特征。

其三，“边缘区域”的观照方式。新时期短篇小说对世界的观照往往聚焦于世界的“边缘区域”。这里的“边缘区域”主要是指“世界图景”中轻易不被察觉、容易被忽视的区域，譬如，在纷繁变幻的世界中，一个农民的死亡、一个打工者的失踪、一个城市少年的心灵涟漪、一对老人足不出户的日子……诸如此类平常的、个体的事件或现象滋生的精神感受和生命体验。新时期短篇小说往往敏感地关注这些区域，并以此叙说着富有个性的主题话语，赋予这些主题话语以坚韧的活力和神秘的力量，从而形成了对“世界”表层面纱的有力撕扯。短篇小说对“边缘区域”的关注和叙写，不同于人们通常所说的“民间写作”，尽管与之有着较为相近的价值立场，“意味着知识分子不再沉湎于对这个世界的沉思冥想，亦不再对遥远的彼岸充满着一种神圣的渴望”②。短篇小说对“边缘区域”的观照和书写，意不在于形成一种“主题小说”，也不再是表达对于政治意识形态和官方话语疏远的姿态，而是在文学转型过程中表现出来的一种带有艺术探索品格的创作状态。

从具体作家作品来看，邱华栋、潘军、陈染、朱日亮、荆歌、毕

① 苏童、张学昕：《回忆·想象·叙述·写作的发生》，《当代作家评论》，2005 年第 6 期。
② 蔡翔：《日常生活的诗意消解》，上海：学林出版社，1994 年版，第 24 页。

飞宇、戴来、朱文颖、石舒清等作家的短篇创作，以及贾平凹、余华、苏童、残雪、迟子建等 20 世纪 90 年代特别是新世纪以来的一些短篇创作都较为明显地体现了这种“边缘区域”的观照方式，呈现了短篇小说主题形成的“差异”性特征。邱华栋的《眼睛的盛宴》《内河航行》《看得见的音乐》《沙盘城市》《抛物线》《我女儿的故事》《谁打完了所有的高尔夫》《麦田里的幼儿园》等短篇小说基本上都是日常中的生活叙事，但小说的主题显然区别于伦理道德或生活琐屑的话语叙述，而是朝着我们没有注意到的精神区域游走，也就是说小说对这些事件关注的方式发生了变化。譬如，《内河航行》叙述的是一个生活中并不少见的事件：上中学的女儿怀孕了，母亲此时与女儿的关系状况。按照小说的惯常叙事，要么是社会伦理中母亲与女儿紧张关系的纠结性叙事，要么是像先锋小说那样的冷漠、背叛的颠覆性叙事。这个短篇却没有如此，而是叙述了母亲和女儿在城市内河的一次航行。在这次航行的过程中，母亲并没有说教，也没有用象征、暗示的手段来批评和劝导孩子，而是自然展开了母女二人一次真正平等的了解过程。在亲情的视域边界，母女俩俨然在各自的情感轨道上航行，而又以一种难以名状的精神交集呼应着，在这一刻，母亲、女儿之间的世界却因此变得广阔和安详。当然，小说并没有突破道德伦理的底线，母亲最后陪着女儿去医院做了人工流产，但小说叙事显然并不是关注这个结果，也不具有对这个结果的指向性诉求，而是以特殊的观照方式叙述生存、亲情的世界图景中容易被忽视的精神区域存在。朱日亮的短篇往往与邱华栋的选材不同，而是擅长选取神秘的话题来展示更为边缘、细微的心灵感怀，如《走夜的女人》《那眼井有多深》《外省人和我的鱼塘》《我的蝴蝶》《表面的生活》《辘辘把街的儿子》等。在《走夜的女人》这一短篇中，两个女人在火车站偶遇，合租了筒子楼上的一个房间，故事就从这里开始。二人到底是干什么的，小说没有交代，两个女人彼此不问，但却相互猜测。小说尽管细致地叙述二人神秘诡异的行踪，但主题话语关注的并不是这些，而是关注人与人关系中最为放松、最为释怀的精神感觉，这种感觉不在故事之内，而在故事边缘，在于人与人关系的边界上最让人心动的无奈、惆怅和平静，在于个人生存境况中的一丝体悟的况味，正如小说中描写的一种精神感受——

> 好多日子过去了，她都在寻找属于自己的那一部分，最后她发现，属于自己的竟是那么一小点儿，小小的，几乎看不见。更多的，大部分，都属于别人，而且就像捧在手里的水一样流走了，眼睁睁地看着它们流走了。
>
> ——朱日亮《走夜的女人》

可以说，短篇小说对世界表达的独特方式决定了其主题形成的区别性特征。为了进一步说明这个问题，我们有必要剖析一部长篇小说的主题生成特点与之进行比较。在这里，我们选取了徐则臣的长篇小说《耶路撒冷》。

在“70后”的小说家中，徐则臣无疑是富有个性和极具潜力的作家之一。在其颇受关注的长篇小说《耶路撒冷》中，徐则臣以一种立传式的叙述效果成功地进行了对一代人心灵史的深度观照，有效地完成了对一个时代的深刻反思。徐则臣的视野是非常开阔的，这使得小说的叙事游刃有余地穿行于街头巷尾和城市高速之间，游走在往昔、现在和未来的现实经验及种种可能之中，从而使叙事空间容纳了极为丰富的社会面相。因此可以说，《耶路撒冷》不仅是一代人的灵魂书写，也是一段历史的精神书写。小说的叙事话语具有当下小说创作中难得的宽阔与复杂、鲜活与亲切，并生成了极为强烈的内在冲击力量。这当然在很大程度上来自徐则臣个性化的生命体验和艺术悟性，来源于对他来说愈久弥新的运河场景和花街故人。我们就从这里走进《耶路撒冷》的艺术世界。

如果把一种经验和情感转化为小说的元素并艺术地呈现出来，一般来说小说家必须让它们与故事同行，而有时这种转化和呈现的效果不仅与故事有关，也与故事存在的空间密切相连。这种空间除却时间的因素之外往往还有一个核心的具体场景，比如一个村庄、一座小城、一所公寓、一片森林等，此类创作实践的著名范例显然不少。毋庸置疑，徐则臣的小说创作正在加入这个行列。在《耶路撒冷》中，徐则臣把叙事空间的核心聚焦在古老的运河、花街与大和堂上；如果说这一点并不足以为奇，那么他在小说中构建它们的艺术方式则是值得关注的。

首先，用“情感苏醒”的方式构建运河、花街与大和堂的艺术空间。对于小说的叙事空间，王安忆曾说：“空间唯有发生含义，才能进入叙述，或者说，我们必须以叙述赋予空间含义，才能使它变形到可以在时间的方式上存在。”[①]徐则臣是以一种“情感苏醒”的方式赋予空间以特殊含义的，并使它们有效地介入故事的叙述进程。在小说中，运河、花街与大和堂显然是人物情感的集散地，同时我们也能感受到，它们也是徐则臣创作情感的出发点和归结点。看得出来，徐则臣对于所书写的运河、花街与大和堂有着长期积淀的情感，这种情感似乎已经成为融入生命里的一种心灵情结。故事一旦展开，徐则臣就

① 王安忆：《小说课堂》，北京：商务印书馆，2012年版，第142页。

让自己的这种情感迅速苏醒，让运河、花街与大和堂的世界很快地复活并舒展开来。当然，这种情感的呈现方式是通过人物的情感变化来实现的。小说一开始，初平阳从北京回老家花街，火车途中意外出现故障，透过车窗，“初平阳看见一条河贴着铁路向前流，在看不见的地方拐了一个弯。在河流与铁道之间，生长了一丛丛芦苇。依照他不那么可靠的方向感，他觉得这条小河必定通向运河，那他过去肯定来过这里”。于是，初平阳收起行李爬出车窗，决定徒步回家。这是一个非常奇妙的开头。荒野、轨道、停驶的火车、路基上背着行囊的归客、通向远处运河的河道……组成一个意味悠长的画面。如果要描述这个画面的主题，那应该是人物的情感——返乡的复杂况味。初平阳这种看似有些奇怪和可笑的举动实际上来自于远方运河的情感诱惑。主人公之所以越窗而出，其实并不是出于等待火车的焦虑，而更多是出于一种油然而生的与运河拥抱的急切之情，是情感交融与释放的一种冲动使然，就像他在电话中对母亲所说的：“我都三年没回来了，你总得让我到处看看。”沿河而行，初平阳开始修复着对运河的记忆。接着小说的叙述很巧妙地引入了“老何”这个人物，出现了老何雨中摆渡初平阳到大和堂的场景。这实际上也是初平阳与运河的一个情感交融的过程。值得注意的是，小说对运河、花街、大和堂并没有太多的细节描写，然而它们留给读者的印象却非常的鲜明和突出，这应该是人物情感的内在介入并加以形象构建的结果。从这里开始，运河、花街与大和堂就有了特殊的空间含义，即这些景物和地点与小说人物之间的关联性，也就是说这些空间之于人物特殊的情感意义，正是它们让“70 后”的一代人与众不同，这正如美国学者汤玛斯·佛斯特（Thomas C. Foster）指出的那样：“这些象征物不论是物件、影像或地点，都引导我们对角色做出回应，它们不只跟角色连接起来，也与角色的概念相对应。”[①]

其次，以“推向前台”的表现方式艺术地呈现运河、花街与大和堂的历史变迁和载负的精神记忆。当然，运河、花街与大和堂是作为故事和人物的空间因素而存在的，是人物、事件的舞台和背景。但就阅读感受来说，它们却始终与人物和故事并行，并似乎一直站在前台，共同推进小说的整体叙事进程，如同童话中一座神秘城堡的叙事功能一样。在文本的表层，徐则臣对运河、花街与大和堂的叙述并没有进行太多的凸显努力，只是把它们自然地置放在叙事的空间中。然而，它们对人物的吸引力却一直也在吸引着读者的注意力，这使得整部小说呈现出一种把它们“推向前台”的表现方式，运河、花街、大和堂与故事、人物之间从而形成了相互对应和交融的情感空间，并使它们成为故事中不可或缺和弱化的重要叙事要素。在这样的表现方式中，运河、花街与大和堂的历史变迁和载负的精神记忆也得到了进一步的延展和丰富。在此基础上，徐则臣则依循运河、花街与大和堂所散发出来的情感气息，为整部小说营造了一种属于特殊历史时代的叙事氛围，从而在很大程度上增强了小说的艺术底蕴和艺术魅力。如果我们把初平阳、易长安、杨杰和秦福小的故事剥离出来，脱离运河、花街与大和堂，移植到别的地域中去，那么这个故事将变得支离破碎和索然寡味，我们找不到一个扎实和鲜活的叙事空间，小说中的许多情感也无处安放。这也就是说，徐则臣的叙述与运河、花街、大和堂有着一种天然的情感纠结，相互依存，不可抽离。也正因为如此，徐则臣的叙事是不可复制的，他对人、物和情感的书写显然是深入和及

① ［美］汤玛斯·佛斯特：《美国文学院最受欢迎的 23 堂小说课》，潘美岑译，台北：采实文化事业有限公司，2014 年版，第 134 页。

物的，这是他艺术能力的一个重要体现。

而且，更为重要的是，这种对运河、花街与大和堂的情感积淀与呈现方式，也是小说人物特有精神气质的某种表达。初平阳、易长安、杨杰等是“70后”的一代，他们加入“北漂”行列，离家闯荡，其生活际遇和精神气质无疑成为这一代人生存状况的重要表征。“70后”经历了中国乡村和城市变革最为激烈的时期，相对于“50后”“60后”或者“80后”来说，他们在一定程度上所经历的城乡变迁的冲击应该是最大的，特别是初平阳、易长安、杨杰等从故乡的土地上走出来的“70后”，他们对“世界”的期盼和对故土的依恋是同样强烈的，这就最大限度地造成了其内心的冲突和精神的苦痛。我们这样的论述有其风险的一面，但对“70后”一代人精神世界的审视和描述无疑是值得重视的。徐则臣显然试图进行更为精确的辨析和指认，他从初平阳回归故乡开始，从运河、花街与大和堂的空间去追寻人物的情感起伏，触摸心灵中的眷恋和痛楚，反思和呈现其灵魂中的茫然和无奈、矛盾和冲突。正是从这个意义上说，《耶路撒冷》开启并完成了对“70后”一代人的心灵史书写。

很明显，《耶路撒冷》突出了对人物的书写，仅从小说中的标题我们就能感觉到徐则臣在这方面的努力。在小说的叙事过程中，人物形象的塑造得到了充分的凸显，初平阳、易长安、杨杰、秦福小、舒袖、景天赐、易培卿、秦环、吕冬、齐舒红、景侉子、初医生、老何……这些形象生动鲜明，个性突出，让读者记忆深刻。当然，徐则臣不会走到形象塑造的传统路径上去，但他在力图避免新生代作家创作中常见的“碎片化”的人物书写形态，对平面化、零散化的审美取向毫无兴趣，而对人物灵魂的深处内核和心灵世界的整体特征则进行努力的探寻，从而在心灵史书写的维度上实现了对人物形象的精准把握和生动呈现。徐则臣没有紧盯着“70后”一代人的物质世界，没有聚焦其生活的艰辛、工作的打拼等一些小说惯常表现的生存画面，对他们物质世界的铺陈也较为简单。易长安在制假证行当，杨杰在水晶加工行业，都做得风生水起，然而他们对物质世界没有过分的贪婪欲望，初平阳、秦福小更是不把物质追求视为生活的重要目标。小说叙述的核心几乎全部集中在人物的情感起伏和心灵变化上，叙事进程努力遵循着人物的心灵轨迹向前推进。

其实，任何小说家都希望在作品中发掘人的心灵深处，艺术地呈现隐秘复杂的精神世界。要做到这一点，作家必须具有对这个心灵世界进行精准把握和有效表达的艺术能力。徐则臣在小说中没有把心灵史处理成宏大叙事，而是将其分解到不同人物的情感世界中，并在“70后”一代人从土地上“走出去”的路径中寻找叙述的切入口。无论是初平阳还是易长安、杨杰、秦福小，都是走出故乡的土地到北京闯生活的，这种“走出去”的行为包含着“寻找”，也载负着“眷顾”，那么在他们的精神世界中也必然伴随着两种对峙的属性——放逐与守护。在我看来，徐则臣正是从心灵放逐和精神坚守的冲突和张力中探寻和表达“70后”的心灵史的。其中值得注意的是，小说在很大程度上把心灵世界中的虔诚因素作为一代人重要的精神内涵，从而为“70后”的心灵史书写进行了一种庄严的诠释。

首先，初平阳、易长安、杨杰和秦福小等小说中的人物表现出一种对故土特殊的虔敬之情。小说的故事是由初平阳回故乡卖大和堂的事件引发的。初平阳他们无论在生活还是在情感上始终没有切断与家乡故土的关联，尤其在情感上更是存在着与生俱来的牵扯。需要说明的是，对于“70后”的一代人而言，这种情感的特殊性在于，它往往是隐秘的，甚至是不易察觉或难于言说的；它的表达往往没有仪式，没有太多的言说，没有或如“50 后”“60 后”常见的感喟，也缺少“80 后”“90 后”后现代式的背叛喧哗，只有某种虔诚的情感安静地置放在心中，并成为个性化的记忆和乡愁的源泉。

作为作家的初平阳，他对故土的虔敬情感也只有在文字里才会变得清晰：“出门多年，他也有乡愁，也常想起花街的人和事，但转个身也就过去了；只有在文字、图像中看见运河、青苔和石板路的时候，一个结结实实的花街才会占据整个大脑，有时候像一根闷棍把自己打晕，这时候他才不得不承认，自己和花街的确有扯不断的关系的。”他对故乡的人和事始终有一种肃然的敬重，比如，他对傻子铜钱的态度与其他人明显不同，丝毫没有取笑调侃的意味，只有同情、伤怀和尊敬——“请允许我说一说铜钱，我叫他哥”，并以铜钱一句“到世界去”的疯癫之语写了一篇专栏文章。十分耐心地听易长安的父亲易培卿讲他的“群芳谱”，与其说是倾听不如说是情感陪伴。而对于秦福小，其内心的故土情感只有在初平阳的文字梳理中才能呈现出来：“她认为知识分子看问题也是有可取之处的，初平阳用六千字的篇幅逮着一个问题反过来掉过去地说，直到让她秦福小也意识到，回忆和乡愁在她的确已经是个大问题。”杨杰回到花街投资兴业，易长安欲购大和堂安顿其女人，并共同出资设立基金会等，也无不显示出心灵的一种归属感。这种特殊的故土情感绝不是一般意义的家园记忆，它是纯洁和深邃的，清除了任何功利之心的精神污垢，从而上升为一种虔诚的生命认知。而人物在这种虔诚的情感中实现了自我身份的指认，也在一定程度上完成了属于他们这代人的心灵慰藉，正如初平阳在其专栏文章《夜归》中所说：“这就是一个人的出处，你从哪里来，终归要回到哪里去，所以你才是你。”

其次，小说还着重书写了“70 后”一代人热烈而虔诚的心灵向往。实际上，我们从书名“耶路撒冷”就开始感觉到一种象征或者隐喻的意味，这在一定程度上把小说的叙事核心指向了心灵和精神的层面，正如英国当代文学评论家大卫·洛吉（David Lodge）指出：“书名是小说的一部分——事实上正是我们看到的第一部分——因此在吸引和掌握读者注意力方面，具有相当大的力量。……对于小说家而言，选择书名是创作过程中极为重要的一环，让人可以清楚地看见小说写的是什么。”[①]初平阳从高校辞职，读了北大的博士，成为有一定影响的作家，然后准备赴耶路撒冷留学。初平阳的耶路撒冷之行成为令人费解又充满意味的心灵之谜，不是单纯的留学，也不是为了宗教，但明确的是，这个计划一直是初平阳无法泯灭的心灵向往，正如小说的最后初平阳对吕冬和秦福小所说：“我知道这个以色列最贫穷的大城市事实上并不太平。但对我来说：她更是一个抽象的、有着高度象征意味的精神寓所……有的只是信仰、精神的出路和人之初的心安。”初平阳的耶路撒冷情结或许是斜教堂里的声音在幼年心灵的印痕，或许是秦环虔诚的宗教膜拜对他的精神暗示，使他感到“从来没有哪个地方像耶路撒冷一样，在我对她一无所知时就追着我不放”，以至于初平阳后来把耶路撒冷之行视为不可或缺的人生目标。初平阳的这种热烈、真诚和执着的心灵向往在很大程度上已经成为一种对信仰的虔诚，这也是小说所要表现的关于“70后”心灵世界的重要内涵。这种心灵向往的生成与“70后”所处时代的变迁密切相关。时代的变化给予了“70后”“到世界去”的念想和可能，他们为生活去闯世界，在精神上却是如同初平阳认为的“源于一种精神的需要”和“出门透透气”，于是在

---

① ［英］大卫·洛吉：《小说的五十堂课》，李维拉译，台北：木马文化事业有限公司，2006年版，第253页。

纷乱的物质世界中，实现精神的某种突围就成为心灵的一种需要，如初平阳所说——“很多年里你都固执地认为这是一个‘到世界去’的问题，就是精神需要和漫游，就是寻找一种让自己心安的生活方式”。

同时，虔诚的心灵救赎也是小说极其重要的叙事内容。对心灵救赎的书写主要是围绕景天赐之死的事件来展开的。初平阳、易长安和杨杰与景天赐同龄，作为童年的伙伴，他们为天赐在运河游泳时被闪电吓傻及后来用刀片划破血管自杀而深深自责，一生背负了沉重的十字架。其实，天赐之死应与他们没有多少直接的关联，但他们都各自认领了一份“罪过”，比如易长安认为天赐被闪电惊吓与自己撺掇游泳比赛有关，杨杰认为天赐自杀用的刀片是他以前送给天赐的，初平阳认为在自杀现场自己害怕得掉头跑开没能及时施救，等等，每个人因此感到永远的内疚和痛苦，继而各自以自己的方式实施了自我的心灵救赎。初平阳的耶路撒冷计划其实也具有某种心灵救赎的成分，如他在与塞缪尔教授的通信中认为：“我搞不清楚天赐、秦奶奶、‘耶路撒冷’和耶路撒冷四者之间是否有必然的联系，但我绕不开的中心位置肯定是天赐。天赐让我想起秦奶奶和‘耶路撒冷’；‘耶路撒冷’同样让我想起他们。放不下，抛不开。既然抛不掉，那我就守着他们，走到哪里都带着。”姐姐秦福小更为天赐的死感到“罪恶深重”，远走北京，在未婚情况下认养了一个长相酷似天赐的孩子，并因天赐童年的喜好欲买下大和堂。易长安、杨杰争购大和堂，都因天赐的原因甘愿让位秦福小，并与初平阳一起成立了“兄弟·花街斜教堂修缮基金”（曾打算命名天赐·花街斜教堂修缮基金）。这里的心灵救赎对于“70后”的一代人而言是一种非常复杂的行为，在心灵放逐和精神坚守之间容纳了极为丰富的情感内容，比如，对故土的记忆和感伤，情感欠债般的惭愧和内疚，自我反思的惆怅和苦痛……都成为他们心灵救赎的缘由和内涵。小说把这种行为呈现在“70后”的人生经验中，并赋予其特殊的意义解码，如同塞缪尔教授对初平阳肯定的那样：“你还有忏悔、赎罪、感恩和反思的能力。在今天，具备这种能力的年轻人何其之少，在世界各国都如此，中国大概也不能例外。”无疑，对心灵救赎的叙述在很大程度上拓展了心灵史书写的深度，为“70后”的心灵史叙事平添了一种凝重的艺术色彩。

正因为这种虔诚的精神品格，“70后”在“到世界去”的同时才会有更多的、更为复杂的情感眷恋，在决然跨出土地的同时，也滋生出只有自己才能体味的心灵彷徨，从而在“到世界去”与返回故乡的心灵距离之间弥散着一种悲壮的情感，并成为“70后”心灵史中独特的生命特征和精神内涵。

初平阳决定从北京走得更远，然而他的这一“到世界去”的目标必须经过返乡的过程才能得以实现。在我看来，这是一个充满意味的返乡过程。要到耶路撒冷留学，初平阳首先决定的是回家卖掉大和堂来准备学资。尽管徐则臣在小说中用非常淡化的叙事方式处理了卖房事件对初平阳的精神影响和冲击，但我们仍能感到初平阳的耶路撒冷之行充满了理想主义的悲壮色彩。卖掉老家仅有的房屋，父母去另外一个城市帮助姐姐料理生意，只为帮助初平阳实现一个远行的梦想。如上所述，初平阳对故土有着深切的心灵眷恋，大和堂浓缩了他所有的童年记忆，按照这种情感逻辑，卖掉它不可能不对初平阳产生激烈的心灵冲突。然而小说几乎没有表述，徐则臣似乎故意把叙事的聚焦点放到了初平阳“到世界去”的情感方向上，故而在大和堂和耶路撒冷之间留下了一个艺术空白。这样的叙述选择，使得小说的叙事线条显得明晰和清朗，也富有叙事的意蕴和美感。正是在这样的艺术空白中，读者心头会陡然升腾起某种浓重的悲壮意味。初平阳的耶路撒冷计划是纯粹的理想追求，是与现代社会的物质世界相冲突的，这就给初平阳的心灵向往增添了一种悲怆慷慨的精神元素。值得一提的是，“理想”往往是新生代小说家颠覆的对象，然而，徐则臣在小说中并没有回避“理想主义”这个宏大的字眼，反而认为“70后”是最后一代的理想主义者：“正因为和‘60后’具有精神同构性，我们传承了理想主义。可能我们自己都不明白理想主义究竟是个什么东西，但我们有，所以我们才像老人一样回忆，才去像‘夕阳红’栏目那样怀旧。在比较和鉴别中寻找一个更适宜精神飞翔的东西，在我看来就是理想主义。为什么相对于‘80后’和‘90后’，我们缺少足够的现实感和物质感？可能，我们已经是最后一代的理想主义者了。”小说似乎表明，坚守理想主义的“70后”，在很多时候并没有必要的物质支持，他们对理想的向往与对物质的轻视也往往加剧了内心的冲突，因而在时代的背景中也常常留下悲壮的身影——比如卖掉大和堂的初平阳。

秦福小、易长安的心灵世界同样具有悲壮的情感色彩。与初平阳不同的是，秦福小想返回故乡花街，买下大和堂置放对天赐的情感记忆。秦福小是小说中富有个性的女性，无论对于曾经与吕冬的爱情，还是认养景天送、购买大和堂，她都表现出鲜明的个性特点，敢于选择自己的生活方式。特别是为了天赐能够继续“活”在自己的世界里，她把一生的所有都投进去了，从而呈现出一种悲凉而激昂的精神质感。秦福小购买大和堂的计划最终将成为泡影，因一位领导视察时的“现场决策”导致大和堂行将拆迁，这个结果同样也具有了悲壮的意味特征。易长安则是以自己的特殊方式，在返回故乡的过程中演绎了悲壮的一幕。易长安是一个非常复杂的人物形象，在镇上做老师遭遇工资拖欠，辞职“北漂”，靠制假证发财，个人生活放纵。徐则臣对这个人物拒绝作简单化的道德评判，采取的是一种非道德化的叙事立场。同时，小说也没有过多地把易长安描写成社会的一个对立者，而是在他与社会对峙的过程中注重发现其精神世界里的记忆和温暖，呈现其心灵世界中的光芒和力量。为了不使自己的女人林惠惠受到牵连，易长安执意选择只身逃亡。他知道返回故乡要冒着被抓的风险，但为了记忆中的天赐和筹办基金会，决然返乡赴约，结果途中被捕。显然，徐则臣对易长安返回故乡的行为是充满敬意的。小说对易长安的叙述有呜咽顿挫之感，也有慷慨激昂之意，譬如，易长安被捕押在警车中，看着初平阳、杨杰驾车猛追警车；在拘留所与初平阳和杨杰会面，签订出资合同书；被押送北京，在火车站与赶来的初平阳、杨杰、秦福小和景天送目送告别等，都潜藏着一种悲壮的情感言说。应该说徐则臣这样的叙述是极具艺术个性的，语气是坚定和自信的。他拨开道德化的纷扰走进人物的内心，从某种“浑不吝”的表象下面发掘那些被遮蔽的正直、善良和虔诚的心灵区域，真实地感受和呈现人物心灵的沧桑起伏。

小说叙事中的悲壮元素不仅是初平阳、易长安、杨杰和秦福小心灵世界中的一抹浓重的色彩，同时也是他们与社会现实之间产生某种张力的表现；它在一定程度上表征了“70后”对理想主义的个性追求，也暗示着社会现实对他们的某种挤压。在这里，小说从“到世界去”与返回故乡的双重视域中观照人物的心灵世界，同时也指向了对人物生活和命运的思索，并努力记录着“70后”一代人隐藏在情感深处无以言说的悲怆和哀伤。

当然，徐则臣在《耶路撒冷》中对“70后”心灵世界的展示是多方位和全方面的，故事线索的推进与“专栏文章”相互渗透、融会贯通，又极大地拓展了小说的叙事空间，从而使小说对心灵史的书写达到了罕见的深度和广度。正如小说中初平阳等人物的虔诚一样，徐则臣的写作也是虔诚的，他忠实于自己的内心感受和判断，相信自己的心跳和热情，在诚恳的话语品质里完成了对于自己的一次心灵诉说，也完成了对“70后”一代人心灵史的一次深刻而宽阔的呈现。徐则臣在现实的生活中找寻精神的意义，在生活的深处探求心灵的深处，其小说中没有“表象化的世界图像与‘无根’的思想”，也没有“狭窄的思想通道与日益苍白的私人经验”[①]，从而成功实现了对新生代小说家创作的某种突破。随着社会的不断变化，成长在中国社会复杂转型时期的“70后”正在不断变化着社会身份，《耶路撒冷》有足够的时间与他们所处的现场和时代进行对话。泰瑞·伊格顿（Terry Eagleton，又译特里·伊格尔顿）指出：“某些文学作品之所以能够超越自身的历史背景，原因就在于文学作品身处的时代性质相当特殊，再加上文学作品与那个时代的互动方式。”[②]

我们之所以如此不厌其烦地对一部长篇小说展开探讨，就是试图分析长篇小说与短篇小说在主题呈现方式上的不同。正如与《耶路撒冷》中“心灵史”主题的呈现不同，短篇小说对世界的差异性表达，从上述诸多方面影响了短篇小说主题“差异”性的生成和表现方式，同时也形成了短篇小说主题独特的表现形态。

第三节　主题形态的“离散”化表现

主题话语的“边缘”化状态，形成了新时期短篇小说独特的主题

① 吴义勤将“表象化的世界图像与‘无根’的思想”“狭窄的思想通道与日益苍白的私人经验”等视为新生代长篇小说的艺术局限。见吴义勤：《自由与局限——中国当代新生代小说家论》，北京：人民文学出版社，2010年版，第55—56页。

② ［英］泰瑞·伊格顿：《如何阅读文学》，黄煜文译，台北：商周出版社，2014年版，第284页。

话语形态。这种话语形态不同于“中心话语”的表现方式，表现出非整体、非系统的特点，明显地呈现出一种“离散”化的趋势和特征。进一步说，新时期短篇小说往往掀开小说“母题”的一个层面实现对世界表达的诉求，因此，我们对新时期短篇小说主题的描述也必须从探讨“母题”话语集合中的“支话语”形态开始。具体来说，新时期短篇小说主题的“离散”化特征是通过伤痛、困惑、背叛、希望、温暖等“支话语”形态表现出来的。

一、伤痛

伤痛作为生命的一种情感体验，普遍存在于各种主题的文学书写之中。由于篇幅的限制，短篇小说对“伤痛”的书写是“聚焦”式的，往往在较短的叙事时空中能够凸显“伤痛”的主题话语。在新时期文学发展的进程之中，短篇小说对“伤痛”的书写是非常敏感的，“伤痕文学”就是以短篇小说为开端进行展开的，这是我们从“伤痛”开始描述的缘由。

新时期短篇小说对“伤痛”的书写是一个逐步深入的过程，同时也显示出新时期短篇小说精神内涵丰富和深化的过程。显而易见，“伤痕小说”诉说了特殊时代造成的生存之痛，可以说从“伤痕小说”开始，“伤痛”一直是短篇小说的重要的主题话语。1981 年古华发表了《爬满青藤的木屋》，并获得当年的全国优秀短篇小说奖。这篇小说向我们展示了一种寻找生存家园的痛苦。“文革”期间，瑶族阿姐盘青青与丈夫王木通、两个孩子一起生活在古老森林腹地的绿毛坑，过着与世隔绝的日子。丈夫是个守林人，野蛮、无知，对老婆惯用暴力。直到“一把手”李幸福到来，才打破了这个封闭家庭的沉默。王木通“烧山灰”造成森林火灾，事后一口咬定“山火是盘青青和奸夫

‘一把手’放的”。盘青青和“一把手”李幸福躲进山林，不知去向。许多读者将这篇小说解读为爱情的悲剧，但应该注意到，小说对那个时代生存艰难的言说远远大于对爱情的叙述，因此，它更应是一种生存艰难的伤痛叙事。宋学武 1984 年的获奖短篇《干草》，我仍然把它解读为一个表现生存家园消失的文本，而且它呈现的家园消失的伤痛在今天仍然具有特殊的精神启示。作者对故乡的深情怀恋以及那种绵绵的真切追怀，通过“干草”的气息艺术地传递出来，使得这篇小说具有了重读的价值。小说开始部分叙述了对干草气息的记忆，让人印象深刻：

> 倘若是干草，那就更美了。灼热的太阳把草香全都榨出来，浓缩成浓重的苦艾味，然后，微风揉着湿润，再把它稀释、冲淡，沁人心脾，真有舒筋活血甚至净化灵魂之功效。特别是大雪封地的冬天，一切绿色的生命都停止了。如果扒开干草垛，一股熏人欲醉的香气扑面而来，你会发现草叶上仍然泛着淡淡的青绿，仿佛这是从绿的矿石里提炼出来的。这时，你不能不感到造化的伟大、生命的不朽……
>
> ——宋学武《干草》

这是久违的记忆书写，这种记忆已构成精神家园不可割舍的部分，而它的消逝，是难以愈合的精神伤口。即使拥有了一方家园，被生活挤压的伤痛仍然是生存之痛言说的重要内涵。刘震云早年获奖短篇小说《塔铺》(1987) 在新写实思潮涌动之初就呈现了被日常生活挤压的种种伤痛。这篇小说叙述了在恢复高考那个特殊的时代里一群高考复习生的一段失败和伤痛的记忆。“我”从部队复员回家，为改变现状，和一群农村青年一起到塔铺镇上的高考补习班学习。在这期间，每个人都经历了来自生活各方面的压力，都遭遇了不同方式的失败，为生活所困中途退学，迫于经济压力仓促嫁人，还有失恋、“落榜”等。“我”虽然高考成功，但也经历了失恋的痛苦，同时也留下了一段永远的伤痛：

> 后来，我进了我国北方的一所最高学府。玉阶飞檐，湖畔桃李，莘莘学子。但我的眼前始终浮动着、闪现着塔铺的一切、一切。我不敢忘记，我是从那里来的一个农家子弟。
>
> ——刘震云《塔铺》

许多短篇小说中的“伤痛”并不是直接地呈示给读者，而是在对命运思索的过程中把绵绵不尽的感怀之痛传递给读者。20 世纪 80 年代的“寻根小说”往往把叙事的主题指向历史和文化的古老深处，其中的短篇小说在历史和文化反思的维度上尤其凸显了对人生命运的思索，更多地书写了沧桑变化的感怀之痛。譬如，李杭育的《最后一个渔佬儿》（1983）就是这样的一个经典文本。小说在葛川江边淳朴、古老的文化形态行将消失的叙述话语中，表达了对以福奎为代表的江边渔民命运的同情，小说把对命运的思索与感叹的伤痛与“最后一个渔佬儿”的孤独背影一起留在了夜色茫茫的葛川江里：

> 福奎也懒洋洋地躺下身来，乱蓬蓬的脑袋枕着船尾的坐板，一双光着的大脚插进船头的板空里。他想，要是死的时候也能这么安安稳稳地躺着，那就好了。他宁愿死在船上，死在这条像个娇媚的小荡妇似的迷住了他的大江里。死在岸上，他会很丢脸

> 的，因为他不能像别的死鬼那样住进那种开着窗户让死鬼透气的小屋里；他会被埋到地底下去，埋他的人会用铁锹把坟堆上的土拍得很结实，叫他透不过气来。而死在江里，就跟睡在那荡妇的怀里一般，他没啥可抱屈的了。
>
> ——李杭育《最后一个渔佬儿》

当然，被指认为“寻根”的作家作品的面貌是多样的，对“感怀伤痛”书写的方式也是不同的。史铁生就擅长以追忆的方式书写隐隐而又深切的感怀之痛，他的《我的遥远的清平湾》（1983）叙述了一段充满生命温暖和感伤的往事。小说通过对幸福而又哀愁的情绪的叙写，发出了对命运思索和感叹之痛的低沉呻吟，牛群、白老汉、清平湾都是隐隐之痛的代码：“哦，我的白老汉，我的牛群，我的遥远的清平湾……”而阿城的短篇小说如《专业·炊烟·大风》（1990）等，长于揭开时代和历史荒唐的一角，用近似黑色幽默的方式呈现一段欲哭无泪的命运伤痛。20 世纪 90 年代，一些新生代作家也以自己的方式书写“感怀之痛”，如韩东的短篇小说《反标》（1992）叙述了在特殊时代老师调查一个学生写“反标”的事件，用严谨的叙事逻辑讲述一件荒唐事情，在严肃的口吻里彰显出悲凉的感怀之痛，显示出新时期短篇小说对伤痛书写的持续关注。

用短篇文体来书写“生与死”这个文学的永恒主题，往往能够让读者在较短的阅读时间内获得生死观念的“印象的统一”，从而产生深刻的锥痛之感。在“寻根”小说家中，李锐和刘恒的短篇小说对生死之痛的书写让人记忆深刻。李锐的《厚土·合坟》（1986）中北京知青玉香为保“大寨田”在洪水中死去，十四年后乡民凑钱买来一个男人的尸骨，为他们配婚合坟，“在阳间活着的时候她一个人孤零零走了，到了阴间捏合下了这门婚事，总得给她做够，给她尽到排场”。古老的民俗和荒唐的时代也在小说的叙事中“合坟”，但在读者心中同时也立起了一块伤痛之碑。同时期刘恒的著名短篇《狗日的粮食》让读者记住了一个长着“瘿袋”的女人曹杏花，以及她临死前的一句话：“狗日的……粮食！”其实，在曹杏花刚被杨天宽用二百斤谷子买过来时说的一番话也让读者记住了她习以为常的伤痛：“我让人卖了六次……你想卖就是第七次，你卖不？要卖都省打来回，就着镇上有集，卖不？”这篇小说以简洁的形式叙述生存困窘的同时，却在读者的阅读体验中留下了难以忘却的生死之痛。死亡是先锋小说关注的主题话语，重读先锋小说，在破解种种叙事圈套之后，我们发现小说中保留久远的往往是那些生死之痛的主题话语。譬如，马原发表于1987年的短篇《错误》，在叙事的迷宫中让读者从几个人物的生活遭遇中感受了一次又一次的痛楚：江梅在农场生下了孩子，后来投井死了，“死得很惨，身子泡得像水缸一样粗”；二狗残废了，没多久患癌症死了；赵老屁在自己的孩子出生的当晚不辞而别，不知到哪里去了；“我”和黑枣的腿脚都残疾了……不论马原如何在自己的叙事圈套里绕来绕去，这一个又一个的生死之痛不断刺痛读者，让读者透不过气来。余华、孙甘露、格非的短篇小说无论是关注现实或是想象历史，都似乎以手术刀的锋利划开了一个个的生死之痛。刘庆邦是短篇小说创作的高手，他的小说成功地呈现了底层人物的生死悲剧。在20世纪80年代，刘庆邦的短篇小说以触目惊心的生死之痛惊醒着这个时代。从1985年的《走窑汉》开始，刘庆邦写煤矿世界，写煤矿工人和他们的女人，写时代忽视的仅属于他们的生活的困窘和精神的折磨，在黑暗中触摸他们的伤口，传递给读者一次又一次的痛楚。

20世纪90年代以来，阎连科、范小青、赵本夫、王祥夫等作家在短篇小说创作中以对社会现实的深入思考和对社会矛盾的尖锐披露，呈现了不同状态的生存之痛。其中，阎连科创作的短篇小说并不多，但可以说篇篇都是精品，如《三棒槌》《山村与乌鸦》《生死老小》《柳乡长》《黑猪毛 白猪毛》《奴儿》等。在短篇创作中，阎连科把自己融入现实的创作姿态以及对现实的执着追问，给读者留下了深刻的印象，正如汪政所说："阎连科的小说之所以每有新作问世便引起人们的广泛关注，实际上正源于阎连科对社会现实的关注，注重从文学与现实的依存关系中去寻找前者的位置，并借助后者使文学获得更大的力量、更深沉的内涵与更明晰的阐释背景。"[①]在这种对现实深入的观照中，阎连科的短篇最大可能地展现了底层人们的生存之痛，譬如，《三棒槌》中石根子棒杀侮辱妻子的村痞李蟒后不愿被法官减刑，《黑猪毛 白猪毛》中村民们争着抓阄儿为开车撞死人的镇长去坐牢，都把社会转型中出现的"变态"人性揭露得入木三分，呈示出底层人们的一种无可奈何的巨大伤痛。除此之外，短篇小说对个体体验的关注也是令人瞩目的。在短篇小说的创作中，陈染的小说对生存之痛的书写是不可忽视的。她的《巫女与她的梦中之门》《与假想心爱者在禁中守望》等小说，以其特有的细腻笔触书写了细微的、孤独而又如箭穿心的生存之痛，正如有评论家所说："在生存之痛的表现上陈染无疑是把文本主题融入生命体验的最真诚最绝对的一个……作为一个独语者和孤独者，陈染对于自我的极端坚守总给人一种无以释怀的沉痛，而她以瘦弱的女性之躯独自面对和承担那巨大的生存之痛的勇气又不能不让人油然而生敬意。她的微弱的私语性的声音也许没有洪钟

---

① 汪政：《短篇小说存在的理由——以阎连科为例》，《扬子江评论》，2007年第5期。

大吕那般振聋发聩，但却也绝不是可以充耳不闻、忽略不计的。”①

二、困惑

困惑总是伴随着伤痛而生，在精神的痛处往往有思索的困惑，对于困惑的诉说也成为新时期文学的主题话语之一。中长篇小说往往把困惑融入较为广阔的叙事时空中，而新时期的短篇小说以简洁的叙事演绎着生活中不同的困惑形式。

20世纪80年代初，随着个体意识的觉醒，对命运追问的困惑书写开始出现在短篇小说中。《本次列车终点》是王安忆1981年获奖的短篇小说，叙说了知青回城后的命运和困惑。知识青年下乡运动结束后，知青陈信从插队的新疆回到上海，发现环境变了，自己和家人的观念变了，自己无所适从，自己的命运不知要到“哪一站”去，产生了何去何从的命运困惑：“又一次列车即将出站，目的地在哪里？他只知道，那一定要是更远，更大的，也许跋涉的时间不止一个十年，要两个、三个，甚至整整一辈子。也许永远得不到安定感。”王安忆用细腻的叙事手法言说了个体、群体和时代的命运困惑。同一年，赵振开发表的《稿纸上的月亮》则表现了一种痛苦的焦虑和困惑。作家“我”对着稿纸三天没写出一个字，“钢笔顺着指缝滑下去，戳在稿纸的右上角，溅上了一大滴墨水，我随手勾成一弯月亮”。这篇小说以简洁的叙事切入生命困惑的深处，是当时不可多得的优秀短篇之一。

如果把史铁生放在寻根文学的潮流中去考量，那他也是在探寻命运和生死之“根”，对命运和生死探寻的困惑也是其作品的重要主题，

① 吴义勤：《自由与局限——中国当代新生代小说家论》，北京：人民文学出版社，2010年版，第94页。

最具代表性的就是短篇小说《命若琴弦》。小说中的盲琴师相信弹断多少根琴弦就可以重见光明，把命运寄托在琴弦上。但是，这种寄托就像传说那样遥远和缥缈，循环往复，永远充满着无穷而茫茫的困惑，正如小说的结尾：

> 现在让我们回到开始：
>
> 莽莽苍苍的群山之中走着两个瞎子，一老一少，一前一后，两顶发了黑的草帽起伏蹿动，匆匆忙忙，像是随着一条不安静的河水在漂流。无所谓从哪儿来，到哪儿去，也无所谓谁是谁……
>
> ——史铁生《命若琴弦》

在我看来，史铁生并没有把命运和生死放到哲学层面上进行探寻，而是更多地通过诗意的语言、充满意境的画面来表达自己的思索和困惑，这使得史铁生的短篇小说具有了一种较为精致的气质和品格。陈村 1986 年发表的短篇小说《死》，也是表达生死困惑主题的力作，正如陈思和指出的那样："作家决心要以这篇作品去向已死去的傅雷陈诉困惑：'一代人的困惑和一代代的困惑'。"[①] 扎西达娃 1985 年的《系在皮绳扣上的魂》以扑朔迷离的叙事技术著称：塔贝在宗教的神秘指引下远行，琼跟随着塔贝，路过现代文化侵入的甲村，琼感到"愉快"想留下来，但还是伴随塔贝而行，塔贝死了，"我"代替了他带着琼返回。小说在叙事中凸显了强烈的困惑之感，尤其是表达的传统文化与现代文明的冲突与困惑让读者印象深刻。

在先锋作家中，余华的小说以呈现暴力和死亡的方式来触摸世界

---

① 陈思和：《中国当代文学史教程》，上海：复旦大学出版社，1999 年版，第 200 页。

真实的内核。如果说这是余华小说独特的深刻之处，那么这种深刻是从对世界认知的质疑和困惑开始的。在《十八岁出门远行》中，“我”在父亲的鼓励下，“像一匹兴高采烈的马一样”欢快地冲出家门，去认识外面的世界。此时，“我”认为现实就在外面，是符合正常逻辑的美好世界，“我”要像父亲希望的那样出去开阔眼界。公路上遇到哄抢苹果的事件以及苹果的所有者卡车司机“哈哈大笑”的现象，破坏了“我”对世界的认知逻辑。“我”因为阻拦哄抢被打得鼻青脸肿，而司机抢了“我”的背包，坐着哄抢者的拖拉机大笑着走了。这荒谬的世界开始让“我”陷入了深度的悲伤和困惑：“天完全黑了，四周什么也没有，只有遍体鳞伤的汽车和遍体鳞伤的我。我无限悲伤地看着汽车，汽车也无限悲伤地看着我。我伸手去摸了它。它浑身冰凉。那时候开始起风了，风很大，山上树叶摇动时的声音像是海涛的声音，这声音使我恐惧，使我也像汽车一样浑身冰凉。”在“私人化写作”的浪潮中，一些短篇小说并不像余华的《十八岁出门远行》那样去表现对世界状态的关切，而是以一种漠然的态度叙述世界的变故，而这种淡然的叙事形成了对世界认知的焦虑，实际上是对世界认知困惑的另一种表达方式。林白的短篇小说就表现了这种叙事特征。譬如，林白 1992 年的短篇小说《随风闪烁》以记忆片段的方式叙述了“我”的朋友“红环”的爱情、婚姻等生活状况，分别以“假设电影”“有人预言”“某个房间”“致命的局部”等标题叙述“随风闪烁”的记忆场景。林白以惊人的冷静和敏感述说着“世界”的细节和变故，然而她也并不想过分掩饰对世界认知的焦虑、迷茫和困惑，就像她小说中类似这样的述说：“我站在空旷的路旁，这使我一时心生空茫，使我觉得这场热闹只是虚幻的存在。黑暗中一切都没有，我凭什么相信刚才我确实置身于别人的婚礼而不是置身梦中呢？”在

《二十七岁意象》《左边是墙，右边是墙》《夏季已过》《大声哭泣》《日午》《往事隐现》等小说中，林白用女性视角的观察方式观照和叙述了对世界认知的种种困惑。林白近年来创作的短篇小说并不多，她说："等到我更老一些，我还是会写短篇小说的吧。那时我的内心已经安静下来，精神也不再寒冷，我会写短篇的。"①从这里，我们也能体味到林白短篇小说对世界认知的某些况味。

近年来，贾平凹、裘山山、尤凤伟、范小青等小说家创作了一批优秀的短篇小说，如贾平凹的《饺子馆》《猎人》《羊事》、裘山山的《戛然而止的幸福生活》《野草疯长》《腊八粥》《脚背》、尤凤伟的《空白》、范小青的《像鸟一样飞来飞去》《我在哪里丢失了你》《厨师履历》《接头地点》《蜜蜂圆舞曲》等。这些作家似乎都不约而同地以短篇小说的文体形式表达了他们对光怪陆离世界的审美立场，呈现他们身在其中的困惑，正如洪治纲在评论范小青短篇小说时指出的那样："范小青的短篇则选择从底层生存的尴尬或悖谬入手，不断发掘各种现实表象内部的怪异之处，揭示城乡百姓在社会巨变中的无奈或迷惘。"②

三、背叛

新时期是文学转型的重要阶段，文学创作当然也呈现出诸多背离传统的艺术特征。对于短篇小说而言，由于"印象统一"的文体特征，它所表现的"背叛"话语形态往往是尖锐而有力的，尽管没有中长篇主题话语的恢宏和轰鸣，但却是尖啸和刺入式的，显示了新时期

---

① 林白：《春天，妖精·序》，沈阳：春风文艺出版社，2006年版，第3页。
② 洪治纲：《短篇小说·生活图谱·代际差异》，《文艺争鸣》，2011年第4期。

短篇小说主题呈现方式的独特性。

20世纪80年代中期，以文学形式实验著称的“现代派小说”初露端倪。如果从文体的角度来考察，短篇小说依然在其中具有先导的意义，如果进一步追问其实验形式背后的主题话语，那么“背叛”则是这种主题话语的关键词之一。1985年，徐星在该年《人民文学》第7期发表的短篇小说《无主题变奏》，在当时产生了较大的影响。小说中的“我”自愿从大学退学做“浪荡”青年，鄙夷一切传统的价值观念，疏远主流社会生活，表现出与传统意识形态对抗的焦虑、孤独和茫然的情绪。如小说的开头写道：“也许每个人都在等待，莫名其妙地在等待着，总是相信会发生点什么来改变现在自己的全部生活，可等待的是什么你就是说不清楚。”小说几近结尾，“我”干脆直言个体的对抗意识：“老Q！我只想做个普通人，一点儿也不想做个学者，现在就更不想了。我总该有自己生活道路和保持自己个性的权利吧！”徐星等作家“现代派小说”的横空出世，对小说创作产生了较大的影响，正如有评论家指出：“他的那种调侃、玩世的姿态，为后来出场打出了一颗信号弹，在徐星的笔下，已经有了王朔文体的早期萌芽。”[①]其后马原、洪峰等先锋派作家的小说则明显表达了“颠覆”性的主题话语，残雪更是以对传统价值观念戏谑的方式书写了背叛的主题。残雪1985年的短篇小说《公牛》，就非常鲜明地表达了对传统价值观念背叛的主题。小说通过“我”对“公牛”闪过窗前的幻觉叙述，形成了对男性话语权力、家庭关系以及在此基础上形成的传统价值观念的嘲弄，产生了一种强烈的戏谑式的效果。格非1987年的短篇《迷舟》也较为明显地呈现了背叛的小说主题。尽管人们常常以这篇小

---

① 董健、丁帆、王彬彬：《中国当代文学史新稿》，北京：人民文学出版社，2005年版，第456页。

说来阐析格非的迷宫叙事，但实际上由于篇幅所限，“格非迷宫”并没有形成足够的“长度”让读者迷乱不堪，反而正是它暴露了谜底之中的主题话语。三十二旅萧旅长的死亡过程实际上是自己军方的一次谋划，他被警卫员枪杀是师长的秘密指令，此时，历史的严肃面孔和宏大叙事顷刻被消解，正如小说对萧旅长临死前的描述：“面对那深不可测的枪口，萧的眼前闪现的种种往事像散落在河面上的花瓣一样流动、消失了。他又一次沉浸在突如其来的死亡的深深的恐惧和茫然的遐想之中。”同样，我们往往被孙甘露的《我是少年酒坛子》中恣肆的语言所吸引，如果从主题话语来考察，小说则通过语言的能指性表达动摇了传统的现实意义，从而形成了对现实“真实性”的质疑和颠覆。

张楚、田耳、于晓威、路内、李师江、笛安等一批“70后”“80后”的小说家则通过展示个体的生命感受来嘲讽传统的伦理观念，以一种对传统价值立场不屑一顾的姿态呈现他们的审美诉求。张楚一直致力于短篇小说的创作，其短篇如《曲别针》《草莓冰山》《长发》《樱桃记》《火车的掌纹》《关于雪的部分说法》等都以个体心灵的纷乱形成了与生存境况的对峙；笛安的《圆寂》《塞纳河不结冰》等短篇展示了在成长的苦痛中滋生的种种抗拒心态，表现出更为年轻的一代作家对于背叛主题的独特诉说方式。

四、希望

希望是相对于绝望而言的。绝望更多地蕴含着西方哲学中的精神体验，如果短篇小说要完美地凸显这类主题，那么在很大程度上小说应该成为哲学思想的阐释性文本，比如萨特的短篇《墙》这样的“主题小说”。新时期文学在发展的过程中尽管受到了西方哲学思潮的影响，但在一个短篇中集中阐释诸如“绝望”这样富有哲学意味的话题已显得“时过境迁”了。而中长篇小说则不同，它们可以在复杂的叙事中展示生存中的绝望图景，因而可以更为充分地言说“绝望”的主题。譬如在先锋小说中，余华的《呼喊与细雨》《活着》、北村的《施洗的河》《张生的婚姻》《水土不服》、苏童的《米》《1934 年的逃亡》《我的帝王生涯》、潘军的《风》等许多中长篇小说都呈现出不同形态的绝望梦魇。[①]而新时期短篇小说的主题话语中却更多地呈现出“希望”的鲜明色彩，“希望”往往只需要一丝光亮就可以展示和表达的，这种方式显然更适合于短篇文体。或许正是由于这方面的原因，新时期短篇小说为我们传递了更多的生命希望。

在新时期之初，短篇小说在表达历史反思的同时，也较早地开始了对希望和梦想的书写，如王蒙 1979 年的《风筝飘带》就书写了女主人公范素素在痛苦之后的乐观和梦想，铁凝 1982 年的获奖短篇《哦，香雪》也充分体现了短篇文体对生活梦想片段的捕捉和表现能力。在《哦，香雪》中，火车打破了大山深处的台儿沟的寂静，也唤醒了山村孩子的许多梦想。香雪是台儿沟唯一考上初中的人，“公社”中学的同学看不起她这个“小地方”来的，做出“吃惊的样子”嘲笑香雪那个父亲做的木制铅笔盒，“香雪的心再也不能平静了”，此时她的梦想是得到一个与同学一样的自动铅笔盒。香雪上了火车，被火车带到三十里外，用四十个鸡蛋换回一个自动铅笔盒，带着满足和喜悦徒步回家。梁晓声 1982 年的《这是一片神奇的土地》书写了一个时代青年的精神状态，充满了一种奋斗和激情的理想：“我们经历了北大荒的‘大烟泡’，经历了开垦这块神奇的土地的无比艰辛和喜悦，从此，离开也罢，留下也罢，无论任何艰难困苦，都决不会在我

---

① 吴义勤：《中国当代新潮小说论》，南京：江苏文艺出版社，1997 年版，第 76—82 页。

们心上引起畏惧，都休想让我们屈服……呵，北大荒！”如果说《这是一片神奇的土地》书写的是记忆中的精神理想，其后的一些短篇小说则直接书写了时代进程中的欣喜和希望，譬如，刘西鸿1986年的《你不可改变我》等。陈村是一位在“伤痕文学”思潮中出现的作家，人们往往从“伤痕”的批评话语中关注他的小说，考量其小说的“死亡”主题及其艺术表现手法的多变，“然而他虽然迷恋死亡，却不是企图通过死者来达到歌颂和批判的目的，只是为了用一种日常生活的描写来表达他对生活现状和生命意义的思考”[①]。实际上，陈村的短篇小说敏锐地表达一种心灵回归的期望，比如他1985年的短篇《一天》等。《一天》中的主人公张三每天的生活都是重复的，起床、上班、冲车床、下班，可他觉得每天生活得都有意义，每天都很高兴，并且充满了对生活的希望诉求。池莉1991年的短篇小说《冷也好热也好活着就好》与陈村的《一天》尽管文本世界中的时代大不一样，但叙事风格和审美旨趣却非常接近。《冷也好热也好活着就好》把生存思考诉诸日常生活场景的叙写，达到了“现实空间与审美空间在感知与体验中融为一体”[②]的审美效果，在精神层面上呈示了疲惫心灵的回归期望，正如小说结尾带有轻松、浪漫的叙说：“燕华驾驶着两节车厢的公共汽车，轻轻在竹床的走廊里穿行，她尽量不踩油门，让车像人一样悄悄走路。”

刘庆邦20世纪90年代以来的短篇小说在书写苦难之痛的同时，也往往从低沉的阴霾里闪现出一缕生活的希望之光，譬如令读者印象深刻的短篇《梅妞放羊》，就叙述了一个放羊女孩子梅妞青春期的精

① 陈思和：《中国当代文学史教程》，上海：复旦大学出版社，1999年版，第199页。
② 刘川鄂：《小市民 名作家——池莉论》，武汉：湖北人民出版社，2001年版，第76页。

神世界和纯真梦想。梅妞生活的梦想，包括物质的和精神的希冀，都寄托在她放的羊群上，“爹给梅妞许了一个愿，等羊生下羔子，等羔子长大卖了钱，过年时就给梅妞截块花布，做件花棉袄。梅妞长这么大从没穿过花棉袄，每年穿的都是黑粗布棉袄。羊羔儿是梅妞的希望，花棉袄是梅妞的念想，梅妞把希望和念想都寄托在羊肚子上了”。不仅如此，梅妞青春期的懵懂感受和幻想体验也通过与羊的关系呈现出来，比如梅妞从对羊的触摸联想到自己的身体，从抱着羊羔的感受滋生出一种青春的奇异感觉等，这些都极大地丰富了人物的精神世界和小说的思想内蕴。

与刘庆邦等作家的短篇创作不同，近年来的一些短篇创作更多地在日常琐屑的生活场景中寻找生活、爱情的梦想与希冀，如温亚军的《成人礼》《嫁女》、冉正万的《树上的眼睛》《纯生活》、魏微的《乡村、穷亲戚和爱情》《化妆》《姊妹》、金仁顺的《水边的阿狄丽雅》《爱情诗》《云雀》等，都从不同的角度展示了人们在变幻、困窘的生存空间里对希望的某种探寻。此外，在新时期短篇小说的创作中，我还将“80后”的作家张悦然视为“希望”主题话语的重要书写者。张悦然的《红鞋》《葵花走失在1890》《一千零一个夜晚》《吉诺的跳马》等短篇小说，虽然叙写了青春中的忧伤，但在曼妙的笔致中展现的美好希望却让人难以忘却：“在张悦然的小说中，‘青春’是个甚为关键的字眼。虽然写的并非切实的青春事件，但那抒情绵密的笔调，对爱和永恒的希冀，以及诡奇的忧伤、残忍和坚执却完全是青春式的：任性、刺激而不留余地，有种撒娇、脆弱和矫情的气质。”[①]在这里，我们看到了更为年轻的小说家对同一主题话语充满个性的表

---

① 李丹梦：《张悦然的“文学性”》，《南方文坛》，2011年第1期。

达方式。

五、温暖

有希望就有温暖，希望与温暖是人类生存的精神元素。新时期许多短篇小说对“温暖”的话语书写是显著的，用纯净、精致的文体形式找寻、表达着生存中的温暖，呵护着生命中不曾泯灭的善良。

随着先锋写作的退潮，20 世纪 90 年代以来的许多短篇小说创作呈现出一种对生命的平等观照，叙写了平凡人生中的善良与温暖。赵剑平 1991 年的短篇小说《白羊》用极短的篇幅呈示了雨山爷老人的朴实、善良，以简洁的叙述展现了一个纯净、温暖的精神世界。雨山爷的黑羊群里莫名出现了一只白羊，自己的黑羊也少了一只，老人知道这是“羊跟错群了”。这在常人看来是很容易处理的事情，何况第二天有人去雨山爷那里买羊打牙祭，儿子也说“把那白羊卖掉吧”，但是雨山爷颤颤地说：“不能卖……人家的羊子……”经过一番辛苦寻找，雨山爷找到了白羊的主人。小说把白羊的命运与雨山爷质朴的生命感受融汇在一起，延展了小说的精神内涵，使读者感到了一种心灵的纯净和由此带来的人性善良的温暖。刘震云 1993 年的《土塬鼓点后：理查德·克莱德曼》是难得的一篇充满生命关怀的佳作。小说以法国钢琴家理查德·克莱德曼在 1992 年于北京举行钢琴独奏音乐会为背景，叙述同一时间山西李堡村发生的事件。小说把明星理查德·克莱德曼与李堡村的村民放在一个生命的平面上去观照，凸显了一种关怀的主题话语。“王枝花老太太生前肯定像泥塘中的房东大哥一样，一生操劳，从无吃到过理查三十九年的任何一天随意扔掉的饭菜”，这是把乡村一个老太太的生活与理查德·克莱德曼进行比较的描述。小说还把乡村乐鼓手奎生的“艺术成长之路”与理查德·克莱德曼进行比较："饥一顿，饱一顿，有村子娶亲或死人，便去从艺；没有娶亲或死人，便回家跳到池塘里挖藕。在他艺术成长的道路上，注定没有巴黎音乐学校等他……"在这个崇尚资本和权力的时代，在这个时尚和消费的时代，还会有谁作这样的比较呢？我们还能在哪里见到这种似乎不合时宜的对比呢？有人说中国当代文学缺少人文关怀，我觉得我们可以或多或少地从短篇小说的创作中对这种评价进行某种程度的反思。我们不难看出，刘震云在短篇小说中呈现出来的对生命的平等观照和深切关怀，没有空洞和矫情的伪温情，而是充满了朴素、真挚的温暖情怀，这的确是非常难得的。

读迟子建的短篇小说总有一种感动的精神触动。她的短篇小说总是用温暖的方式来体验和思考生命的存在，如《亲亲土豆》《逝川》《朋友们来看雪吧》《微风入林》《花瓣饭》《百雀林》《一坛猪油》《五羊岭的万花筒》等。这些小说中有眼泪，有伤痛，但没有悲哀，没有绝望，带泪的微笑和心痛的温暖往往成为最为重要的艺术格调。《逝川》中吉喜老人质朴的善良覆盖了她记忆的伤痛，深夜为产妇接生而错过捕获能避免厄运的"泪鱼"，而村民也不忘在她的木盆里放了十几条美丽的蓝色泪鱼，这种人间的温暖让吉喜流下泪来。《亲亲土豆》中更让读者记取了小说中土豆花的香气。患绝症的丈夫秦山在生命的最后一段时间与妻子李爱杰之间的情感表达，更像是奏响了一曲久违的爱情和生命恋曲。在《朋友们来看雪吧》中，尽管在冬季用雪爬犁接送客人的胡达老人去世了，但那个乌回镇上仍然充满了永远的温暖记忆。

毕飞宇善于从历史或者现实隐蔽的一角钩沉对生命存在的思索，有时在他的短篇小说中会出现令人惊叹的温暖叙事。他书写的温暖与迟子建笔下的温暖不同，往往在温暖之余带有令人若有所思的精神韵味，譬如其获奖短篇《哺乳期的女人》等。显然，《哺乳期的女人》这篇小说首先是一个关于母爱的温暖主题：面对渴望母乳的七岁的孩子旺旺，哺乳期的惠嫂把孩子叫到面前来满足孩子的渴求。李敬泽在评论该小说时曾经指出："母爱是人类最基本的神圣情感，适合以田园诗般的抒情调子咏唱，但《哺乳期的女人》所写的是关于'母爱'的犹豫、猜疑，因此这是富于激情的'爱'的故事，更是严厉的关于'爱'的禁忌的故事。……《哺乳期的女人》很清澈，但也像水一样深度难测，这是它的魅力所在。"[①]但是，不管其艺术境界是如何的"难测"，离开母爱的温暖话语，小说构建的艺术世界将会轰然倒塌。鲁敏在短篇小说创作中对温暖的书写是别具一格的，她善于在人与人之间的关系中描述一种不曾泯灭的人间温暖。尽管鲁敏在《暗疾》《致邮差的情书》等短篇中对现实之痛有着深入的叙写，但在《离歌》《跟陌生人说话》《铁血信鸽》等小说中似乎用温情和关怀消弭了所有的伤痛，从而传递了更多的温暖，正如王彬彬指出的那样："她的那一类以乡村为背景的小说，其中的人物都是那种没有精神'暗疾'的人，都是那种对他人充满善意的人，都是那种急公好义的人，都是那种极其通情达理的人。"[②]譬如在《离歌》中，三爷为了满足彭老人死后到"河那边"去走走的愿望，在彭老人去世后，他在夜间把"彭老人"渡过去又送过来——

他在河岸边坐着，等了好久，然后才上船，划得极慢——船，好像比平常略沉一些，却又分外飘逸——到了自家的岸边，

---

① 李敬泽：《共识的形成——关于短篇小说奖的笔记》，见陈建功等编：《鲁迅文学奖获奖作品丛书》（短篇小说卷），北京：华文出版社，2001 年版，第 9 页。

② 王彬彬：《鲁敏小说论》，《文学评论》，2009 年第 3 期。

他复又坐下，头朝着那模糊而森严的半片山张望，仍像在等人。等了一会儿，再重新慢慢划过去。

往返两岸，如是一夜。

水在夜色中黑亮黑亮，那样澄明，像是通到无边的深处。

——鲁敏《离歌》

此时，现实的沧桑和痛楚都成为温暖述说的背景，人与人之间的温暖之情显得浓厚而绵远。

新时期短篇小说的创作具有显著的开放性特征，其主题话语的表现形态也是纷繁丰富和相互渗透的，因此，我们如上梳理的伤痛、困惑、背叛、希望、温暖并不能完全覆盖新时期短篇小说所有的主题话语形态。但是，它们都以最为鲜明的色彩体现了新时期短篇小说的主题话语特征，尤其是凸显了小说主题形态的“离散”化特点，同时在一定程度上也表现出新时期短篇小说在主题呈现方面所具有的突破性和创新性的艺术品格。

第三章　形象塑造的技术转型

人物在小说结构中的作用和地位是无可置疑的，正如勒内·韦勒克、奥斯汀·沃伦在《文学理论》中指出："小说的分析批评通常把小说区分出三个构成部分，即情节、人物塑造和背景。最后一个因素即背景很容易具有象征性，在一些现代理论中它变成了'气氛'或'情调'。不用说，这三个构成因素是互相影响互相决定的。"[①]英国著名的文学理论家和批评家安德鲁·本尼特、尼古拉·罗伊尔认为："人物是文学的生命：他们是令我们惊奇与入迷、喜爱与厌恶、崇敬与诅咒的对象。的确，文学作品中的人物与我们之间的关系是如此密切，以至于他们常常并不是纯粹的'客体'。通过同化的力量，以及同情与反感的作用，他们可以成为我们生命的一部分，成为我们对我们自己进行想象的一部分。"[②]因此，考察人物形象的塑造问题是我们

① ［美］勒内·韦勒克、奥斯汀·沃伦：《文学理论》，刘象愚等译，北京：文化艺术出版社，2010年版，第245页。

② ［英］安德鲁·本尼特、尼古拉·罗伊尔：《关键词：文学、批评与理论导论》，汪正龙等译，桂林：广西师范大学出版社，2007年版，第59页。

走进新时期短篇小说世界的重要途径。新时期短篇小说文体观念以及主题呈现方式的变化对人物的叙写产生了深刻的影响，人物形象塑造的技术呈现出某种转型的趋势，人物形象的内涵得到了显著的拓展，显现出新时期短篇小说在人物叙写方面艺术创新的艺术品格。

第一节　人物的符码化趋势

由于文体特征的差异，人物在短、中、长篇小说中的书写方式是有区别的，即使在同一种文体中，不同的发展时期人物的书写方式也是不同的。新时期短篇小说中的人物书写方式历经了一个不断变化的过程，其中，受到现代派文学的影响，人物的符码化趋势就是一个值得关注的问题。尽管该趋势在中长篇小说中也有不同程度的表现，但从阅读感受来说，由于中长篇小说具有篇幅“长度”，人物的符码化趋势仍伴随着传统意义上的形象构建；而新时期许多短篇小说创作则以探索的姿态，以人物符码化的显著趋势推动了形象塑造的技术转型，有效实施了人物形象叙写方式的深度转换，从一个角度呈示了短篇小说文体的创新性特征。

一、传统观念的形象塑造

“小说是一种侧重刻画人物形象、叙述故事情节的文学样式。……着重刻画人物形象是小说走向成熟的标志。同其他文学样式相比，小说在人物刻画上拥有更丰富的表现手段，可以从各个方面深入细致地塑造性格复杂的人物形象。”[①]这里的“形象”具有人物的精神面貌和

---

① 童庆炳：《文学理论教程》，北京：高等教育出版社，1998年版，第171页。

性格特征的内涵，表现样态往往是作品中丰满的、鲜明的、让人印象深刻的人物刻画。勒内·韦勒克、奥斯汀·沃伦所说的“塑造”一词实际上也包含了对人物形象某种内涵的表达。安德鲁·本尼特、尼古拉·罗伊尔对人物的探讨也把注意力放在了19世纪现实主义传统，“这个传统代表了我们迄今所拥有的人物与性格塑造的最高水平，而且它也反对了诸如现代主义和后现代主义文本走向制作方式（work）的偏见”[①]。看来，本尼特、罗伊尔并不认同巴尔特等人所说的现代主义和后现代主义小说中对人物与性格塑造的消解。谈到人物的概念，人们首先关注的是传统现实小说中的人物形象，通常用“丰富、复杂、典型”来表述自己的感受和认知，比如托尔斯泰笔下的安娜·卡列尼娜、聂赫留朵夫等经典人物形象。在传统现实主义创作中，尽管短篇小说由于篇幅等因素的制约，在人物塑造方面所表现的技巧与中长篇小说不同，但人物形象塑造在作品结构中无疑也具有不可撼动的地位。

在中国20世纪的小说发展史上，人物形象的塑造不仅对于中长篇小说，而且对于短篇小说而言都是非常重要的创作诉求，现代文学史上的诸多作家如鲁迅、老舍、茅盾、沈从文、张爱玲、郁达夫、废名、施蛰存等都在短篇小说中塑造了许多经典的人物形象。譬如，鲁迅的短篇小说《故乡》成功塑造了闰土的鲜明形象，文中既有外貌描写，也有心理刻画，更有细节描述的“月下小英雄”的经典形象。老舍的短篇小说《断魂枪》也突出了人物的刻画，以区区五千多字的篇幅塑造了“神枪沙子龙”的形象，“短瘦、利落、硬棒，两眼明得

---

① ［英］安德鲁·本尼特、尼古拉·罗伊尔：《关键词：文学、批评与理论导论》，汪正龙等译，桂林：广西师范大学出版社，2007年版，第60页。

像霜夜的大星”，以及他的那句“不传！不传！”所表现的微妙心理，都给读者留下了极其深刻的印象。即使注重心理和情绪描写的作家也非常关注对人物的塑造，如新感觉派代表作家施蛰存的《上元灯》，用日记的形式叙述了“我”对“她”的所见、所闻和所感，通过表情、神态、动作和语言等方面的描写塑造了“她”这一过目难忘的人物形象，被沈从文称为“最值得我们保留到记忆里”的短篇小说。[①]因此，尽管对人物的刻画方式不尽相同，但现代文学中的短篇小说都十分强调人物的形象塑造，并从这个层面凸显了人物要素在小说创作中的重要性，正如老舍所说：“创造人物是小说家的第一项任务。把一件复杂热闹的事写得很清楚，而没有创造出人来，那至多也不过是一篇优秀的报告，并不能成为小说。因此，我说，应当先写简单的故事，好多注意到人物的创造。试看，世界上要属英国迭更司的小说穿插最复杂了吧，可是有谁读过之后能记得那些钩心斗角的故事呢？迭更司到今天还有很多的读者，还被推崇为伟大的作家，难道是因为他的故事复杂吗？不！他创造出许多的人哪！他的人物正如同我们的李逵、武松、林黛玉、宝钗，都成为永远不朽的了。注意到人物的创造是件最上算的事。”[②]

十七年文学对人物形象的叙写多与政治意识形态有关，诸如出现了“新的人物”“正面人物”“英雄人物”“中间人物”等概念，从意识形态的角度突出人物形象塑造是文学的首要任务，如茅盾所说：“应该要求我们的作家把创造人物性格的问题，特别是创造正面

① 沈从文：《论中国现代创作小说》，见钱理群编：《二十世纪中国小说理论资料》（第三卷），北京：北京大学出版社，1997 年版，第 134 页。

② 老舍：《怎样写小说》，见钱理群编：《二十世纪中国小说理论资料》（第四卷），北京：北京大学出版社，1997 年版，第 75 页。

人物的艺术形象问题，提到我们创作的首要地位上来。”[①]从短篇小说的角度来看，优秀的短篇小说多是以刻画人物形象为中心的，譬如萧也牧的《我们夫妇之间》(1950)、赵树理的《登记》(1950)、王蒙的《组织部来了个年轻人》(1956)、宗璞的《红豆》(1957)、茹志鹃的《百合花》(1958)、马烽的《我的第一个上级》(1959)、李凖的《李双双小传》(1960)、林斤澜的《新生》(1960)、西戎的《赖大嫂》(1962）等。整体而言，十七年短篇小说在人物形象的塑造方面遵循了传统现实主义方法，并受到“社会主义现实主义”创作准则的制约。

新时期初期，短篇小说在伤痕文学、反思文学、改革文学的创作潮流中塑造了诸如张俊石、乔光朴、陈奂生等许多鲜明的人物形象。这些人物形象多有外貌描写和心理刻画，如《班主任》对张俊石的形象描写：

> 张老师实在太平凡了。他今年三十六岁，中等身材，稍微有点发胖。他的衣裤都明显地旧了，但非常整洁，每一个纽扣都扣得规规矩矩，连制服外套的风纪扣，也一丝不苟地扣着。他脸庞长圆，额上有三条挺深的抬头纹，眼睛不算大，但能闪闪放光地看人，撒谎的学生最怕他这目光；不过，最让学生敬畏的是张老师的那张嘴……
>
> ——刘心武《班主任》

再如《乔厂长上任记》中对乔光朴外貌的刻画：

① 茅盾：《新的现实和新的任务》，《文艺报》，1953年1月9日。

这是一张有着矿石般颜色和猎人般粗犷特征的脸：石岸般突出的眉弓，饿虎般深藏的双眼，颧骨略高的双颊，肌厚肉重的润脸；这一切简直就是力量的化身。他是机电局电器公司经理乔光朴，正从副局长徐进亭的烟盒里抽出一支香烟在手里玩弄着。自从十多年前在“牛棚”里一咬牙戒了烟，从未开戒，只是留下一个毛病，每逢开会苦苦思索或心情激动的时候，喜欢找别人要一支烟在手里玩弄，间或放到鼻子上去嗅一嗅。仿佛没有这支烟他的思想就不能集中。他一双活力十足的眼睛不看别人，只盯住手里的香烟，饱满的嘴唇像铁闸一般紧闭着，里边坚硬的牙齿却在不断地咬着牙帮骨，左颊上的肌肉鼓起一道道棱子。

——蒋子龙《乔厂长上任记》

从20世纪80年代中后期起的短篇小说里，类似的形象描写显然是少多了。不仅如此，短篇小说中的人物形象一般不再追求传统的“丰满”“鲜活”的特征，尽管不少小说中的人物让人记忆深刻，但也往往不是较为完整的人物图像。而我们却可以从长篇小说中获取许多丰满的人物形象，如赵炳（《古船》）、夏天义（《秦腔》）、白嘉轩（《白鹿原》）、司漪纹（《玫瑰门》）、吴蔓玲（《平原》）、水上灯（《水在时间之下》）等。在我看来，这更多是因为新时期短篇小说在人物形象塑造方式上发生了明显的变化，其中，人物的符码化趋势便是这种变化的一个显著特征。

二、人物符码化的表现形态

本尼特、罗伊尔指出：“（作品中的）‘人物’既表示文字或符号，一种书写的标志，也表示‘人物’的‘根本的’属性。……我们认为，现实主义小说依赖于对人物作为复杂统一体的特定认识。我们还可以通过对现实主义小说人物内部（心灵、灵魂或自我）以及外部（身体、相貌以及其他外部特征）具有根本意义的两重性的考察对此作进一步探讨。”[①] 从这个意义出发，我们可以从“书写标志”的符码化的视角来探讨新时期短篇小说形象塑造的艺术转型。在新时期许多短篇小说的创作中，人物形象的符码化更多表现为一种创作趋势，具体呈现为以下几种表现形态。

一是人物的“物化”处理。这种表现形态突出表现在先锋（新潮）小说中，正如有学者指出：“我们必须承认，新时期文学确实建立了一个关于‘大写的人’的神话。但是到了新潮小说这里我们就会心酸地发现，新时期文学苦心经营的那个‘人’的神话已经无可挽回地破灭了。新时期文学中的那些大写的主体顷刻间就被一批破碎、堕落的主体和小人物取代了。新潮作家不再信奉文学的社会学和人学价值，也不再理会所谓的典型说，而是把文学视为一种纯粹的审美本体。他们有理由认为人物和小说中的其他因素比如结构、语言等等一样只不过是审美符号，就如卡西尔所说的‘符号’。余华就公开地承认，他对人物性格毫无兴趣：‘我并不认为人物在作品中享有的地位，比河流、阳光、树叶、街道和房屋来得重要。我认为人物和河流、阳光等一样，在作品中都只是道具而已。’”[②] 因此，对人物的“物化”处理是先锋小说的一个重要特征。进一步来看，我觉得体现“物化”特征最为突出的应该是其中的短篇小说。我们先来看几部长篇小说。尽管余华说自己对“人物性格毫无兴趣”，但在长篇小说《呼喊与细

---

① [英] 安德鲁·本尼特、尼古拉·罗伊尔：《关键词：文学、批评与理论导论》，汪正龙等译，桂林：广西师范大学出版社，2007 年版，第 62—63 页。

② 吴义勤：《中国当代新潮小说论》，南京：江苏文艺出版社，1997 年版，第 22 页。

雨》中仍然留下了让人记忆深刻的人物。小说没有完整的故事，叙述了“我”与先辈、同辈们的人生经历片段，“我”在这些人中处于中心位置，“我”的精神漫游、焦虑与恐惧、孤独与绝望都使得人物叙写显得丰富、复杂。苏童在长篇小说《米》中叙写了许多人物，五龙是其中着力刻画的主要人物。五龙是凤杨树乡村的孤儿，小说描写了他流浪的生命历程，展现了他在乡村和城市之间的肉体和精神的游历。在这个过程中，小说呈现给我们的是五龙丰富而沉重的生命个体，对五龙心态和精神的深度书写在整部小说的叙事中占据着重要的位置。格非在他的长篇小说《敌人》中依然表演着“迷宫”式的写作，整部小说充满了神秘和暗示的色彩。小说在赵氏家族灾难的书写中也注重刻画了赵景轩的人物性格：“这个忧郁的中年人承袭了先辈沉默寡言的秉性，却染上了一种颓唐散漫的习性。他整天衣冠不整、蓬头垢面，慵懒的身影像幽灵一样在林中四处晃荡。”赵景轩对父亲遗留宣纸的执着破译，以及他孤独和恐惧的人生体验都给我们留下了深刻的印象。北村的《施洗的河》中的人物关系更为清晰，描写了刘成业、刘浪、马大、董云的罪恶故事。从这里我们可以看出，由于先锋小说家对人物的漠视更多地属于一种审美倾向，在容量较大的长篇小说中其实并不容易彻底做到对人物的“物化”处理。在这方面，短篇小说的表现则大不相同。余华的短篇小说《十八岁出门远行》尽管是通过“我”的视角去展开叙述的，但其实“我”也仅仅起这个作用，小说没有对“我”的形象进行特别关注，“我”只不过是带领读者走进叙事的符号，与那个卡车司机、卡车、苹果、抢苹果的人一起形成小说设计的符号群，没有个性色彩。读完小说读者不会对“我”留下深刻的印象，只是记取了那个抢苹果的荒唐事件。在这样的短篇小说中，我们才看出余华所说“对人物性格毫无兴趣”的具体呈现。同时，余华对“物”的饶有兴致的关注也体现出他对“人物”的寡然兴趣，比如在短篇小说《西北风呼啸的中午》中，小说叙事仍像《十八岁出门远行》一样把“我”置于一个荒唐的事件之中，小说中没有“我”的任何背景和性格描写，只是在一句对话中随意地以“余华”对“我”进行了命名；相反，余华在小说开始便表现出对阳光、裤子等“物”的勃勃兴致：

阳光从没有一丝裂隙一点小洞的窗玻璃外面窜了进来，几乎窜到我扔在椅子里的裤管上，那时我赤膊躺在被窝里，右手正在挖右眼角上的眼垢，这是我睡觉时生出来的。现在我觉得让它继续搁在那里是不合适的，但是去粗暴地对待它也没有道理。因此我挖得很文雅。而此刻我的左眼正闲着，所以我就打发它去看裤子。裤子是昨晚睡觉时脱的，现在我很后悔昨晚把它往椅子上扔时扔得太轻率，以致此刻它很狼狈地耷拉着，我的衣服也是那模样。如今我的左眼那么望着它们，竟开始怀疑起我昨晚睡着时是否像蛇一样脱了一层壳，那裤子那衣服真像是这样。这时有一丝阳光来到了裤管上，那一点跳跃的光亮看上去像一只金色的跳蚤。

——余华《十八岁出门远行》

篇幅不到四千字的小说，竟如此表现对“物”的关注。从这里我们可以感觉到，“我”、阳光、裤子在余华的叙事中具有同等重要的符码意义。格非的那部著名短篇《褐色鸟群》更是指涉了“符号”的多重意味，如小说中写道：

幸好，每天都有一些褐色的候鸟从水边的上空飞过，我能够根据这些褐色的鸟飞动的方向（往南或往北），隐约猜测时序的嬗递。就像我记忆中某个医生曾声称“血是受伤的符号”一样，我以为，候鸟则是季节的符号。

——格非《褐色鸟群》

小说把穿橙红（或者棕红色）衣服的女人命名为“棋”，很明显突出了人物的“符号化”“物化”的处理方式。实际上，“棋”与鸟群、光线、声响、阳光、画夹一样都不过是格非叙事迷局中的代码而已，“人物”作为“人”的属性此时已不再重要。短篇小说对“人物”的“物化”处理，使得先锋小说家的观念革命得以充分的展示。

二是人物的“碎片化”书写。人物的“碎片”是指非完整意义上的人物，读者从“碎片”无从得知人物的整体印象，而这与“窥一斑而知全豹”的人物表现方法显然是不同的。人物的“碎片化”书写与“后现代”思潮的影响有关。后现代主义思潮主张解构整体性，如德里达对先验的整体性、同一性的消解理念，这使得后现代主义文学具有了追求平面化、零散化的审美旨趣。在人物的叙写方面，平面化、零散化的审美追求很容易形成文本中一个个人物的“碎片”，特别是在短篇小说中这些“碎片”几乎都未能形成人物印象的“片段”，从而使得人物“碎片”具有了一种书写符号的意味。

在新时期的小说家中，林白的短篇小说对人物的“碎片化”书写是极具代表性的。林白的短篇小说依然如她所有的小说一样写“我”如水般的念想，在这种意念流动中会不时地加进一些人物，但这些人物只是“瞬间闯入”，是一种“碎片”的存在样态，呼之即来，挥之即去。但是，这些人物对于小说的叙事来说往往是必不可少的，甚至是较为重要的。如果以传统的创作手法，譬如以现代文学中十七年乃至新时期初期人物形象塑造的技术处理，小说会延缓一下叙事节奏去关注这些人物的相貌、神态或性格特征，给他们一个“亮相”的机会，但林白从不这样做，她很“无情”地让他们闪烁着飘逝，形成其短篇小说独特的人物叙写方式。在《去往银角》中，杨芬、细眯都是叙事功能中不可或缺的人物，杨芬是“我”去往“银角”之地的诱因，细眯成为“我”在“银角”的最初依赖，可小说只是把她们作为一种叙事的符号功能，像“碎片”一样游动，以改变我们阅读期待的方式任意打发这些人物的去留。二皮叔是《明亮的土铳》里的主人公，是一个会制造土铳的能工巧匠，但整篇小说并没有对他的神态、性格进行描写或刻画，只是在开始交代了二皮叔如何做了五支不同的土铳，接下来二皮叔便消失了，叙事线索转到了两个村子的群体争斗。直到小说最后，二皮叔才又出现，带着几个人，每人手里握着一支土铳，小说叙事至此戛然而止。我们不难看出，林白根本没有把二皮叔视为小说中的“主人公”，需要他出场时，便让他带着土铳出现就行了，这在传统的人物叙写中是难以想象的。在《墙上的眼睛》中，“我”、豆豆、父亲、第二个父亲、母亲等一系列人物在短篇小说的叙事时空中来回迅速转换，让读者感到小说似乎在进行一种模糊、零散的人物剪辑。我们只知道豆豆的精神出了问题，“我”好像什么也搞不清楚，父亲曾经打过“我”，第二个父亲是“一个脾气暴躁但从来不打我们的人”，除此之外关于人物的其他认知我们一无所获，林白似乎在短篇小说的方寸空间里进行一场关于人物的“漂移”游戏。这种游戏在林白的《随风闪烁》《玫瑰过道》《知青与剑、与马、与恋人、与红薯》《安魂沙街》等短篇小说中同样上演着。但值得注意的是，林白的这些人物“碎片”却没有后现代思潮所追求的“平面感”，反而像瓷器的碎片，质地坚硬而锋利，能瞬间划开对于生存体验和记忆的一道伤口，这也是林白短篇小说所追求的艺术品格。

三是人物的“个体化”呈示。传统人物叙写方法追求“典型性”，注重对外貌、神态和性格等方面的描写和刻画，短篇小说当然也不例外。在新时期之初的短篇小说中我们依然可以看到诸多的“典型人物”，如周惠敏、乔光朴、陈奂生等，小说也显示出作家对其形象精心塑造的努力。但是，这种以人物塑造为中心的创作方法显然很快发生了变化。在其后的寻根小说、先锋小说、新写实小说的创作思潮中，小说家更多放弃了对“典型人物”的塑造，同时读者也不再期待文本中有丰满人物形象的出现。在短篇小说中，我们往往看到的是出场人物的“轮廓”，明显感到这些人物只不过是小说家随机选择的人物“个体”，这在很大程度上具有了书写代码的形式意味。譬如，寻根小说重在对历史文化根源的探寻，并以此作为对抗主流话语的方式，正如有学者认为：“‘寻根’的主张，推动了这个时期已经开始的文学表现领域的转移，出现偏离强烈政治意识形态性，偏离现实批判、政治历史反思的现象。这种情况的表现之一，是小说对于世俗日常生活，对于日常生活相关的风俗、地域文化的浓厚兴趣。中国大陆当代，尤其是‘文革’期间的小说，地域、风俗的特征趋于模糊、褪色。主流的文学观念是，历史运动，人的行为、情感的基本构成和决定因素，是阶级地位和政治意识；其他的一切都无足轻重。这样，日常生活，体现‘历史连续性’的民族文化的、人性的因素，自然会被看作是对于阶级意识的削弱而受到排除。这种观念在80年代受到普遍质疑，不少作家认识到，特定地域的民情风俗和人的日常生活，是艺术美感滋生的土壤，并有可能使对个体命运、对社会、对民族历史的深刻表现融为一体。加强对传统生活方式的了解，表现这一生活方式在现代的变迁，为不少小说家所重视。”[①]因此，在这种思潮的创作中，小说对人物的关注很容易弥散在对深广历史文化的书写之间，特别是对于篇幅受限制的短篇小说来说。比如，阿城的短篇小说《遍地风流》（之一），全篇分“峡谷”“溜索”和“洗澡”三个部分，组成了一组奇峻古朴的自然景观和粗犷刚毅的地域民风画面，人物如同画面里苍空中的一只鹰一样，仅为生命的一个普通“个体”存在，连名字都没有，是“骑手”“马帮首领”“汉子们”“那女子”等，他们全部淹没在“寻根”主题的话语之中，呈现出较为明显的人物符码化的倾向。

同样，新写实的一些短篇小说也是如此。新写实小说描写各类小人物庸碌的生活状态和烦恼的世俗人生，放弃了传统现实主义的人生意义阐说和理想追求，“更多地表现出世俗化的价值取向，即追求物欲而淡化理想、趋于平庸而消解崇高的倾向”[②]。新写实是在对生存价值的怀疑和由此而产生的与传统现实主义的对抗中诞生的，“80年代中期的中国文学作品则更是挥洒出人的创造历史的激情，但是在‘新写实小说’中，这种激情几乎消失殆尽，剩下的只是人无法掌握命运的无力感”[③]。新写实小说家让目光与生活平行来展开日常生活的叙写，力求还原生活的原生态，不再诉求人生的意义而是描述日常生活的琐屑，并以这种方式去体验和关注生存状态。这实际上给短篇小说的创作带来了挑战，一方面要展示琐屑的生活境况，一方面又是简洁的文体形式，这就要求作家必须在结构方式上进行调整。对人物进行符码化处理，显然是新写实短篇小说选择的调整方式。池莉的代表性短篇《冷也好热也好活着就好》中就出现了一系列人物：猫子、

---

① 洪子诚：《中国当代文学史》，北京：北京大学出版社，2007年版，第281—282页。
② 王庆生：《中国当代文学》（下卷），武汉：华中师范大学出版社，1999年版，第95页。
③ 许志英、丁帆：《中国新时期小说主潮》（上卷），北京：人民文学出版社，2002年版，第525页。

汉珍、燕华、王老太、“男人们”、“女人们”、许师傅、“邻居”、嫂子、王厨师、小乜、单身汉“四”等，但小说关注的是烦琐生活场景的整体画面，没有给任何人“特写”，对一些人物甚至懒得命名。我们不难感受到，这些人物也只是在生活场景中摄取的“个体”符号，他们在叙事中的意义也只是一种书写的符码而已。

而长篇小说对形象的塑造则不同。在这里我们用范小青的一部长篇来说明这个问题。范小青的小说一向贴近社会现实，关注普通人生及生存境况的变化，尤其注重以朴实和富有质感的文字把它们艺术地表现出来，呈现出独特的艺术品格，譬如《香火》《赤脚医生万泉和》《城市民谣》《城市表情》《女同志》等。在小说《我的名字叫王村》中，范小青更是以一个极其简单的故事掀开了复杂历史的一角，用平淡、明了的语言表达了现实生活中的种种疑惑和沧桑变化中的冷暖关怀。她把人的困惑放在一个单纯的视角里展现，让乡村变迁的历史从一次寻找开始，从而使这部小说显得简约而丰富、精致而宽阔，呈现出一种动人心弦的艺术力量和熠熠生辉的艺术魅力。在小说中，范小青对乡村世界的深切关注是明显的，以乡村为切入口对社会现实的追问和反思也是小说重要的主题诉求。如何构建小说的世界，艺术地表达复杂的主题内蕴，显然在检视着小说家的艺术视角。范小青从小处着眼，选择一个名叫小王村的村庄，聚焦一个角色即主人公王全，叙述了一个非常简单的故事：抛弃弟弟→寻找弟弟→再寻找弟弟。小说的尾声部分大致交代了找到“弟弟”的结果，“弟弟”返回王村，叙述戛然而止。以一个人物和简单故事为核心的叙事分布在长篇小说里，这对作家的艺术表现能力和现实把握能力都是一个极大的考验。范小青显然具有这个能力，她正是从这些“小处”入手，呈现出广阔复杂的社会现实，释放出令人震撼的艺术感染力。而这一切，首先来自于小说对角色的选择。

主人公王全（小说中的“我”）是一个极具特质的个性化人物，主导着小说故事的发展。小说采用第一人称叙事，即以王全的视角展开叙述。王全是一个极其普通的青年农民，因“老鼠弟弟”的原因未能考取大学，从县城中学回到王村成为村中的“高级知识分子”。此时，王全尚未成为他的“大哥”和“父亲”，具有父兄所不具有的“自由身份”和自我反思的意识和能力。王全可以不顾家人的意见独来独往，身在家中又游离于其之外，比如他可以不顾一切地只身外出去寻找弟弟：“即便我爹被打破了头，即便‘大蒜250’真的被人弄了，即便是怎么怎么了，这些都不能阻挡我寻找弟弟的脚步。”同时，他还时常产生微妙的心理活动，对自己的行为进行追问和反思，比如他抛弃弟弟后的情感反应：“我奔到车站找弟弟，那是错上加错，我本来就不应该再找弟弟，退一万步讲，即便我要找弟弟，也不应该跑到车站来，很明显我没有把弟弟当弟弟，我把他当成我自己了……所以，事实上，并不是我丢掉了弟弟，而是弟弟丢掉了我。”王全的这些“特质”表现，使得人们对他的态度发生了很大的变化，他在家里甚至村中都在一定程度上被视为一种“另类”，有时被别人取笑，有时也被人们重视。可见，小说赋予了王全极其突出的个性化特征，并由此开始了一个引人入胜的故事。如果范小青选择其他人物诸如王全的父亲、哥哥或者村长王长官等——如许多乡土小说那样——作为小说最主要的角色，那么小说世界将可能是另外一个样子：全景式的乡土景观，错综复杂的角色关系，乡土世界中人性的泯灭与闪光……范小青显然拒绝了这种惯常的“厚重式”的叙事方式，她只选择了王全，并由他主导故事的发展。更值得注意的是，对于王全的角色塑造，范小青放弃了许多的铺陈，没有曲折缠绕，也拒绝那种极力包含一切的密集的叙写方式，更多的是把王全独立地置放在叙事的进程中，聚焦他的语言和动作，从而形成了戏剧舞台的一种表现效果。

同时，王全具有复杂的精神内涵，使小说的叙事充满了艺术的张力。尽管王全表现出天真、率直甚至神经质的一面，但小说没有把他塑造成一个幼稚、愚笨甚至“精神病人”（有些小说以这类人的视角来叙述现实世界）的角色，即便有的时候我们也感到他的言行有些奇怪，比如带“弟弟”看病时不顾医生的厌恶代替“弟弟”回答诊问，想念“弟弟”时看见老鼠追着喊“弟弟”等，但同时我们也感觉他并不可笑，至多在莞尔一笑之后又与他一起面对生活中的种种疑惑。我们注意到，小说几乎没有涉及王全在物质方面的欲望，而是集中地关注他的精神欲求，这与对其他角色如父亲、大哥、大嫂、王长官、王图等人物的关注点明显不同。小说对王全精神欲求的展现是通过寻找“弟弟”这个主要事件来实现的。对于王全，寻找“弟弟”并不是一个单纯的事件，它在很大程度上寄寓了王全对于生活目标的一种追寻。丢掉“弟弟”是全家成员商定后由王全执行的，后来王全坚持去找“弟弟”，当然起因首先是出于内心的道德谴责。但更为重要的是，寻找“弟弟”成为王全追寻“意义”的某种表征，也是其精神世界中对于“希望”的一种诉求。只有从这个角度，我们才能真正理解王全反复说的“除了我弟弟，其他事情都与我无关”，才能真正理解范小青对这个角色选择和塑造的意义所在。王全丢掉“弟弟”的个人用意是消除其对自己婚姻的不利影响，丢掉“弟弟”后，反而事与愿违。在女友赖月成为“前女友”后，王全一下子失去了生活的梦想和希望：“和赖月结婚，这不是我多年以来梦寐以求的事情嘛，大概从高三年级开始吧，这梦想就一直追随着我，呵不，应该是我追随着这个梦想。当然，开始它是一个美梦，可是后来随着我弟弟的情况越来越糟，我的美梦渐渐变成了白日梦、大头梦，渐渐离我越来越远。最后，它成为一个噩梦紧紧地缠绕着我，笼罩着我的人生，让我时时刻刻想起它，为难自己，恶心自己，瞧不起自己。”正是在这种情况下，王全萌生了找回“弟弟”的念头，又加之村长描绘的“好日子”的图景，他最终决定去寻找“弟弟”，这实际上也是为自己在找寻一个生活的目标和希望，“人又不能忍受在一个没有意义的现世世界中存活，向现世世界索求意义就成了人的本质冲动”[①]。从这个意义上说，寻找“弟弟”是一个充满隐喻和象征的行动，它蕴藏了小说人物所有的精神符码。从这里可以看出，王全的精神世界并不是单纯和简单的，而是具有了复杂性和丰富性的特征，这种特征是他与环境产生矛盾的重要原因，也为小说叙事形成极强的艺术张力提供了可能。

范小青安排我们与小说的主人公相遇，尽管我们并不知道王全的长相，但却如此清楚地知道他所有的欲望和疑惑，能够走进他的世界，如同他能走进我们的心里一样。“文学作品中的人物与我们之间的关系是如此密切，以至于他们常常并不是纯粹的‘客体’。通过同化的力量，以及同情与反感的作用，他们可以成为我们生命的一部分，成为我们对我们自己进行想象的一部分。”[②]在阅读的开始，我们就与主人公建立了密切的关系，同情他，理解他，愿意跟着他去寻找可怜的“弟弟”，也相信他能带我们到达没有去过的地方。也正是从这里开始，小说不仅有效地形成了简约而丰厚的艺术意蕴，而且为剖析人的生存体验和生存心理、叩问社会的疑惑和复杂性准备了充分的艺术空间。显然，范小青对人物的书写不是传统的那种全方位的塑造，但小说却

① 刘小枫：《拯救与逍遥》，上海：上海人民出版社，1988 年版，第 54 页。

② [英] 安德鲁·本尼特、尼古拉·罗伊尔：《关键词：文学、批评与理论导论》，汪正龙等译，桂林：广西师范大学出版社，2007 年版，第 59 页。

必须逐渐赋予人物必要的丰富性，并使之随着小说叙事时空的变化而延展，而不能表现出短篇文体在探索中的人物“符码化”倾向。

由上可以看出，新时期短篇小说创作中人物的符码化趋势在很大程度上呈现了短篇文体在形象塑造方面的探索和努力，或许这种转型正契合了阿兰·罗伯－格里耶关于人物书写的观点：“写人物的小说彻底地属于过去，它是一个时代的特征。”[①]当然，不仅在新时期初期，此后的不少短篇小说也书写了一些形象较为丰满、性格较为鲜明的人物，他们与上述具有“书写代码”意义的人物共同呈示了新时期短篇小说人物书写方式的多元性特征。

第二节　人物的内倾性渐变

对任何一个阶段文体演化问题的讨论，都不应该背离当时的文学语境，对新时期短篇小说人物问题的探讨也必须回到当时的文学背景中去。从新时期的起点出发，我们可以发现新时期短篇小说中人物形象呈现出内倾性的渐变趋势，并引领着新时期小说人物塑造的技术转型。

一、内倾性渐变的先期萌动

新时期之初，短篇小说可谓盛极一时，正如茅盾在评价新时期初期短篇小说的创作状况时指出：“粉碎‘四人帮’以来，春满文坛。作家们思想解放，辛勤创作，短篇小说园地欣欣向荣，新作者和优秀

---

① ［法］阿兰·罗伯－格里耶：《快照集·为了一种新小说》，余中先译，长沙：湖南美术出版社，2001 年版，第 95 页。

作品不断涌现。大河上下，长江南北，通都大邑，穷乡僻壤，有口皆碑。建国三十年来，曾未有此盛世。”[①]反映现实变化，介入社会问题，成为短篇小说这个“轻武器”的用武之地，此时的短篇小说也确实发挥了“轻骑兵”和“突击队”的作用。新时期文学发轫之时，短篇小说尚占据着各种文学期刊的主要阵地，因此，当时文学界对短篇小说的“转型”还是相当重视的，人们普遍忧虑的是短篇小说在转型之中容易把批“走资派”简单地替换为批“四人帮”。《人民文学》编辑部于1977年10月召开的短篇小说创作问题座谈会，就表达了文学界对以新的姿态、新的创作形式进行短篇小说创作的时代诉求。伴随着短篇小说创作的转型，作为小说中最为重要元素之一的“人物”也迅速呈现出新的表现形态。当然，任何挣脱“惯性”的转型都是艰难的。新时期短篇小说在人物书写方面的技术转型是从冲破人物形象“外显”形态观念的误区开始的。

关于人物形象“外显”形态观念，我们可以作这样的界定：注重人物的语言、行动的描写，旨在刻画外在的形象特征和性格特征，力求使人物形象达到鲜活可见的创作观念。当然，“外显”的人物形态观念并不排斥心理描写来表现人物内心世界，相反，它也通过心理描写来表现人物性格，人物性格和外在形象的刻画共同熔铸成栩栩如生的人物形象，这也是传统现实主义小说在人物书写方面一直遵循的观念。在这种人物“外显”形象塑造的观念中，我们可以发现其中的心理描写在某种意义上都是外在形象塑造的有机组成部分，形象塑造观念的最终诉求仍然是一个可见、可感、可知的人物形态。显然，这种人物形象的创作方法塑造了文学史上许许多多的经典形象，已成为文

① 茅盾：《小说选刊·发刊词》，《小说选刊》，1980年第1期。

学发展的宝贵资源和财富。值得注意的是，新时期短篇小说人物形象塑造的技术转型并不是在这种观念中发生的，而是在这种观念的“误区”之中探索前进的。这个误区明显表现为突出政治意识形态，彰显“三突出”的文学思维、“高大全”式的人物塑造观念以及诸如此类的对人物形象简单化处理的创作意识。我们今天看来，这种观念误区上空的阴霾似乎很容易驱散，但事实上并不是如此。尽管新时期之初短篇小说在人物处理上并没有把人物塑造成“高大全”式的形象，但“高大全”生成的某些思维却仍然以“惯性”的方式呈现在不少短篇小说的创作中。因此，新时期之初的短篇小说创作首先要对形象塑造观念进行修复，力求恢复“圆形人物”的创作意识。在这一阶段，一些老作家不断有优秀的短篇小说问世，还有许多作家以短篇小说的创作得到文坛的认可，刘心武、张贤亮、王蒙、茹志鹃、王亚平、陈世旭、乌热尔图、宗璞、李陀、邓友梅、方之、陆文夫、张洁、张承志、梁晓声、周立波、王愿坚、刘真、高晓声、蒋子龙、徐怀中、何士光、李準、李国文、铁凝、谌容、王滋润、马烽、张抗抗、陈建功、王安忆、尤凤伟、周克芹等一大批小说家都创作出让人印象深刻的短篇小说，并在小说中塑造了许多丰满的人物形象。仅从新时期之初的前几年来看，短篇小说中的许多人物在新时期小说的人物画廊中仍然显得比较醒目，譬如，刘心武《班主任》中的张俊石、谢惠敏，王亚平《神圣的使命》中的王公伯，陈世旭《小镇上的将军》中的“老将军”，张洁《从森林里来的孩子》中的老音乐家梁启明和农村少年孙长宁，左建明《阴影》里的马春堂，方之《内奸》中的田玉堂，陆文夫《献身》中的唐琳，刘真《黑旗》中的米书记，韩少功《西望茅草地》中的张种田，高晓声《李顺大造屋》中的李顺大、《陈奂生上城》中的陈奂生，叶文玲《心香》中的亚女，锦云、王毅《笨人王老大》中的王老大，李国文《月食》中的记者伊汝，张贤亮《灵与肉》中的许灵均，蒋子龙《乔厂长上任记》中的乔光朴、《机电局长的一天》中的霍大道，徐怀中《西线轶事》中的刘毛妹，石言《漆黑的羽毛》中的陈静，何士光《乡场上》中的冯幺爸，赵本夫《卖驴》中的孙三老汉，王滋润《内当家》中的李秋兰，张抗抗《夏》中的岑朗、《爱的权利》中的李欣和舒莫，张弦《未亡人》中的周良惠，茹志鹃《剪辑错了的故事》中的田寿本、《丢了舵的小船》中的董毓德，陈建功《丹凤眼》中的辛小亮、《飘逝的花头巾》中的沈萍……尽管其中的一些人物形象带有明显的时代局限性，但在当时足以形成对人物简单化创作观念的冲击，可以说整个新时期小说形象塑造的观念就是在这种冲击和哗变中形成的。

更为重要的是，这些人物形象已显示出内倾性渐变的某种趋势，内倾性的一些特征已在这些人物形象上初见端倪，具体表现在：一是人物形象开始由“外部”向“内部”转变。譬如，《班主任》对谢惠敏形象的刻画既有外部特征的描写，也有内在性格的展现，但这个人物之所以总被谈起，就在于她的“内伤”，由“内伤”所呈现的一种内部“真实性”是谢惠敏人物形象最为显著的标志，“也正是从这里，我们看到了新时期的文学创作同那种粉饰或歪曲生活的反现实主义文学，开始划清界限”[①]。此外，陆文夫的《献身》、张洁的《忏悔》、金河的《重逢》等小说同样是表达一种伤痛和反思，并在这种语境中叙写人物形象，但小说对人物的叙写已不再仅是语言、行动等外在特征，小说家明显表现出对人物“内省世界”的强烈兴趣，并通过发掘

① 中国社会科学院文学研究所当代文学研究室：《新时期文学六年（1976.10—1982.9）》，北京：中国社会科学出版社，1985 年版，第 145 页。

人物隐藏在内心深处的“真实性”来凸显人物的特征。二是通过人物自身的“内视角”来呈现人物形象。茹志鹃《剪辑错了的故事》因结构的蒙太奇特征而被人们关注，如果从人物形象的叙写方式来考察，这部短篇实际上在人物形象塑造的技术方面表现出显著的转型特征。在我看来，这篇小说最大的艺术特色并不在于所谓的“意识流”的形式，而是表现在以人物自身的内视角来呈现人物形象。这种“内视角”的叙述也不是心理描写，只是通过人物视角的转换对人物实施的一种立体、复杂的观照。小说中的主要人物是甘书记和老寿（田寿本），两个人物形象都是在故事“剪辑”的过程中逐渐呈现出来的。剪辑的时空转换也不复杂，由“现在”和“过去”两部分构成。“现在”讲的是老寿与甘书记的“困惑和对立”，“过去”表现的是二人的“理解与支持”。小说并没有把“过去”的时空场景表述为老寿的心理活动或者是回忆，而是从一个视点展开叙述；这个视点是以老寿的视点为坐标的，注重了“内倾性”转向，并形成了对外部境况的一种对峙，从中呈现出甘书记前后不同的形象变化以及老寿倔强朴实的形象特征。

当然，这个阶段的短篇小说在人物叙写方面的技术转型更多的只是一种初始的状态，一种探索中的创作趋势，但从作品出现的时间和产生的影响来看，这种变化无疑是新时期小说形象塑造观念“内倾性”转变的先期萌动。

二、意识流动与内倾性转变

王蒙被认为是“意识流”在中国实践的先行小说家。意识流的创作方法重在从心理活动或者说从意识流动来建构文本世界，因此，对于人物形象“内倾性”的转变探讨，王蒙显然是一个不能忽视的作家。1970—1980 年，王蒙相继创作了《夜的眼》《春之声》《海的梦》《风筝飘带》等小说，被人们称为“集束手榴弹”，影响广泛，甚至被认为“炸开了小说文体单一的模式，唤起了小说家文体意识的觉醒，首开文体改革之先河”①。的确，王蒙的短篇小说在当时给人耳目一新的感觉，所产生的冲击性影响和开拓性意义是毋庸置疑的：“王蒙在当时肯定是站在时代潮头，但他对人的看法、对人的内在状况和社会境遇的关切与 20 世纪前期的现代主义者们甚少交集。”②“对人的内在状况”的关切成为王蒙对人物叙写的一种诉求，而这种诉求是通过对内心世界的发掘和展示来实现的，即从“内倾”的维度上丰富和拓展了人物的形象，这也成为王蒙小说一个显著的创新之处，正如有研究者指出：“王蒙在文体上的最大创新是他贡献给当代文学的几种小说体式：自由联想体、讽喻性寓言体和拟辞赋体。所谓自由联想体，是指王蒙在小说创作中以自由联想为主要方法的那一部分作品。这一部分作品一般具有一定的自传性、内向性。主人公通过内心独白和自由联想展示自我意识和内在精神世界。这一类作品主要以《夜的眼》《海的梦》《风筝飘带》《春之声》《杂色》《布礼》《蝴蝶》《如歌的行板》为代表，也曾被评论界称为‘意识流’小说。”③

王蒙在短篇小说中不再关注人物的外在特征，人物的外在形象往往是虚化的，只有淡淡的轮廓。从人物的心灵出发，转向人物内心世界的时空去叙写人物，并在较短的篇幅中凸显这一诉求，以一种近乎“极端”的方式去实施这一转变，应该是王蒙在人物叙写方面带给文

---

① 庞守英：《新时期小说文体论》，济南：山东大学出版社，2002 年版，第 57 页。
② 李敬泽：《1978—2008 中国优秀短篇小说》，北京：现代出版社，2009 年版，第 17 页。
③ 郭宝亮：《王蒙小说文体研究》，北京：北京大学出版社，2006 年版，第 99 页。

坛的重要启示，这也理应成为短篇小说之于新时期文学的一个贡献。《夜的眼》发表于1979年，是王蒙“集束手榴弹”一组作品中最早的短篇。对于这个作品中的主人公陈杲的外在特征，我们几乎一无所知，只知道他从边疆的小镇来到都市后的眼花缭乱和浮想联翩，陈杲的形象也就是在这样的叙事状态中延展开来的。同样，《春之声》中坐着闷罐车探视故乡的岳之峰，《海的梦》中到海边疗养的缪可言，《风筝飘带》中恋爱的佳原和素素，都是在其行程和意识游走的过程中完成自身形象呈现的。当然，通过心理活动和自由联想来塑造人物形象早已是惯用的创作手法，关键是王蒙用特殊的文体形式极端地彰显了这一点，舍弃了人物外在特征的书写指向，用心理活动和自由联想编织了整个叙事时空，而这个时空正如巴赫金所说的那样：“在文学的艺术时空体里，空间和时间标志融合在一个被认识了的具体整体中。时间在这里浓缩、凝聚，变成艺术上可见的东西；空间则趋向紧张，被卷入时间、情节、历史的运动之中。时间的标志要展现在空间里，而空间则要通过时间来理解和衡量。这种不同系列的交叉和不同标志的融合，正是艺术时空体的特征所在。”[①]在这种“时空体”中，王蒙小说中的时空建构和人物建构是不可分割的，可以说时空的建构过程正是人物形象的建构过程。在这个意义上说，在王蒙小说文体探索的过程中，其短篇小说在人物叙写方式上也具有了内倾性转变的先行意义。

但有一个值得注意的问题是，尽管王蒙的短篇小说从“内倾”的路径上实施了人物叙写方式的转变，但人物形象在交错纷繁的时空中

---

① ［俄］巴赫金：《巴赫金全集》（第三卷），白春仁译，石家庄：河北教育出版社，1998年版，第274—275页。

显得过于淡化，这应该是一个不容忽视的问题。当然，我们并不是以“典型人物”“丰富的人物形象”等形象塑造观念来考量王蒙短篇小说的人物，但也往往会产生这样的疑问：内倾性转变中的人物形象是否能够得到进一步的丰富和拓展？正是基于这种思考，我们便不能忽视李陀短篇小说的意义。

李陀对于文学的领悟特别是对文学变革的精准判断是令人钦佩和尊重的，许多重要的先锋作家如余华等都是在李陀的赏识和推荐下走上文坛的。或许，正是对于文学变革敏锐的领悟，李陀于 1982 年创作了《自由落体》《七奶奶》这样优秀的短篇小说。如果从人物书写的层面来考量，在我看来，这两篇小说比王蒙意识流的短篇小说更有言说的空间。李陀的《自由落体》《七奶奶》等短篇的贡献在于不仅较早地实现了形象塑造的内倾性转变，而且以“心理特写”的技术方式呈示了个性鲜明的人物形象。

《自由落体》叙述了炼钢车间维修班班长陈冀一次高空维修作业的事件。陈冀有恐高症，一个人站在全车间最高的地方修高跨天车的减速箱。小说就以特写的方式叙述了陈冀一个人孤零零地站在高处的形象。这个形象的组成元素包括陈冀细致的维修动作和少量的个性语言，更包括大量的心理感受，而且以后者为主。陈冀知道站在上面会紧张害怕，而且自己右肩膀还有未愈的痛伤，但还是决定一个人上去。恐怕暴露自己的胆怯，他故意让两个工人走开，并拒绝为他送手套的姑娘劝他下来的恳求，克服恐高和伤痛带来的障碍坚持操作。小说着重刻画了陈冀站在高处的内心世界，以一种心理特写的手法拓展了人物形象——

最糟的是右肩还在痛。他把吊链贴着肚子抱着，喘口气，镇

> 静一下自己。脚底下又一阵晃动。传来一声小谢的呼喊："小心！"这时，一个疑问突然闯进他的脑海：万一——自然是万一，但也决不是绝不可能——他如果一失足掉了下去，那会怎样？会像那烟盒一样吗？会像那手套一样吗？当然会一样的，都是自由落体。……
>
> ——李陀《自由落体》

这种心理特写的手法有效地实施了人物形象塑造的"内倾性"转变，它不同于传统的心理描写，而是具有了意识流动的创作特点，并借内在的意识图像呈示丰富的形象内涵。《七奶奶》中的人物叙写也是如此。七奶奶习惯于用煤球炉做饭，不肯接受煤气罐，认为它是个危险的东西，并且不允许儿媳用煤气罐做饭，儿媳应允了她。儿媳在厨房做饭，七奶奶隔窗而望，生怕儿媳仍在使用煤气罐，猜测、担心等不安的心情纠结在一起——

> 不知道怎么的，她心里怦怦怦直跳，总觉着要出点事儿。可到底能出什么事儿？她也说不上。反正她心跳越来越厉害。她心里直跟自己说：稳住了劲儿，稳住了劲儿。这还挺管事。她到底看清点东西了。她觉得出儿媳妇的身子影儿在厨房里来回晃，可她到底在干什么，还是看不清。她又在心里跟自己说：稳住了劲儿，稳住了劲儿。这一来可到底让她瞧出点毛病来。厨房里的情形就是有点不对头。玉华要是使煤球炉做饭，那她应该在厨房里脸朝南站着，可这会儿她的身子影儿干吗老往北边晃？七奶奶心里猛地一紧，就好像有人用手攥着她的心死不撒手。她忙着用鼻子使劲吸了几口气，可什么特别的味道也没闻出来。她早听说煤

气有股子特殊的味儿，可她闻不出来。还是人老了，鼻子不如年轻时候灵了。

——李陀《七奶奶》

小说并没有对七奶奶的外在特征进行描述，而是像这样紧紧抓住其游动的“意识”，从极其隐秘的内心世界中呈现出让人印象深刻的人物形象。从这里我们可以看出李陀在人物叙写方面那种扎实而自信的驾驭能力，以及对短篇小说的语言、叙事节奏等技术要素把握的一种智性，这样的文字在新时期文学喧嚣的写作思潮中是不多见的。我们不要忘记提醒自己，这是1982年短篇小说中的文字，只有记住这一点才有可能真正体会人物的内倾性转变对于新时期文学的影响和意义。

三、人物的自由形态

文学是人的文学，那么文学要写人，写真正的人。这个人要能按照自己的生命轨道独立地、自行地活在文学的世界中，也就是说他（她）是自由的，为自己活着，有其艺术的自足性。进一步说，这些人物也不为作家活着，作家要能“让这些人物的发展完全由着一个出自本性的单纯的动机去支配”①。小说中的人物如果能如此生存，那么他（她）才是回到了其内在的生命世界。因此，如果从人物的叙写来看，无论小说的叙事方式如何转变，人物“自由”形态的呈示应该是“内倾性”转变的重要体现。

其实，人物按照自己的性格特征发展，自由地运行在小说的世界

① ［美］福克纳：《创作源泉与作家的生命》，见崔道怡等编：《“冰山”理论：对话与潜对话》（上册），北京：工人出版社，1987年版，第96页。

中，应该是小说创作一直所秉持的观念，我们之所以在这里提出来，是基于新时期之初短篇小说的创作境况而言的。新时期短篇小说的发展，必定有一个历史承继和创作转型的过程，也就是说要从十七年文学和“文革”文学的局限中走出来。而十七年文学是具有“外向”特点的文学，正如丁帆指出：“十七年文学是极端外向的文学。十七年中的人也都是不许保留个人秘密的外向的人。在这种情况下，作家的描写对象首先被界定为作家（知识分子）之外的工农兵群众及其生活，作家的内心世界毫无抒写、披露之价值：不去关心热火朝天的生活，难道还去咀嚼小资产阶级知识分子的一己悲欢吗？于是，作家的内心世界首先从写作对象中遭到排除。事实上也的确如此，我们在十七年文学史的作品中，除了偶尔看到知识分子的内心思想被当作改造对象露过半面外（如《我们夫妇之间》《红豆》《美丽》《在悬崖上》等），绝难看到有写作家对现实生活的个人评价、个人感受，对爱情的向往、赞美，对个人苦恼、痛苦、孤独寂寞的抒情、宣泄、反思的作品。这些是形成十七年文学作品描写的真空地带的重要因素之一，也是形成十七年文学史非个性化倾向的最重要因素之一。”①正是在这个文学发展的背景中，新时期短篇小说开始注重人物自由形态的叙写。

在这里，我们还要提到王蒙的意识流小说。如前文所述，王蒙的意识流小说从人物的心灵出发，以人物意识的流动从“内部”来呈现人物形象，在人物形象的叙写方式上进行了较早的变革。但是，如果我们仔细阅读《夜的眼》《春之声》《海的梦》《风筝飘带》等小说，就不难发现陈杲、岳之峰、缪可言、素素等人物并不“自由”，他们

---

① 丁帆、王世城：《十七年文学：“人”与“自我”的失落》，开封：河南大学出版社，1999 年版，第 12 页。

似乎并不是为自己存在，而是为作者王蒙“活着”；进一步说，他们更像一台台的摄像机被王蒙转来转去扫视着王蒙自己想要看到的纷繁的世界与历史的反差。尽管有学者探讨《夜的眼》的文体探索性，但其阅读感受却是这样的：“这些意识的流动，情绪的变化，看似杂乱无章，随意写来，而正是通过它们，作者将边疆与城市、昨天与今天进行了鲜明的对照，从而衬托出今日城市的明亮、欢快，充满生机与活力，同时也反映出变革初期城市生活的单调、混乱，以及社会道德风气的异化。”[①] 王蒙在谈到《春之声》的创作时也曾说：“我打破常规，通过主人公的联想，突破时间和空间的限制，把笔触伸向过去和现在，外国和中国，城市和乡村。满天开花，放射性线条，一方面是尽情联想，闪电般的变化，互相切入，无边无际；一方面，却又是万变不离其宗，放出去又都能收回来，所有的射线都有一个共同的端点，那就是坐在八〇年春节前夕的闷罐子车里我们的主人公的心灵。”[②] 从这里我们不难看出，王蒙在很大程度上是借用了主人公的视点来展示自己的感受，所以才有“边疆与城市、昨天与今天”“外国和中国，城市和乡村”的对照，他只不过用了意识流的手法来表达那个时期作家的时代体验，因此，他笔下的人物给人一种被挟持的感觉，在我看来是不独立、不自由的，这也是王蒙小说创作的一种局限，只不过这在“意识流”的话语之中被淡化了。新时期之初，在呈现人物“自由”形态的小说创作中，汪曾祺、张承志、张贤亮的短篇小说是值得重视的。

张承志 1978 年的《骑手为什么歌唱母亲》塑造了一位蒙古族母亲（额吉）的形象。额吉的人物形象是通过其内在的母爱呈示出来

---

① 庞守英：《新时期小说文体论》，济南：山东大学出版社，2002 年版，第 60 页。
② 王蒙：《关于〈春之声〉的通信》，《小说选刊》，1981 年第 1 期。

的，在当时的文学语境中，个人情感的自然流露使得这个形象拥有了自身的独立性和自由性。张贤亮《灵与肉》中许灵均的人物形象也是如此。许灵均拒绝父亲带他出国的要求，回到他日夜思念的草原，这完全符合他的情感逻辑，不是作者的某种观念使然。因此，许灵均这个人物形象没有任何外在的夸张元素，因而在新时期小说的人物群像中是醒目的。汪曾祺则完全把文本的世界交给了人物，也就是说小说中的世界仅仅是属于人物个体的，因而赋予了人物更为自由的可能。譬如《受戒》，小说中的人物似乎永远活在那个远去的美丽世界中，纯净、鲜活地映照在我们面前，不会因时代的变迁而模糊。这就是汪曾祺笔下人物的魅力所在。如果说《受戒》的散文体形式对新时期小说创作产生了影响，那么汪曾祺 1983 年的《陈小手》应该说在人物叙写方面为新时期文学带来了更多的启示。

《陈小手》的篇幅很短，却充分营造了主人公陈小手的生命世界，使其独立地行走在自己的生命之路上。小说中，陈小手因手而出名——

> 陈小手的得名是因为他的手特别小，比女人的手还小，比一般女人的手更柔软细嫩。他专治难产。横生、倒生，都能接下来（他当然要借助药物和器械）。据说因为他的手小，动作细腻，可以减少产妇很多痛苦。大户人家非到万不得已，是不会请他的。中小户人家，忌讳较少，遇到产妇胎位不正，老娘束手，老娘就建议："去请陈小手吧。"
>
> ——汪曾祺《陈小手》

也因其干练、朴实、善良走进读者心里——

> 同行的医生，看内科的、外科的，都看不起陈小手，认为他不是医生，只是一个男性的老娘。陈小手不在乎这些，只要有人来请，立刻跨上他的白走马，飞奔而去。正在呻吟惨叫的产妇听到他的马脖子上的銮铃的声音，立刻就安定了一些。他下了马，即刻进产房。过了一会（有时间颇长），听到“哇”的一声，孩子落地了。陈小手满头大汗，走了出来，对这家的男主人拱拱手：“恭喜恭喜！母子平安！”男主人满面笑容，把封在红纸里的酬金递过去。陈小手接过来，看也不看，装进口袋里，洗洗手，喝一杯热茶，道一声“得罪”，出门上马。只听见他的马的銮铃声“哗棱哗棱”……走远了。
>
> ——汪曾祺《陈小手》

陈小手为军阀团长的太太接生，团长认为“碰”了他的女人，背后开枪打死了陈小手，小说叙事至此戛然而止。汪曾祺以简洁的叙事呈现了陈小手的形象，文字表面没有赋予关于陈小手生死的任何哲学式的思考。在陈小手自由、鲜活的形象中，似乎任何观念的嵌入和任何外在的暗示都是多余的，陈小手只活在那个时代，那个只属于他个人的生命空间，因此他也是最为“自由”的人物形象。甚至我们可以这样说，新时期小说真正内在的、自由的人物形象的“自觉”书写，大概从《陈小手》开始。

第三节 人物局部叙写的更新

众所周知，与中长篇小说不同，短篇小说没有足够的叙事时空来展现人物发展、成长的全过程，因而它只能截取其中的一部分来表现人物形象。即使如此，以其截取的一部分使读者能够把握人物形象的整体性仍是“五四”以降短篇小说创作中人物叙写的重要诉求。譬如，《孔乙己》通过孔乙己来酒店买酒的场景来把握其生活和精神的整个世界，《班主任》通过谢惠敏的言行来呈现其所受“内伤”的整体境况，在《受戒》行云流水般的文字中我们依然可以想象到明海的整体面貌。因此，我们可以说人物形象的整体性一直是小说人物叙写的重要特征。当然，这种整体性在文学不同的发展时期所呈现的状态是不一样的，譬如，十七年文学中的人物形象往往是一种较为“板结”的整体性，正如丁帆指出：“从此，文学便为政治所扼杀。这种扼杀集中体现在文学的人物形象描写上。如果要问十七年文学写了多少种人？可以很简单地回答：两种，好人和坏人。或者再极端点回答：没有一个。当然，说十七年文学完全没有写出一个人，似有些偏激。不过，说十七年文学所写的‘好人’或‘坏人’都存在‘非人化’倾向或事实上即‘非人’，却言之有据。”[①] 与此相比，新时期文学中的形象更多表现为一种纷繁复杂的形态。如果从文体的角度来考察，值得关注的是，新时期短篇小说的人物形象在“整体性”的观念上已经发生了显著变化，特别是一大批更为年轻作家的短篇创作，在很大程度上实施了人物形象从“整体”到“局部”的转变和更新。

这里所说的“局部”，不仅指人物形象的一个部分，也不仅指人物的一种性格侧面或一个代表性的形象标志；它更多属于指陈某一种抽象意念的范畴，是对人物的外部言行、内心世界、潜在意识等层面的一种瞬间摄取的影像，以突然闪烁定格的方式映入读者视野中的不

---

① 丁帆、王世城：《十七年文学：“人”与“自我”的失落》，开封：河南大学出版社，1999 年版，第 28 页。

完整图景。那为什么说这种“局部”的人物形象多呈现在较为年轻的作家的短篇创作中呢？在我看来大致有以下两个原因。一是20世纪90年代中后期特别是新世纪以来，短篇小说的创作以年轻的作家尤其“70后”的作家为主。我们发现诸如王蒙、贾平凹、韩少功、莫言、张炜、池莉、方方、尤凤伟等作家的短篇创作并不多，苏童、迟子建、毕飞宇、红柯、叶弥、艾伟、邱华栋、郭文斌、潘向黎、温亚军、冉正万等人不时有短篇出现，特别是许多“70后”作家短篇小说创作非常活跃，如鲁敏、朱文颖、戴来、徐则臣、魏微、盛可以、金仁顺、乔叶、付秀莹、朱山坡、于晓威、田耳、李师江、哲贵、陈家桥、孔亚蕾、路内、李红旗、张楚、权聆、张惠雯、斯继东、杨怡芬等。相对而言，这些小说家更关注和展现人物的“局部”形象。二是一些青年作家（尤其“70后”“80后”作家）对于生活的审美对象和价值立场发生了变化。由于时代变迁，人们对于社会生活的认识也在发生剧烈的变化，并因此改变着作家对于生存图景的书写，正如洪治纲所指出的那样：“众所周知，在当代文学的传统观念里，深受文学载道功能的影响，也受制于集体主义和意识形态的规训，我们在书写生活时，常常会规避个人的精神空间而突出个人生活的社会性价值，强调个体的人在社会政治伦理关系中的作用和地位，推崇人的社会使命感和责任感，追求生命的理性意义建构。至于日常生活所面对的油盐柴米、吃喝拉撒、生老病死等，因其千篇一律并且日复一日，如果不具备特定的理性意义，通常不会被作家们高度关注。但是，随着20世纪90年代社会转型的到来，物质利益、信息技术和消费文化等开始不断占据了我们日常生活的中心，不仅日常生活本身变得异常繁复，而且人们对生活的观念也逐渐回到了个体觉醒的层面。个人不再盲从于集体，也不再推崇某种高蹈的社会使命意识，强大的物质利益使个体的人变得越来越以自我为中心，甚至出现了个人至上的伦理原则。这种由集体化的、扁平的人走向个体化的、自由的人的现实伦理，不仅改变了我们对个体生命的认识，也改变了我们对生活本身的认识。”[①]在这种背景下，青年作家们更容易放弃从人物形象中寻找一些完整的、现实的意义象征，而是擅长于从人物“局部”的形象中抽离出关于生存感受的一些意念，因此，他们笔下的人物形象便更多地呈现出具有“局部”特征的表现形态。具体来说，这些表现形态大致分为以下三种类型。

其一，飘忽踪影式的人物。一些小说的叙事有时并不紧紧跟随着人物的行踪，人物往往呈现出一种飘忽不定的形态，但又是踪影可循，形迹可辨，这样的人物形态我们称之为“飘忽踪影式的人物”。石舒清、温亚军、纪尘、魏微、杨显惠、次仁罗布、娜彧、余一鸣等作家善于捕捉和表现人物的飘忽踪迹，在许多短篇如《农事诗》（石舒清）、《桑那镇的秋天》（温亚军）、《渡口》（纪尘）、《乡村、穷亲戚和爱情》（魏微）、《李生记》（魏微）、《恩贝》（杨显惠）、《阿米日嘎》（次仁罗布）、《秦淮》（娜彧）、《我不吃活物的脸》（余一鸣）等小说中都呈现了这种人物形态。纪尘的《渡口》就以感伤的语言讲述了一个女人的悲情故事。十八岁的青年梁耳在渡口开了间小杂货店，见到了一个神秘的女人，“她总是穿着同一双鞋迈着同样的步伐，在那只猫出现一会儿后到来。她总是坐在最靠近告示牌的那个地方。梁耳既不知道这个女人从何而来也不知道她究竟在等什么人——这个奇怪的候客似乎永远都在错过那艘轮渡”。梁耳对这个女人充满好奇、爱慕，想象着她的美丽和圣洁，萌动着青春的梦幻般的思念。而当无意

① 洪治纲：《短篇小说·生活图谱·代际差异》，《文艺争鸣》，2011 年第 4 期。

中得知这个女人与渡口工人做皮肉生意时，梁耳充满了被欺骗的痛苦与愤怒。梁耳出于一种愤恨的宣泄像工人们一样用一张票子换取了那个女人的身体，但这不能消弭他的苦痛和茫然。之后，这个女人飘忽而去，不知所终。后来梁耳从工人那里得知女人喝醉了酒在水里死去了，她做皮肉营生是为了在渡口等一个远去的男人，她一直相信那个男人有一天会回渡口来找她。小说中的这个女人扑朔迷离，飘忽不定，始终没有形成一个完整的形象，正如小说中的描述——

> 他试图回想那个女人的脸，可脑海浮现出的总是淡色水彩画里一个模糊的轮廓……然后，很突然地，就像某个人的黑色手迹在一大堆花纸中被猜出一样，那个模糊的椭圆形变得清晰起来。
>
> ——纪尘《渡口》

但正是这个踪影飘忽的、局部的人物形象在小说中显得异常醒目，也带给了读者对爱情和生命思索的困惑和痛楚，并从这里敞开了小说广阔的言说空间。

其二，意念剪辑式的人物。一些小说家善于发掘深层的意识来叙写人物形象，但对人物的意念并不追求完整的展示，而是采用剪辑的方式进行片面的呈示，力求在精神层面对人物进行一种局部的切入式的书写，从而使“意念剪辑式的人物”出现在许多的短篇之中，比如，叶弥的《水晶球》、张万新的《马口鱼》、金仁顺的《彼此》、戴来的《向黄昏》、洁尘的《你什么时候搬出去》、于晓威的《厚墙》、张楚的《夜是怎样黑下来的》、田耳的《寻找采芹》、徐则臣的《一九八七》、朱山坡的《鸟失踪》、须一瓜的《黑领椋鸟》、晓苏的《我们的隐私》、杨怡芬的《迷藏》等。田耳的《寻找采芹》中的采芹就是一个具有代表性的“意念剪辑式的人物”。采芹是一个农村姑娘，到城里打工，被廖老板看上并设法占有。采芹带着廖老板给的两张银行卡回到家乡。廖老板费尽心机打听到采芹的下落，以投资者的身份来到采芹的村子考察，并故意住进了采芹男友李叔生的家中。廖老板用金钱收买了李叔生使其放弃了采芹，最后采芹又跟廖老板回到城里。在小说的叙事中，笔墨都集中在廖老板身上，关于采芹的正面描述非常少，而她的每一次出场都伴随着一次意念的转变。值得注意的是，小说没有试图展现采芹的整个内心世界，而仅仅叙写了几个片段：采芹刚开始花廖老板的钱还“一脸惶恐”，“第二次，她就熟门熟路了，专拣品牌店”；在村子里男友家见到廖老板，采芹“一直站在院子里，怔怔地，回不过神”；再次回到城里，采芹似乎非常适应廖老板为她安排的生活，还担心地问他：“今年我是不是老了许多？”这仅有的几个片段，显然意在关注采芹意念的转变，采芹也由此形成了一种意念剪辑式的人物形象。尽管小说呈示的并不是采芹的“整体”形象，但这种意象剪辑的局部形象比廖老板的整体形象却更具有言说的深度，并让读者体味到生存的尴尬、诡谲、嘲讽、伤痛和无奈，正如小说若有所思和意蕴绵远的结尾——

当一个二十岁的女孩问“我是不是老了”这样的问题时，一个五十多岁的男人应作何回答？他站在桌前，不断往空缸里扔虾皮。他充耳不闻地听着她每一句唠叨，满脑子却回忆着那几只王八在水里缓慢游动的样子，或者笨拙地翻转身体时而露出雪白肚皮的样子。他还想起王八们竞相吞吃虾皮的情景。此外，他什么话也没有说。

——田耳《寻找采芹》

这样，意念剪辑式的人物形象就具有了“局部”大于“整体”的叙事效果，在短篇小说篇幅的限制中极大地拓展了人物形象的内涵。

其三，间或闪现式的人物。人物有时在小说的世界中呈现出间或闪现的状态，小说叙事即以这种闪现的、局部的人物形象来表达人们对生命方式和生存境况的感受和体悟。譬如，乔叶的《解决》、艾伟的《油菜花开》、徐岩的《在乌鲁布铁》、葛亮的《过客》、何玉茹的《三个清洁工》、斯继东的《今夜无人入眠》、朱个的《一切是怎么发生的》、盛可以的《苦枣树上的巢》、海飞的《自己》、陈启文的《李香君的秘密生活》、陈应松的《白眼狼》、笛安的《塞纳河不结冰》等小说就凸显了这种“间或闪现式的人物”。《塞纳河不结冰》是“80后”作家笛安近年来创作的一个优秀短篇。“我”在法国做导游，负责接待来自国内的旅游团队。偶尔一次“我”从留学生那里听到一个中国女孩跳进塞纳河自杀了，后得到证实自杀的女孩是“我”的一个朋友苏美扬。小说从这里展开了“我”在巴黎生活的细密回忆，描述了“我”与苏美扬认识的经过，在回忆的过程中苏美扬的出场也只是一闪而过，小说的叙事并没有过多地关注其形象特征。小说的叙述又回到“现在”，闻讯苏美扬自杀之后，“我”旧地重游，在一个曾经与之相聚的酒吧寻找着淡淡的往昔记忆。在这次回忆中，苏美扬以一个用手接水龙头水滴的姿势闪现，并说自己此时见到了法国历史上被行刑的玛丽王后，这使得此次“闪现”带有了某种神秘的暗示。苏美扬形象的最后“闪现”是作者用荒诞的手法虚构而成的。“我”在酒吧遇到了“复活”的苏美扬，并一起到了她原来的住处，见到她童话般梦幻的“变体”形象：“她的腿上，脊背上，腰上，长着一层银色的闪着蓝色光泽的鳞片。是非常微妙的一种银色，灵动而寂静。再仔细看，她的脚趾缝里，已经长出了同样是银色的蹼。”最后“我”与这个间或闪现的人物告别——

> 我捧起她的脸，非常庄严地说："你记得，我会经常带着团里的游客在塞纳河上坐游船，如果你看见了我，一定要想办法跟我打个招呼。明白了吗？要经常地跟我打招呼，不然我会牵挂你。"
>
> ——笛安《塞纳河不结冰》

从小说的全篇来看，苏美扬的形象几乎淹没在"我"繁复、琐碎的生活叙述中，只是以极少的概率间或闪现，然而每一次闪现都让人过目难忘，并使得小说中其他的人物形象在这个"局部"形象的映照下显得暗淡而平庸。

总之，"局部"形态的人物形象展示了短篇小说创作在人物叙写技术上的一种有效的探索与更新，在很大程度上丰富了小说人物的表现形态和形象内涵，并从人物形象的角度呈现出新时期短篇小说的精致意蕴。当然，上述几种"局部"的人物形象往往是相互交汇和融通的，并与"整体"性的人物形象特征渗透、结合，从而一并演绎着新时期短篇小说形象塑造技术的转型。

第四章　叙事结构的模式转换

本章试从新时期短篇小说叙事结构的转换入手，探寻其叙事结构的艺术创新，发掘其艺术嬗变的审美特点及其对新时期文学的影响。我们力图避免惯常意义上对结构元素的条分缕析的“技术性”考辨，而是从新时期短篇小说叙事结构所呈现的整体样态中考察其创新元素的生成和积淀。黄子平在20世纪80年代中期对当代短篇小说的结构形式进行了整体性的研究，他认为：“广义上的短篇小说中存在着两条基本的发展线索：一条是‘短篇故事’，往往有头有尾，情节性强，讲究‘无巧不成书’和人物性格的鲜明突出、人物遭遇的曲折动人，有稳定明晰的时间和空间观念，像一位根基深厚，精神矍铄，膝下听者成群的老奶奶，她跟比肩而长的中、长篇小说是老姐妹，和对门的戏剧、戏曲是老亲家；一条是现代意义上的‘短篇小说’，写横断面，掐头去尾，重视抒情，弱化情节，讲究色彩、情调、意境、韵律和时空交错、角度变换，像一位新鲜活泼、任性无常的小女孩，她爱到隔壁的抒情诗和散文那里去串门儿。这两条线索之间并不存在如通常所想象的‘你死我活’的激烈关系，而是在互相扭结、渗透、分化、演进的复杂过程中，相反相成地不断丰富着自身的艺术表现力。”①从新时期短篇小说发展的现状来看，特别是经过20世纪80年代先锋文学思潮的洗礼和20世纪90年代新生代小说家的创作磨砺，短篇小说呈现的结构形态变得更加复杂，有时也很难做出清晰的类分。但是，“故事”与“抒情”仍可称其结构分析的关键词，对侧重“故事”或侧重“抒情”的区分仍不失为考察新时期短篇小说结构走向的坐标意义。因此，我们不妨把侧重“故事”叙述的结构方式称为故事性结构，把侧重“抒情性”叙述的结构方式称为抒情性结构，从这两种叙事结构模式的演变入手，在它们分野、交汇、融合的过程中，探讨新时期短篇小说叙事结构的转换及其载负的艺术审美信息。

第一节　走向耗散的故事性结构

伊恩·里德在《短篇小说》中曾指出：“我们也许要认为，如果短篇小说在更小的规模上不是讲故事的话，那么它就几乎不可能证明自己名称的正确性。”②无论短篇小说经历了何种的艺术变革，故事性似乎都作为一个根本的属性特征与之不离不弃，它可以被文学思潮以极端的形式予以挤压，但总是可以以自信的姿态进行回归。从某种程度上说，短篇小说的艺术变革都与故事话语的转换密切相关，新时期短篇小说创作依然如此。新时期短篇小说处理“故事”的策略是在叙事时空中使故事性结构走向耗散的状态，并以叙事结构的探索实施了某种程度的艺术创新。

---

① 黄子平：《论当代短篇小说的艺术发展》，《文学评论》，1984年第5期。
② ［美］伊恩·里德：《短篇小说》，思涵等译，哈尔滨：北方文艺出版社，1988年版，第7页。

一、耗散结构的开端

从中国当代小说的整体发展来看，人们对于“故事”的信任更多地来源于新中国成立后十七年的小说，十七年的短篇小说当然也是以其文体的结构方式叙写时代的故事。洪子诚指出：“‘文革’以前，有一些小说家，既写长篇，也写短篇，如赵树理、周立波、杜鹏程、欧阳山、艾芜等，但是，也有相当一批作家，把最主要的精力放在短篇创作上。他们的成就也主要在短篇上。如李準（他写《黄河东流去》等长篇小说，是近年来的事）、马烽、西戎（他在跟马烽合作完成《吕梁英雄传》后，一直致力于农村题材的短篇小说）、王汶石（1963 年他写了一本基本上是失败了的长篇小说《黑凤》，除此之外，他主要从事短篇小说创作）、孙谦、峻青、王愿坚、刘真、茹志鹃、林斤澜、陆文夫、唐克新、谢璞……而近几年，这种界限已经逐渐被打破，更多的作家倾向于各种形式并用，并且，他们的侧重点和注意力，更多地转移到中篇这一样式的掌握上。因此，所谓‘短篇小说作家’的提法，对于大多数小说作家来说，已不再可能保持。”[①]值得注意的是，“短篇小说家”的中篇转向，固然有社会生活变化的些许缘由，同时在一定程度上也是由于许多作家长于故事性叙事的“惯性”使然。由于更多发表中篇小说期刊的出现，“短篇小说家”在十七年的叙事惯性很自然转到承担更多叙述功能的中篇小说上面，让更多的“故事”叙述得到更为充分的施展空间，而中篇小说崛起的背后也潜隐着短篇小说变革的某种机缘。如果回顾十七年的一些短篇小说，如《我们夫妇之间》（萧也牧）、《登记》（赵树理）、《越早越好》（魏金

---

① 洪子诚：《当代中国文学的艺术问题》，北京：北京大学出版社，2010 年版，第 149 页。

枝)、《党员登记表》(峻青)、《在悬崖上》(邓友梅)、《山那边人家》(周立波)、《我的第一个上级》(马烽)、《新结识的伙伴》(王汶石)、《党费》(王愿坚)、《在泉边》(方之)、《雨》(艾芜)、《南山的灯》(孙谦)、《宋老大进城》(西戎)、《春大姐》(刘真)、《第一课》(唐克新)、《玩具手枪》(王文兴)、《李双双小传》(李準)、《房客》(杨沫)等，我们能感受到它们与新时期之初的短篇小说在话语方式上尽管还有许多趋同之处，但同时也不难发现新时期短篇小说出现了一些变化的端倪，而这种变化端倪的显著表现便是短篇小说故事性结构方式的变化。而且值得注意的是，短篇文体在走向耗散结构的过程中也表现出时间意义上的先导性特征。

耗散结构目前已成为文艺批评中的一个比较常用的概念，它源于热力学的结构概念，是比利时化学家、物理学家伊利亚·普利高津提出的一个远离平衡状态的非线性的开放系统。耗散结构的概念也较能形象地描述小说结构的某种状态，因此我们这里以其来指称新时期短篇小说故事性结构的演变特征。其实，整个新时期小说的结构推演中都不同程度地呈现出耗散结构的某些特征，具体表现在三个层面：其一，叙事结构处在开放的系统之中；其二，远离平衡、中心的结构状态；其三，结构系统内部存在着非线性的相互作用。新时期短篇小说在新时期之初以其文体特有的敏捷率先打破了线性的、平衡的叙事结构形式，这种先导性的转变首先来自于当时短篇文体自身探索与创新的需要，正如20世纪80年代中期中国社会科学院当代文学研究室对新时期之初短篇小说进行考察时指出的那样："从近几年的短篇小说创作中，我们可以看到一个重要的发展趋势，就是：作家们总是力图把内容已经复杂化、节奏已经大大加快了的社会生活充分地再现出来，把他们对这种生活深入的、多方面的思考传达给读者，以适应读者变化了的审美要求和趣味。这就不仅造成了许多作品的时间跨度拉长，情节结构的设置不再那么单纯，矛盾解决的过程不再那么简单，人物形象的类型和色调不再那么单一，而且人物的内心活动也愈益显得复杂和丰富多彩。但是，短篇小说毕竟又是以‘短’取胜的。原封不动地运用传统的形式和手法，要想在一个有限的篇幅中把如此复杂的生活内容真实地表现出来，显然存在着许多困难。长期以来，人们一方面希望在短篇小说中看到尽可能丰厚的生活内容，另一方面又痛感到短篇不‘短’，这也是一个需要通过艺术探索来解决的矛盾。加之，党的‘双百’方针和‘古为今用’‘洋为中用’方针得以切实贯彻执行，闭关锁国局面被打破，人们多种多样审美需要受到尊重，这样，短篇小说形式和表现手法的探索创新，就势在必行了。”[①]在这个意义上说，从较早出现的故事性结构的作品来看，《班主任》仍然具有重要的言说价值。

评论界对《班主任》的评估已打上了时代主题的烙印，对其叙事结构也早已失去言说的兴趣。的确，《班主任》的叙事结构今天看来尚不成熟，但在这种不成熟的结构状态中所开始呈现的转型意义仍是不可忽视的。在20世纪80年代中期，在意识流小说、寻根小说、先锋小说出现的时候，黄子平先生仍主要从结构转型意义上对《班主任》作过较高的评价：“在中国当代短篇小说的艺术发展史上，刘心武的《班主任》(1977年) 有其无可替代的重要性。无论刘心武后来有哪些新的探索，这篇小说的历史贡献，不仅在于思想内容上迥异于当时那些改‘走资派’为‘四人帮’却帮味犹存的小说，而且把焦心如

---

① 中国社会科学院文学研究所当代文学研究室：《新时期文学六年（1976.10—1982.9)》，北京：中国社会科学出版社，1985年版，第194页。

焚的忧国忧民的思索引入短篇小说，从而促使‘假、大、空’和‘三突出’的戏剧化模式开始解体。……故事是平常的、不起眼的，隐伏在画面的背后；问题是惊心动魄的，思考是独特的、充满激情的，被凸显在画面的亮处——茅盾所说的那种‘货真价实的短篇’开始复苏了。”[①]唐弢先生在《短篇小说的结构》一文中也对《班主任》艺术结构的变革予以充分的肯定：“《班主任》的作者写过一些优秀小说，引起了评论家的注意，在青年中也有较大的影响。我没有读作者的全部小说，读的只是大家推荐的代表作。《班主任》提出了宋宝琦这样的青少年问题，同时着重写了谢惠敏，揭开了一个由‘四人帮’流毒造成的更为深刻、更为严重、更为使人痛心的社会问题。一表一里，一显一隐，一浅一深，用前者带出后者。单凭这一点，小说有坐上第一把交椅的资格。”[②]这是从小说的“表层结构”和“深层结构”来进行分析的，“叙事作品是一种话语系统，它的内部结构可以从两个向度进行分析：首先是历时性向度，即根据叙述的顺序研究各个单元之间的关系，一般文艺理论中所讲的结构主要是指这种历时性向度的结构关系。其次是共时性向度，研究内部各个要素在叙述顺序背后的内在关系。前者我们称为表层结构，后者称为深层结构”[③]。可见，《班主任》的叙事结构已经呈现出显而易见的区别性特征，这与其引起轰动的小说主题一样引起了评论界的注意。刘心武在创作《班主任》时，也从情节结构和主题表现两个方面进行了探索性的努力，正如他自己所说：“我写《班主任》，构思了好久，从某种意义上讲，也就是绕了好久。最初，我脑中形成宋宝琦的形象。然而那时人们已经普遍认识

---

① 黄子平：《论当代短篇小说的艺术发展》，《文学评论》，1984 年第 5 期。

② 唐弢：《短篇小说的结构》，《人民文学》，1979 年第 11 期。

③ 童庆炳：《文学理论教程》，北京：高等教育出版社，1998 年版，第 215 页。

到‘四人帮’造成了宋宝琦一类的畸形儿，倘若急于提笔来写，那么便难免与别人的作品立意相似。所以我就不甘心，脑子里继续绕，也就是往深处思考，这样就逐渐凸显了谢惠敏的形象。捕捉到了这个形象以后，我才动笔写那篇小说。结果读者读那篇小说时，本以为出现的团支部书记形象，是一个以前已经见识过的帮助挽救小流氓的正面形象，没想到小说后面所写，却绕过了他所熟悉的形象和猜想，展现出他未曾想象到的意境；谢惠敏从某种意义说，是更令人焦虑的畸形儿！读者从作者的绕中得到一点启发和满足，因而愿意支持和欢迎这样的作品。所以我认为绕，不仅是个情节安排的问题，而首先是个绕过陈旧的主题，雷同的立意，似曾相识的人物的问题，也就是不嚼别人嚼过的馍，力图从生活出发，去出新制胜。”[①]如果《班主任》没有对故事性结构进行创新性的改造，就不可能衍生出谢惠敏这个形象，也就不可能具有它别具一格的主题意蕴，当然也就不可能成为新时期短篇小说的开端之作。

具体来说，《班主任》的故事性结构具有四个方面的表现特征。一是仍然注重故事叙述，注重情节的延展。二是打破了十七年短篇小说故事性结构的线性的、平衡的状态。如果按照往常写法，《班主任》的叙事结构应该是这样的：班主任张俊石接收宋宝琦→宋宝琦的个人背景→张俊石认识到宋宝琦受“毒害”的根源→谢惠敏在班级里帮助宋宝琦→宋宝琦的转变。《班主任》的叙事结构显然打破了惯常的叙述，颠覆了这种长期形成的结构平衡。三是叙事结构中的诸多元素相互挤压，使得整个叙事线索发生分叉，脱离了传统意义上的直线轨

---

① 刘心武：《绕》，见马尚瑞等编：《北京作家谈创作》，北京：北京十月文艺出版社，1985年版，第285页。

道。四是造成了叙事结构的开放状态。《班主任》叙事结构的变化在很大程度上冲破了故事性结构的传统局囿，使小说叙事具有了某些耗散结构的特征，因此，自《班主任》开始，新时期短篇小说走向了耗散叙事结构的转型之路。刘心武的《班主任》与其后出现的茹志鹃的《剪辑错了的故事》、汪曾祺的《受戒》、王蒙的《夜的眼》以至 1984 年马原的《拉萨河女神》等小说形成了艺术创新的一种先导性力量，对于整个新时期文学的影响都是值得深入研究的。

二、耗散结构的呈现方式

对于小说叙事耗散结构的演进，新时期短篇小说不仅具有时间上的先导意义，而且以对其充分的呈现形式持续着对叙事结构的探索。“充分的呈现形式”是指在小说文本中对故事性结构较为彻底、集中的实验状态，使得耗散性的结构特征得以淋漓尽致地表现，从而在叙事结构方面最大可能地凸显了艺术革新的姿态。刘心武的《班主任》、马原的《拉萨河女神》《错误》、王蒙的《夜的眼》《春之声》、余华的《我没有自己的名字》、郑万隆的《古道》、刘震云的《塔铺》、池莉的《冷也好热也好活着就好》、迟子建的《亲亲土豆》、铁凝的《秀色》、毕飞宇的《哺乳期的女人》、徐坤的《厨房》、刘庆邦的《鞋》、贾平凹的《饺子馆》、王安忆的《发廊情话》、范小青的《城乡简史》等，这些短篇小说都有一个故事性的结构，但都消弭了传统意义上的线性叙事结构，在较短的篇幅里扩容了叙事的时空，呈现了耗散结构的艺术特征，在艺术创新的文学语境里从叙事结构的维度上展示了短篇小说特有的纯净面孔。

比较而言，中长篇小说的耗散结构特征往往表现得并不是那么鲜明，这同时从另一个角度体现了新时期短篇小说艺术创新的文体品格。正是从这个意义出发，我们有必要进行一个短篇小说与中长篇小说特别是与中篇小说的个案比较，考察叙事耗散结构在具体文本中的呈现方式，从而在文体结构区别性的角度上，探析新时期短篇小说在叙事结构探索方面的独特品格。苏童的中长篇小说为他赢得了社会声誉，从创作成就来看，他也算得上“短篇小说家”，我们即以苏童为例，探讨短篇小说与中篇小说在叙事结构探索和转换方面的差异性。

在中国当代作家中，苏童以其创作的先锋姿态赢得了评论家的关注，先锋性的技术探索成为苏童小说的重要标志之一。1991 年苏童发表了《狂奔》《我的棉花，我的家园》《吹手向西》《像天使一样美丽》《木刻收音机》等短篇小说。在这些短篇小说中，苏童依然不同程度地保持了他的先锋姿态，尽管在叙述一个故事，但故事性结构交错延宕，可以说充分呈现了耗散结构的特征。譬如在《吹手向西》中，“我”的中学同学黄子韬因“左脚踝关节处长着一块酱色的疮疤”，疑患麻风病被强行送进射鹿县的麻风病院。后来“我”所在的报社收到一封读者来信：“信中称他是从射鹿麻风病医院逃出来的唯一幸存者，他目睹了焚烧医院和病人的残酷事实。一百一十三名麻风病人被活活烧死，尸骸埋在公路边的麦田里。”于是“我”被派往射鹿县调查此事，故事叙述即从这里展开。但小说“煞有其事”的故事性结构却没有带给我们任何“故事”，甚至“我”最后都搞不清楚“到底是谁死了”，叙述的结果是“我”的调查“劳而无功”。这样，小说便背离了传统小说中讲故事的叙事结构，呈现了诸多耗散结构的特征，凸显了先锋写作的艺术追求，因此有批评家称其为“对 20 世纪 80 年代先锋小说的总结”[①]。而苏童同年发表的中篇小说《红粉》

① 李敬泽：《1978—2008 中国优秀短篇小说》，北京：现代出版社，2009 年版，第 152 页。

就不同了。即使在苏童的先锋创作的姿态下，《红粉》的叙事结构也不可能充分呈现耗散结构的特征，否则小说便有可能无法实现中篇文体对“故事性”的诉求，因而这篇小说就具有了“先锋创作”和“传统故事”两种文本形态。

我们先来看《红粉》的“先锋创作”的文本形态。尽管有批评家认为，苏童的小说从1989年的《妻妾成群》开始，“先锋”性的创作元素已显著弱化，对历史和现实的世俗融入，淡化了其小说中的先锋姿态。然而，如果把1991年的《红粉》看作“非先锋”叙事的小说文本，否认其某些先锋性的指涉可能，显然是不能让人信服的。《红粉》在叙事中告知了读者一个“故事”，那么这个“故事”是如何被告知的，则是叙事学研究的另外一个重要层面，即叙事学理论中“话语”讲述层面。叙事的“话语”指向故事被叙述的方式，关注故事讲述的组织形态。《红粉》在保持故事结构模式的同时，运用了后结构主义叙事学“话语”的叙事技术，从所讲的故事慢慢滑向了故事的“讲述”方式，这样一来，就使《红粉》在叙事模式上与传统的故事叙事模式形成了一种内在的冲突，在很大程度上形成了叙事的耗散结构，从而在“先锋”性的创新角度上与传统的叙事文本区别开来。

《红粉》的叙事话语生成了叙事的陌生化效果。从人物的身份和此类人物的命运遭遇等故事要素来说，读者读到的不是一个十分陌生的“故事”，但仍感到这篇故事与众不同，这种不同的感觉便来自于小说叙事功能造成的陌生化效果。其中“不确定性”叙事是产生陌生化效果的主要因素。小说的题目“红粉”就具有了多重的暗示性，“红粉”是确指一个具体的物品，还是指涉人物的一种命运？是一种浮华的回忆还是一种现实的境遇？是一种历史的掩饰还是一种生活的真实？是一种情绪的消失还是一种感情的生成？这就使得故事的叙述具有了多种暗示的可能，造成了叙述行为的多种不确定性，从而在某种程度上瓦解了读者对传统叙事模式下“故事”讲述的期待。在这种叙事暗示的作用下，读者对故事中的两个主要人物——秋仪和小萼的理解也会发生多重的变化，很容易想到后结构主义文本中“人物”与“符号”的关联。“文本暗示，我们对人物的了解是由书写决定的，由书写字体的特点决定的。……‘(作品中的）人物’即表示文字或符号，一种书写的标志，也表示‘人物’的‘根本的’属性。”[①]在纯客观叙事和限制叙事交错讲述的“故事”中，秋仪和小萼尽管仍在故事中呈现“鲜明”的性格，但已远远不是栩栩如生的逼真形象，而是具有了在特殊历史条件下特殊群体的标志符号的特征。两个人物的命运安排也很有意味，颇似后现代文本中一个人物自我分裂后的两个符号象征，相互指涉，互相纠结。在此意义上，故事建构所形成的稳定意义走向裂变，走向“不确定”。读者也在这种叙事的陌生效果中思考和感知文本创新的可能，而这与小说叙事的耗散结构是分不开的。《红粉》叙事的“话语”讲述还生成了一种对抗和冲突的张力。如果仅仅停留在“故事”的叙事层面上，叙述者告知读者的是一系列因果相连的事件，并将读者的注意力吸引到事件本身，努力使读者明白“真实”发生了什么。我们注意到，《红粉》的叙事没有停留在这个层面，它使读者的注意力从事件本身游移开来，对故事中的“客观”信息、判断、认知产生了一种“不可靠”的质疑，在很大程度上消解了故事中的某种历史认知，从而使小说文本具有了对抗和冲突的张力。在叙述秋仪和小萼个体命运的过程中，“故事”叙事层面上的历史真实、

---

① ［英］安德鲁·本尼特、尼古拉·罗伊尔：《关键词：文学、批评与理论导论》，汪正龙等译，桂林：广西师范大学出版社，2007 年版，第 61—62 页。

世俗价值等稳定的意义受到读者的审视，此时叙述者的声音显然不仅仅是叙述故事情节的声调，从而使得文本的叙事具有了一种反讽的力量。更为重要的是，《红粉》的“故事”叙事告知了读者一个“真实”的历史语境，诱使读者走进一段“真实”的历史和可能发生的故事；但是其叙事“话语”的讲述则把读者从这里分离，带读者走进另一个世界，一个与“故事”中不同的、可能更为“真实”的世界。在我看来，这就是苏童小说最为策略的叙事表达。从阅读感受来看，随着“故事”的发展，读者都会站在秋仪和小萼一边，走进她们悲戚莫测的生存境地，自觉地颠覆了“故事”中历史的宏大叙事和“中心”的价值观念。在这里，隐藏在“故事”建构下的叙事技术才呈现出来，耗散结构的叙事效应开始显现，并与读者一起开始构建小说文本“创造性”的可能。也许只有认识到这一点，才能真正理解苏童小说创作的先锋姿态。

那为什么说《红粉》又是“传统故事”的文本形态呢？

叙事学的研究有许多的理论类别，衍生出叙事学关注的不同层次。陈平原先生借鉴了热拉尔·热奈特、兹韦坦·托多罗夫有关叙事研究的理论模式，结合中国小说发展的实际进程，认为“中国小说叙事模式的转变应该包括叙事时间、叙事角度和叙事结构三个层次”①。从这三个层次上说，《红粉》的叙事模式首先凸显了一个叙事的故事建构。“故事”是叙事理论的一个关键词，按照乔纳森·卡勒所说，“故事”在叙事中属于被告知的层面。我们在阅读过程中不难感知到，《红粉》在其叙事模式中强调了一个它所要告知的故事，从叙事时间、叙事角度和叙事结构上赓续了传统文学“讲故事”的叙事模式。

---

① 陈平原：《中国小说叙事模式的转变》，北京：北京大学出版社，2003 年版，第 4 页。

其一，叙事时间的线性因素。《红粉》的叙事采用了线性的因果顺序，按照开端、中间和结局的发生顺序讲述了一个故事。“五月的一个早晨”，一群即将接受“改造”的妓女被押解上车，准备“体检”后送往“劳动营”，“最后出来的是喜红楼的秋仪和小萼”，故事从这里开始。秋仪途中跳车逃走，与小萼各在一方艰难地延续着自己的生存命运，这是叙事的中间阶段。故事的结局是“小萼跟着又一个男人去了北方”，秋仪带着小萼的儿子维持着惨淡的生活。非常明显，时间的线性发展是故事叙述的主线，用时间顺序实施由头到尾的纵向叙述，以此来推进叙事进程，采取的正是如赵树理所说“从头说起，接上说”[①]的传统叙述范式。

其二，叙事视角中的人物关注。《红粉》采用了纯客观的叙事视角，即“外焦点叙事”，叙述秋仪、小萼等人物的所见所闻，没有心理描写，不夹杂叙述者的主观评价。从阅读的感受来看，《红粉》的“外焦点叙事”并没有对其叙事的故事性形成破坏。更耐人寻味的是，为了在叙事中关注“人物”，凸显人物的性格，稍稍修复人物描写在纯客观叙事视角中形成的“冷漠”感，《红粉》也局部地采用了“限制叙事”，即“内焦点叙事”，在叙事角度中形成了更多的人物叙述。秋仪刚到老浦家，浦太太对老浦说：“我一眼就看得出她是什么货色，你把这种女人带回家，就不怕别人笑话！”小说接下来这样叙述：“秋仪知道这是有意说给她听的。她不在乎，她从小就是这样，不在乎别人怎么说她，说了也白说。”这显然属于限制的叙事视角，叙述者与人物的知情范围一样。在整体的纯客观叙事视角中“内焦点叙事”的偶然出现，无疑进一步增强了人物形象的塑造和故事性

---

① 赵树理：《赵树理论创作》，上海：上海文艺出版社，1985年版，第25页。

的叙事效果。

其三，叙事结构的情节因素。小说的叙事结构一般分为性格结构、情节结构和背景结构，中国的传统小说基本上是以情节安排作为叙事结构的，《红粉》在叙事结构中显然突出了情节因素。秋仪、小萼的人生命运组成了非常完整的故事情节，大有古典小说中风尘女子的传奇印痕，秋仪火烧喜红楼，小萼引发的训练营骚乱，小萼婚宴上秋仪的出现等情节都引人入胜，凄清哀婉，在曲折中把故事引向高潮。

从上述三个层次的分析来看，《红粉》首先选择了一个“讲故事”的结构模式，把故事建构作为小说重要的叙事诉求，那就是叙述者要向读者告知一个“好故事”，而这一点恰恰与先锋小说不同。一般的先锋小说往往以消解的方式来打破“讲故事”叙事预设中的对应关系，使“讲故事”的叙事追求走向破碎；而《红粉》的结构模式则展开了一个完整的故事文本，并以自己的叙事方式走进了一般读者和批评者的视线。

如上所述，中篇小说《红粉》尽管在叙事时间、叙事角度和叙事结构上进行了一般意义上的故事建构，但其叙事的耗散结构形成了独特的叙事话语形式，改变了故事构建层面的叙事指向，形成了“先锋创作”和“传统故事”的复杂文本形态，而这与短篇小说中较为充分的叙事耗散结构的呈现方式是不同的。

三、创作思潮中的耗散结构

就算上述“先锋创作”和“传统故事”的叙事方式与苏童的个人化审美倾向有一定的关联，但至少可以说耗散结构的叙事技术在短、中、长篇文体中呈现的“充分”程度是有差异的，也因此可以说短篇小说对叙事技术实施的“纯粹性”是值得重视的。在有些创作思潮中，文本中体现的这种“纯粹性”足以彰显该文体之于创作思潮的意义，从而凸显该文体自身的艺术创新性。短篇小说的耗散结构之于新写实创作思潮的意义便是如此。

在20世纪80年代中后期，池莉、方方、刘震云等一些作家掀起了新写实主义的浪潮。新写实小说描写各类小人物庸碌的生活状态和烦恼的世俗人生，放弃了传统现实主义的人生意义阐说和理想追求，“更多地表现出世俗化的价值取向，即追求物欲而淡化理想、趋于平庸而消解崇高的倾向”[①]。新写实思潮涉及许多作家，在我看来，池莉是最具代表性的，因为她的创作更指向日常生活的琐屑，更符合我们对新写实文本的期待，“作为新写实的代表作家之一的池莉，和其他新写实小说家相比，她的小说最贴近生活、最平民化。在池莉的笔下，日常生活显得格外平实、真切，她忠于生活的原生态，通过大量琐屑的、平凡的、充满偶然性的生活事件表达对生活的感受和看法”[②]。短篇小说《冷也好热也好活着就好》以及中篇小说《烦恼人生》《不谈爱情》《太阳出世》被称为池莉新写实小说的代表作，就阅读感受而言，《冷也好热也好活着就好》要比那三部中篇小说更具有新写实的“代表性”意味，甚至我们可以从三部中篇中读出与“新写实”诉求背向的话语——浪漫言说，而这也与小说创作中耗散结构的呈现方式有关。

无论从新写实小说观念的缘起还是从其创作的实践来看，我们都不难得出这样的结论：新写实小说拒绝浪漫。而这也是与新写实小说家的创作诉求一致的。新写实是在对生存价值的审视和由此而产生的

---

① 王庆生：《中国当代文学》（下卷），武汉：华中师范大学出版社，1999年版，第95页。
② 同上书，第298页。

与传统现实主义的对抗中诞生的，“80 年代中期的中国文学作品则更是挥洒出人的创造历史的激情，但是在‘新写实小说’中，这种激情几乎消失殆尽，剩下的只是人无法掌握命运的无力感”[①]。新写实小说家让目光与生活平行来展开日常生活的平面，力求还原生活的原生态，不再诉求人生的意义而是描述日常生活的琐屑，并以这种方式去体验和关注生存状态。从这个视角出发，一切激情、幻想和浪漫都应该被世俗生活排斥，这是新写实小说创作的基本向度。然而，池莉的《烦恼人生》《不谈爱情》《太阳出世》三部中篇小说中都出现了浪漫言语，这与新写实小说的整体指向是背道而驰的。

《烦恼人生》按生活的流程叙述了日常生活各个环节的疲惫和尴尬，《不谈爱情》写了婚姻的烦恼和无奈，《太阳出世》描绘了生育的苦痛和忙碌。它们从不同的视角展开了世俗生活的平面，人物则像这个平面上滑动的符号，融入日常生活的雾霭之中。然而，这些符号却被赋予了“偶在”的幻想和追寻，散发出不同层次的浪漫色彩，构成整体叙事中的浪漫言说。这种浪漫言说具体表现在三个方面。

一是情绪化的浪漫气质。《烦恼人生》中的印家厚从清早起床就被生活中的琐细和烦恼包围，老婆埋怨、房子狭小、接送孩子、挤车渡船、奖金问题压得他喘不过气来，然而在这种困窘下印家厚却能够在不同的生活环节中拥有一种幻想的自由，因而极富情绪化，充满了浪漫的气质。印家厚带着孩子挤汽车上轮渡一身疲惫，看到长江，情绪却一下子转换过来。不仅如此，印家厚在轮渡上还冲口作《生活》一字诗“梦”，充满自信地对小白等人谈论古代作家的浪漫；奖金问

① 许志英、丁帆：《中国新时期小说主潮》（上卷），北京：人民文学出版社，2002 年版，第 525 页。

题使他陷入苦恼，他却因为徒弟雅丽在身边而看见“五月的蓝天里飘着许多白云，路边的夹竹桃开得娇艳”；到幼儿园接孩子，见到孩子的老师便想到昔日的女友，“凭空产生一道幻想，闪电般击中了印家厚，按捺不住激动的心情”；朋友的一封信提到女知青伙伴聂玲，印家厚“靠着一棵树坐下，面朝太阳，合上眼睛；透过眼皮，他看见了五彩斑斓的光和树叶”。小说的结尾，印家厚在经历一天的疲惫后仍没忘记他的幻想：“你现在所经历的这一切都是梦，你在做一个很长的梦，醒来之后其实一切都不是这样的。”很明显，印家厚具有一种梦幻追寻的浪漫气质，这种气质没有被生活的烦恼所覆盖，时而冲动般地跳出日常生活的平庸圈套。

二是审视生活的浪漫追忆。《不谈爱情》开篇便是庄建非与妻子吉玲的争吵，接下来小说叙述了庄建非走出家门在夜晚独坐反思，开始审视生活的浪漫追忆。庄建非找出了他结婚的根本原因是性欲，继而追忆起三年前与梅莹交往的镜头：开会偶遇，互通姓名，共进晚餐，一起过夜。这个情节分明带有了典型的浪漫色彩，尤其是在琐碎生活的叙事之中。浪漫的追忆是从质疑现实开始的，而这个现实又是以浪漫的爱情为起点的，庄建非便又忆起了昔日的恋情：在大学校园的樱花树下相遇吉玲，冲破了家庭的反对最终结合。这一切在庄建非的心中也烙上了神圣的浪漫爱情色彩。平实的生活和浪漫的追忆构成了小说节奏分明、忽明忽暗的叙述。虽然其基调还是日常生活的琐细和灰色，但这种带有浪漫色彩的幻想和追寻无疑构成了人物品格的组成要素和叙述的一个支点。

三是理想生活的浪漫希望。在《太阳出世》中浪漫则表现为人物对未来生活的梦幻向往。赵胜天、李小兰从结婚那天就开始吵骂，生孩子、洗尿布、看病、报户口、上幼儿园又是一连串琐碎和疲惫。妻子怀孕期间的一次争吵甚至使赵胜天“决定孩子出世之后就跟李小兰离婚”；孩子满月时却真成了“太阳”，引发起年轻父母对未来的遐想。“女儿开始和父母沟通了。父母不再单纯地陷在尿布屎布堆中，女儿激起了他们的许多遐想或者说是理想”，赵胜天“决定报考成人大学，读书去！读个尖端专业”，女主人公也找到了通向理想之路的场所，“在儿童公园见识了一个新天地”，从此“进入了她的轨道，她生活得正常而愉快”，想看书学习听高雅音乐，想变得“腹有诗书”和“有韵味”。人物的这种转变很难说不是理想化的，他们生活的沉重被梦幻般的遐想冲淡了，生活的无奈应付和未来的理想追寻进行了暂时置换。这种色彩在小说的结尾也显得十分明显：

> 李小兰说：“今天真累，但也很有意思。”赵胜天点头表示同意，将搭在女儿眼皮上的一绺头发抹开，笑了笑做作业去了。
>
> ——池莉《太阳出世》

这种叙述实际上富含了抒情的底蕴，人物对生活的浪漫温情也随之流出。

应该注意到的是，上述的浪漫言说在短篇小说《冷也好热也好活着就好》中却没有丝毫踪迹。这个短篇的事件叙述完全沉浸在日常生活的场景之中，生存状态的慵散、烦琐、漫长好像一天接着一天没完没了，没有出现一点儿浪漫色彩。因此，《冷也好热也好活着就好》比池莉的中篇更接近于新写实的书写诉求，更能支撑起池莉之于新写实的“代表性”意义。那么，接下来的问题是，为什么《烦恼人生》《不谈爱情》《太阳出世》这三部中篇小说会出现浪漫的言说，而短篇小说《冷也好热也好活着就好》却没有类似的话语表达呢？

在我看来，这是两种文体中的叙事耗散结构造成的。具体来说，短篇小说《冷也好热也好活着就好》由于篇幅的制约还来不及展开更长的“故事性”叙述，因而不能把时空延宕的文章做足，众多人物的闪现出场，大量场景的迅速转换，使得整个叙事结构缺乏明晰的、中心的叙事线索，却凸显了“新写实”所要诉求的人生困窘。而中篇小说则不同了，池莉并没有约束“故事性”的自由延展，尽管也在叙事时间和叙事空间上做了一些延宕，但“故事性”的线性延续并没有打破，也就是说这些中篇小说对叙事耗散结构的实施并不“纯粹”，因而小说的叙事诉求在池莉个性语言的流动下溢出了“新写实”书写的边界。其实池莉更擅长在短篇小说中掌控新时期文学转变带来的叙事技术，加之她语言轻盈、清新、流动，才会出现1994年《心比身先老》这样如此优秀的短篇小说，并获得首届鲁迅文学奖优秀短篇小说奖。在这篇小说中，我们发现池莉把叙事的耗散结构处置得十分“纯粹”，结构之“度”拿捏得非常精准，把这部短篇与任何一部成熟的先锋小说相比都毫不逊色；同时，小说的叙述也让读者深深记住了藏族青年加木措的人物形象，并收藏了他“纵马直奔机场”的爱情童话——

> 正在大家七嘴八舌议论的时候，一匹雄健的黄褐色的骏马由草原冲出来，横切马路，直奔机场。我跳跃起来，我挥手叫喊道：加木措！加木措！
>
> ——池莉《心比身先老》

因此，我们可以说，新时期短篇小说在新时期小说叙事结构转型中不仅具有时间上的先导性意义，而且是把耗散结构的技术因素运用得最为“充分”的文体，由此所产生的创新性影响也是不可忽视的。

然而，这种创新性品格融汇到新时期文学变革的潮流中往往被淹没、被遮蔽了，这也是新时期文学研究中一个值得重视的问题。

第二节　体式创新的抒情性结构

如上所述，在新时期小说叙事结构形态的整体格局中，短篇小说在故事性结构的转型中具有时间上的先导性影响。而在另一种叙事结构模式——抒情性结构的演变路径上，短篇小说以体式创新的方式推演着新时期小说叙事结构模式的转型，与故事性结构的转型形成分野而治、相互贯通的布局，共同演绎着新时期短篇小说在叙事结构方面的艺术创新。

一、抒情性结构的演进

抒情性结构是相对于故事性结构而言的。当然，小说是一种叙事文体，它的抒情性结构也不可能像散文文体一样注重于情感的抒发，而是在叙事的基础上呈现出一种抒情性相对较强的结构组织形式。黄子平指出："由于这种对生活对艺术的理解，人们用'抒情的东西'来挤压固有的故事结构，在那情节松动的地方，诗意、哲理、讽刺、幽默、政论、风俗、时尚……这种内部的心理结构使短篇小说取得了对生活的更大的创造能动性，表现了不是按生活自己的结构，而是按照生活在人们心灵中的投影，经过人的心灵的反复的消化，反复的咀嚼，经过记忆、沉淀、怀念、遗忘又重新回忆，经过这么一套心理过程之后的生活。"[①]可以说，黄子平较为敏感地捕捉到了新时期之初抒

---

① 黄子平：《论当代短篇小说的艺术发展》，《文学评论》，1984年第5期。

情性结构转换的一种迹象。当然，抒情性结构这一形式由来已久，从中国现代文学史的角度来看，鲁迅、废名、沈从文等一批作家都有抒情性结构的经典文本，如鲁迅的《故乡》等。黄子平先生一方面注意到这种文学传统的延续，同时更多地把抒情性结构小说发展的缘由归结于“作家对社会现实的审美感受的结构发生了变化”：“短篇小说的抒情化、散文化、诗化，成为一个值得重视的创作倾向。……明晰的、单一的故事线被冲破，代之以复杂的、交错的抒情线，最根本的是由于作家对社会现实的审美感受的结构发生了变化。饱经忧患的人们对用连贯有序的故事线和恩怨相报的伦理圈子能否表现现实生活的真实表示怀疑。”[①]这种分析是很有见地的，它在历史传统的视域中凸显了新时期短篇小说叙事结构变革的内在动因，从而赋予了新时期短篇小说艺术创新更多的言说可能。重读新时期之初的短篇小说，即使在许多故事性较强的小说中，我们都会发现作家具有强烈的抒情欲望，能感受到抒情性结构模式演变的端倪。我们来看几部短篇小说的结尾部分：

> 这时，春风送来沁鼻的花香，漫天的星星都在眨眼欢笑，仿佛对张老师那美好的想法给予着肯定与鼓励……
>
> ——刘心武《班主任》

> 突然，我仿佛听到杨柳的声音——那辽远的模糊的声音越来越近，越来越亮。我听清楚了，那是杨柳在唱这支歌，不，不是他一个人在唱。你听，千百万人都唱起来了。多么雄伟宏大的歌

① 黄子平：《论当代短篇小说的艺术发展》，《文学评论》，1984 年第 5 期。

声！似这样宽阔的广场都变窄了，变小了……

——李陀《愿你听到这支歌》

夜，是静静的。黄浦江的水在向东滚滚奔流。忽然，远处传来巨轮上的大声怒吼。晓华便觉得浑身的热血一下子都在往上沸涌。于是，她猛地一把拉了小苏的胳膊，下了台阶，朝着灯火通明的南京路大步走去……

——卢新华《伤痕》

她愣住了。她抬头寻找那犹如灿烂的阳光一般的琴声，却不见琴手的身影。只有无穷无尽的江水，往辽阔的远方欢乐地奔去了。她仍在寻找着那琴手，一边和着琴声，用她的心轻轻唱起来……

——张抗抗《爱的权利》

这些段落都是在小说的结尾处出现，表现出非常浓厚的抒情意味，那么多相似的“……”也显示了作家意犹未尽的抒情欲望。在我看来，这些新时期最初的短篇小说所呈现的结构形态的变化，在很大程度上反映了新时期短篇小说抒情性结构模式转型的时代需求和文体要求。那么，短篇小说文体的这种抒情性叙事结构应该如何进一步转换和发展呢？新时期短篇小说很快找到了探索和突破的方式——“新笔记体”小说的创作形式。

“新笔记体小说”是指20世纪80年代中后期出现的具有古代笔记体特征的小说，人们常提到的代表作有孙犁的《芸斋小说》、汪曾祺的《故里三陈》《异秉》《岁寒三友》、林斤澜的《矮凳桥小品》、阿城的《遍地风流》、李庆西的《人间笔记》、韩少功的《史遗三录》、贾平凹的《商州初录》、何立伟的《小城无故事》等。郑万隆的《异乡异闻》、陆文夫的《圈套》《秋风起》《放羊》《天时地利》等短篇小说有时也被视为“新笔记体小说”的佳作。也有研究者把“新笔记体小说”的范围理解得较为宽泛，譬如把王蒙的《小事二题》、高晓声的《杭州湾》《飞磨》、陈村的《一天》《一个人死了》以及冯骥才、张炜等作家的一些短篇小说也称为“新笔记体小说”。“这样的小说打破了小说和散文的界限，简直近似随笔，结构尤其随便，想到什么写什么，想怎么写就怎么写。我这样做是有意的（也是经过苦心经营的）。我要对小说这个概念进行一次冲决：小说是谈生活，不是编故事；小说要真诚，不能耍花招；小说当然要讲技巧，但是，修辞立其诚。”[①]汪曾祺的这段话，常被人们看作“新笔记体小说”的艺术宣言。

“新笔记体小说”的出现是新时期短篇小说进行艺术探索特别是结构模式探索的一个重要标志，短篇小说以叙事结构变革为核心表达了对文体观念的时代反思，以凸显“抒情性”的结构形式表达了艺术转型的理念，并以打破小说与散文界限的“破体”方式创新生成了“新笔记小说”的体式。“新笔记体小说”以叙事结构新变为突破口，以淡化“讲故事”的结构方式重新建构短篇小说的叙事话语秩序，形成了耳目一新、风格独特、影响深远的文本体式，“文学作品在不同层面上包括体裁、修辞、结构、形式等要素，在根本上是由一定的话语秩序所形成的文本体式，它折射出作家、批评家独特的精神结构、体验方式、思维方式以及其他社会历史、文化精神”[②]，因此，“新笔记体小说”是新时期短篇小说叙事艺术的探索方式，也是其艺术结构

---

① 汪曾祺：《桥边小说三篇·后记》，杭州：浙江文艺出版社，2000年版，第311页。
② 陶东风：《文学理论基本问题》，北京：北京大学出版社，2007年版，第185页。

变革的创新体式。

既然是“新”笔记体小说，那么它具有哪些创新性特点呢？何镇邦是研究新笔记体小说较早的评论家，他在1987年就曾经指出：“如果粗略地说来，新笔记体小说大致有以下特征：（1）不太注意情节的完整性和丰富性，只写一个人或数人的片段，或对一个人物作粗笔勾勒的素描，或写某些生活场景；（2）篇幅短小，也不注意结构的缜密和完整；（3）大多借题发挥，言近旨远、微言大义，具有诗化、散文化或哲理化的特点；（4）语言简洁洗练、富有幽默感，或淡泊疏朗，或含蓄调侃，显得潇洒自如，有的语言还融入文言成分，追求一种典雅的美，如贾平凹的一些作品，等等，可以看作是‘新笔记体小说’在艺术形式上共同的审美特征。”[①] 李庆西对新笔记体小说的研究也是值得重视的，他早在1988年就对新笔记体小说的艺术特点进行了探讨：“考察‘新笔记小说’的艺术特点，我以为如下几点是可以重视的：一是以叙述为主，行文简约，不尚雕饰；二是不重情节，平易散淡，文思飘忽；三是取材广泛，涉笔成趣，富于禅机。”[②] 很显然，新笔记体小说以情感的散淡流动代替了情节的因果延展，在新时期之初小说叙事结构的探索方面走出了艺术创新的重要一步。

对于上述新笔记体小说的文体特征，我们今天已不感到新奇，因为它们已成为我们对于当下短篇小说的阅读期待，试想，短篇小说的那种简约散淡、意近旨远、含蓄疏朗的文体期待是否在很大程度上起始于新笔记体小说呢？显而易见，新笔记体小说叙事结构的核心是“情感”布局，呈现出来的是“形式”安排，正如苏珊·朗格在

① 何镇邦：《新时期文学形式演变的趋势》，《天津文学》，1987年第4期。

② 李庆西：《新笔记小说：寻根派也是先锋派》，见王晓明编：《二十世纪中国文学史论》，上海：东方出版中心，1997年版，第416页。

《情感与形式》中指出的那样："用一个人物的印象和评价来限制那些事件，就是说：'统一的观点'就是故事中某个人物的视察角度或经验。这样的人物不是在讲故事，而是在经历这些事件，因此，他们都具有对那个人来说应该具有的外表。当然，通过一个人的头脑来过滤所有这些事件，可以保证它们与人的情感和遭遇相符合，并为整个作品——动作、背景、对话和其他所有方面——赋予一种自然统一的看法。"① 而在第一章我们曾论及"印象统一"正是短篇小说文体的本质属性之一，从这个意义上讲，新笔记体小说"抒情性"叙事结构的变革是短篇小说文体中"情感"与"形式"的艺术整合，并在一定程度上影响了其他文体叙事结构的转变。

二、体式创新的艺术影响

那么，我们又如何从创作实践的角度来认识新笔记体小说结构变革的艺术影响呢？也就是说，新笔记体小说的结构创新对于创作实践的推动作用是如何体现的呢？从整体上来说，新笔记体小说结构创新的实践意义具体体现在两个层面。

一是对中国当代短篇小说篇幅的"瘦身"效应。茅盾在 1979 年曾对新时期之初以及十七年的短篇小说表达过这样的看法："我个人有这样的感想：近年来，短篇小说在万字以下的，很少；有些中篇小说好像是压缩了的长篇。并且这些作品中，真正深刻反映了时代精神的，也不多。这也不是新问题。十年甚至二十年前，就存在这种现象了。为什么呢？大概作者虽有丰富的生活经验，但还不善于在丰富的

---

① [美] 苏珊·朗格：《情感与形式》，刘大基等译，北京：中国社会科学出版社，1986 年版，第 390 页。

生活经验中把握本质的东西而剔除非本质的东西；换而言之，还不善于剪裁。”[①]在这里，茅盾对“十年甚至二十年前”的十七年的短篇小说及新时期之初短篇小说的“长度”表达了自己的担忧，并认为短篇“过长”是由于作家在结构上的“剪裁”不当造成的。同一年，唐弢从短篇小说的结构方面阐发了几乎相同的观点：“大约二十年前，也曾有人提出，当时刊物上发表的短篇小说，不是压缩了的中篇，便是拉长了的特写，都不是短篇小说。就我最近读过的有限的三四十个短篇（到 1978 年底止）而言，拉长了的特写很少，或者可以说没有，绝大部分是压缩了的中篇。短篇，相对来说，篇幅总要比中篇短一点，字数少一点，不过关键还不在于字数，而在于写法。自然，一个作家完全可以打破原有的成规，独立创造，自我作古，不必墨守那些传统形式的限制；但是，如果把所有的限制全部推翻，或者将某种形式的主要限制突破，使它的特征随之消亡，那就意味着这种形式本身的灭亡。一切事物都是如此，文学艺术也不例外。”[②]孙犁于 1977 年在《关于短篇小说》一文中也认为时下的短篇小说写得“太长”：“就我看过的一些稿子来说，有些短篇小说所以写得太长，还因为作者生活的缺少，包括对生活认识不足，理解不深。这种写作，多从概念出发，而不是从生活出发；是把概念错当成创作的源泉。从概念出发，概念是空的，因此它也是无止境的，大概念之下又包括许多小概念。要把概念写完全，照顾周到，自圆其说，文章就不能不长了。”[③]从我们的阅读感受中也不难发现，如果从篇幅上区别，十七年、新时期之

① 茅盾：《解放思想，发扬文艺民主——在中国文学艺术工作者第四次代表大会及中国作家协会第三次会员代表大会上的讲话》，《人民文学》，1979 年第 11 期。

② 唐弢：《短篇小说的结构》，《人民文学》，1979 年第 11 期。

③ 孙犁：《关于短篇小说》，《人民文学》，1977 年第 8 期。

初的许多小说在短篇与中篇文体的归属上的确是一件不容易的事，有时只能靠编辑和读者的自由裁量了。

新笔记体小说则大大不同了，它在篇幅上显然是力求短小，这就为当时“太长”的短篇小说带来了“瘦身”的观念警示，具有了文体的“瘦身”效应。它精短的文体“扮相”与其叙事结构的变革真正达到了艺术的统一，这也不能不说是新笔记体小说艺术创新的一个重要的表现形式。因此，无论对于十七年短篇小说而言，还是对于整个新时期小说来说，新笔记体小说无疑都是当代文学艺术创新中一张亮丽的图片；可以说，自此开始，伴随着寻根、先锋文学思潮的到来，新时期短篇小说的文体归属已基本不需要编辑和读者在篇幅上进行为难地甄别了，贾平凹、铁凝、迟子建、莫言、韩少功、苏童、王安忆、张炜、李锐、刘庆邦、林白、残雪以及许多青年小说家如潘向黎、温亚军、石舒清、叶弥、郭文斌、张惠雯、魏微、盛可以、晓苏等已经给读者留下了形式简约的文体期待。这种转变，不仅对于短篇小说的发展，而且对于新时期其他文体的影响都是不可忽视的。

二是叙事结构上的“先锋性”启示。李庆西认为新笔记体小说不仅具有“寻根”的审美特征，而且具有“先锋”的文学意义：“以文学发展的观点来看，各种文体和艺术风格之间确乎存在互相影响和渗透的规律。‘新笔记小说’价值或许在于，它为今后的形态发展进行着艺术准备。它在艺术的高级层次上对小说技巧做出了富有诗意的概括，指示着小说审美关系和叙事形态变革的可能途径。在这个意义上说，它是实验性的作品，是面向未来的先锋派。”[1]这种文学的“先

---

① 李庆西：《新笔记小说：寻根派也是先锋派》，见王晓明编：《二十世纪中国文学史论》（第三卷），上海：东方出版中心，1997年版，第419页。

锋”意义具体蕴含在作家的小说创作中，因此，对其中作家的“实验性作品”展开探讨是非常有必要的。在我看来，在新笔记体小说创作的代表作家中，人们对汪曾祺、林斤澜等小说家的创作给予了更多的关注和研究；相对而言，对阿城短篇小说的研究显得并不充分。在艺术探索和创新的视域中，阿城短篇小说的叙事结构是非常独特的，从而赋予其短篇创作更多的先锋意味。

现在看来，阿城短篇小说的价值在寻根文学的语境中被大大缩小了，特别是阿城在1984年发表了中篇小说《棋王》之后，人们对他的关注往往与这篇著名的中篇小说联系在一起。如果从小说结构的演进来看，阿城的短篇小说则更具有结构的创新意义，这具体表现在以下三个方面。

其一，断裂性的结构形式。如果说汪曾祺、贾平凹、王蒙、何立伟等作家的小说结构呈现出一种散文体式，那是指小说结构的松散状态而言的。而阿城的短篇小说不仅是松散的，而且干脆断裂开来，彻底让线性消失，从而形成没有线条连接的一团一团的“印迹”。我们具体来看其短篇小说的结构。譬如《遍地风流》（之一），它应作为一部短篇来读，而不是三部短篇小说的组合。在“遍地”和“风流”的组合意象之下，结构断裂为三个部分，“峡谷”“溜索”和“洗澡”，各自独立，各自言说对“风流”的探寻和表达。即使在各个组成部分的内部，结构也是极为松散的，没有故事，没有线性的叙述，只是像作画般地渲染，一点点晕开，正如有学者指出：“这一组三篇总共不足万字，在当初感觉就像阿城让我看过的那些陕北民间艺人剪成的剪纸，剪得极其精巧，小小布局中充满灵动之气，处处处理得塞而不滞，通而不泄。这三篇，基本都是在一个小空间中，通过一种动态的夸张来制造效果。好比一池净水，经酝酿突然跃出一簇鲜亮的浪花，这浪花在阳光下闪烁出的色彩，便是效果的形成。酝酿的过程，当然还是对立格局的互相作用。”[①]三年以后的1988年，阿城又以类似的结构方式创作发表了《年关六赋》。在小说开头，阿城用题记的方式开始了年关“赋一”到“赋六”的叙事：

> 爷爷活着的时候，每逢旧历的春节，老三的父母一定要领着他们生育的四位雌雄，到爷爷的家去过年；爷爷死去，老三这兄妹四人也一定得到父母的家守岁。
>
> 这是王氏家族的规矩。
>
> ——阿城《年关六赋》

这个题记，形成了笼罩全篇的气氛。接下来的“六赋”，看起来是一个家庭的事件，其实也是个个道来，叙事线索并不连续，小说结构实际上也是断裂性的。

其二，意蕴连接的结构形态。如果说阿城的短篇小说结构仅仅表现为“断裂”的话，那么小说就很难形成一个完整的文本，而是一个描写风物的片段。实际上其小说结构有内在的“整体性”，只不过这种“整体性”的表现方式不同寻常罢了。促使其结构形成整体性的内在链条便是小说的内在意蕴，即通过意蕴的呈示实施其外在结构的连接。阿城小说的意蕴表达充满着一种“智性”。阿城迷恋“禅宗”，“他认为禅的妙处是给你一种进入状态的方法或契机。这种状态是一个结构，再通过这结构传达给你状态。……阿城说，其实蜂拥而至的对他的各种评论都是扯淡。其实我写的都是公案。很显然，他在禅宗

① 朱伟：《接近阿城》，《钟山》，1991年第3期。

中最迷的是公案，他在找到了公案结构形态的限制后，很好地利用了这种结构形态”[1]。这样，阿城把禅宗的“智性”和“顿悟”融进了小说结构，拉大了小说结构中的间隙，并在“智性”的流动中通过意蕴的呈现完成了小说结构的连接。我们可以从《遍地风流》（之一）之中的“峡谷”“溜索”和“洗澡”的结尾部分来体认阿城短篇小说的独特意蕴及其所形成的结构连接的张力：

> 耳朵一直支着，不信蹄声就没有了，许久才辨出风声和布旗的响动。
>
> …………
>
> 顺风扩一扩腮，出一口长气，又觉出闷雷原来一直响着。伏在马上再看怒江，干干地咽一咽，寻不着那鹰。
>
> …………
>
> 阳光明晃晃地从云中垂下来，燃着了草冈上的一块红的火，一块黄的火。
>
> ——阿城《遍地风流》（之一）

阿城就用这样冷峻的色调构成小说的内在意蕴，在读者的阅读中这些色调浑然一体，从而使分裂的间隙悄悄地愈合起来。

其三，独特的“水墨体”结构。寻根小说的主题显然是对民族文化之根的追寻，对民族集体无意识的探究，这当然具有民族的“本土性”；同时，阿城在短篇小说结构上的“本土性”探索也是值得注意的。阿城的小说创作采用了非常独特的结构方式，这种方式显著的特

---

① 朱伟：《接近阿城》，《钟山》，1991 年第 3 期。

征即用中国绘画写意的方式来结构小说，形似中国水墨画的构造布局，在结构上形成了独特的“水墨体”。阿城执迷于中国绘画，特别钟爱八大山人、倪云林的写意作品，并从中受到启示，在短篇小说的结构中使用了他们写意的笔法，这种尝试在其他作家的创作中是很少见到的。尽管我们也能从其他一些作家的创作中见到某些绘画般的写意手法，但把这种手法运用到整个小说的结构模式方面，恐怕应该是阿城的一个创新之举。

如上所述，正因为诸如阿城等作家在创作实践中对艺术结构的探索，新笔记体小说才具有了区别于古代传统笔记体小说的鲜明特质，并在新的文学生成语境中显示了文体实验的创新意义，正如有研究者指出：“相对于中国古代的传统笔记小说，人们称之为新笔记小说。一方面，它表现为对旧文体、旧形式的寻觅和利用，但并不意味着‘旧瓶装新酒’，说‘借尸还魂’也不完全恰当；因为，它另一方面所写的是当今的现实生活或今人眼中的故人往事，体现着新的时代精神和美学趣味，还包含着新的文体实验的意向，实际上是当今文学新潮的产物。”[①]在这个意义上说，新时期短篇小说上述所进行的体式创新的艺术探索，对于新时期文学观念的转型和创作实践的发展都具有重要的意义。

第三节　结构切换中的审美意识

新时期短篇小说叙事结构模式的转换是一个艺术嬗变的渐进过程，是一个传承和创新的探索过程。在这一进程中，新时期短篇小说

① 钟本康：《关于新笔记小说》，《小说评论》，1992 年第 6 期。

创作蕴含了审美意识的诸多变化，因此，对其审美意识的探讨也是我们深入了解新时期短篇小说艺术创新不可或缺的重要内容。

一、传统审美价值的承继

故事性结构承担了小说的故事叙述，因而故事性叙事无疑成为新时期短篇小说艺术审美的重要对象；而且，在新时期短篇小说艺术探索的进程中，故事性叙事的艺术创新也一直是短篇小说审美意识的重要内涵。

我们可以发现，即使在先锋小说创作实验的思潮中，许多短篇小说创作也努力实施故事叙事和先锋创新的双重建构，不落俗套的结构创新扩展着小说的审美空间，在解构一些传统结构观念的同时，依然保留对故事性叙事的关照，余华曾经说："句子和故事，还有最重要的细部描写，这是我写作的第一个过程。"[①]当20世纪80年代形式实验的创作退潮之后，小说的故事性叙事在悄然回归；而在这其中，短篇小说精彩绝伦的故事性叙事又表达出新时期短篇小说审美价值的变化。而这种变化，首先是从对传统故事性叙事的艺术传承开始的。比如，赵本夫的许多短篇小说往往在历史文化的语境中诉说一种传奇的人生状态，如《空穴》《绝唱》《月光》《斩首》等，从而表达出对生命状态的某种感悟和思考。实际上，许多青年作家的短篇小说创作也表现出对这种传奇故事性叙事特征的承继。我们试举一例来说明。江苏青年作家叶炜的短篇小说《市井两题》[②]，聚焦市井中的一个人物和街头的一个生活画面，选择在一种沉默的对视中，对时代变迁中的物质

---

① 余华：《我的文学道路》，见林建法等编：《中国当代作家面面观——寻找文学的灵魂》，沈阳：春风文艺出版社，2003年版，第39页。

② 叶炜：《市井两题》，《雨花》，2013年第11期。

世界和精神世界做出微妙和复杂的表达。

《市井两题》在结构上由《神偷》和《鞋匠》两个相对独立的短篇组成。具体来看，《神偷》在叙事方式上更像是对一个民间传奇的诉说。在小说中，叶炜好像并不打算对故事本身做更多叙事技巧上的处理，只是以“我”的视角，娓娓道来“神偷八爷”的传奇人生。在平静又不失繁华的苏北小镇，八爷似乎是一个神秘的人物。他没有什么正当的营生，住着深宅大院，深居简出，生活优雅闲淡，然而却被镇里的居民忌讳着，不让孩子们与他接近。最终，充满好奇心的孩子还是揭开了八爷的神秘面纱：原来八爷就是“扒爷”，曾经是个“神偷”。既然是“神偷”，自然就有些超凡脱俗的本领，比如八爷只偷有钱人的钱，偷钱也只偷一半，另一半还要神不知鬼不觉地放回去。正是靠这样的神偷绝技，八爷名噪大上海。然而，再“神”也是偷，“严打”期间，八爷离开“战场”，金盆洗手，来到苏北小镇落户，而后在当地又用不大光彩但又神乎其神的偷术“偷来”一个水灵灵的老婆。娇妻在侧，生活殷实，八爷的日子可谓从容平静。然而八爷到底还是没有耐住寂寞。当看到周围的人乘改革开放之机迅速致富，自己却落在别人之后，八爷于是决定重操旧业。然而这次重出江湖，八爷和八奶却付出了沉重的代价，因为八爷破了自己多年的“规矩”——偷了穷人的钱。这钱是两个外乡人治病的救命钱，八爷将其偷走一半，直接导致他们因无钱医治，跳楼而亡。奇怪的是，随着两个外乡人死去，八爷与八奶都患了一种怪病——半边胳膊无法动弹，多方求医无效。后经一个道长点拨，从此二人广施善德，胳膊才渐渐不治而愈。小说叙事没有安排任何外在的冲突，所有的变化都在八爷的“规矩”内外。小说想表达什么？万事皆有“道”，世事皆有“规矩”，这或许就是小说潜在的主题话语？那么，我们不禁要问：是什么使八爷破了“规矩”？是内心还是世道？小说没有答案，或许这更是小说想要表达的思考。

如果说《神偷》中的八爷最终认为“规矩”是人生之道，那么在一个擦鞋匠儿子的眼中或许吃饱饭才是世界的全部。接下来的《鞋匠》，讲了擦鞋匠王小一家艰苦心酸的日常琐事。王小家境贫寒，依靠自己的辛勤劳作，在酒店门口给客人擦鞋，竟也获得一些积蓄；又在机缘巧合中娶了一个和自己一样贫苦的女人桂花为妻，两人相依为命，艰难度日。然而，看似平静的生活却因残酷的现实而变得举步维艰。妻子桂花被人强暴，怀着的孩子也流产了。夫妻二人相互搀扶，忍辱度日，生活得以维持，还有了一个聪明懂事的儿子。穷人的日子似乎总是好景不长，王小的生意逐渐被酒店新进的擦鞋机所替代，以至于惨淡经营甚至难以为继。然而奇怪的是，酒店的擦鞋机每隔一段时间总会莫名其妙地坏掉，这使得王小夫妇能够把擦鞋生意勉强支撑下去。此时，平日帮父母做活的孩子在小说的叙事中是缺席的，直到最后两个警察的出现，读者才与鞋匠夫妻一起明白——孩子去破坏自动擦鞋机了。小说至此戛然而止。尽管叙述已经结束，只是孩子不知在哪里，所以在读者那里，故事依然在继续。小说的故事场景没有任何的渲染，叶炜几乎是在一种白描的手法中完成了故事的叙述，然而，小说却在安静的叙事中努力撕扯着日常生活的面纱，试图真实地显现现实世界中所有的无奈和绝望。

从叙事内容上看，《神偷》与《鞋匠》似乎没有任何联结点。《神偷》中八爷八奶的遭遇似乎正印证了老百姓口中的那句“善有善报，恶有恶报”的老话，八爷八奶作孽太多，最终受到上天惩罚，煞气附体，只能靠多做善事来化解。而《鞋匠》中的王小一家，却是与世无争，只想维系有口饭吃的生活，然而如此简单的愿望却在一次次残酷现实的打击中变得支离破碎。他们从未做过坏事，却仍然没有被上天眷顾；而那些强暴桂花的恶徒，却依然逍遥自在；反倒是为了活命弄坏擦鞋机的孩子王小小，被警察发现，前途未卜。叶炜将这两个短篇放在一起，合称《市井两题》，显示了别具匠心的安排和耐人寻味的思考。《神偷》可以说是对理想化生活规则的一种诉求，它试图告诉我们只要守“规矩”，就可以平安一世；而破坏了“规矩”，即使手法再“神”，也逃不开天意的惩戒。而要化解惩罚之苦，只能是弃恶从善。而《鞋匠》则更多地指向生活的现实一面，无论主人公怎样努力，都逃不开来自现实世界的挤压。两篇小说置放在一起，在理想之光的反衬之下，更显示出现实的残酷和无奈。在阅读中，这两篇看似讲述毫不相干事情的小说，却在对现实表达的共同指向中发生了勾连，让读者获得了一种殊途同归的艺术感受。《神偷》中八爷坚守了数十年的规矩为何最终被自己破坏？是八爷自己的内心变了，还是这个社会变了？时代变迁，沧海桑田，怎样坚守自己的底线？事实上，依靠“善恶有报”的道德教义驱使八爷改恶从善，也在一定程度上流露出作家对现实的一种无奈与反讽。与《神偷》不同，叶炜在《鞋匠》中则冷静而清晰地表达了底层生存的种种艰难，对冰冷的社会现实进行了直接的批判。叶炜把叙事的目光放在充满人情世故、家长里短的市井之地，使小说更贴近现实生活和底层人生。小说质朴而纯净，敦厚而简劲，在方寸之间便生成了绵厚而悠远的艺术意蕴，产生了意义密集和一唱三叹的叙事效果。而这一切，都是在故事的叙事中完成的。

毋庸置疑，任何一位优秀的短篇小说家都是在学习和继承传统的基础上成长起来的。苏童在《我的短篇病》中曾经指出：“文学史上有太多的短篇大师。大学时代我曾迷恋于契科夫、高尔基、海明威，三人的创作风格可谓风马牛不相及，但契科夫和海明威的短篇集使我分别领略了古典的灰暗、细腻、沉重和现代的简洁、明朗和个性化的技巧，至于高尔基的早期短篇小说，它们的流浪者情绪其实极易俘虏文学少年的心。我对短篇小说的兴趣使我后来又读到了博尔赫斯、乔伊斯、辛格、契佛这些欧美作家的精彩短篇，直到1988年读到令人叫绝的美国作家雷蒙德·卡佛的作品，这是一个漫长的横亘十余年的阅读过程，它是令人愉悦又是黯然神伤的。……中国历史上也出现过伟大的短篇大师，在我的心目中至少有三位：编撰‘三言’的冯梦龙，写湘西的沈从文和写苏北里下河的汪曾祺先生。”[①]试想，在苏童提及的“短篇大师”中，又有哪位作家真正彻底抛弃了故事性叙事呢？

以创造迷宫小说著称的博尔赫斯也并非拒斥故事性而单向度地寻找文学迷宫，比如他在创作《玫瑰色街角的汉子》时，“也希望这篇小说真实生动，如在眼前，并且使故事像一种图表或对称的图形一样发展”，因为其故事的可读性而产生的真实感，以致阿根廷的读者都认为该小说是现实主义的作品。[②]罗伯－格里耶更明确地指出：“在现代小说中……也不应该以传统人物的消失为借口，得出人不在场的结论，不应该把对叙述新结构的探寻，同化这一种对任何事件、任何激情、任何历险的单纯的取消”。[③]这里，我们想到玛格丽特·杜拉斯和她的《情人》。杜拉斯原属难懂作家之列，但《情人》却受到广泛的欢迎，取得了很大的成功。杜拉斯绝不是通俗作家，她向来追求创新，始终进行着艺术形式的实验。正因为如此，她的这种“杜拉斯现

---

① 苏童：《我的短篇病》，《小说林》，1993年第1期。

② ［阿根廷］博尔赫斯：《博尔赫斯文集》（文论自述卷），王永年等译，海口：海南国际新闻出版中心，1996年版，第147页。

③ ［法］阿兰·罗伯－格里耶：《快照集·为了一种新小说》，余中先译，长沙：湖南美术出版社，2001年版，第99页。

象”才备受人们关注。《情人》文本中含有大量的多义性言语，并利用叙事多重结构交替转换展开叙述，但是，“《情人》中杜拉斯式的写法相对来说并没有打乱一般阅读习惯”[①]，故事性较强，并带有大众熟悉的自传体的叙说模式，因而其可读性为广大读者所认可。但是，《情人》已远远超越文本中的故事，“当然不能等同于自叙传，同样也不应仅仅归之于一个故事，作品包含的内容大于情节”[②]，因此也明显带有现代小说先锋创新的诉求，从而实现了故事性叙事与先锋创新的双向整合。美国文学评论家亨利·詹姆斯认为任何一个作家都不能真正把小说与故事分开，他在《小说的艺术》中指出：“故事和小说，主题和形式，就等于针和线，而我还从来没有听人说过有哪一个帮派的裁缝匠人，竟会建议只用线而不用针，或者只用针而不用线。”[③]在中国现代文学史上，20世纪40年代前后一些作家如张爱玲、予且、苏青、梅娘等用当时“先锋”创作的手法（注重意识、心理和感觉等）去叙写市井的“故事”，也成功实现了故事叙事与形式创新的艺术融合。因此，在文学艺术探索的道路上，如何处理故事叙事和形式创新是任何一位小说家都要面对的重要艺术问题。

我们之所以梳理这些著名小说家作品中故事性叙事与艺术创新的关系，是因为这种关系与新时期短篇小说创作探索中的审美对象密切相关。既然我们说短篇小说处在新时期小说艺术创新的前沿，那么新时期短篇小说就必须处理好形式创新与故事性叙事的关系，而中外小说家的成功探索无疑是新时期短篇小说艺术创新中得以传承的文学经

---

① ［法］米雷尔·卡勒－格鲁贝尔：《人们为什么不怕杜拉斯了？》，见玛格丽特·杜拉斯：《情人·乌发碧眼》，王道乾译，上海：上海译文出版社，1997年版，第189页。

② 王道乾：《情人·乌发碧眼·序言》，见玛格丽特·杜拉斯：《情人·乌发碧眼》，王道乾译，上海：上海译文出版社，1997年版，第3页。

③ ［美］亨利·詹姆斯：《小说的艺术》，朱雯等译，上海：上海译文出版社，2001年版，第24页。

验和文学传统。在这个意义上说，故事性叙事的形态无疑是新时期短篇小说发展中极其重要的艺术审美对象，而正是通过对故事叙事与形式创新的艺术处理，新时期短篇小说才在演变发展的进程中逐渐走向成熟。20 世纪 80 年代中后期以来，许多优秀的短篇小说都表现出故事叙事与形式创新的艺术整合，在这里，我们不妨列出一份短篇小说的篇目单：

《女人之约》(毕淑敏)、《问天》(乔典运)、《涅槃》(李国文)、《通腿儿》(赵德发)、《秀色》《逃跑》《风度》《1956 年的债务》(铁凝)、《我的农民父亲和母亲》《刀子》(冯积岐)、《哺乳期的女人》《地球上的王家庄》《睡觉》(毕飞宇)、《鞋》《红蓼》(刘庆邦)、《天下无贼》(赵本夫)、《厨房》(徐坤)、《为兄弟国瑞善后》(尤凤伟)、《西瓜船》《人民的鱼》《香草营》《堂兄弟》(苏童)、《我讲最后一个故事》(裘山山)、《饺子馆》(贾平凹)、《白水青菜》《永远的谢秋娘》(潘向黎)、《名角泡澡》(聂鑫森)、《父亲的海》(张炜)、《发廊情话》(王安忆)、《城乡简史》《接头地点》(范小青)、《清水洗尘》《河柳图》《一坛猪油》(迟子建)、《离歌》(鲁敏)、《天河洗浴》(孙惠芬)、《婚宴》《上边》(王祥夫)、《吉祥如意》《大年》(郭文斌)、《大漠人家》(红柯)、《彼此》(金仁顺)、《血红血黑》(石钟山)、《塞纳河不结冰》(笛安)、《水晶男孩》《垂老别》《我希望我是美丽的》(张惠雯)、《朋友》(余华)、《两位富阳姑娘》(麦家)、《解决》(乔叶)、《马口鱼》(张万新)、《亮了一下》(戴来)、《成人礼》(温亚军)、《颜色》《清水里的刀子》《低保》(石舒清)、《乡村、穷亲戚和爱情》(魏微)、《青牛》(李约热)、《手术》《白草地》(盛可以)、《披肩》(杨怡芬)、《一点红》(蒋韵)、《明惠的圣诞》(邵丽)、《今夜无人入眠》(斯继东)、《一九八七》《这些年我一直在路上》(徐则臣)、《我们的隐私》(晓苏)、《三个清洁工》(何玉茹)、《逃脱术》(施伟)、《纯生活》(冉正万)、《花好月圆》(付秀莹)、《营门望》(王棵)、《香炉山》(叶弥)、《月亮也是亮》(周建新)、《孪生中提琴》(莫怀戚)……

我们可以继续开列下去，这是一份没有终止的篇目单。在这些优秀短篇小说中，基本上都有一个“故事”，往往采取的都是故事性的叙事结构。在这里，故事性结构的呈示也表现了对传统审美价值的一种传承。当然，中长篇小说也对故事性结构方式的传统审美立场进行了继承，但这与短篇小说的传承具有一定的差异性。中长篇小说的篇幅容量无疑为故事性结构提供了较为宽阔的表现平台，因此为传统审美价值的内涵也置放了更多的展现空间。而短篇小说则不同，它更像一个实验的方寸平台，传统的审美价值在实验中往往更容易受到新的价值观念的冲击，这也是短篇小说在叙事结构转型与创新中的表现特征之一。

二、新的审美观念的发生

新时期短篇小说对故事性叙事结构的进一步探索和发展，又呈示为新的审美观念的发生，这也正是新时期短篇小说艺术创新的重要显现形态和表现方式。早在新时期之初，短篇小说的“故事性”叙事就开始了新的变革，而新的审美观念也悄然萌生。对人的关注，对人的精神的考察和发掘成为文学转型的思想起点，而这种转型表现在小说文本中往往与叙事结构的更新密切相关。从新时期小说结构的衍变来考察，新时期之初的一些小说通过叙事结构的变换，特别是通过叙事空间的延展来表现对人的精神的关注，使叙事结构的转型成为新时期短篇小说新的审美观念的重要内容。

在这个意义上说，何士光的《乡场上》是一个不可忽视的文本，它出现的年代及其所展示的叙事结构与小说审美观念的关系，理应使之成为新时期短篇小说萌生新的审美观念的一个重要图标。

《乡场上》的篇幅仅六千多字，发表在1980年第8期的《人民文学》上，并获该年度全国优秀短篇小说奖，使何士光一举成名。在当时的文学语境中，这个短篇所产生的社会影响更多还是来自于对当时农村新经济政策的文学表达，来自于新政策对人“改变”的时代书写。今天看来，它的意义远远不止这些。小说叙述了发生在梨花屯乡场上的一个小事件——老实巴交的冯幺爸为一件日常的小纠纷做证。在整个事件中，冯幺爸这个“出了名的醉鬼，一个破产了的、顶没有价值的庄稼人”是主角，在支书曹富贵的主持下，为“任老大女人”家的孩子是否打了罗二娘的孩子做证。罗二娘的男人是“乡场上食品销售站的会计，是一个卖肉的”，在物质生活匮乏的岁月人们往往有求于他，因此罗二娘也俨然是一个“贵妇人”，骄横刁蛮，没有人敢得罪她。任老大的女人则瘦弱胆小，“苦命的女人嫁给一个教书的，在乡场上从来都做不起人”。在罗二娘的威逼和曹支书的暗示下，冯幺爸左右为难，闪烁其词。故事的叙述就是在这样的氛围中展开的。但对于这样一个小事件，小说显示了足够的叙事耐心，叙事节奏控制得非常自如，通过把叙事空间“荡开出去”的结构方式，延宕了叙事线索。譬如：

冯幺爸眨着眼，伸手搔着乱蓬蓬的头发，像平时那样嬉皮笑脸的，说：

"一条街上住着，吵哪样哟！"

人们哄的一声笑了。这时正逢早饭后的一刻空闲，小小的街子上已聚着差不多半条街的人，好比一粒石子就能惊动一个水塘，搅乱那些一动不动的倒影一样，乡场上的一点点事情，都会引起大家的关心。这一半是因为街太小，事情往往说不定和自己有牵连……

——何士光《乡场上》

往往在冯幺爸一句话之后，小说的叙事便如此转换一个空间，使得线性的叙事结构终止下来。这种"故事性"的叙事结构今天看来早已不足为奇，但对于十七年和新时期之初的小说而言显然是极为少见的。因此我们可以说，故事性叙事结构的转换是这篇短篇小说最为重要的叙事策略，而新的叙事结构变化无疑促生了新的审美意识，正如何士光在谈到这篇小说的创作时所说的："我也不打算编一个波澜起伏的故事，因为和芸芸众生日复一日的刻板的生活相比，那样的故事毕竟过于五光十色。从某种意义上说，能有一个五光十色的故事的人差不多是幸运的，更多的人却无此荣幸。在日常生活中每时每刻地大量发生着的，不过是些东零西碎的事情，但就是在这些既不是叱咤风云的，又不是缠绵悱恻的日常生活中，正浸透着大多数人们的真实痛苦和欢乐，其严峻揪心的程度，决不在英雄血、美人泪之下。另一方面呢，我结构故事的能力确实又很低，因此，我就只选了一个纽带，只要这个纽带能把我的一组人物串拢来，让我能从中陈述他们之间的本质的联系，我就不胜高兴了。于是我选中了冯幺爸为两个女人的纠纷做证。"①这是何士光 1981 年的观点，今天读来仍然让人深思，并

① 何士光：《感受·理解·表达——关于〈乡场上〉的写作》，《山花》，1981 年第 1 期。

感叹其当时对于小说叙事结构的审美立场。在他的观点中，不同于传统叙事结构的一种新的审美意识已经表露无遗：叙事从“零碎”的日常事件出发，故事不追求五光十色，情节不追求波澜壮阔，在简约的结构中呈示“大多数人们的真实痛苦和欢乐”。可以看出，何士光对小说叙事结构的变革努力已经成为其小说重要的审美旨趣。何士光短篇小说的叙事结构不同于王蒙的《春之声》等同时期短篇小说的结构形式，王蒙的短篇小说借鉴的是心理过程的意识流结构，而何士光短篇小说的叙事结构是在对故事性结构形式的转换中形成的。如果说，前文论及的《班主任》在新时期小说耗散叙事结构的转变中具有一定的启示意义，那么何士光的《乡场上》则较早彰显了新时期短篇小说对叙事结构审美价值的关注，并衍生出新的审美意识。因此，本文把这篇小说放在这里阐析，从叙事结构审美意识的生成形态考察新时期短篇小说的艺术创新的可能。

对于《乡场上》的重读和关注，我们很容易想到鲁迅的短篇小说《风波》。在我看来，两部短篇有诸多相似之处，甚至不能排除《乡场上》直接受到《风波》影响的可能。《风波》发表于1920年的《新青年》第8卷第1号，篇幅很短，不足五千字。“风波”发生在鲁镇“临河的土场上”，时间是在“晚饭的时候”；《乡场上》的故事地点是在“梨花屯的乡场上”，时间是“吃早饭的一段时间”。而且，两部短篇的叙事氛围也多有相似，二者都有重大的社会事件为背景，都是主要通过人物的对话来推进叙事的发展。《风波》的故事发生在溥仪复辟“坐龙庭”的时间前后，《乡场上》的故事发生在“新农村政策”实施之后。但是，应该注意的是，《风波》有一条较为清晰的故事线索：七斤从城里回到鲁镇说“皇帝坐了龙庭了”，引起了“土场上”人们的议论和骚动；接着还留着辫子的“遗老”赵七爷出场，以“没有辫子该当何罪”的口吻教训众人，更引起了人们的不安，七斤一家因七斤早先在城里被剪了辫子而感到大祸临头；而后七斤再次从城里回到鲁镇说“我想皇帝一定是不坐龙庭了”，“土场上”的这场风波才平息下来——

> 现在的七斤，是七斤嫂和村人又都早给他相当的尊敬，相当的待遇了。到夏天，他们仍旧在自家门口的土场上吃饭；大家见了，都笑嘻嘻地招呼。……
>
> ——鲁迅《风波》

这显然是一场风波平息下来的落幕式的叙述。而《乡场上》的叙事线索则没有如此清晰，它所呈现的更像一个共时的生活场景，表现出对叙事结构更多的关注，强化了结构新变的审美意识。而且，更值得注意的是，《风波》呈现了“窥一斑见全豹”的结构特征，即通过这个小“风波”来反映“复辟”的社会大问题，这与都德《最后一课》等短篇结构的审美观念是一致的。这一点在小说中体现得非常明显，譬如，“九斤老太”那句“一代不如一代”抱怨的话出现了八次，“皇帝坐了龙庭”也出现了七次。而《乡场上》的叙事结构却更多地指向对冯幺爸这个人物精神状态的表现，在这个意义上说，这篇小说关于叙事结构的审美观念发生了显著的变化。因此，《乡场上》所呈现的审美意识的变化不仅表现在对十七年短篇小说的一种突破，而且也具有了对现代经典短篇创作的某种突破的努力。

在我看来，《乡场上》结构转型中的审美意识对新时期小说创作的影响是深远的。如果说汪曾祺《受戒》的语言深刻启发和影响了20世纪80年代的先锋文学，那么，何士光短篇小说中这种审美意识的变化则给新写实小说带来了启示，从日常琐事出发、不追求波澜壮阔的情节、呈示人们真实痛苦的审美意识不也是新写实小说的叙写诉求吗？20世纪90年代以来，随着“故事”在小说叙事中的回归，关于故事性结构转型的审美意识也在不断地变化，一大批小说家如迟子建、铁凝、苏童、刘庆邦、毕飞宇、王安忆、范小青、鲁敏、魏微、郭文斌、张惠雯、朱文颖等都在创作中不同程度地呈现了新时期短篇小说审美意识的诸多变化特征。特别是迟子建和刘庆邦等作家更显示了“讲故事”的非凡能力，智慧地创作出许多“故事性”和“创新性”相结合、既有古典韵味又有现代气息的优秀短篇小说。

三、审美主体境界的提升

上文论及，新时期短篇小说在20世纪80年代以新笔记体小说的创作方式开启了抒情性结构的演进历程。这个进程一方面是对中国传统主观化抒情方式的继承，同时，又是在新的时代背景中对主观化抒情创作结构方式的一种探索。在继承与探索的递嬗过程中，主观化叙事的审美观念得以传承，更为重要的是，审美主体境界得到了很大程度的提升。这里所讨论的审美主体的境界，是指作家在创作过程中通过文学作品表达自己感受所达到的程度，或者是通过作品对自己心灵和精神状况的表现，在很大程度上是作家创造力的一种呈现状态。新时期短篇小说所呈现的主观化叙事在某种程度上推动了新时期作家主体境界的提升，为新时期文学的发展提供了一种内在的动力。

从中国文学的传统来看，主观化的叙事倾向由来已久，它所体现的文学审美特点也是明显的，正如有学者指出：“所谓主观化叙事，就是指作家较多地将主观情志介入叙事中，更多地从主观意愿出发组织材料、安排情节，让作家的情感、感受在作品中占有更大的空间，而较少考虑生活自身的特点与逻辑。中国传统文学的这种叙事方式也对当代小说产生了深刻的影响。……中国文学史上这种抒情文学过于强大对叙事文学的影响，具体地说主要是塑造了中国作家一种主观感应式的心理结构，或者说是一种诗性心理，这种心理结构有别于西方人那种认知型心理结构，即它不倾向于在对客观现实的描述和归纳中建立自己的认知体系，而更习惯于在主客观的感应和交合中谋求对世界的理解，这样物我不分，主体和客体随时随地地交融在一起就成了这种思维方式最典型的特征，因此在叙事文学中，中国作家的心理构成通常就不是开放的、多元的，而是单一的和偏于紧张的，它不是向现实的敞开，而更倾向于一种闭合。”[①]这种主观化叙事实际上形成了一种审美规范，同时审美主体的境界也在文学发展的历史长河里得到不断提升。新时期短篇小说所呈现的对主观化叙事方式的递传，凸显了进一步提升审美主体的姿态和努力，体现新时期短篇小说“体式创新”的新笔记体小说就是从创作主体心理的内视角出发，开始注重拓展主体感受和表达的审美空间，如汪曾祺的《故里三陈》、林斤澜的《矮凳桥小品》、阿城的《遍地风流》、李庆西的《人间笔记》、贾平凹的《商州初录》、何立伟的《小城无故事》等以不同于十七年小说的结构方式，彰显了作家力图表现自己心灵感受和精神存在的审美诉求。

如果说新笔记体小说仅是一个开始，那么20世纪90年代一些新生代小说家的私人化写作则把主观化叙事的创作推向了高潮，使新时期小说审美主体境界得到空前的提升。相对于十七年文学而言，新时期小说主观化叙事的结构方式从新笔记体小说开始走上探索发展之路，在20世纪80年代又与中国美学的转型相逢，使得小说家心灵和

---

① 张卫中：《新时期小说的流变与中国传统文化》，上海：学林出版社，2000年版，第234—235页。

精神的自由诉求在这种叙事结构中得到进一步的彰显。

20 世纪 80 年代以降，受西方后现代主义思潮的影响，生活与审美、生活与艺术相互渗透的趋向给美学带来了巨大的影响，继而美学完成了它自身的一次转型，标志着经典美学话语和理论形态的终结，使审美文化总体上转向对世俗化日常生活的关注。审美主体没有了精神价值的“深不可测”，从“不可承受之重”走向了“不可承受之轻”。追求感官快感和心理欲望，无须在精神家园中忍受理性的折磨，甚至成了文化审美的一种取向。在这种审美价值的转型中，似乎艺术都在转向一种大众化：“从 80 年代后期以来，大众文化……正在吞噬过去文化所确立的各种边界，它像能量巨大的‘黑洞’，把任何其他异质文化的能量都吸引过去，并改变着它们的形态。在这种条件下审美变成生活的一部分，而不再与生活保持绝对明晰的距离。”[①]正是在这种语境中，20 世纪 90 年代的小说创作凸显了对琐屑生活和私人经验的书写，进入到了一种自由的个性化写作时期。伴随着 20 世纪 90 年代社会转型而突起的新生代小说家的创作，无疑是此时最醒目和最具有代表意味的文学现象。邱华栋、何顿、林白、陈染等新生代作家迷恋着自己的私人空间，颠覆着传统的文化价值，表达着自己的生活方式和心理欲望，叙写着自己细腻的生命感觉；然而，透过文本表层的欲望书写，这些作家在时代转型的潮流中所呈现的个性追求，蕴藉着 20 世纪 90 年代小说创作的审美意象，构成了这一时期最为鲜亮的小说审美底蕴：“在今天这样一个日日新又日日新的社会大转型时期，再自恋的人，只要是认真地生活，认真地感受，在他的自恋性的文字里同样会折射出灵魂深处爆发的强烈欲望和痛苦冲突，这种游离了时

---

① 周宪：《世纪之交的文化景观》，上海：上海远东出版社，1998 年版，第 5 页。

代的主流文化制约、发自个人心灵深处的感觉，则往往是小说创作中最动人的因素。”①其中，短篇小说的表现尤其不俗，如陈染的《时光与牢笼》《空的窗》《巫女与她的梦中之门》、邱华栋的《红木偶快餐店》《新美人》、朱文的《穷人》、荆歌的《忧伤室内乐》、棉棉的《每个好孩子都有糖吃》、卫慧的《硬汉不跳舞》、潘向黎的《无梦相随》等，一大批短篇小说都以主观化叙事的方式言说着审美主体的个性化体验。我们从一些短篇小说叙事话语的片段中就能领略到作家的主体感受所达到的艺术境界——

> 我想，我将开始茫茫黑夜漫游了。那一天，我将仔仔细细把心灵一般破损的窗棂审视一番，敞开着离去，让那首痴情的《在这里等你》的歌永远重复地从我的窗子里流出，然后，我将走进没有边际的时间与空间的黑暗里。我会拾到许多光明的故事，用盲文写给我的同类。
>
> ——陈染《空的窗》

> 我们依旧是单身汉，我们喝扎啤，跳迪斯科，有时候也在高层公寓里隔着窗子俯瞰这座轮盘一样的城市，默默地想一点心事。我忘不了的只是檀曾经说过的一句像诗一样的话：“睡在哪里，都是睡在夜里。”而我们都将漂浮在黑暗中，成为城市梦境中一粒微尘而不被别人所察觉。
>
> ——邱华栋《新美人》

---

① 陈思和：《碎片中的世界和碎片中的历史》，见李复威编：《世纪之交文论》，北京：北京师范大学出版社，1999年版，第146页。

今夜的星空加重了它往日的诱惑，神秘得都不敢辨认。本不该如此的。

我对自己说大概那是因为天就要亮了，而我已经很久没有看见天就要亮时的星空了。

我又对自己说这些关于星空的或者别的什么深奥的问题，我曾经想得太多，早就想透了，没有什么可以再想的了。

——棉棉《每个好孩子都有糖吃》

如果没有这些优秀小说的出现，谈论审美主体境界的提升在我看来是不可想象的。这些小说家以自己的体验为线索去感应世界，以他们特有的才气和对文学独特的眷恋方式，敏锐、自由地表达着越来越纷繁的世界存在。可以说正是在这种创作的语境中，中国文学在20世纪90年代经历了一次重要的转型，在作家审美意识的层递中完成了文学世纪末的自律进程。新时期短篇小说依然以敏感、睿智的文体特质，在主观化叙事的结构方式中呈示了创作主体的精神表达，表现出文体叙事结构的探索与创新，完成了对审美主体境界的又一次提升，发展和丰富了新时期文学的审美观念。

第五章　艺术语言的先锋变革

文学是通过语言与世界建立联系的，新时期短篇小说对世界的独特表达也要求短篇文体采取相应的语言策略。新时期短篇小说是以一种创新性的变革方式来实现其语言策略的，从而在一定程度上更新了短篇小说的语言特征。试想，新时期中长篇小说的语言之间有多少明显的区别呢？那么，短篇小说与中长篇小说之间在语言方面是否给我们呈现出不同的阅读感受呢？新时期短篇小说的语言变革以及所展现的语言风格已经成为新时期短篇文体的区别性特征之一，并从语言的维度延展了短篇小说独特的艺术世界。新时期短篇小说的语言变革呈现出三种表现形态：其一，语言的技术性诉求；其二，语言的个体化彰显；其三，语言的能指化呈示。特别值得注意的是，新时期短篇小说的语言变革在当代文学的语言发展进程中具有“先锋性”的意义，正如李敬泽指出：“1977 年以来，中国文学经历了文学语言的重建和扩展，在此过程中，短篇小说一直具有先导性作用。”[①]这更为新时期

① 李敬泽：《1978—2008 中国优秀短篇小说·序》，北京：现代出版社，2009 年版，第 1 页。

短篇小说语言变革的创新性增添了辉煌的色彩。

第一节　语言的技术性诉求

小说的语言是叙述性的语言，从技术性诉求的层面来考察小说语言的变革，那么“经验”与“叙事”就成了两个重要的关键词。如果把“经验”与“叙事”放在一起来讨论，那么它们的区别性特征是明显的，“经验”具有故事的传递性，“叙事”则具有技术的构建性。评论家谢有顺就曾从这个区别的意义上探讨当下小说的创作现状：“这几乎成了中国当代小说的根本困境：一边是经验和欲望的展示，另一边是文学叙事的悄然隐匿——小说到今天，似乎到了重新辨析的地步。至少我们不能再简单地将经验的述说理解为小说本身，小说有着比这更为复杂的事务需要解决，如米兰·昆德拉所说，小说的精神是复杂的。确实，复杂的世界，需要一种复杂的形象和复杂的精神来诠释它，这是小说的基本使命，也是小说所要面对的艺术难度。假如小说不再表达复杂的世界，而只是像故事那样专注于单一、贫乏的经验，那么小说的存在就会变得可疑。”① 新时期短篇小说语言的根本性变革就是在从经验到叙事转变的路径上展开的，也正是从这里开始，新时期短篇小说开启了对语言叙事的技术性诉求。

一、“叙事”语言的变革

如果从“经验”和“叙事”的角度来考察，应该说，现代短篇语

---

① 谢有顺：《文学的路标——1985 年后中国小说的一种读法》，广州：广东人民出版社，2009 年版，第 4 页。

言是关注“经验”的，还没有十分凸显语言“叙事”的技术性特征。鲁迅在谈到他的创作动因时指出：

> ……不过我却又怀疑于自己的失望，因为我所见过的人们，事件，是有限得很的，这想头，就给了我提笔的力量。
>
> 绝望之为虚妄，正与希望相同。
>
> 既不是直接对于“文学革命”的热情，又为什么提笔呢？想起来，大半倒是为了热情者们的同感。这些战士，我想，虽在寂寞中，想头是不错的，也来喊几声助助威罢。首先，就是为此。自然，在这中间，也不免夹杂些将旧社会的病根暴露出来，催人留心，设法加以疗治的希望。①

汪晖从“经验”的角度对此进行了分析，他认为：“鲁迅的小说起源于对自己的绝望的怀疑，既感到自己对于历史过程的个人经验是有限的，因而在个人经验范围内的‘绝望’并不能证明整个世界的‘绝望’——对‘绝望’的反抗并不意味着肯定‘希望’，因为后者也在个人经验范围之外。”② 鲁迅在《呐喊·自序》中也阐明了“呐喊”与“经验”的关系：

> 我感到未尝经验的无聊，是自此以后的事。我当初是不知其所以然的；后来想，凡有一人的主张，得了赞和，是促其前进的，得了反对，是促其奋斗的，都有叫喊于生人中，而生人并无

---

① 鲁迅：《鲁迅全集》（第四卷），北京：人民文学出版社，1981 年版，第 455 页。

② 汪晖：《鲁迅小说的精神特征与“反抗绝望”的人生哲学》，见王晓明编：《二十世纪中国文学史论》（第一卷），上海：东方出版中心，1997 年版，第 428 页。

反应，既非赞同，也无反对，如置身毫无边际的荒原，无可措手的了，这是怎样的悲哀呵，我于是以我所感动者为寂寞。[①]

可见，鲁迅的小说首先关注的是经验的传递，而且注重“个人经验”与“他者经验”的对接，因此，他的小说语言也必须集中地指涉“经验”，而不可能更多地聚焦于“叙事”的技术层面，譬如：

四千年来时时吃人的地方，今天才明白，我也在其中混了多年；大哥正管着家务，妹子恰恰死了，他未必不和在饭菜里，暗暗给我们吃。

我未必无意之中，不吃了我妹子的几片肉，现在也轮到我自己，……

有了四千年吃人履历的我，当初虽然不知道，现在明白，难见真的人！

——鲁迅《狂人日记》

单四嫂子早睡着了，老拱们也走了，咸亨也关上门了。这时的鲁镇，便完全落在寂寞里。只有那暗夜为想变成明天，却仍在这寂寞里奔波；另有几条狗，也躲在暗地里呜呜地叫。

——鲁迅《明天》

鲁迅的小说语言显然具有呈示“经验”的特征，语言功能是在尽

---

① 鲁迅：《鲁迅全集》（第四卷），北京：人民文学出版社，1981年版，第417页。

力靠近对“经验”的认知。尽管类似《狂人日记》的小说不是在叙述一个故事，但小说语言时刻也在寻找个体对于社会和历史的“经验”意识，并不指向“叙事”的技术层面。就整体而言，新时期短篇小说采取的是与此不同的语言策略，表现出对“经验”的疏离，对“叙事”的亲近。

当然，我们这里并不是说新时期短篇小说的语言变革是对鲁迅等作家小说创作的超越，而是意在描述新时期短篇小说语言变革的方向和路径。正如王国维在《宋元戏曲史》开篇所说“凡一代有一代之文学”[①]，对于文学所要表达的“世界”而言，鲁迅的时代与新时期的世界图景已经有很大的不同；仅就我们讨论的“经验”而言，新时期的“经验”由于现代表达方式的多样性而表现为一种“简单”的特征：“在现代社会，口口相传别人经验的时候，其实个体可以言说的经验不仅没有变得丰富，反而变得贫乏了。这也是为何那些激进的写作者，写出来的小说面貌往往大致相仿的原因之一。经验的类同，正在瓦解小说家的创造力，因为经验正在遭遇根本的挑战……”[②]如果新时期短篇小说继续再来讲述这些“经验”的话，那么，它的功能和意义将不如新闻媒介，因此，新时期短篇小说果断地从经验走向叙事，而语言的变革自然首当其冲，开始关注和追求叙事的技术性品格。再者，诸如鲁迅等现代文学大师对“经验”的文学表达具有了时代的创造性，这也是新时期短篇小说创作很难超越的。鲁迅的短篇小说集《呐喊》、茅盾的《春蚕》《秋收》《残冬》《林家铺子》、郁达夫的《沉沦》、许地山的《缀网劳蛛》、张爱玲的《金锁记》、老舍

① 王国维：《宋元戏曲史·自序》，见《王国维文集》，北京：北京燕山出版社，1997 年版，第 1 页。
② 谢有顺：《文学的路标——1985 年后中国小说的一种读法》，广州：广东人民出版社，2009 年版，第 4 页。

的《断魂枪》、叶圣陶的《潘先生在难中》《古代英雄的石像》等经典短篇，都在那个特定的文学语境里呈现了时代的精神印记，并以经典的形式表现了短篇小说的时代品格，即使以“好看的故事”来传递“经验”，这种“经验”也具有时代的深刻性和犀利感，小说语言依然具有生机勃勃的活力。因此，新时期短篇小说在新的时代背景中如果不求变是很难有所突破的。正是在这种文学发展的背景中，新时期短篇小说以语言变革寻求突围的路径，开启了新时期短篇文体语言建设的探索之路。当然，这个探索是一个渐进的过程。毋庸置疑，鲁迅、茅盾、沈从文、巴金、老舍、张爱玲等现代文学作家至今仍然影响着新时期的作家，影响着新时期短篇小说的创作，这也正体现了新时期短篇小说的语言变革是一种承接和创新的发展过程。

二、语言的技术性革命

从一定意义上来说，新时期小说语言的真正变革始于先锋小说。在先锋小说的创作中，马原可以称为先行者，正如有评论家所说：“在 80 年代中国文学的‘文学性’焦虑中，马原是应声而出的标志性人物。时至今日，对于马原还有各种各样的争论，他的实际的文学成就和文学贡献也有待学界客观而认真地考量。但是，可以毫不夸张地说，至少在现象学层面上马原是一个独领风骚的人物，他在 1985、1986 年度的异军突起无疑是中国新时期文学最具‘革命性’的事件。马原作为一座丰碑，他宣言先锋小说真正面世的话语价值无人能替代。实际上，马原正是先锋小说的扛大旗者，一大批先锋作家都是在他挥动的旗帜指引下聚集起来投奔先锋文学事业的。这也是如今的马原有资本仅靠‘回忆’其在新时期文学中的‘光荣历史’就能赢得人们尊重的原因。”[1]在这场变革的浪潮中，马原先行的文体就是短篇小说。李敬泽曾这样评价马原的短篇小说《叠纸鹞的三种方法》：“支配着‘五四’以来文学语言的一些基本价值，比如诗意，比如比喻，比如事物向意义的升华，比如一种直接的和权威的声音的自洽、连贯和圆满，被马原打破了。现在开始的是干燥的语言，似乎它的唯一志向仅仅是捕捉事物。这也是一种不再有强大主体统治的语言：它的规则不是自洽，而是内乱，是断裂、对比和冲突。小说的根本假定改变了，现在是1985年，新潮已至，革命正在发生。当然，这其实还是升华，但是博尔赫斯的升华。坩埚仍在，坩埚换了。”[2]李敬泽敏感地指出“干燥的语言”是马原小说最为突出的艺术特征，可以说抓住了马原小说最为根本的革新策略。我们来看这篇小说的一段文字：

> 我就是在这里认识了名闻遐迩的猫眼儿宝石。我在第二个拐角处的地摊上，买了一块质感相当好的翠绿色松耳石。它有大颗带壳的双粒花生那么大，重量五十二克。我不懂宝石成色，只凭造型和色彩可意，我决定买它了。他开始要价六十元，我以三十还价。他在这个位置上经年不变，他的年龄无从揣度，说三十五岁或七十岁都可以。我偶尔来八角街一趟，想必彼此早就眼熟。我从脸型上断定他是南亚人种，尼泊尔？也许是印度或者是巴基斯坦。他的汉话还算清楚明白，我们以三十八元拍板，这是去年八月十二的事，我的台历上有清楚记载。
>
> ——马原《叠纸鹞的三种方法》

---

① 吴义勤：《再谈“先锋小说”的发生学意义》，见 http://book.sina.com.cn/news/c/2008-12-25/1624249848.shtml。

② 李敬泽：《1978—2008 中国优秀短篇小说》，北京：现代出版社，2009年，第68页。

这段文字是在叙述故事的一个部分吗？好像是，似乎在描述一个细节，在表述整个事件中的一种“经验”；但好像又不是，语言绕来绕去，扑朔迷离，这正是马原小说的语言魔力。不难察觉到，马原的语言好像在寻找着什么，疏离“经验”言说，意在叩开“叙事”的技术之门。其实，马原在1984年发表的《拉萨河女神》就清楚表现了其语言的革新姿态。这篇小说也被一些评论家视为先锋小说的开端：“马原其实并不是从1985年前后才开始文学创作的，在此之前他有着不短的写作历史。但马原之于中国文学的意义却是从1985年前后开始的。1984年底他的《拉萨河女神》发表，1985年初他随即又发表了他的代表作《冈底斯的诱惑》。从这两部作品开始，马原式的形式感、叙事方式、语言形式在中国当代小说界变得光彩夺目。马原以他的小说提醒人们重新审视‘小说’概念，他试图模糊小说形式和内容间的区别，并告诉我们小说的关键之处不在于它是‘写什么’的而在于它是‘怎么写’的。他把如何叙述提到了小说本体的高度，叙述的重要性得到了明确的确认。在《拉萨河女神》中马原表现出了对于叙事的绝对关注，语言也变成了纯粹操作性的叙事语言。”[①]这里我们截取一段文字来观照《拉萨河女神》的语言的特征——

> 8、9、10突然有了默契，在细沙的人体印痕基础上迅速堆起沙梁。腿部给拉长了，没有脚，胳膊也作同样处理，躯干部分加厚，干沙堆砌变得困难了。11抄起塑料桶提来满桶河水加入雕塑者行列。9是总体指挥，又是细部处理的行家。脚和躯干的

① 吴义勤：《再谈“先锋小说”的发生学意义》，见 http://book.sina.com.cn/news/c/2008-12-25/1624249848.shtml。

连接部位、脖子和头和躯干的过渡都是9完成的。这些工作都是用水浸润过的细沙做材料，又经过蘸水抹光。

——马原《拉萨河女神》

很多读者阅读这段文字的时候，很容易把它看成细节的描写，而且视为逼真、细腻的细节刻画，这也正是马原“叙事”的语言圈套。《拉萨河女神》中出现十几个人物，“依照年龄顺序分别称他们为阿拉伯数字1、2、3、4以至13”，他们某一天到拉萨河畔聚餐、游泳。如果有读者想找到来龙去脉的故事性的经验叙述，肯定会失望的，其实这正是因为有语言从中作祟。正像这段文字，貌似专注细节场景的雕刻，其实这个细节对于整篇小说而言根本就没有“故事性”讲述和“经验”传递的任何意义，它只是自足地、孤零零地存在于那里。而且，只要我们细心地体味这些语言，就能看出它狡猾的端倪。几个人有了默契，开始堆沙堆，身体的各个部位如腿、脚、胳膊等如何布局，沙子又是如何被处理，等等，此时，我们要问：这些语言意欲何在？告诉我们几个人在玩堆沙堆？这种理解显然都不能让我们自己满意。因为，虽然作者好像不知疲倦地说来说去，整篇小说却自始至终都没有告诉我们一个完整的事件，没有呈现一种“经验”的诉说。其实，小说只是把事件作为一个幌子，真正的目的是进行语言的操作，去掉那些事件的碎片，确实只剩下“干燥的语言”。美国当代作家托尼·莫里森曾是1993年诺贝尔文学奖得主，他认为小说的叙述必须回到语言自身：“有些事情我不返回我的语言无法表达。”[①] 马原在这

① [美] 托尼·莫里森：《语言不能流汗》，见宋兆森编：《诺贝尔文学奖获奖作家访谈录》，杭州：浙江文艺出版社，2000年版，第335页。

篇小说中彰显的正是这种语言在小说中的根本性地位，这也是他在小说中从“经验”到“叙事”的根本动因和目的。在我看来，这篇小说所呈现的叙事语言的变革意义远远超过随后出现的《虚构》《冈底斯的诱惑》等中篇小说。值得注意的是，马原的这类“干燥的语言”只有放在短篇小说的方寸世界里才具有了技术性的诉求品格，在中长篇较大的空间里这种技术性诉求就会变得比较微弱，所以，即使在中篇小说那里，马原也必须端起“写小说的架子”进行叙述，于是才有了《虚构》中这句经典的“语录”：“我就是那个叫马原的汉人，我写小说。”从这个意义上来说，马原文学形式革新的源头在于短篇小说，在于从“经验”到“叙事”的语言转变，在于其小说语言的技术性追求，这也正是马原短篇小说的“先锋性”所在，也是新时期短篇小说语言变革的“先锋性”所在。

三、语言变革的“先锋性”

包括马原短篇小说在内的先锋小说的语言转变是新时期文学语言演变的高峰期，其实这种变革的内在律动要回溯到汪曾祺小说的语言特征，并回到他 1980 年前后的短篇小说。变革的时间性无疑是“先锋”指称的重要标志之一，这更增添我们对于新时期短篇小说语言变革“先锋性”评判的依据和信心。

新时期初期汪曾祺小说的语言变化，成为短篇小说语言变革“先锋性”的重要表现形态。我们很难把汪曾祺归于新时期的哪一个思潮流派，他是独立的又是经典的，他不涉足中长篇，以短篇小说创作的探索特别是以短篇小说的语言革新获得了经典的认可。许志英、丁帆在《中国新时期小说主潮》中认为：“不能忽视汪曾祺是一个先行者。汪曾祺并不入潮，但却引导了一个潮流。”[①]这确是一个很有见地的评判。汪曾祺的“先行”意义在哪里？人们首先想到的是他小说的“散文体”：“他继承的是40年代‘京派作家’的那种质疑‘戏剧化小说’，提倡‘散文化小说’的努力。在‘散文化’随意轻便的叙述中，让情致、寄托也自然地融贯其间。”[②]当然，人们也会想到其独特的语言特点：“汪曾祺是特别具有语言意识的小说家。在语言上有极为自觉的追求，而他的文学成就也首先体现在语言上。”[③]李敬泽就从语言的角度对其《受戒》进行了深入的探讨：

> 《受戒》自身近于完美，这篇小说之永被铭记主要因为它竟写于1980年，在断裂与遗忘之后，汪曾祺续接了中国文人笔记的传统和中国现代文学的浪漫主义传统。
>
> 如此清风明月的语言在当时却近乎惊雷。它使中国作家警觉到在“历史”、“社会”这些范畴之外的人间风致。它把作家和读者的眼光引向语言自身：语言不是工具，不是一面透明的玻璃，它自身就生成现实。
>
> ——这一点深刻地启发和影响了20世纪80年代的先锋文学，虽然未必是汪曾祺的本意，但语言的自觉，大概是从《受戒》开始。[④]

我认为，李敬泽这种评判的重要性在于真正回到了汪曾祺小说语

---

① 许志英、丁帆：《中国新时期小说主潮》（上卷），北京：人民文学出版社，2002年版，第316页。
② 洪子诚：《中国当代文学史》，北京：北京大学出版社，2007年版，第288页。
③ 董健、丁帆、王彬彬：《中国当代文学史新稿》，北京：人民文学出版社，2005年版，第448页。
④ 李敬泽：《1978—2008中国优秀短篇小说》，北京：现代出版社，2009年版，第47—48页。

言的自身，从语言变革深层影响的角度将汪曾祺短篇小说的意义与先锋文学连接起来，从而在“叙事”技术的层面把汪曾祺的语言分析与惯常“语言特色”的探讨区别开来。其实，这种分析也更能契合汪曾祺对小说语言的认知：“语言不只是技巧，不只是形式，小说的语言不是纯粹外部的东西，语言和内容是同时存在的，不可剥离的。”[①]实际上，汪曾祺就是把语言作为小说的本体来看待的：“我以为语言具有内容性。语言是小说的本体，不是外部的，不只是形式……”[②]

《受戒》是有故事的，写明海与小英子的故事，但写得很“散”，多为日常琐事。那么，我们如何认识其语言的创新意义呢？《受戒》的语言变革还没有像先锋文学那样极端，而是以“语言非工具”的意识震动了当时的文坛。在小说中，我们能感受到语言不只是为了“故事”的叙述，并不仅仅关注以“经验”传递为核心的事件述说，它只是把自己的一部分功能分配给了“故事”。我们来看小说的开端——

> 明海出家已经四年了。
>
> 他是十三岁来的。
>
> 这个地方有点怪，叫庵赵庄。赵，是因为庄上大都姓赵。叫作庄，可是人家住得很分散，这里两三家，那里两三家。一出门，远远可以看到，走起来得走一会，因为没有大路，都是弯弯曲曲的田埂。庵，是因为有一个庵。庵叫菩提庵，可是人家叫讹了，叫成荸荠庵。连庵里的和尚也这样叫。“宝刹何处？”——“荸荠庵。”庵本来是尼姑住的。“和尚庙”、“尼姑庵”嘛。可是荸荠庵

---

① 汪曾祺：《关于小说语言》，见王钟陵编：《二十世纪中国文学史文论精华》（小说卷），石家庄：河北教育出版社，2000年版，第459页。

② 汪曾祺：《汪曾祺全集》（第四卷），北京：北京师范大学出版社，1998年版，第292页。

住的是和尚。也许因为荸荠庵不大，大者为庙，小者为庵。

——汪曾祺《受戒》

开篇一句“明海出家已经四年了”注定了这篇小说的与众不同。这种语言在当时的文学语境里已显得格外醒目，已赋予了传统“内容”之外的更多意义，具有了语言技术性诉求的一种张力，正如《百年孤独》的开始一样——

多年以后，面对行刑队，奥雷里亚诺·布恩迪亚上校将会回想起父亲带他去见识冰块的那个遥远的下午。那时的马孔多是一个二十户人家的村落，泥巴和芦苇盖成的屋子沿河岸排开，湍急的河水清澈见底，河床里卵石洁白光滑宛如史前巨蛋。世界新生伊始，许多事物还没有名字，提到的时候尚需用手指指点点。[①]

——加西亚·马尔克斯《百年孤独》

我们还必须记得，《受戒》这篇小说发表于 1980 年，这才是我们在这里如此关注它的缘由所在。马原的《拉萨河女神》发表于 1984 年，而先锋作家孙甘露的被称为语言实验最极端的中篇小说《信使之函》则到 1987 年才出现。仅从出现的时间前后而言，新时期短篇小说在语言的革新已经具备“先锋性”的品格了。

不仅如此，新时期短篇小说语言革新的先锋性还表现在其先锋姿态的“持续性”方面，即中长篇小说的叙事探索随着先锋浪潮一起退

---

① ［哥伦比亚］加西亚·马尔克斯：《百年孤独》，范晔译，海口：南海出版公司，2011 年版，第 1 页。

潮的时候，短篇小说依然在前行。谢有顺曾以“叙事革命停顿”来评估当下的小说尤其是长篇小说的创作：“2008年10月27日，第七届茅盾文学奖揭晓，贾平凹的《秦腔》位列获奖作品榜首。我发现在评审讨论过程中，关于《秦腔》的争议，还是像它刚出版时一样，多集中在故事好看不好看这个问题上。……经过多年探索所形成的写作难度的共识，开始被文学界悄悄地遗忘。更多的人，只是躺在现成的叙事成果里享受别人的探索所留下的碎片，或者回到传统的叙事道路上来，故事在重新获得小说的核心地位的同时，叙事革命也面临着停顿。这种停顿，表明艺术惰性在生长，写作和阅读耐心在日渐丧失。讲述一个有趣而好看的故事，成了多数作家潜在的写作愿望——今天的小说家几乎都成了故事的奴隶。我在想，文学一旦丧失了语言冒险的乐趣，只单纯地去满足读者对趣味的追逐，它还是真正的文学吗？说到底，文学的独特价值，许多时候，正是体现在语言的冒险上——语言的冒险，叙事的探索，往往能开辟出回归文学自性的道路。……短篇小说则更多地保留着叙事艺术的痕迹……”① 在阅读的感受中，我们不难发现短篇小说不仅是“保留着叙事艺术的痕迹”，其实在语言探索方面还一直保持着它叙事革命的“先锋性”姿态，我们从余华、苏童、残雪、陈染、林白、毕飞宇等作家近年来的短篇小说里感受最深的依然是他们对语言探索的努力。

从根本上说，新时期短篇小说的语言变革是对汉语表现的可能性和丰富性的诉求，实际上短篇文体做到了，而且在很大程度上引导了新时期文学语言的整体演进。汪曾祺的《受戒》《大淖记事》、马原的

① 谢有顺：《文学的路标——1985年后中国小说的一种读法》，广州：广东人民出版社，2009年版，第1—3页。

《拉萨河女神》《叠纸鹞的三种方法》《错误》、余华的《十八岁出门远行》《鲜血梅花》、格非的《青黄》、孙甘露的《我是少年酒坛子》、林白的《随风闪烁》、陈染的《空的窗》、徐坤的《厨房》、荆歌的《忧伤室内乐》、罗望子的《老相好》、棉棉的《每个好孩子都有糖吃》、裘山山的《我讲最后一个故事》、贾平凹的《饺子馆》、王安忆的《发廊情话》、苏童的《桥上的疯妈妈》、鲁敏的《铁血信鸽》等，短篇小说如此一路走来，以语言变革的形式标明了新时期短篇小说最大可能地摆脱了语言“工具”性的局囿，在很大程度上彰显了语言的技术性诉求。

第二节　语言的个体化彰显

新时期小说语言的个体化转变是语言变革的重要形态之一。文学语言的个体化品格形成的原因是比较复杂的，涉及社会、文化等诸多因素的制约，我们这里只是从文体的角度考察新时期短篇小说的语言变革在这一进程中的影响和作用。从文学发生的历史语境出发，我们的考察必须从新时期之初的短篇小说开始，从尚在“共名”之中文学创作的语境里开始梳理新时期个体化语言变化的开端。

一、个体化语言意识的觉醒

对于新时期初期的短篇小说，诸如“伤痕小说”“反思小说”“改革小说”等，我认为应该在这种“共名”的创作语境中以反思的方式重温那个时代遥远的文学记忆，去发现在那个政治主题叙写的时代中“散落”的文学魅力。对于小说语言的探讨也应如此，这或许是我们以文学的名义重读那些文本的一种意义所在，正如批评家董之林所说："在任何一种历史叙事的权利结构中，历史的真实性都可能首先被它的时代所曲解，也可能被后来形成的叙述所遮蔽，历史叙述所要做的不仅是编纂过程中史料的发掘和整理工作，还必须关注将这些史料串联起来的叙述过程，发现其中被一定话语和知识结构忽略或遮蔽的那些也应该被称为历史的东西。"[①] 更为重要的是，新时期文学转型的最初形迹或许就呈现在这些"不起眼"的文本中。新时期小说语言的个体化转型在很大程度上就表现在新时期初期短篇小说的语言特征上。

我们首先来看十七年短篇小说所呈示的"公共"特征的语言形态。十七年短篇小说与当时的其他文体一样，以"公共"语言的方式呈现作家感知的社会图像。当小说的形式与启蒙、救亡的政治抱负相结合，现代文学中的小说创作便与宏大的历史叙事结下不解之缘；同样，1949 年新中国成立，当小说与巨大的政治变化相结合，十七年的小说创作便与政治意识形态亲密无间。而在这种文学与政治的特殊关系中，小说语言的主体是集体和国家，语言个体化的主体地位是主动或被动地放弃的，"公共"特征的语言形态在当时成为任何一种文学样式毋庸置疑的、唯一的选择，短篇小说当然不可能超越这种文学语境。十七年短篇小说以"公共"语言述说政治意识形态中的社会生活，或在主流价值观念中言说战争年代的记忆。我们这里可以回顾一下十七年中有影响的短篇小说：萧也牧的《我们夫妇之间》（1950）、朱定的《关连长》（1950）、赵树理的《登记》（1950）、魏金枝的《越早越好》（1953）、李準的《不能走那条路》（1953）、路翎的《初雪》《洼地上的"战役"》（1954）、王愿坚的《党费》（1954）、刘真的《我

---

① 董之林：《旧梦新知："十七年"小说论稿》，桂林：广西师范大学出版社，2004 年版，第 5 页。

和小荣》(1955)、峻青的《党员登记表》(1955)、刘宾雁的《在桥梁工地上》(1956)、王蒙的《组织部来了个年轻人》(1956)、邓友梅的《在悬崖上》(1956)、刘绍棠的《田野落霞》(1957)、宗璞的《红豆》(1957)、赵树理的《"锻炼锻炼"》(1958)、茹志鹃的《百合花》(1958)、王汶石的《新结识的伙伴》(1958)、马烽的《我的第一个上级》(1959)、李準的《李双双小传》(1960)、巴金的《无畏战士李大海》(1961)、西戎的《赖大嫂》(1962)、方之的《出山》(1962)、张庆田的《"老坚决"外传》(1962)……从这些小说我们不难看出，小说的语言显然不是个体化的，呈现出"公共化"的语言特征。从整体上来看，新时期初期的头几年，小说的叙述语言与十七年甚至"文革"时期的小说并没有太大的区别。1980年左右，中篇小说随着大型文学刊物的出现开始崛起，一批有影响的作品开始冒出文坛，如谌容的《人到中年》、叶蔚林的《在没有航标的河流上》、张一弓的《犯人李铜钟的故事》、王蒙的《蝴蝶》、刘绍棠的《蒲柳人家》等。因此，1977—1980年是新时期短篇小说初期的一个不可忽视的重要阶段，应该以反思的视角更多地探讨这个时期的短篇小说留给我们的文学思考。正是从这里出发，我们在这个时期的一些短篇创作中发现了小说语言个体化转变的开端。

新时期之初的短篇小说创作在"伤痕""反思"的"共名"潮流中迸发和前行，然而，潜隐在"共名"之中的个体化语言的特征是不应该被忽略的。具体来说，这种个体化语言最初表现的三种形态是值得重视的。

其一，淡化政治气息的个体化语言。1977年的《人民文学》尚弥漫着浓浓的政治气息，连封底也是类似"学大寨""翻身农奴热爱华主席"的版画作品。从文学期刊的这一角，我们也能感知当时文学生存的特殊环境。《班主任》发表在该年《人民文学》的第11期，成为新时期文学的发端之作。迎合时代氛围，凸显主流意识是文学作品的主要诉求。而在这种文学背景中，有些小说的语言却有意或无意地淡化了政治气息，或多或少地呈现出向“文学性”靠近的某些特征。比如，与《班主任》同一期发表在《人民文学》上的贾平凹的《春女》就是这样一篇短篇小说。小说篇幅很短，叙述了一个十岁的女孩子春女照顾老人生活的故事。村里的石牛爷爷不顾自己一把年纪，想为村里多做点事，主动到工地去干活。春女知道后，为了能让石牛爷爷从工地回来就能吃上热乎乎的饭菜，天天放学后到石牛爷爷家做饭，主动照顾石牛爷爷的日常生活。小说的叙事手法尽管尚显稚嫩，但小说语言清新自然，语言叙事没有政治图解的浓重印痕，从而大大消淡了浓厚的政治气息，更多叙写了纯洁的人情之美、关爱之美，这像一缕春风轻轻吹拂在当时的小说创作中。

其二，主体开始自觉的个体化语言。当然，新时期之初小说的主题多为突出意识形态话语，这也是创作主体的主观意图。但小说一旦诞生，就不仅仅属于它产生的时代，也不仅仅属于它的作者，它的价值和意义应该在历史的长河中经过读者重新阅读而得到不断的阐释。在意识形态话语的主题之中，新时期短篇小说依然潜隐着诸如人性关爱之类的文学主题。正是在这个意义上说，赵践的《理发师的手艺》（《人民文学》1978年第5期）就是一篇值得重读和回味的短篇小说。故事是放在批斗“走资派”的政治斗争背景中展开的。老市委书记沈辰前去理发室理发，一位有些口吃的老理发师接待了他。在理发的过程中，老理发师知道了老书记明天要去“被批”，在没有征求老书记同意的情况下，自己做主把老书记理成了光头。老书记很生气，老理发师反复作了解释：

> “这样，他们就揪不住你的头发，坐不成你的‘飞机’了！”老理发师用五个指头在沈辰前的光头上抓拉着，“瞧，揪不住了，揪不住了！”他反复地说……
>
> ——赵践《理发师的手艺》

这篇小说可以用“干部遭受迫害”“人民对干部的感情”等主题话语来阐析，但正是小说个体化的语言特征提醒我们还可以有另外不同的解读。我们完全可以淡化这篇小说的政治气息，甚至进一步淡化作者当时的创作意图来建构作品的文学意义。这样，我们看到的是两位老人之间的故事，职业不同，身份不同，在一个特定的时刻相遇，其中的一位老人用理发的手艺在极短的时间内完成了自己的情感表达，这种感情是人与人之间弥足珍贵的怜悯和关爱之情。小说结构精巧，充满人道主义情怀；而且通过精短的叙事，我们依稀可见那个特殊时代的风云诡谲，这在很大程度上体现了意识形态语境中个体化语言主体的自觉。或许只有这样的重读和阐释方式，我们在寻找“文学性”的时候，才不会遗失作品的“文学性”，才会注意到这种主体开始自觉的个体化语言形态。

其三，集体意识中的个体化语言。我们知道，伤痕文学、反思文学采用的是一种控诉话语，它们在文学史上的意义更多是提供了文学思潮的鲜明标志，而这种标志也更多地源自小说题材所造成的社会影响。因此，新时期之初的小说创作更多是集体意识之下的“共名”书写，具有明显的集体话语特征，譬如刘心武的《班主任》、卢新华的《伤痕》、王亚平的《神圣的使命》、宗璞的《弦上的梦》、孔捷生的《姻缘》、张弦的《记忆》、陈国凯的《我该怎么办》等。在“控诉”“伤害”“委屈”成为文学主题关键词的时期，张承志的《骑手为什么歌唱母亲》却选择了“歌唱”的主题，写了一个母亲，写了让骑手充满信念的母爱。或许，这篇小说获奖的一个重要原因是选取了“人民”主题，正如小说结尾写道：“在‘额吉——母亲’这个普通的单词中，含有那么动人的、深邃的意义。母亲——人民，这是我们生命中的永恒主题。”但我们感到这里的“人民”更多是抒情式的修辞意义，由于小说中成功的“额吉”形象，小说叙事的诉求并没有指向“人民”的集体概念，从而有效突出了个体的声音，正如李敬泽认为的那样：“它的主题是‘我’与‘我的人民’。但‘人民’不再是一个先验范畴，它是个人，是一个‘我’在经验中、在思想和情感中体认和选择的结果。”①

当然，这个时期小说的个体化语言形态还带有起步时的稚嫩特征，与新时期后来的小说语言相比显然具有较大的局限性，文学所承担的非文学功能也让这一时期的小说语言打上了深深的时代印记，但这或许是文学发展前行的一种代价，正如董之林在重读张抗抗的短篇小说《爱的权利》时所说：“在中国这片土地上，任何时候知识理性都不会显得太多，而只会因其太少，从而造成我们历史上贫穷与保守、愚昧与专制肆虐横行。但是文学作品毕竟不是理论的‘传声筒’，纵然这种理论再好，也代替不了文学对复杂人生的提取和展示。尽管如此，当我们为《爱的权利》在艺术上留下概念化痕迹感到遗憾时，或许还应该考虑到，它不仅向后人揭示了‘文革’留下的精神伤痛，而且也展示出特定时代的文学氛围，包括在当时社会‘拨乱反正’的历史背景下，它不得不付出的‘思想大于

---

① 李敬泽：《中国新文学大系 1976—2000·短篇小说卷一》，上海：上海文艺出版社，2009 年版，第 2 页。

形象'的艺术代价。"[①]在这种重读的过程中，新时期之初的短篇小说依然能给我们显现出"共名"创作之外的某些个性化品格，呈现出语言个体化转型中的最初形态，表现了个体化语言意识觉醒的一些特征，这在当时文学生成的语境中是弥足珍贵的。

二、个体化语言转型的开端

其实，新时期个体化语言的真正开端仍在新时期初期的短篇创作中，只不过这种早期的转捩点被随后的文学思潮淹没了。从公共语言向个体化语言转型的过程中，张贤亮的《灵与肉》就是一篇不容忽视的短篇小说，它与汪曾祺的《受戒》、王蒙的《春之声》等小说一起构成了新时期短篇小说个体化语言转型的开端，但《灵与肉》这方面的意义被大大遮蔽了，因此本文在这里将重点探讨这篇小说的语言特征。

《灵与肉》发表于《朔方》1980年第9期，篇幅在两万字以上，现在有人把它看作中篇小说，但从结构上看，它仍是短篇小说的架构，只是描写的部分稍稍拉长了篇幅，这与方之《内奸》较为复杂的情节有着明显的不同。也是在这一年，王蒙发表了《春之声》，汪曾祺发表了《受戒》。《春之声》因"意识流"的新颖形式，《受戒》因其语言和风格的鲜明特色，多被评论界提起，与《灵与肉》相比显然受到了更多的重视。《灵与肉》获得当年优秀短篇小说奖，对它的评论多从"伤痕小说"的角度进行考察。目前，人们对它的解读往往是从以下几个视角展开的：一是苦难的回忆和历史的控诉；二是新的时

① 董之林：《苦难塑造的悲剧性格——读〈爱的权利〉随想》，见王蒙编：《全国小说获奖落选代表作及批评》（短篇卷上），长沙：湖南文艺出版社，1995年版，第302页。

代对个体灵魂的改造，隐喻社会历史的新开始；三是对“旧家庭”的决裂，对“新生活”的拥抱；四是特殊年代的爱情故事。这些解读当然是有意义的，但是，我们可以进行更为深入的分析，去发现这篇小说穿越时代带给我们的精神启示和文学魅力。特别从个体语言转变的先导意义而言，《灵与肉》更具有了反复被阅读和阐释的可能。具体来说，《灵与肉》语言的个体化特征体现在以下几个方面。

一是精神自由的叙事话语。许灵均与农场一般的牧民是有区别的，他是能独立思考的有思想的“知识分子”。这一点很重要，因此苦难命运折磨更多的是他的精神，他敏感的神经一直在寻找精神层面的自由。父亲的出现，首先干扰的是许灵均的精神自由，“而在那儿，在那黄土高原的农场，窗口外就是绿色的和黄色的田野，开阔而充实。他到了这里，就像忽然升到云端一样，有一种晃晃悠悠的感觉，再加上父亲烟斗里喷出的青烟像雾似的在室内飘浮，使眼前的一切更如同不可捉摸的幻觉了”。置身于“开阔而充实”田野的感受，就是许灵均的精神世界，使他幸福和满足。其实许灵均并不是不知道父亲带给他的物质利益，但是他觉得这种“物质世界”是与他有隔膜的。小说中多次提到许灵均追求的愉悦和体验，譬如，“要是他现在能够躺在那一片绿荫下，在汩汩的黄色的水渠边，闻着饱含稻草和苜蓿香气的微风，那该有多好……”“他会感到他不是生活在一群牲口中间，而是像童话里的王子，在他身边的是一群通灵的神物”“那单调的、悠远的而又如梦幻般甜蜜的歌声，不仅把清清（许灵均的女儿）引入梦乡，也使在一旁看书的他感到一种朴拙得近于原始的幸福，进入一种纯粹的美的境界”。这些感受是他的精神世界，纯朴、幸福、愉悦，正是在这里，许灵均找到了生存的理由。尽管这种精神自由的追求今天看来是懵懂和朴素的，但它是许灵均生命中极其重要的部分，许灵均的一切活动都可以从这里找到线索，小说的叙述语言显然有效地实现了其个性自由的表达。一个重要的问题是，许灵均为什么不跟从父亲到国外？是因早时被父亲遗弃而怨恨吗？小说中父子间有这样一段对话：

> “是还……还怨恨吗？”最后，父亲低下眼睛。
>
> “不，完全不是！”他把手一挥。这个动作也完全像他父亲。“正如您说的：过去的已经过去了。这完全是另外的事……”
>
> ——张贤亮《灵与肉》

当父亲说“我的确很想念你时”，许灵均也动了感情——

> “是的，这我相信。”他沉思地说，“我也想念过你的。”
>
> ——张贤亮《灵与肉》

显然，父子的对话是真诚的，没有掩饰的，我们有理由相信许灵均的“怨恨”已属于过去。那么，许灵均不愿听从父亲的安排是出于对“新社会”的感恩吗？小说对许灵均的身世做过这样的描述：“先是被父亲遗弃。母亲死了，舅舅把母亲所有的东西都卷走了，单单撇下了他。以后他搬到学校宿舍，靠人民助学金上学，共产党收留了他，共产党的学校教育了他。”类似的叙述小说中仅此一处，以此来作“新社会教育”式的评论今天看来是显得非常牵强的，问题恐怕还要回到许灵均对父亲所说的“完全是另外的事”。可以肯定的是，“另外的事”与许灵均现在的生活有关，是与农场的一草一木带给许灵均的感受有关。许灵均不断想起农场的景象，这个景象实际上已变成许灵均精神的家园，只有在那里他才感到愉悦和自由，因此，他必须向这个家园靠近，而不是跟着父亲远行。正是从这个意义上说，《灵与肉》从个体语言的角度完成了一种精神自由的叙述。

二是生存方式的个体探求。对生存方式的选择是小说叙述的重点，也是人们对这篇小说评论的重要内容。许灵均主动放弃了父亲提供给他的“出国”加“富贵”的生存方式，对于许多人来说这是奢望不及和难以抵御的诱惑，许灵均却拒绝了。小说没有拔高许灵均拒绝的姿态，他的拒绝是真诚的、低调的，没有外界的什么干扰，不是做给自己看，也没有做给别人看，而是自主性地选择了自己的生存方式：劳动。许灵均认为“劳动”对他来说是最为幸福的，劳动已经是他生命的常态：“在长期的体力劳动中，在人和自然不断地进行物质变换当中，他逐渐获得了一种固定的生活习惯。习惯顽强地按照自己的模式来塑造他。久而久之，过去的一切就隐退成了一场模糊的梦，又好似是从书上读到的关于别人的故事。他的记忆，也被这种固定的生活习惯和与以前截然不同的生活方式拦腰折断了。”小说通过许灵均的体验对“劳动”做了进一步的探求：“这个吃红苕长大的女人，不仅给他带来了从没有享受过的家庭温暖，并且使他生命的根须更深入地扎进这块土地里，而根须所汲取的营养就是他们自己的劳动。她和他的结合，更加强化了他对这块土地的感情，使他更明晰地感觉到以劳动为主体的生活方式的单纯、纯洁和正当，他得到了他多年前所追求的那种愉快的满足。”我觉得这是这篇小说最深沉和最富有魅力的叙述，而且是最能触动当下人们灵魂的文学元素。更难能可贵的是，在那个时代，小说没有把“劳动”处理成为“主题先行”的观念，而是一个具体的、质感的体验。

三是人性之美的个性呈现。在对许灵均人生命运的叙事中，我们能看到许多人性美好的一面，呈现温暖、关爱、纯朴的人性之美构成小说个性语言的重要诉求。秀芝、郭扁子以及农场的放牧员们都在那个特殊的岁月里以不同的方式展示出人性的闪光之处。在“文革”的狂热阶段，为了避免“右派”的许灵均被拉出来示众，“这时几个队的放牧员聚在窝棚里经过一番商量，一口咬定坡下的草情不好，跟场部招呼了一声，呼啦一下把牲口都赶到山坡上去。……放牧员们帮他把简单的行李往马背上一搭，骑上马，晃悠晃悠地离开了闹腾腾的是非之地”。在许灵均结婚的时候，小说用这样的语言书写了人与人之间同情、温暖的美好——

> “‘老右’结婚了！”这在生产队竟成了大事。这些疲于“抓革命”的人也乐于从派性纠缠中暂时解脱出来，全都对这个从来也不属于哪一派的、对谁也没有损害的、一直老老实实“促生产”的“右派分子”表示了同情。人毕竟是有人性的，他们在给许灵均的温暖中自己也悄悄地感到了温暖，觉得自己还没有在“损失最小最小”的革命中损失掉全部的人性。他们有的给他一口锅，有的给他几斤粮，有的给他几斤布票……而且又由一个年轻的兽医发起每家送五毛钱，给他凑出一笔安家的基金；甚至支部会议上也出现了自“文化大革命”以来从未出现过的统一：一致通过了一项决议——按制度给了他三天婚假。人，毕竟是美好的，即使在那黑暗的日月里！
>
> ——张贤亮《灵与肉》

这种语言在“伤痕”“反思”的小说中是很少能见到的，重读这些文字，我们依然感到一种温暖。对人性的探寻书写，使得《灵与肉》在很大程度上突破了“伤痕”“反思”创作思潮的局囿，在一定程度上具有了终极关怀的精神内涵。尽管今天看来《灵与肉》的语言还不够成熟，但在那个时期这种“个体化”语言追求足以让我们欣慰。关于小说的语言，格非认为：“从某种意义上来说，语言并无‘好坏’之分。当我们在对小说语言作好坏区分时，实际上是在针对‘表达’是否有效而对之进行界定的。每一个作家都有其自身独特的语言系统，但它对于读者的意义是相对的。一种语言方式在表达上是否有效，它不仅涉及具体的‘语境’，而且与小说自身的语言特点具有密切的关系。”[①]结合具体的“语境”，新时期文学个体化语言的转型正是从这些新时期初期的短篇小说开始的，这也是新时期短篇小说艺术创新的一种表现特征。

第三节　语言的能指化呈示

语言在新时期文学中被提到很高的地位，如语言是“本体”，语言是“目的”，把语言的技巧性提高到了认识论的程度，但具体落实到文本中并不是容易的事，并不是每个作家都能实现自己对语言的承诺。在关注作家努力进行语言建设的同时，我们也读到了他们对语言的种种困惑，这也是新时期文学语言建设复杂性的表现。从阅读的感受来说，中长篇小说尽管也表现出对语言进行变革的种种努力，但语言变化的空间仍控制在一个较为稳定的秩序之内，对“经验”表述的逻辑性仍是其语言显著的呈现特征。而这种特征也是由中长篇小说文体与“故事”叙述之间的关系决定的，无论中长篇小说如何做出对故

① 格非：《小说叙事学研究》，北京：清华大学出版社，2002年版，第83—84页。

事消解的种种姿势，都不可能做到像有的短篇小说那样专注于语言的操练。在语言变革的表现形态方面，新时期短篇小说往往打破语言稳定的秩序性，最大可能地突破语言表现的有限性，更多地呈现语言的能指意义。在语言的能指化呈示方面，新时期短篇小说的语言表现出如下两个方面的变化趋势和特征。

一、语言流动性的转变

语言的流动性是相对于语言既定秩序的稳定性而言的，“意识流”小说的语言特征是语言流动性最典型的表现。从语言表现方式而言，语言流动性是对语言逻辑秩序的一种反叛，呈现出语言的速度、自由及其所表现出的蔓延和衍生态势。提到语言的流动性变革，我们不能不提到王蒙，提到他的短篇小说，“1979 年起继《夜的眼》这部对新时期艺术创新产生巨大影响的作品之后，《布礼》《春之声》《风筝飘带》《蝴蝶》等‘集束手榴弹’式的意识流小说以主题隐晦、人物虚化、情节淡化、放射性心理结构、时空倒错、内心独白、幻觉、梦境、大容量的生活信息等特征吸引了大批作家，与几乎同时出现的‘朦胧诗’一起突破了传统文学观念，同时还描绘了一幅幅发人深省的‘历史反思图’”[①]。实际上，语言的变革在《夜的眼》等小说“对新时期艺术创新产生巨大影响”的效应方面发挥了极为重要的作用。在这些意识流的小说中，语言首先冲破稳定的表达范式，表现出语言能指化的呈示诉求，明显呈现为闪烁、混杂、换位的指涉倾向，从而形成流动性的语言特征。《夜的眼》发表于 1979 年 10 月，在新时期初期，这种语言的变革无疑是文学转折的一个起点。无论王蒙如何关

---

① 丁帆、朱晓进：《中国现当代文学》，南京：南京大学出版社，2007 年版，第 353 页。

注感觉、印象及心理活动，他必须要实施语言的变革，正是由于语言的新变才能带来意识流动的书写。我们从其小说的语言叙述可以深刻地体会到这一点：

这么多声音、灯光、杂物都堆积在像一个一个的火柴匣一样呆立着的楼房里。对于这种密集的生活，陈杲觉得有点陌生、不大习惯，甚至有点可笑。和楼房一样高的一棵棵的树影又给这种生活铺上薄薄的一层神秘。在边远的小镇，晚间听到最多的是狗叫，他熟悉这些狗叫熟悉到这种程度，以致在一片汪汪声中他能分辨哪个声音是出自哪种毛色的，哪一只狗和它的主人是谁。再有就是载重卡车夜间行车的声音，车灯刺激着人的眼睛，车一过，什么都看不见了。临街的房屋都随着汽车的颠簸而震颤。

——王蒙《夜的眼》

再如，王蒙 1980 年、1981 年发表的短篇小说《春之声》《海的梦》中的语言：

一九五六年他回过一次家，一次就够用了——回家待了四天，却检讨了二十二年！而伟人的一句话，也够人学习贯彻一百年。使他惶恐的是，难道一生一世就是为了作检讨？难道他生在中国，就是为了作一辈子检讨？好在一切都过去了。斯图加特的奔驰汽车工厂的装配线在不停地转动，车间洁净敞亮，没有多少噪音。西门子公司规模巨大，具有一百三十年的历史。我们才刚刚起步。赶上，赶上！不管有多么困难。哞，哞，哞，快点开，快点开，快开，快，快，快，车轮的声音从低沉的三拍一小节变成两拍一小节，最后变成高亢的呼号了。闷罐子车也罢，正在快开。何况天上还有三叉戟？

——王蒙《春之声》

他上岸躺在细沙上晒太阳。他闭上眼睛，眼睛里有许多暗红色的东西在飞舞，在变化组合，好像是电子计算机上显示的符号。他觉得自己对不住这个海。海是这样大，这样袒露胸怀，这样忠实而又热烈地迎接着他。来——吧，来——吧，每一排浪都这样叫着涌上沙滩；耍——吧，耍——吧，又这样叫着退了回去。

——王蒙《海的梦》

不难看出，这些语言在努力开辟一个更为广阔的言说空间，语言自身自由地游走其间，从而在很大程度上实现了小说语言能指化的呈示。而当时及此后几年的长篇小说的语言却依然表现出较为稳定的秩序特征，下面我们扫描一些长篇小说的语言片段，以与短篇小说的语言特征进行比较。

活下去，像牲口一样活下去。

放心。芙蓉镇上多的还是好人。总会熬下去的，为了我们的后人。

——古华《芙蓉镇》(1981)

用了一个多月的时间，大刀阔斧地调整了各职能处室的领导班子。其速度之快，调整范围之广，是建厂以来从来未有的。……

世界上的事物，便是这样奇妙地平衡着。一种生物常会攀附在另一种生物身上才能生存。如同苔藓类、蔓藤类的植物攀附在老树周身。它们不像菌类，只在死亡的树干上依附，它们是活活地掠夺着、吸吮着老树的生命。

——张洁《沉重的翅膀》(1981)

于莲从车窗探出身来，透过人群，向站在外层的他们喊着："再见吧！爸爸，妈妈；再见吧！菱菱！"但是，王纬宇却成了他们的全权代表，晃着臂膀，高声地："飞吧！飞吧！我的孩子……"

好多送行的人，甚至美院的教授，都把他当作于莲的家长，向他握手告别，他也一个劲地表示感激和谢意。

——李国文《冬天里的春天》(1985)

我们可以看出，长篇小说在新时期开始后很长的一段时间内仍然表现为传统的语言特征，这与1980年前后王蒙短篇小说的语言显然有着较大的差异。从小说出现的先后来考量，1980年前后汪曾祺、王蒙、张承志、张贤亮等的短篇小说的语言特点对后来小说语言的变化产生了深远的影响，甚至在一定程度上影响了先锋小说、新生代小说语言的表现方式。然而，这种影响却往往为人们所忽视。造成这种忽视的重要原因之一就是批评界更多是"向外看"，往往聚焦于西方文学对新时期作家的影响，而在很大程度上忽视了新时期文学自身的发展与影响。比如莫言的"语言爆炸"，人们往往关注的是拉美文学的直接影响；如果我们从具体的语言表现形态来看，莫言的成名作《透明的红萝卜》(1985)的语言与1980年前后中国出现的意识流短篇小说的语言是极为相似的——

> 黑孩的眼睛原本大而亮，这时更变得如同电光源。他看到了一幅奇特美丽的图画：光滑的铁砧子，泛着青幽幽蓝幽幽的光。泛着青蓝幽幽光的铁砧子上，有一个金色的红萝卜。红萝卜的形状和大小都像一个大个阳梨，还拖着一条长尾巴，尾巴上的根根须须像金色的羊毛。红萝卜晶莹透明，玲珑剔透。透明的、金色的外壳里苞孕着活泼的银色液体。红萝卜的线条流畅优美，从美丽的弧线上泛出一圈金色的光芒。光芒有长有短，长的如麦芒，短的如睫毛，全是金色……
>
> ——莫言《透明的红萝卜》

这种语言只不过比《夜的眼》《海的梦》等短篇语言的流动性表现得更为黏稠罢了。从这个意义上说，新时期短篇小说较早地实施了语言流动性的转变，从语言能指化的呈示方面进行了先行的艺术探索。

二、语言弹性的开拓

如上所述，1980年前后汪曾祺、王蒙、张承志、张贤亮等作家以短篇小说的形式提醒人们应有对文学语言的自觉和变革，马原率先在短篇小说中进行了语言“先锋性”的演示。紧随其后，新生代小说家则进一步深化了文学语言的演变，这种演变是以语言弹性的开拓为核心的。所谓新生代小说语言弹性的开拓，是指新生代小说家在创作中对语言实施的一种策略，它更注重语言自然流动的叙事形态，发掘语言的自我增殖能力，强化语言增殖的循环性和无穷性，并使这种方式成为小说叙事的重要动力，从而达到呈示语言的能指化、丰富语言表现能力的艺术目的。而这一轮语言的新变，仍在短篇小说里得到最充分的展示。在新生代作家的小说创作中，毕飞宇短篇小说的语言是较有代表性的。我们先来看《地球上的王家庄》的语言——

> 每天天一亮我就要去放鸭。我把八十六只也可能是一百零二只鸭子赶到河里，再沿河赶到乌金荡。乌金荡是一个好地方，它就在我们村子的最东边，那是一片阔大的水面，可是水很浅，水底下长满了水韭菜。因为水浅，乌金荡的水面波澜不惊，水韭菜长长的叶子安安静静地竖在那儿，一条一条的，借助于水的浮力亭亭玉立。水下没有风，风不动，所以草不动。
>
> ——毕飞宇《地球上的王家庄》

“我”去放鸭，赶到乌金荡，此时，小说的语言就在“乌金荡”的“水面”蔓延开来。按照传统的语言描述，乌金荡的景色会一一展开，但小说叙事的前行是跟着语言延展的，乌金荡→水面→水韭菜→叶子安静→没有风→草不动，形成了语言自身衍生的链条。这种链条成就了小说语言的精妙和丰富，并促使了小说想象世界的展开和叙事时空的推进。“水下没有风，风不动，所以草不动。”这样的语言应该是毕飞宇典型的“短篇语言”，充分呈现了语言的流动性特征，打破了语言所指的局囿，充满了精练悠远的诗性品质，的确是耐人品味的。再如：

> 那个世界是水做的。空气一样清澈，空气一样透明。我们在空气中呼吸，而那些鱼在水中呼吸，它们吸进去的是水，呼出来

的同样是水。不过有一点是不一样的。如果我们哭了，我们的悲伤会变成泪水，顺着我们的面颊向下流淌。可是鱼虾们不一样，它们的泪水是一串又一串的气泡，由下往上，在水平面上变成一个又一个的水花。当我停留于水面上的时候，我觉得我飘浮在遥不可及的高空。我是一只光秃秃的鸟，我还是一朵皮包骨头的云。

——毕飞宇《地球上的王家庄》

这些语言有一种粘连、丰盈的质感，它不再是语言外在形式上的意义，而是从自身产生了裂变的力量，正是这种力量生发了小说更多的想象力，在篇幅的限度内最大可能地增加了语言的信息密度，使小说叙事具有了不断延展和生长的可能，从而扩大了小说的叙事容量，丰富了小说的艺术内蕴。显然，这应归功于毕飞宇对语言自身价值的高度自觉和对语言变革的努力。如果对新生代的小说语言进行整体观照，会发现其语言的艺术创新主要体现在先锋小说语言的变化方面。

首先，承继先锋小说对语言的“革命”策略。先锋文学的确在语言上做足了文章，并在很大程度上丰富了汉语的文学表现能力。先锋文学中的短篇小说由于篇幅的限制更加注重语言自身意义的扩展，绵密、精细的特征大大增强了语言的表现能力，这在马原、洪峰、余华、苏童、格非、孙甘露、陈染、韩东等作家的短篇创作中有着明显的展现。毕飞宇曾这样评价苏童的短篇小说：“在中国作家里面，没有一个作家的语言密度能够超过苏童。你注意一下苏童的短篇，篇幅都很短，可是信息量是惊人的，一头就把你摁进去了。所以你反而觉得苏童的短篇读起来比较长。”①从文本的阅读感受来看，毕飞宇等新

① 毕飞宇、汪政：《语言的宿命》，《南方文坛》，2002年第4期。

生代小说家的语言在很大程度上都受到马原、余华、苏童等先锋作家的影响。我们来看一下余华短篇小说的语言——

我非常欣赏自己在小城里到处游荡时的脚步声，这些声音只有在陌生人的鞋后跟才会产生。虽然我居住在此处已经很久，可我成功地捍卫了自己脚步的纯洁。在街上世俗的声响里，我的脚步声不会变质。

——余华《此文献给少女杨柳》

那是一家杂货店，一个丑陋不堪的年轻女子站在柜台内一副无所事事的模样。另一边有两个男人在拉玻璃，他便走到近旁看着他们。同时不时地往街对面的医院望上一眼。那是一块青色的玻璃，两个男的都在抽烟，因此玻璃上有几堆小小的烟灰。两个男人那种没有心事的无聊模样，使他更为沉重。他看着钻石在玻璃上划过时出现的一道白痕，那声音仿佛爆裂似的来回响着。

——余华《爱情故事》

林德顺看不到他们了，小店里的食品挡住了他的视线，他就继续看着对面医院的大门，感到天空有些暗下来了。他抬了抬头，他知道快要下小雨了。他不喜欢下雨，他就是在一个下雨的日子里倒霉的。一个很多年以前的晚上，在滴滴答答的雨声里，他抱着一件大衣，上楼去关上窗户，走到楼梯中间突然腿一软，接着就是永久地瘫痪了。现在，他坐在轮椅上。

——余华《蹦蹦跳跳的游戏》

从这里我们可以看出，毕飞宇等短篇小说的语言与余华等先锋派作家短篇小说的语言有很多通连之处，都表现出最大限度地激活语言叙事能力的努力，彰显语言的能指意义，并在此基础上形成了小说想象力绵延的叙事状态。可以说，新生代短篇小说最大可能地保持和延续了先锋小说语言的创造力。

其次，集中体现了对先锋小说语言“革命”的推进和完善。“先锋小说的观念革命作为一种既有成果为新生代作家所继承，禁忌的破除使得新生代作家的文化思想负担、包袱显得更小了。先锋小说的艺术实验成果作为一种既成的文学事实垫高了新生代作家的艺术起点，先锋小说的艺术局限为新生代小说提供了可贵的借鉴与警示，在体验性和经验叙事的增强、‘现实失语症’的克服、西方话语模式向个人话语模式的转化等方面新生代小说家都是在克服先锋小说艺术失误的基础上朝前迈进的。另一方面，新生代小说家又是在反抗先锋小说家的意义上走上文坛的。”[①]“成果继承”和“反抗意义”的语言特征在短篇小说的文体中又是比较易于呈示的，从这个意义上说，新生代短篇小说语言的创新意义也在于对先锋小说语言“革命”的进一步推演。如上所述，毕飞宇等新生代作家的短篇小说不再是“干燥”语言的操练，也不再是语言的游戏，而是在语言革新的过程中呈现出良好的控制性特征，并以纯净的语言形态进一步靠近叙事的技术性层面。而这一点，恰恰是对先锋小说的某种超越。“而具体地描述新时期小说的语言策略，我们又不得不与‘游戏化’这个曾被本文反复言及的语码遭遇……在很大程度上，我们对新潮小说感到新奇，感到非同凡

---

① 吴义勤：《自由与局限——中国当代新生代小说家论》，北京：人民文学出版社，2010年版，第6页。

响，也正是从他们那出其不意的语感、句式、词汇组合上体验出的。所谓新潮小说的读不懂最先就是从语言的陌生感衍化而来的，新潮文本即使不用深奥冷僻的词汇（实际情况是新潮作家恰恰有这方面的爱好），每一个句式、句群、段落也常会令人产生不知所云之感。许多人抱怨读新潮小说每一句话都能懂，但能懂的话组合成一个段落或文章时却不懂了，讲的就是这种情况。可以说，新潮小说语言的游戏化策略也正是导致其在文本结构、故事形态、主题蕴含等层面上的革命性的主要艺术因素。”[①] 从对新生代短篇小说语言的考察来看，情况显然发生了变化。新生代短篇小说收敛了先锋小说语言游戏的张扬姿态，同时又不失语言变革的锐气和灵动，不失语言能指化的探索和开拓，从而进一步推进了新时期文学语言的演进。

这里，有一个值得注意的问题是，我们探讨的是新时期短篇小说的先锋性变革，那么，如何看待这种“先锋性”与西方文学影响之间的关系呢？在我看来，语言应该是新时期小说要素中的第一存在，小说创作的任何变革都必须通过语言呈现出来，而中国作家以汉语创作，因此无论新时期小说多大程度上受到西方文学的影响，这种影响也必须通过汉语的变化呈现出来。也就是说，小说家必须完成对汉语表现力的变革来承接西方文学的警示，正如有学者在谈到苏童小说的语言时所说：“苏童是一位先锋作家，他在创作起步时推崇的是一长串西方现代派、后现代大师，像塞林格、福克纳、博尔赫斯、海明威和马尔克斯等。但是苏童作为中国作家有一点他是不可超越的，即他使用的是汉语。因此在苏童有意识模拟外国作家时，无意中却启动了他对母语的关注和开掘。这儿有一条经验是很有警示性的：中国作家

---

① 吴义勤：《中国当代新潮小说论》，南京：江苏文艺出版社，1997 年版，第 109 页。

的创作只能立足于母语，这是不以人的意志为转移的；而要用汉语写好作品，作家就必须尊重汉语的规律，适应它、服从它，在汉语的各种规范中找出最适合自己，同时是最有效果的表现方式；中国作家无论怎样心仪于西方的大师，语言都是不可逾越的界限。在这里母语显示了它的威严也是专断。”①从这个意义上说，任何西方文学的影响都不能削弱和折扣小说家对语言变革的努力和成就，同样，也不可能弱化上述我们所探讨的新时期短篇小说在语言变革方面的“先锋性”特征。

① 张卫中：《新时期小说的流变与中国传统文化》，上海：学林出版社，2000年版，第256页。

第六章　艺术风格的生成与突破

如前所述，新时期短篇小说在文学诸多构成要素方面都进行了艺术的探索和创新，那么接下来我们对其艺术风格的考察就显得尤为必要了。艺术风格表达的是一种整体话语特色，是艺术特征概括性的表现方式，因此，新时期短篇小说的艺术风格也是对其艺术特性和艺术创新的一种展示和归结。一般来说，艺术风格有个性和共性之分，前者指的是个体作家稳定的艺术特色，后者多指一种体裁、一个民族、一个流派、一个地域的文学所呈示的综合性特征。因为我们考察的是新时期短篇小说文体的整体品格，因此本章也多从共性方面讨论新时期短篇小说文体的艺术风格。

第一节　艺术风格的生成

风格是一个非常古老的概念，在理论上它似乎与艺术创新之间存在一种对峙的张力，正像法国的文学理论家安托万·孔帕尼翁指出：“文学理论反对的恰恰是风格的实在性和风格学的有效性。但是，就像文学、作者、世界、读者等概念一样，风格也曾遭受一系列冲击。”[①]然而，我们依然挥之不去对风格进行探究的情结，而且也似乎不能忘记歌德所说的风格是“用来表明艺术已经达到和能够达到的最高境界”[②]这个著名的观点。在这个意义上说，面对不断探索和前行的新时期短篇小说，我们似乎更有必要从风格的角度来观照其达到的艺术境界。

一、艺术风格的生成语境

新时期之初，短篇小说以文体探索的姿态去松动既有风格的僵化特征。十七年短篇小说的风格展现了一种特殊的文学风貌，正如有研究者指出：“建国后的当代文学直接地、单一地承续了解放区文艺运动，继承了人民性和战斗性这两个基本的文学观念，代表着无产阶级夺取政权后，新的文学发展的必然趋势。十七年文学风格在其形成及发展过程中，格外强调客体一方，极其淡化作家的主体意识。……于是我们不难理解，开创时期的新中国文学艺术以崇高为风格开端，并持续统领十七年风格主流，而在建国以后的相当长的时期内，崇高的风格竟逐渐成为一种固定的美学规范，限制着一代人的文学创作。崇高风格给予人们的审美感受是独特的、强烈的……但是，作为一个时代的文学，以崇高一统天下，毕竟过于单调了，一味地拔高势必使歌者嗓音嘶哑，乃至走调变味，崇高发展到极端必然地走向了它的反面——空洞和虚假，于是，整体文学的失落便成为必然。”[③]新时期短

---

① ［法］安托万·孔帕尼翁：《理论的幽灵——文学与常识》，吴泓缈、汪捷宇译，南京：南京大学出版社，2011 年版，第 196 页。

② ［德］歌德：《自然的单纯模仿·作风·风格》，见王元化编：《文学风格论》，上海：上海译文出版社，1982 年版，第 4—6 页。

③ 周燕芬：《个性的张扬与现代文学风格的演变》，《陕西师范大学学报》（哲学社会科学版），2004 年第 6 期。

篇小说以艺术创新的姿态首先瓦解了单一的、崇高的文学风格。以刘心武的《班主任》、张承志的《骑手为什么歌唱母亲》、汪曾祺的《受戒》、王蒙的《春之梦》等为代表的新时期之初一批短篇小说，开始了强劲有力的艺术探索，打破了短篇小说在主题、人物、语言、结构等方面长期形成的整体性特征，在先锋写作思潮还没有到来之前就在很大程度上冲击了十七年文学的风格形态。而在此后先锋小说的写作实验中，诸如在马原的《拉萨河女神》《错误》、余华的《鲜血梅花》《我没有自己的名字》、苏童的《桑园留念》《仪式的完成》、孙甘露的《我是少年酒坛子》等短篇小说中，小说家表现出对传统风格形态的不屑一顾。20 世纪 90 年代以来，短篇小说带着先锋文学积淀的经验以自信沉稳的状态继续探索前行。在这一进程中，许多小说家已经形成了属于他们自己的个性化风格。汪曾祺、张承志、林斤澜、蒋子龙、高晓声、王蒙、张洁、陆文夫、何士光、张贤亮、王安忆、铁凝、史铁生、贾平凹、何立伟、扎西达娃、马原、余华、苏童、韩少功、残雪、刘恒、李锐、刘震云、格非、阿城、池莉、毕飞宇、刘庆邦等，他们的短篇小说创作都表现出鲜明的个性风格。试想，《受戒》之于汪曾祺，《夜的眼》之于王蒙，《灵与肉》之于张贤亮，《哦，香雪》之于铁凝，《错误》之于马原，《无主题变奏》之于徐星，《十八岁出门远行》之于余华，《塔铺》之于刘震云，《冷也好热也好活着就好》之于池莉，《吹手向西》之于苏童，《巫女与她的梦中之门》之于陈染，《达马的语气》之于朱文，《狗日的足球》之于徐坤，《地球上的王家庄》之于毕飞宇，《发廊情话》之于王安忆，《黑毛猪　白毛猪》之于阎连科……不都是小说家个性鲜明、风格独特的表现吗？可以说，新时期短篇小说在探索过程中，作家创作形成了各领风骚、风格鲜明、百舸争流的局面。

有一个值得注意的问题是，在不断探索发展的过程中，特别是短篇小说在进行了诸如先锋写作那样激进的实验之后，许多优秀的小说家如王安忆、铁凝、苏童、迟子建、刘庆邦、韩少功、张炜、林白、残雪等似乎对短篇小说都有了更多的追问。譬如，铁凝曾说："一部长篇小说有它看得见的终极，一连串的短篇则有它不可预测的无限。……这需要写作者奋不顾身地花费时间磨砺自己，需要我们对短篇小说的实践怀着谦虚之心和耐烦之心。"[①] 林白追问："什么是短篇小说呢？然后我再告诉自己……"[②] 苏童问自己："距离我梦中的短篇天堂还有多远？我不知道，漫漫长路需要披星戴月地跋涉，这种跋涉对于我也是一种幸福。"[③] 毕飞宇说："短篇小说是什么？在我看来，它就是节日里的家宴。"[④] 对于短篇小说的发展而言，这些提问有一种特别的意味。那就是这些作家对短篇创作进行艺术探索的同时，也在努力探讨属于短篇小说"本体"上的文体属性。这实际上是在新时期短篇小说发展到一定阶段之后，小说家对短篇文体整体性特征所进行的深入思考，是对现阶段短篇小说审美风貌的一种追问；进一步说，也是对新时期短篇小说风格呈现的一种内在呼唤。也正是在这种语境中，新时期短篇小说的艺术风格悄然生成了。

在新时期短篇小说的探索过程中，小说家历经一场场思潮，尝试一次次实验，许多小说家形成了一段时期内鲜明的创作风格，如余华、苏童在"先锋"时期的创作风格，池莉、方方在"新写实"时期的创作风格，林白、陈染在"私人化"写作时期的创作风格，等

① 铁凝：《安德烈的晚上·序言》，沈阳：春风文艺出版社，2005年版，第1—2页。
② 林白：《春天，妖精·序言》，沈阳：春风文艺出版社，2006年版，第3页。
③ 苏童：《我的短篇病》，《小说林》，1993年第1期。
④ 毕飞宇：《小说中的小说·序言》，见高兴编：《小说中的小说——〈世界文学〉短篇小说精选》，南京：译林出版社，2010年版，第2页。

等。这些创作风格一旦“定型”，我们却发现这些小说家力图突破它们，去探索新的创作方式，去尝试其他形式的艺术创新，正如莫言所说：“创作就是突破已有的成就、规范，解脱束缚，最大限度地去探险。”[①]在新一轮的艺术创新过程中，小说创作又会形成新的艺术风格，譬如，余华的《我没有自己的名字》显然与后来的《朋友》风格不一样，苏童的《吹手向西》当然也与后来的《堂兄弟》风格大不相同，池莉的《冷也好热也好活着就好》与《心比身先老》风格也是迥异的。在这个意义上说，作家创作的个性风格也不断生成着转型的动力，并形成艺术创新的一种推动力。在作家个性风格的不断变化之中，作为新时期短篇小说的共性风格也在转变，同样，这种共性风格也在推演着新时期短篇小说整体性的艺术创新。

同时，艺术风格也是艺术创新集中的、综合性的呈现。艺术创新的内涵十分丰富，涉及语言、结构、人物、情节等文学要素的诸多方面，是这些要素艺术融合的整体表现。因此，新时期短篇小说艺术创新的各种特征也必定会融入艺术风格的范畴中去，并在艺术风格中以不同的形态显现着，可以说新时期短篇小说的艺术风格是其艺术创新的一种整体性的审美标记。

接下来的问题是，新时期短篇小说的艺术风格是以何种形态呈现的呢？韦勒克和沃伦在谈到艺术风格时曾经指出：“假如我们能够描述一部作品或一个作家的文体风格，我们也就无疑能描述一组作品和一个文学类别的文体风格——哥特式小说、伊丽莎白时代的戏剧、玄学派诗歌，也能够分析像17世纪散文中的巴洛克风格的文体种类。”[②]

① 莫言：《几位青年军人的文学思考》，《文学评论》，1986年第2期。

② ［美］勒内·韦勒克、奥斯汀·沃伦：《文学理论》，刘象愚等译，北京：文化艺术出版社，2010年版，第201页。

我们要探讨的正是新时期短篇小说的文体风格，韦勒克和沃伦的这个观点无疑是一个有益的启示。当然，新时期短篇小说的文体风格蕴含在“一部作品或者一个作家的文体风格”之中，纵观新时期短篇小说的发展历程，如前文所述，艺术表现形式的不断探索和创新则构成了新时期短篇小说创作的一种“共相”，因而这种修辞学意义上的共同指向便成为新时期短篇小说艺术风格主要的表现形态。我们知道，古今中外“风格”的概念与修辞的意义常常联系在一起，亚里士多德的《修辞学》、刘勰的《文心雕龙》都曾从修辞的角度对风格进行阐述，可以说艺术风格也是对表达方式选择的综合性呈示。因此，我们也必须根据新时期短篇小说发展演化的特点，更多地从艺术表现形式的探索和创新中去考察其风格的表现形态。

二、风格生成中的突破性特征

新时期短篇小说文体特征的共性表现源自作家作品的艺术个性，从个性向共性提升的过程中生成了新时期短篇小说文体的艺术风格。这种艺术风格是新时期短篇小说艺术特征的整体性表现，是一种艺术特征的共性生成样态。在新时期短篇小说艺术风格的生成过程中，以下三个方面的突破性特征是值得关注的。

其一，动态的生成方式。新时期短篇小说的艺术风格不是一种“静态”特征的综合显现，不是小说家创作个性静态存在形式的“公约数”，而是在探索过程中一种趋势的“共性”呈现，是在文体演进的动态中生成的。如果停留在静态的语境中，新时期短篇小说文体的整体性风格是无法得以呈现的，因为在三十多年的发展中，新时期小说家先后的创作风格也存在较大的差异性。比如余华，就存在小说创作风格的转型，那么我们如何赋予其艺术风格的统一性表现呢？我们只能分期而论。这样的话，显然就等于说新时期短篇小说没有呈现出作为整体性的艺术风格，这当然不能令我们感到满意。那么，新时期短篇小说的发展进程中前后不变的是什么？是作家的艺术探索性品格。因而，新时期短篇小说文体的艺术风格必须从不断探索、变化的艺术路径中散发出来，从而造成其艺术风格生成的“动态性”特征。风格生成的“动态性”特征相对于其他文体来说是非常鲜明、独特的，这与新时期短篇小说的文体特征是密切相关的。

其二，明晰的呈现状态。明晰的呈现状态是指相对于其他文体而言，新时期短篇小说艺术风格呈现出一种较为鲜明、清晰的状态。试想，作为文体共性的风格而言，新时期中长篇小说表现出哪些让人印象深刻、特征清晰的艺术风格呢？当然，我们这里绝不是说中长篇小说没有共性风格的呈示，而是说它们的风格呈现表现出一种“模糊”的状态，并不如短篇小说的艺术风格那样分明、那样凸显。有评论家在谈到新时期长篇小说文体时指出：“如果说当代中国的长篇小说创作存在种种混乱和无序的状态的话，那么表现在文体方面的无知和误读就尤为令人触目惊心。我们常常把长篇小说作为一个先验的、既成的文体事实来看待，却很少追问它为什么是‘长篇小说’而不是其他。支撑我们先验之见的往往是所谓约定俗成的惯例，但这个‘惯例’却又是模糊的、非确定性的，我们找不到让‘长篇小说’这种文体从‘小说’这个文类中真正‘本质性’地独立出来的具体的、公认的‘长度’（字数）边界。也就是说，我们其实并不能有效地把‘长篇小说’与‘中篇小说’和‘短篇小说’严格区别开来。这使我们在谈论长篇小说文体时多少显得有些心虚和尴尬，我们怎么能够确保我们所说的长篇小说的文体特征就不会和中、短篇小说的文体特征产生重叠呢？事实上，我们也不知道我们的作家在从事长篇写作时究竟有多少自觉的文体意识，他们的长篇写作究竟是自觉的，抑或是随意的、自发的？”[①] 由此可见，我们可以看出人们对当代长篇小说文体意识和文体特征表现状态的一种担忧，同时，这也潜隐地表明长篇小说文体整体性风格的呈示也带有“模糊的、非确定性的”局限，因为艺术风格毕竟与文体意识、文体特征是紧密相连、不可分割的。而短篇小说则不同了，如前文所述，由于其文体意识的独立性反思，我们对短篇小说文体的认知在很大程度上已经淡出了“约定俗成的惯例”，形成了对新时期短篇小说新的感受和观念，正是从这个意义上说，新时期短篇小说的艺术风格表现为一种明晰的呈现状态。

其三，更新的表现形态。我们发现，用传统的话语方式很难精确表达新时期短篇小说的风格形态，新时期短篇小说创作明显表现出突破传统的风格话语方式的一种努力。众所周知，历来人们对风格形态的分类就非常复杂，刘勰在《文心雕龙·体性》中把文学风格分为四对八体，即典雅、远奥、精约、显附、繁缛、壮丽、新奇、轻靡，在这八种基本风格的基础上又可衍生出多种多样的风格形态。但“刘勰所讲的风格形态可能太古典了，与我们今天文学风格的形态不尽相符”[②]。现在，人们常常谈到的是陈望道的“四对八体”。陈望道在《修辞学发凡》一书中提出了八种风格形态：简约和繁丰，刚健和柔婉，平淡而绚烂，谨严和疏放。长期以来，陈望道对风格形态的划分成为我们探讨作家作品艺术风格的重要理论依据。但是，随着文学实践的不断发展，特别是诸如新时期文学的快速演进，用陈望道“四对八体”来分析新时期的文学风格是否仍“精确”

---

① 吴义勤：《长篇小说与艺术问题》，北京：人民文学出版社，2005 年版，第 15 页。
② 童庆炳：《文学理论教程》，北京：高等教育出版社，1998 年版，第 256 页。

和“贴切”呢？这是一个关于风格理论的发展问题，也是我们在谈到新时期短篇小说艺术风格问题时值得深思的问题。新中国成立后，关于风格理论的研究并没有得到进一步的发展，话语方式也较为单一，正如王元化指出：“在我们的文艺理论领域内，有关风格理论的研究迄今未取得多少成果，例如，大多数论文所谈的仅限于时代的、民族的、阶级的风格这样几个问题。”[①]对于新时期短篇小说而言，我们的确感觉到用传统风格形态的话语方式很难确切地表达其呈现的艺术风格，特别是关于短篇小说文体的整体性文学风貌。这也充分彰显出新时期短篇小说在创作实践中所表现出来的对传统风格话语方式的一种挣脱和更新，表达出短篇小说文体在风格形态方面的一种突破性姿态，而这又与新时期短篇小说艺术创新的文体品格是密切相关的。

那么，新时期短篇小说的艺术风格呈现出哪些形态呢？这就是我们接下来需要探讨的问题。

第二节　风格形态的呈现

安托万·孔帕尼翁在《理论的幽灵》一书中对风格的概念作了深入的探讨，从“规范”“装饰”“差异”“体裁或类型”“表征”“文化”等角度对风格进行了考察，最后指出：“广义的风格概念不仅是一个由可以辨别的形式特征所组成的集合，还是某一个性（个体、群体、时代）的外在征象。通过对风格之复杂细节进行分析，风格的解读者将重构个性之魂。所以风格远非一个纯粹的概念：它是一个复合的、

① 王元化：《文学风格论·跋》，上海：上海译文出版社，1982年版，第80页。

含义丰富且含混的复杂概念。随着新义的不断引入，风格一词并没有摒弃旧义，而是将新、旧义积淀在一起，导致该词今日仍可对多样词义兼容并蓄：标准、文饰、差别、类型、征象、文化。"[①]我们对新时期短篇小说风格形态的探讨也在其"新义不断引入"的发展语境中，用新的解码方式对其风格予以讨论，从而达到对其风格形态的整体性把握。尽管新时期短篇小说呈现的风格形态力图"更新"传统的风格话语方式，但目前试图找到一个新的话语系统对其进行描述是比较困难的，我们或许可以以安托万·孔帕尼翁所说的"风格解读者"的身份，从风格形态的"细节"入手描述新时期短篇小说的风格形态。在我看来，我们应立足于新时期短篇小说目前"安静""边缘"的存在方式，找到其在沉静中散发出来的让人感受最深的、最让人"为之一动"的风格"细节"，这样就能够较为有效地区分出新时期短篇小说的风格形态。在阅读感受中，我认为"纯净"和"精致"是新时期短篇小说呈现出来的最为明显的两种风格形态，也代表了新时期短篇小说文体基本的审美风貌。同时，"潜细"和"绵远"又从另外的层面呈示了新时期短篇小说的艺术特征，也成为其风格表现的重要形态。

一、纯净

谈到文体的一种"纯净"风格，我想起刚刚去世的波兰女诗人辛波丝卡，想到这位1996年获得诺贝尔文学奖的诗人创作于1963年的一首关于"写作"的诗——

---

① ［法］安托万·孔帕尼翁：《理论的幽灵——文学与常识》，吴泓缈、汪捷宇译，南京：南京大学出版社，2011年版，第164页。

那只飞奔穿过森林的书写的雌鹿在哪里？
它会从复写纸般反映它的嘴的
书写的水中啜饮吗？
它为何抬起头？是不是听到了什么？
它撑着从真理那里借来的纤细四肢，
从我手指下竖起它的耳朵。
沉默——这个词也在纸上沙沙作响，
并脱离由“森林”一词
引起的枝丫。

——辛波丝卡《写作的快乐》

这是诗的第一节。辛波丝卡诗中“撑着从真理那里借来的纤细四肢”在森林中奔跑的雌鹿的灵韵引发我对“纯净”的极致想象，这种想象与我对新时期短篇小说文体风格的感受是一致的：那种天然的单纯和洁净的品格。

以短篇文体的创作特色保持文学的“纯度”是纯净风格形态的主要标志特征。“纯度”是一个相对的概念，是指文学创作在消费时代的语境中所表现出来的对“文学”概念的坚守程度。在“文学被消费”的观念风靡于世的年代，短篇小说依然执着于以纯洁语言的形式表达对文学的忠诚，显示出短篇小说创作特有的艺术特征和审美趣味。从刘心武《班主任》的“先河”之作，到汪曾祺《受戒》的“抒情”文体，到马原《拉萨河女神》的“先锋”实验，到池莉《冷也好热也好活着就好》“新写实”的经典短篇，等等，短篇小说一直以自己的方式走在文学探索的前沿，并捍卫着纯文学的尊严。譬如，我们读莫言的长篇小说《丰乳肥臀》，再读他的短篇小说《民间音乐》《倒立》；读贾平凹的《废都》，再读他的短篇小说《满月儿》《商州初录》《饺子馆》；读棉棉的长篇小说《糖》，再读她的短篇小说《告诉我通向下一个酒吧的路》《每个好孩子都有糖吃》，等等，除却长短篇文体特征的差异外，我们还会感受到短篇小说所表现出的对语言的更多信赖，对“非文学”因素的更多拒绝。当然，这里并不否认这些长篇小说文学性品格的多样化存在，只是比较而言短篇小说更有一种让人心动的“纯净”品质，正如有学者指出：“与长篇小说，与影视剧相比，短篇小说的写作和发表是商业味比较弱的一个角落。与市场和书商的趣味和兴趣相比，短篇小说更是一个无利可图的废弃之地，没有一个书商愿意投资短篇小说的出版。看看书市和各种销售网点的短篇小说集，什么人才有资格出版这类集子，什么人才会购买这些作品？我想大都是与文学关系比较密切的人。……这种围绕短篇小说建构起来的文学写作和文学阅读空间，在今天不是很大，但非常稳定。……不妨对照长篇小说的天地，除了通常所说的出版的空间之外，还有影视传媒的空间、网络的空间。所有这些空间都向长篇小说敞开着。而短篇小说似乎没有这么幸运，它就是作家、文学爱好者和一些评论家所组成的写作—阅读空间。论维度，那是有点单一，既没有影视传媒空间的声光化电，也没有网络空间草根参与的热闹。短篇小说的维度就是文字的维度，或者说白了，短篇小说就是维持在文字符号中的写作和传播。如果我们依然将文学定义为语言文字的艺术，在今天还有什么比短篇小说更贴近这一概念的呢？”①

新时期短篇小说“纯净”的风格形态还表现在小说家在短篇小说创作中所秉持的拒绝“夸张”的创作态度，坚守了短篇小说是“孤独

① 杨扬：《在文学的空间中想象——关于新时期短篇小说的随想》，《扬子江评论》，2007年第5期。

者的声音”[①]这一文体品格，从而使短篇小说在安静的空间中积淀了纯净的艺术风格。在长篇小说创作中，小说家尤其是20世纪90年代的小说家往往自觉或不自觉地以十分夸张的姿态在书写这个喧嚣的时代带给他们的感受。一些小说家用长篇小说的创作形式努力造成舞台明星出场的效应，策划一种夸张的最初造型，力图造成观众的哗然和喝彩。譬如，从媒体对卫慧《上海宝贝》、棉棉《糖》等长篇小说的渲染，到一些“美女作家”长篇小说的频频闪现，都在很大程度上助长了当代文坛长篇小说的繁荣景象。在长篇小说的喧嚣创作中，不少作家表现出想抓住当前空间的急切心情，急于在当下舞台去表露和体验自我的感受，而此时的后现代主义思潮更增强了这种夸张的欲望。在我看来，小说家们何尝不知道在创作中应该把持的心态，但他们在喧嚣的氛围下又按捺不住追求时尚的欲望，于是创作的心态就异化成一种欲望的张力；对于创作所应秉承的心态来说，这种张力就构成了作家书写心态的夸张。卫慧在《上海宝贝》中的独白就言说了这样的心态——

> 某种意义上，我的朋友们都是用越来越夸张越来越失控的话语制造追命夺魂的快感的一群纨绔子弟，一群吃着想象的翅膀和蓝色、诱惑、不惹真实的脉脉温情相互依存的小虫子，是附在这座城市骨头上的蛆虫，但又万分性感，甜蜜地蠕动，城市的古怪的浪漫与真正的诗意正是由我们这群人创造的。
>
> ——卫慧《上海宝贝》

---

① Frank O'Connor, *The Lonely Voice: A Study of the Short Story*, New York: Melville House Publication, 1963.

而在短篇小说的创作中，小说家的心态就不一样了，正如王安忆在谈到短篇小说的创作时所说：“其实，心情格外安静和从容，没有一丝强求，每一个字都是自然舒缓地滋生出来。看起来，短篇小说总是在写作之始，抱着小心谨慎的态度……”[①]正是在这样长期“安静和从容”的创作姿态中滋生了短篇小说纯净的艺术风格，同时，小说家呈现出的对短篇文体的审美趣味也构成了纯净风格的重要内蕴。还应该注意的是，语言的纯净品质也是短篇文体纯净风格的重要体现。关于小说语言，汪曾祺曾说过一句精彩的话：“小说作者的语言是他的人格的一部分。语言体现小说作者对生活的基本的态度。”[②]短篇小说要在方寸天地里展现作家的艺术思想，语言不仅仅需要一般意义上的精练、简洁，而且还需要具有能够最大可能实现短篇文体内在要求的一种“有效性”。这种有效性主要是指语言表达要充分体现短篇小说文体的审美价值，恰如其分地实现短篇小说艺术魅力所形成的某种规定性。短篇小说之“短”，便要求语言不能有蔓延之“长”，语言不能形成缠绕之势，要不蔓不枝而同时又能生成艺术意蕴，从而呈现短篇小说独特的艺术世界。因此，这种内在的规定性便要求短篇小说语言在很大程度上要具有一种纯净而充满诗意的艺术品格，这也是短篇小说艺术灵魂不可或缺的重要内涵。

纯净的语言品格是短篇文体对语言艺术依赖和坚守的一种表征，这种品格不需要语言的虚张声势，也不是语言的干燥操练（比如一些先锋小说的语言），而是洗尽铅华的平静与披沙拣金的沉淀。汪曾祺对短篇文体纯净的语言品质表现出高度的自觉。我们来看其短篇

---

① 王安忆：《王安忆短篇小说编年·自序》，北京：人民文学出版社，2009年版，第3页。

② 汪曾祺：《关于小说语言（札记）》，《汪曾祺文集》（文论卷），南京：江苏文艺出版社，1994年版，第22页。

小说《珠子灯》的开篇："这里的风俗，有钱人家的小姐出嫁的第二年，娘家要送灯。送灯的用意是祈求多子。元宵节前几天，街上常常可以看到送灯的队伍。几个女佣人，穿了干净的衣服，头梳得光光的，戴着双喜字大红绒花，一人手里提着一盏灯；前面有几个吹鼓手吹着细乐。远远听到送灯的箫笛，很多人家的门就开了。姑娘、媳妇走出来，倚门而看，且指指点点，悄悄评论。这也是一年的元宵节景。"这段文字交代背景，展开场景，没有任何的暗示及其他复杂的潜在话语，简洁清晰，干干净净。"吹着细乐""倚门而看"这样质地的语言在很大程度上形成了短篇小说的审美意蕴。试想，如果把这样的文字置放在长篇小说的开篇，就似乎有些过于"轻灵"之感。再如小说《岁寒三友》的开篇："这三个人是：王瘦吾、陶虎臣、靳彝甫。王瘦吾原先开绒线店，陶虎臣开炮仗店，靳彝甫是个画画的。他们是从小一块长大的。这是三个说上不上，说下不下的人。既不是缙绅先生，也不是引车卖浆者流。"这段文字没有铺垫，没有修饰，极为简约的人物素描，却已勾勒出短篇小说即将形成的精致线条。首句便写"这三个人是"，点出三个人物，接着各用一个简单的陈述句交代其职业，"一块长大"说明其关系，最后一句呈现其生活境况。如此凝练纯净的语言，显示出汪曾祺对短篇文体独特的审美旨趣。当然，纯净并不只是文辞的简洁，有时细节描写的语言仍然表现出洁净的质地，比如小说《鸡毛》中的细节描写："到了傍晚，文嫂抓了一把碎米，一面撒着，一面'咽咽，咽咽'叫着，这些母鸡就都即即足足地回来了。它们把碎米啄尽，就鱼贯进入鸡窝。进窝时还故意把脑袋低一低，把尾巴向下耷拉一下，以示雍容文雅，很有鸡教。鸡窝门有一道小坎，这些鸡还都一定两脚并齐，站在门槛上，然后向前一跳。这种礼节其实大可不必。进窝以后，咕咕囔囔一会，就寂然了。于是夜色就降临抗战时期最高学府之一，国立西南联合大学的新校舍了。阿门。”苏童在很大程度上继承了汪曾祺短篇小说的语言风格。同样是纯净而简洁的语言格调，苏童以自己的艺术气质赋予其短篇语言某种沉郁、舒缓的表情，从而为短篇小说语言的纯净质地又注入了一种张弛有度的优雅元素。譬如，苏童小说《骑兵》的开篇：“我表弟左林是个罗圈腿，这意味着他如何努力，腿部以及膝盖是无法合拢的。我姨夫左礼生将这不幸归咎于左林幼时对一匹木马的迷恋，也不知道有没有科学根据。那是一匹从街道幼儿园淘汰下来的木马，苦命的大姨当时还健在，是幼儿园的保育员。她利用关系，花五毛钱为儿子买下了这件庞大的礼物。”再比如《桥上的疯妈妈》的开头：“疯妈妈穿着白丝绒旗袍，手执一把檀香扇，仪态万方地站在桥头。认识她的人知道她是谁，不知情的人还以为来了女演员，在桥上拍电影。疯妈妈左顾右盼，举起扇子向过路的孩子们挥手示意，可是孩子们不理她，男孩扮着鬼脸吓唬她，女孩指着她的旗袍交头接耳，也不理她。他们像一朵一朵云热闹地浮上桥头，风一吹，便散了。只有一盆菊花始终陪着疯妈妈，与她一起守望在桥头。”显然，这样的语言表达呈现出某种意念闪烁的神情，消隐了汪曾祺式的那种明快，多了一丝语言的延宕节奏，但这并不构成对语言纯净品格的伤害，反而在此基础上平添了一种温润的色彩魅力。

在短篇小说创作中，语言的诗化是一个常见的现象。用诗化的语言凸显短篇小说隽永、精辟的文体韵味，在一定程度上也是短篇文体的一种审美要求。但问题的关键是，把短篇小说的语言诗化到什么程度？在先锋小说时期，作家对小说的语言进行了极端的“操练”，不少小说在消失了人物、故事之后便只剩下诗性的语言，甚至可以直接当作诗歌来读。一些作家凸显短篇小说散文化的创作特点，但语言也接近散文诗，譬如何立伟的《白色鸟》。当然在当时的创作背景中，这些都不失为一种探索，促进了小说创作某些艺术经验的生成和积淀，但也应该注意到，这种过度的语言诗化在一定程度上反而限制了短篇小说的文体自由，对短篇小说叙事所形成的独特意蕴也造成了一种挤压。汪曾祺的小说语言显然也有诗化的特征，但它对短篇小说的文体属性没有形成任何破坏的可能。比如，小说《求雨》中的雨季："昆明栽秧时节通常是不缺雨的。雨季已经来了，三天两头地下着。停停，下下；下下，停停。空气是潮湿的，洗的衣服当天干不了。草长得很旺盛。各种菌子都出来了。青头菌、牛肝菌、鸡油菌……稻田里的泥土被雨水浸得透透的，每块田都显得很膏腴，很细腻。积蓄着的薄薄的水面上停留着云影。人们戴着斗笠，把新拔下的秧苗插进稀软的泥里……"这段文字营造了南方雨天的意境，语言质朴细腻，充满诗意。值得注意的是，从小说的整体结构来看，这些文字并没有脱离叙事，接着小说便进入缺雨的情形，最后是求雨的场景。即使是人物的行为动作，汪曾祺仍然可以用诗化的语言来叙写，比如《陈小手》中对陈小手的描写。

苏童一直在凸显短篇小说的语言质感，在诗化语言舒缓的流动中渗透着自己浓郁的情感气息。比如小说《水鬼》中的语言："河水向东流。装满油桶的船疲惫地浮在河面上，橹声的节奏缓慢而羞涩。油桶船从桥洞里钻出来，一路上拖拽着一条油带，油带忽细忽粗，它的色彩由于光线的反射而自由地变幻，在油桶船经过河流中央开阔的河面时，桥上的女孩看见那条油带闪烁着彩虹般的七色之光。"再比如《飞越我的枫杨树故乡》中的语言："我们这个城市的屋顶下住着许多从前由农村迁徙而来的家庭。他们每夜鼾声不齐，个人都有自己的心事和梦境。如果你和我一样，从小便会做古怪的梦，你会梦见你的故土、你的家族和亲属。有一条河与生俱来，你仿佛坐在一只竹筏上顺流而下，回首遥望远远的故乡。”可以看出，在语言诗化的过程中，苏童注重了细节元素的作用，从而使其小说的语言包容了更多的情感信息。从这个意义上说，汪曾祺、苏童这种纯净、诗性的语言不仅对于短篇小说创作具有重要的启示意义，而且对于当代文学创作中汉语经验的积淀具有重要意义。

二、精致

“五四”以来的短篇文体观念，多有“以小见大”的“深度”追求，少有文体“精致”的审美选择，因为“精致”含有“小”“轻”的审美意味，并没有成为那个时代短篇小说的文体特征。新时期短篇小说不断地进行自我审视和调整，在文体观念上发育了新的审美内涵，较为突出的就是把短篇小说视为“精致”的文学形式，可以说“精致”成了新时期短篇小说重要的风格形态之一。

对于创作主体的作家来说，“精致”已成为新时期短篇小说创作的重要艺术追求。创作形态的“精致”经验首先表现在作家对短篇小说文体审美态度的调整，作家由宏大的叙事诉求、粗疏的叙事线条转变为个体的、精细的叙事话语，在创作中对短篇小说的题材、主题、人物、结构、语言、叙事节奏等因素的处理无不显得用心良苦、精巧别致，“摒弃那些奢华而浮躁的东西，而为短篇营造出一种天堂般的纯净的空气”[①]，从而使短篇小说散发出精致的文体美感。其次，“精致”的审美体验是建立在开放性的创作形态之上的，文本的叙事样态具有较大的多样性和包容性，它可以是沉重的主题，也可以是飘逸的

① 迟子建：《新鲜如初的印痕》，《青年文学》，2002年第1期。

情绪；可以是故事性的，也可以是形式主义的；可以是传统的叙事方式，也可以是西方的叙事形态，但“精致”成为文本共同的审美风貌和作家共同的审美旨趣。

具体来说，“精致”的风格形态主要表现为三个方面的艺术特征。一是凸显了小说叙事的“精巧”特征，节约词句，拒绝任意言说，正如林白所说：“在我的印象中，短篇小说是一种精致的叙事艺术，有着特殊的讲究和别样的技巧，既要起得好，又要收得妙，一下一下藏起来，啪的一声又摔碎，敌进我退，敌驻我扰，而篇幅却如此有限，所谓戴着镣铐跳舞。这样的可遇不可求，如同一阵闪电，或者风吹花落的瞬间。”[①] 二是突出了叙事角度的别致性，以新颖的叙事角度透视现代人敏感、困顿的复杂心际，并在此基础上有效实施叙事空间的拓展。三是对于读者来说呈现出一种鲜活的阅读体验，使读者体验到与此前不同的文体阅读感受。短篇小说叙事凸显了探索性的艺术品格，摒弃慵懒的、自足的惯性话语方式，从而表现出一种创新性的审美价值。新时期以来，出现了许多“精致”风格的短篇文本，如汪曾祺的《受戒》、铁凝的《哦，香雪》、乌热尔图的《琥珀色的篝火》、张炜的《一潭清水》、何立伟的《白色鸟》、刘庆邦的《梅妞放羊》、余华的《十八岁出门远行》、格非的《青黄》、阿城的《专业·炊烟·大风》、陈染的《巫女与她的梦中之门》、迟子建的《亲亲土豆》、严歌苓的《少女小渔》、徐坤的《单纯的快乐》、荆歌的《手指上的漩涡》、邱华栋的《袋装婴儿》、石舒清的《清水里的刀子》、毕飞宇的《睡觉》、苏童的《香草营》、张惠雯的《垂老别》等，都鲜明地呈现出这一艺术风格。

---

① 林白：《春天，妖精·序》，沈阳：春风文艺出版社，2006 年版，第 1 页。

新时期短篇小说的“精致”风格已引起一些批评家的重视并加以倡导。2003年孟繁华主编了“短篇王”系列丛书，以“精致”风格为标准选编了鬼子、东西、刘庆邦、欧阳黔森、荆歌、赵凝、徐坤、邱华栋、石舒清、叶弥、朱日亮、邵丽等作家的短篇小说。孟繁华在为该丛书所作的序言中指出：“‘短篇王’书系的出版，是为了推动精致的写作和阅读。这一想法的萌生，源于对当下文学状况的某种担忧，在市场力量的推动下，消费性的写作作为文学主流已经成为不争的事实，这一被隐形之手塑造的文学环境，不仅激发了作家的市场诉求的积极性，而且也潜移默化地培养了读者粗糙的文学趣味。这一陈述当然不只是幽怨的拒绝和简单的批判，而是说一种单一的文学消费观念已经形成，文学对精神事物的漠然和对感官领域的热衷，似乎表明文学正在逐渐退出审美领域而为快感要求所取代。只要看看近年来流行的畅销小说，对这一判断就会认为大体不谬。短篇小说因体裁的先天‘缺憾’，不可能在市场上成为‘拳头产品’，但也正因为体式的要求，短篇的精致几乎是第一要义。……‘短篇王’需要作一点说明，列入出版或将要列入出版的这些短篇小说作家，可以理解为是致力于短篇创作的作家，也可以理解为在当下的文学处境中，短篇可能更精致更具有文学的审美意义。”[①]评论家汪政在谈到当下短篇小说创作时指出：“正如在古典时期诗歌往往是文学的晴雨表一样，在现当代文学时期，短篇往往反映了整个文学的状况。……我们的小说家们‘要有一颗坚定的心灵’，不必太在意一些环境因素，他们所要做的，就是将短篇作为经典的文学样式，像手工时代的钟表匠那样，精雕细

---

① 孟繁华：《为了精致的写作和阅读》，见刘庆邦：《女儿家·主编微言》，北京：中国文联出版社，2004年版。

刻，对缝合榫，准确、坚实、漂亮。”[①]由此可见，“精致”已经成为新时期短篇小说一种引人注目的风格形态，同时，也成为人们对于短篇小说艺术特征变化和发展的一种期望。

三、潜细

潜细是指短篇小说以独特的角度和细腻的笔触切入叙事主题的独特方式而形成的风格形态。从“边缘”的视角潜入意蕴悠远的叙事主题，在波澜不惊的叙事节奏里呈现出让人“心动”的审美感受是潜细风格的显著特点。这种“心动”的审美感受不是来自于“载道”的文学说教，不是来自于宏大主题的震撼，而是来自于短篇小说平淡叙事中让人隐隐产生的感动或疼痛，来自于小说中潜隐的既深入又细微的生命感觉。这里所说的“心动”，只是一种感性的描述，实际上它是短篇艺术之美在读者接受心理中的一种闪念和迸发，是读者内心陡然升腾起的刺痛和提升的触动。张艺谋曾谈到对《山楂树之恋》剧本的阅读感受。当读到静秋走近病危老三的床前，周围人让她喊老三的名字，静秋却叫不出来，一遍遍自我介绍“我是静秋”时，张艺谋说此时自己很是“心动”，于是不顾其团队百分之九十五选题专家的反对去拍这部电影，就是要把自己的“心动”传递给观众，可见“心动”的感染力量之于读者的作用之大。尽管张艺谋不是在读短篇小说，但在我看来，这里的“心动”更多的是一点点的情感触动，更像读短篇小说时精致、细微般的感觉，而不是读长篇小说时的感喟和震撼。“心动”所依托的文学审美因素分布在短篇叙事的各个技术层面，能传递“心动”的短篇小说在一定程度上可以说在技术处理上是较为精

① 汪政：《短篇小说存在的理由——以阎连科为例》，《扬子江评论》，2007 年第 5 期。

当的。显然，潜细风格的形成是与新时期短篇小说叙事结构、艺术主题的转变密切相关的。

1980年前后，短篇小说潜细的风格形态就初见端倪。张贤亮1980年发表的《邢老汉和狗的故事》就是新时期较早体现潜细风格的短篇小说。小说不是直接表达对极“左”路线的控诉，而是选择邢老汉和狗的故事作为叙事视角，通过老人与狗的不幸遭遇切入对那个特殊时代的责问。“老汉”“小狗”和“特殊时代”的关系叙述是一种“小角度”潜隐切入的叙事方式。此后陆文夫的《围墙》、古华的《爬满青藤的木屋》等短篇小说也在很大程度上呈示出潜细的艺术特色。李陀的《自由落体》（1982）、徐星的《无主题变奏》（1985）等短篇小说开始借鉴西方现代小说的叙事技巧，以独特的视角切入人的心理感受，更充分地显示了潜细的风格特色。20世纪90年代，一大批新生代作家的短篇小说也更多地呈现了潜细的风格特征，譬如潘向黎的《白水青菜》、戴来的《后来》、魏微的《李生记》、陈应松的《乡下的赵爷》、张惠雯的《我希望我是美丽的》、周新天的《稀世之鸟》、郭文斌的《寒衣》、艾玛的《痴娘》、张学东的《绿芭蕉》、和军校的《卖羊》、何玉茹的《情临窗下》、张玉清的《地下室的猫》、卫鸦的《天籁之音》、鲍贝的《空瓶子》，等等。这些小说从不同的角度和层面，呈示了物质生活和精神世界的一个个心动场景，搅动了读者心思，传递了潜细的艺术感受。

张惠雯的《我希望我是美丽的》是近年来最让人“心动”的短篇小说之一，并呈现了短篇文体潜细的风格特征。小说中的“我”左脸全是紫红色胎记，因此从小就生活在嘲笑、恐惧之中。当被告知省城一家医院可以医治，“我”就充满了希望，期望自己将来能去掉胎记变成一个美丽的女人。嫁给了一个腿有毛病的男人，生了一个女儿，丈夫尽管对“我”很好，却一直很在意“我”的脸。“我”偷偷攒私房钱，等待能够去整容的机会。攒钱的秘密被丈夫发现，在公公生病住院的时候被逼着交出多年的私房钱，整容的希望破灭了。后来在打工的小商店遇到了一个喜欢“我”的店主，他答应带“我”去整容，“我”经过周折离婚后嫁给了大“我”十四岁的店主，“因为我不能放弃眼前这点儿希望，因为从我懂得分辨痛苦和快乐的时候起，我就一直希望着，希望自己是美丽的”。读到这里，读者的心往往被激荡一下。小说不仅传递出一个女人一生的精神世界和精神希望，更为重要的是，小说通过叙事视角、时空、节奏等叙事因素的精致协调，在短篇的结构中极其鲜明地树立起一个身世悲凉而又不放弃希望的女人形象，并使得读者在那么有限的叙事空间里摒弃了女人的道德和偏执，带着酸楚的“心动”站到了她的一边，同情、感叹、支持、欣赏这个女人所特有的一点精神希冀。小说叙事格调清朗干净，节奏明净有力，非常精彩地凸显了短篇小说特有的叙事魅力。周新天的《稀世之鸟》也是一篇结构别致、意蕴独特的短篇小说，用清新的文字在优美的意境里叙述了一个美丽而遗憾的爱情故事。小说的故事并不是十分新奇，写了男孩原为和女孩夏薇从相爱到分手的经过。相爱中的夏薇一次给男友原为的信中说她家的庭院里有八哥在一根电线杆顶部筑巢，原为不相信，认为电线杆雨天灌水鸟儿不会那么傻；夏薇又讲她家的金橘树吸引了一只蜂鸟来采蜜，原为依据《辞海》说亚洲根本没有蜂鸟。原为到了夏薇家，看到的情况果真如夏薇所言，二人也由此分手。小说叙述的美丽爱情是以遗憾终结的，是“不信任”造成了遗憾的结局，而恰恰这种“不信任”又几乎是读该小说的每一位读者都很容易犯下的错误，这不禁使读者扪心自问，心头一惊。小说的故事原本也是一个青春爱情小剧，但故事叙述充分显示出作者对于叙事方式选择的精心努力，作者把一个平常的爱情故事镶嵌在短篇的结构中，在简洁的叙事过程中突然形成意想不到的逆转，而这种变化与小说的整个格调形成反差，在短篇方寸之间汇聚成感染的冲击力，让读者体会到了短篇艺术的妙处，心动不已之余，很难不说这是一篇优秀的短篇小说。郭文斌的《寒衣》通过一个孩子的视角来观察家里给死去的亲人做寒衣的过程，结构出生命中不能泯灭的念想和人世间永存的一份精神寄托，散发着生命存在的淡淡感伤和温暖。小说剪裁了一个特定的时空，在叙事中隐透出一种绵绵的凄婉情绪，用童话般纯洁的语言诉说生命记忆和人间冷暖，感染给读者一种追怀的精神伤痛。

此外，刘庆邦的短篇小说也属于此类风格。譬如他近年来的优秀短篇《红蓼》就带给了读者哀伤和悲悯的感触，或者说在读者的精神世界传递了一丝苍凉的悸动，同样展示了短篇的精美之妙。《红蓼》依然是刘庆邦用煤矿生活作背景叙写下层人命运的短篇小说。小说女主人公宋小美带着女儿寻找外出做工的丈夫，落脚到一个煤窑附近，为了生存，为了供女儿上学，就地做起了暗娼。宋小美与矿工们都很熟悉，接客做皮肉交易、看着女儿写作业已成为她习以为常的日常生活，直到有一天煤矿主递话过来想要她女儿的“处女身”，她在愤怒和惊慌中深夜逃离此地。刘庆邦在这篇短篇小说中突破了以往仅聚焦下层妇女命运的叙述，杜绝了这类小说常有的理念介入的弊病，成功完成了宋小美复杂多面的形象描述，延展了小说叙事的意蕴空间。特别是宋小美绣红蓼时的端庄和美丽，以及带女儿深夜离去所表现出来的决绝姿态和精神抵抗，都在读者心中留下了极其深刻的印象，并使得读者内心隐隐作痛，显示出作者在短篇小说文学性的创作方面努力地进行了提升。

在当下短篇小说的创作中，潜细的风格形态已经成为许多青年小说家的一种重要的审美旨趣，这种风格形态也同时演绎着新时期短篇小说文体观念的变化和发展。

四、绵远

绵远是绵密、悠远的风格形态。风格绵远的作品，文思细密，意境悠远。短篇小说之所以为“短”，其区别于他者的根本属性应首先在于其结构方式上。如上所述，新时期短篇小说对人物、情节及叙事时空等结构方式的诸要素不断地反思和探索，以结构的简约呈示了内涵的丰富。因此，短篇小说对创作技术的依赖性在很大程度上表现为以少胜多、以小见大的叙事手法和叙事效果，在简洁明晰的叙述中传达出曲折绵远的艺术意蕴。在新时期短篇小说的创作实践中，我们在陈染（如《时光与牢笼》）、史铁生（如《第一人称》）、徐坤（如《答案在风中飘荡》）、朱文（如《穷人》）、叶兆言（如《梦绕终宵》）、胡丹娃（如《假面女人》）、唐颖（如《困倦的波浪》）等小说家的创作中往往可见绵远之风。20 世纪 90 年代中后期以来，特别是进入新世纪之后，许多小说家的短篇小说突出了意蕴深长的“精神长度”，以“一唱三叹”的叙事特色凸显了绵远的艺术风格，如韩少功的《月光两题》、阎连科的《革命浪漫主义》、李洱的《林妹妹》、莫言的《与大师约会》、邱华栋的《流水席》、艾伟的《油菜花开》、谈歌的《天香酱菜》、红柯的《大漠人家》、尤凤伟的《风雪迷蒙》、晓苏的《我们的隐私》、海飞的《自己》、苏童的《香草营》、铁凝的《1956 年的债务》、施伟的《逃脱术》、冉正万的《纯生活》、鲁敏的《铁血信鸽》、盛可以的《白草地》、付秀莹的《花好月圆》、迟子建的《五羊岭的万花筒》、范小青的《接头地点》、王棵的《营门望》、叶弥的《香炉山》、徐则臣的《这些年我一直在路上》、石舒清的《低保》、周建新的《月亮也是亮》、莫怀戚的《孪生中提琴》……下面我们以苏童的《香草营》、铁凝的《1956 年的债务》、施伟的《逃脱术》和冉正万的《纯生活》为例，具体阐析绵远的风格内涵。

苏童的《香草营》写了一位医生婚外偷情的事件。梁医生是一家大医院主刀的大夫，负有盛名，又兼有市政协委员的身份。香草营是医院旁边一条脏乱、拥挤的小街道，住着下层市民。梁医生让人帮忙在香草营租了一套房子，以方便在午休时与医院的女药剂师幽会。所租房的窗外有房东小马养的信鸽，鸽子的咕叫和起落让这对情人偷情时感到不适，特别是当发现小马竟在鸽棚与鸽子住在一起后，两人再也没有了幽会的心情，挥之不去的心理阴影使他们很快结束了特殊关系。小马来医院指责梁医生违约，并以此理由让梁医生帮他当上信鸽协会秘书长、解决生病住院等问题。小马最后患癌症死去，当天梁医生在办公室窗台看见了小马养的鸽子正与自己隔窗而望。故事非常简单，甚至不是一个完整故事的述说，但小说用精巧的结构营造了一个密集的、存在于故事之外的叙事空间，在平淡如水的述说中潜示了许多欲言又止的东西，如梁医生精神的欲望与失落，下层人小马的生存方式和精神困惑，特别是生活中琐细因素的莫名对抗与无奈融合，社会水平天远的表面运行和波诡云谲的内在变异，都溶解在短篇不温不火的叙事格调之中。苏童这篇小说的精妙之处就在于在有限的叙事时空里没有理念先行的丝毫印痕，恬淡精短的叙事和一唱三叹悠远的内蕴相映成趣，浑然天成。

铁凝的《1956 年的债务》写了一个父亲在 1956 年向邻居借了五块钱，五十三年以后，父亲临终前嘱托儿子把欠款本息五十八元归还早已搬家于外地的邻居。儿子借出差之机去完成父亲遗愿，然而在小区门口看到了原来邻居家生活的阔绰和豪华，自己拿着五十八元钱茫然困惑，踟蹰门前，犹豫不定。最终儿子还是冲出这种尴尬和困难，走向了邻居。铁凝的这篇短篇小说的精妙之处在于从历史的追忆处抽离出一种内心深处的叹息和反思，而这种抽离的力量存在于非常质朴的短篇叙事之中。铁凝用温婉的语言和精致的短篇构思讲述了这个小故事，叙事线索自由地游走在历史和现实之间，父亲久远的精神承诺穿透现实的物质屏障，显示出刺痛灵魂的力量。儿子去还债，徘徊于过去与现在、精神与物质的门口，也让读者在其中心潮起伏。更可贵的是，小说的叙事节奏舒缓平稳，推进得波澜不惊，似乎在娓娓讲述一件家庭往事，显示出铁凝对短篇小说创作充满智性的体悟，具有灵秀圆熟的驾驭能力。

相对于苏童、铁凝的两篇小说，《逃脱术》和《纯生活》的故事性在小说的艺术安排中显然被稍稍推进到了前突的位置，读起来感觉不如前者的技术性强，但由于短篇故事的精致结构，加以并不逊色的叙事技术，读罢依然让人寻思良久。《逃脱术》写了县曲艺团的一位魔术师，他家境贫困，压力重重，母亲有精神分裂症不能自顾，妻子好吃懒做不持家务，儿子又被关进监狱。为了应对不堪的生活重负，魔术师到处表演，艰难养家度日。面对着这一切，在一次丧事现场为助富人家摆阔气、显排场，魔术师自愿提出表演一种捆绑着遭受重压也能平安逃脱的“解脱术”，心甘情愿地在表演中被压路机碾成肉齑，家庭得到了一笔赔偿，改善了家境。“70后”的作家施伟能把这个故事在短篇的结构中处理得悲怆而幽默，确实难能可贵。魔术师渴望生活下去，渴望维持生计，但现实却把他逼到生活的边缘，他只能用谋生的方式解脱自己，解脱家庭。小说延展着故事性的叙述，同时又营造着现实对生存强大挤压的叙事张力，在短篇的结构中聚集为对现实深度的沉闷叩问，回响悠远。相对于施伟的这部短篇，贵州作家冉正万的《纯生活》则让人读后有一种温暖的幸福感受，令人沉浸其中，回味良久。小说中“姑父”一家从曾祖父辈开始患腿疾，此疾往往致人死去，幸运的也要锯腿落个残疾。其实，读者能意知这可能是一种家族遗传疾病。“姑父”家族传下一个故事，深信祖上上山打猎偶然得罪了一种叫山魈的动物，山魈辈辈寻仇，使他们家族辈辈患腿疾。家族自知罪过，甘愿辈辈受罚，从小就不怕腿疾，生活得很坦然、很快乐，有残疾而不死者，便乐在其中，感到幸运、幸福。小说的叙事视角完全与故事本身平行，叙事空间更没有做故意拓展的任何努力，只是缓缓叙述这个看似有些悲剧、有点愚昧色彩的故事，但正是这个传说式故事的叙述在短篇构造的叙事空间里给了读者丰厚的意蕴和丰富的想象，潜示和回荡了一种生命的敬畏，一种活着的信仰，一种生活的支撑，一种生活的态度，一种幸福的标准。特别是在现代人精神生存窘困的状况下，这部短篇让读者读出一份生活幸福的甘美，这在众多短篇小说中是非常难得的。

从以上作品我们可以看出，绵远的艺术风格，蕴含了简约、谨严、柔婉、平淡的艺术特点，传递给读者韵味深长、一唱三叹的审美感受，并表现了短篇小说文体一种开放的风格形态。短篇小说的表现形式多样，艺术内涵的表现形态也千差万别。在我看来，中国短篇小说应能凸显具有“中国化”的意蕴形态，能够表现中国文化之中特有的一种生命体验——无论是小说中的人物或是小说家本身。只有这样，这种意蕴才能与读者的阅读感受融为一体，真正成为中国短篇小说艺术灵魂的重要内容。一些短篇小说力图表现现代人的某种感悟，尽管显得清新明快或玲珑精致，但缺乏短篇文体所特有的文思细密、意境悠远的特征。在这方面，汪曾祺、苏童的短篇小说同样为我们积淀了难得的艺术经验。我们以汪曾祺的《鲍团长》和苏童的《小偷》

为例，来探讨其绵远丰富的艺术意蕴之于短篇文体的意义。

《鲍团长》是汪曾祺晚期的短篇小说。小说写了一个小县城保卫团团长鲍崇岳的生活经历和人生感触。鲍崇岳十几岁从军，屡升为营长。部队驻扎在小县城，经此地老同学介绍，鲍崇岳脱离部队留在县城任保卫团团长。后发现自己渐被冷落，备感失意，于是辞去团长之职。小说依然是汪曾祺一以贯之的风格，篇幅很短，简洁明快，娓娓道来，却包含世间冷暖，融汇人间况味，称得上汪曾祺小说中的精品。鲍崇岳出生入死，官至营长，“行军可以骑马，有一个勤务兵”，却一时兴起离开部队，甘愿任地方保卫团团长。保卫团仅有一排人，为商家和大户看家护院，算不上部队。鲍崇岳之所以屈尊就任地方之职，原因是“他对军队生活已经厌倦，希望找个地方清清静静地住下来，写写字”。鲍崇岳读过私塾，喜欢书法，得意于人们称其为“儒将”，颇有知识分子的心境，这应是他实现这次人生转型的情感基础。此时的鲍崇岳对即将开始的地方生活充满了理想化的预期——钱也不少，清清静静，闲来写字，悠然自得。因此他甘愿牺牲部队的“前途”，换来他向往的“自由”生活。管理保卫团的地方商会愿意接纳鲍崇岳是认为其“有用”，可以让他通融过路的部队军官，使地方少受祸害；同时利用其管理好保卫团，防止土匪进城打劫。鲍崇岳当然也认为凭自己的资历可以得到应有的重视，足以让全家安然度日，然而，事情并非如此。时过境迁，威风不再，就连一个拉起一支队伍的纨绔浮浪子弟都瞧不起他，他顿时感到“他这个老资格现在吃不开了”。他自以为可以与县城的“大户”们平起平坐，可实际上他们根本看不上他的“门第”，就连他自鸣得意的书法也得不到地方“书法家”的认可。在这种情况下，鲍崇岳感到失意沮丧，以酒浇愁，写信辞职，并发出“落而为其”的人生感慨。鲍崇岳这种“退而求闲”的情结，也是现实生活中常见的一种心态。然而，这种心态导致的最终结果往往是失意和感伤的。于是，一种世态炎凉、冷落失意的生命体验便成为小说营造的意蕴氛围。依据这样的主题话语，或者可以把《鲍团长》“抻长”为一部长篇小说——可能是生动和感人的，但这样的长篇小说所形成的艺术意蕴远远比不上这部短篇小说。

苏童的短篇小说《小偷》以儿童的视角叙写了人的一种欲望心理。“我”随父母在四川一个小镇上生活，邻居小男孩谭峰是“我”唯一的朋友，谭峰视“我”为最忠实的伙伴。谭峰有小偷小摸的习惯，“我”也为他的“小偷”行为做过掩护。“我”知道谭峰“赃物”的掩藏地点，对他窝藏的那些“垃圾”根本看不上眼，直到有一天在那里看到一个偷来的小火车玩具。“我”戴着口罩偷偷到失主那里“告发”了谭峰。“我”被认为是一个诚实的“好孩子”，而谭峰当然是个“小偷”，被他的父亲用烙铁烫坏了左手。由于谭峰拒不“招供”藏匿地点，“我”得以找到那个小火车玩具，并偷偷地把它拿回家藏起来。原来，“我”之所以“告密”，就是想独自占有那个小火车玩具。尽管小说的最后加了一个圆满的结尾——“我”搬家后父母就把小火车寄给了失主——但小说给我们的思考仍停留在那个小火车的事件上。儿童叙事只不过是苏童的一种表达方式，小说要表达的是人性中隐蔽的某种东西，在我看来这是理解这一短篇的重要入口。此时的苏童已从先锋创作的潮流中转型，可这篇小说却用了一个非常“先锋式”的开头，由朋友间的一次拆字游戏导入了小说的叙事，颇有些“此故事纯属虚构”的意味。从人物的性格来看，小说中的“我”是虚伪和自私的，情感是妒忌和冷酷的。“我”的告密不是道德意义上的举动，而是私欲的一种表现。在谭峰的手被惩罚烫坏之时，“我”正急着去找小火车。实际上，“我”的行为比谭峰的“小偷小摸”更让人感到忧虑。在这里，小说赋予读者的思考显然已不局限于天真无邪的儿童世界，对人性心理的真实触摸才是小说真正的主题话语，由此而产生的深厚、悠远而丰富的艺术意蕴则成为小说魅力的重要构成。而苏童把自己的这种反思置放于如此轻松、精巧的叙事中，从而使小说生成一种浓厚而别致的文体韵味，显示出苏童对短篇小说举重若轻的驾驭能力。

从这两篇小说可以看出，汪曾祺和苏童都注重在小说中融入更加绵厚、深远的叙事内涵从而丰富短篇文体的艺术意蕴。而所有这些，都来自于作家对社会现实的深入体察和对精神世界的深刻思考，并能在短篇的方寸世界里进行有效的艺术表现。这就是短篇小说的难度。更值得注意的是，汪曾祺和苏童在这个过程中所体现的是中国的世态人情和文化心理，而不是借鉴性的某种思想潮流。而这，对于丰富当代短篇小说的文体风格以及中国经验的生成和积淀，都有着非常重要的实践意义。当然，一种文体的内部结构是非常复杂的，而文体本身也是在不断变化和发展的，所以我们必须回到文本才能理解一种文体的灵魂所在。毋庸置疑，中国当代文学在融入世界文学的进程中，也在承继着中国文学固有的血脉。汪曾祺和苏童的短篇小说创作所呈现的文体品格，无疑承继了中国短篇小说的艺术传统，延续了中国短篇小说的艺术精神，并融入了新的艺术元素，从而在文体演进的过程中形成和丰富了新的艺术经验。发掘和反思这些艺术经验，并重视它们发育、生成的具体过程，是当代文学研究面临的一个重要课题。

第三节　从艺术风格到文体期待

“文体期待即读者在阅读文学作品的时候，由某种惯例化的文学类型或形式特征而引发的心理期待指向。这种指向意味着读者希望体味到某种文体所可能具有的特定艺术韵味、艺术魅力乃至语言、结构、人物、情节等方面的特色。”①因此，我们如果从共性方面探讨新时期短篇小说文体的艺术特色，那么艺术风格和文体期待就具有一并考察和探讨的必要性。可以说，艺术风格在很大程度上是文体期待的重要基础，而文体期待则是艺术风格在接受过程中的重要显现形态。在这个意义上说，从文体期待的角度来观照艺术风格就成为研究新时期短篇小说问题的一条重要路径。同时我们注意到，新时期短篇小说从艺术风格到文体期待也是一个复杂、艰难的形成过程。20世纪90年代以来短篇小说就是十分安静的文体，在这样的语境中，形成接受视野中的较为突出、鲜明的文体期待的难度可想而知。而正是新时期短篇小说文体期待的艰难发生，更让我们清楚地认识到新时期短篇小说艺术创新的存在及其独特的艺术品格。文体期待发生与形成的影响因素很多，特别是与读者的个人因素密切相关，如读者的社会实践、文化素养、价值观念、生理机制等；但如果从新时期短篇小说所处的“边缘”状态及文体期待的生成语境来看，那么对新时期短篇小说的阅读状况和批评状况的考察就显得非常重要了。因为只有这样，我们才能了解新时期短篇小说艺术风格到文体期待形成的不同寻常的过程，才能真正认知艺术创新之于新时期短篇小说的意义所在。

一、从阅读选择到文体“唱衰”

新时期短篇小说文体期待的发生和形成，首先要在一定程度上克服阅读选择的制约。新时期小说批评是当代文学批评的重头戏，很长

① 陶东风：《文学理论基本问题》，北京：北京大学出版社，2007年版，第178—179页。

时间以来，各种文学批评主体都以不同的批评方式和话语形式对小说创作进行评判，各种媒体也从不同的视角对小说予以解读，共同构成了当代小说创作繁荣的文学胜景。新闻、娱乐等媒体也从社会视点和文化事件等角度予以评说，并借其传播的优势迅速影响了广大读者。在20世纪90年代以来的小说批评中，短篇小说一直被认为是一个衰退的小说文类。相当多版本的文学史教材都对短篇小说用了“衰退”“衰落”等字眼，认为短篇小说在十七年时期处于“长期繁荣”的发展状态，新时期开始后至少在头十年中，短篇小说依然称得上引人注目，自20世纪80年代中后期以来，短篇小说大势已去，并长期处于“不景气”状态，可以说，长期以来“唱衰”已成为新时期短篇小说批评的“最强音”。相对于中长篇小说而言，对新时期短篇小说的深入研究也少得多，更多的则是对某个作家的短篇小说进行评点以及一些泛泛的印象式概括评论。现在的问题是，一方面说新时期文学出现了转型和突破，是一种近乎质变的发展，这里面当然也包括短篇小说；另一方面又评判短篇小说出现了“衰退”。尽管角度有所不同，但从文学批评意义来考察，这种评判本身就是一种悖论。而这个“衰退”的用语，我觉得更像来自于社会媒体的判断。那么，新时期短篇小说是否存在真正文学批评意义上的“衰退”呢？耐人寻味的是，即使很有自信的作家和评论家对短篇小说从来都没有小觑，几乎一致认为短篇小说在叙事技术层面上具有更高的要求。20世纪中国文学史上也曾出现过鲁迅、沈从文、张爱玲、废名等作家的经典短篇；从19世纪到现在的欧美文坛，短篇小说也一直充满活力。实际上，如果走进短篇小说的创作现场就不难发现，新时期短篇小说的创作并没有出现真正的“衰退”。进入新时期以来，短篇小说创作步入了一个艺术变化和创新的重要发展阶段，其艺术形式的诸多因素如人物、结构、语言、叙事方式等都发生了显著的变化，形成了20世纪以来艺术表现形式最为丰富的一个重要阶段，发育、生成和积淀了许多新的艺术经验，对同时期的其他文学形式产生了重大的影响。从作家作品来看，苏童、铁凝、迟子建、贾平凹、莫言、李锐、韩少功、王安忆、潘向黎、刘庆邦等许多作家都创作出许多优秀的短篇，并都出版了短篇小说集。新世纪以来，更有一大批年轻的小说家以其独特的创新和锐气推动着短篇小说创作的继续前行。因此，新时期短篇小说的"衰退"是不是一种乌托邦的想象，或者说是一种虚拟意义上的衰退呢？这是一个值得我们深思的重要问题。

那么，对于短篇小说的批评何来"衰退"之说？我认为这与批评者的阅读选择有关，而这种选择又与媒体的关注是分不开的。很长时间以来，短篇小说不能像长篇甚至中篇小说一样吸引媒体的关注，也很难带来某种市场的利益，社会媒体、出版商当然不会去关注这样一个安静的文体。如果从这个角度与中长篇小说相比，短篇小说只能说是"冷落"和"衰退"了，而这更多的是大众媒体的判断。社会的浮躁风气和利益驱使，或者是文学批评家的"偷懒"，使得不少批评家去追逐媒体的判断来选择阅读对象，于是对短篇小说文体幻想的"衰退"出现了。文学批评家这种阅读的选择和忽略，在很大程度上造成了文学批评机制的某种疏漏，甚至造成了一个时代的文体偏见。试想，很多读者知道贾平凹的《浮躁》《白夜》《高老庄》《废都》《秦腔》等长篇小说，除早期的《满月儿》《商州初录》等几篇短篇小说外，像《王满堂》《晚唱》《制造声音》《饺子馆》等短篇小说又有多少读者熟悉呢？许多人熟悉陈染的长篇小说《私人生活》，有多少人读过她的短篇小说《时光与牢笼》《空的窗》《巫女与她的梦中之门》呢？我们读过苏童的《我的帝王生涯》《米》等长篇小说，也熟悉被改编为影视剧的《妻妾成群》《红粉》等中篇小说，对他的《西瓜船》《人民的鱼》《堂兄弟》《桥上的疯妈妈》《香草营》等短篇小说显然是陌生的。至于像裘山山、潘向黎、鲁敏、郭文斌、温亚军、张惠雯、石舒清、戴来、魏微、徐则臣、盛可以、杨怡芬等作家的短篇小说，一般读者知道的就更少了。为什么会出现这种情况？这当然有文体自身特点的制约，也有社会文化变迁因素的影响，但这些并不能遮蔽短篇小说批评和研究本身存在的某些问题。

新时期以来，从文学史重写的浪潮、文学评价标准的讨论，到对各种文学奖项的种种质疑，愈来愈显示出当代文学批评的一种危机。文学批评到底哪里出了问题，可谓众说纷纭，莫衷一是。文学批评在某种意义上是对文学秩序进行规约的一种努力，它的研究对象无疑是文学生产，更多的是对作品的文学性进行指认和评估，因此，文学批评的整体运作要能契合文学生产的机制，深入文学生产的腹地，那么文学批评才可能行进在规范、客观的轨道上，否则将谬以千里。概括而论，文学批评的整体运作最重要的莫过于文学批评机制，文学批评机制中任何一个环节、部位的缺失都将导致其滑离文学生产场域，或与评估对象的真实状态分道扬镳。从这个意义上说，找到文学批评机制中与文学生产场域咬合、交锋最为密集的环节是探讨文学批评问题的关键所在。在我看来，这个环节就是我们所说的阅读选择。

文学批评机制如果从社会学“机制”的含义来理解，实际上应包括批评机构、批评标准、批评范围、批评方式、批评结果等诸多因素和环节在内的整个文学批评构成的过程，是各个因素和环节相互作用、相互协调的有机运行方式。所谓阅读选择，简单地说是指在文学阅读和批评行为的过程中，阅读和评价主体对于文学作品的选择态度和选择方式。阅读选择处在批评主体和批评客体的中间地带，是一个重要的枢纽和链条，在很大程度上决定了批评范围和批评结果。如果选择态度和选择方式不同，阅读视野将会呈现出很大的差异性，评估结果当然会因此有所不同，接下来批评主体之间的相互抵牾也自然在情理之中。这本是一个简单的道理，但问题在于，阅读选择往往被不少学者当作批评的具体方法，没有把它置于文学批评机制中进行分析和研究，更没有从实践的角度予以引导和建构，以至于在一定程度上造成文学批评指向的四分五裂。当然，我们并不是试图建立一个一统江湖的评价体系，百家争鸣本来就应该成为文学批评的常态，但过于失去向心力和统一性的批评机制，过于零散化和碎片式的评价方式，过于失去威信力和公信度的评价结果，会造成批评秩序的紊乱，即使把这种评价结果以文学史的方式书写下来，也可能是一种虚拟的文学秩序，并将招致不同方向的话语抵抗，继续形成文学批评的孱弱病相。阅读选择的不断分化和多元转向，造成了传统批评体制的运行失灵。20 世纪 80 年代是一个让很多人回忆的文学时代，也是一个文学批评与文学生产共谋的文学时代。这个时期以及以往的文学批评机制，尽管其中的评价标准、评价机构等因素存在时代的限制，但评价机构、评论家、一般读者阅读选择的取向和范围的差异性并不大，获奖作品与社会反响基本上形成互动，以文学史方式划分的文学秩序更是少有质疑，尽管也出现诸如重写文学史的讨论和实践，但相对来说对主流文学评价机制没有形成太大的撼动，文学批评机制拥有的权威性、公信力依旧维持着它的良好运转。但是，这种态势并没有运行太久，随着文学生产的日益复杂化和扩大化，人们生活价值观念和文化文学观念的不断多元化，阅读选择便有了广阔的空间和适当的理由，于是文学批评机制发生了重大变化，并日益暴露出难以驾驭全局的无力之感。特别是网络盛行以后，文学的传播媒介发生了根本革命，创作的大分化时代也随即到来，一时间网络写手风行天下。更为重要的是，网络作品的流行吸引和培养了大批读者，并很快成长为“偶像写手”的“粉丝”，网络作家也干脆专门为其“粉丝”而作，保持和稳固了一批忠实的读者群。而这一切，从文学批评机制运转的行为因素进行考察，阅读选择是评价机制运转出现异常的首要原因。

相对于中长篇小说而言，关于短篇小说的批评和研究受这种阅读选择的影响较大，而有些中长篇是从中“受益”的，如《妻妾成群》《废都》《檀香刑》《白鹿原》等，即使像汪曾祺的《陈小手》这样优秀的短篇小说，其“受众面”也不算广泛。但是，我们也应该认识到，阅读选择也是社会文化和文学发展进程中必然和正常的现象，也是文学批评机制内部调整和改善的重要路径，对于整个文学评价的公正性和客观性有着内在的促进作用。但问题在于，尽管阅读选择日益分化，但批评机制中的其他因素却依旧保持着原来的面目，依旧按照原来的目标、标准和方式进行评估，这就等于大大缩小了所评估作品的读者群，即使排除市场利益等非文学因素的干扰而指认的评估秩序，也往往因为作品没有广泛地被关注、被了解而遭到冷落甚至抵触，评价的权威性和公信力无从建立。有学者已经指出，目前已出现了专业读者、大众读者和网络读者之间较为严重的隔膜，主要是专业读者与后两者之间的隔膜。我们一方面承认当下文学生产是以读者消费为主导的，另一方面又对这种阅读选择置若罔闻或无所适从，由此而形成的尴尬使得文学批评话语越来越局囿在“圈子”以内，因此如何适应文学批评机制中的阅读选择变化，弱化和消除评价行为中的“隔膜”现象，是当前文学批评过程中需要特别关注的问题。

但是，就目前的批评而言，这种阅读选择给新时期短篇小说的阅读传播和批评研究带来了种种阻力和困难，并在很大程度上造成了对于短篇小说“批评无力”的局限。

二、从批评无力到文体期待

新时期短篇小说文体期待的发生和形成与批评界对短篇小说的批评状况密切相关。然而，“无力”之感已成为当下文学批评广受诟病的重要原因之一，正如有学者指出：“中国当代文学缺乏一个令人信服的评价体系，极端的、二元对立的、非此即彼的文学判断再次‘复活’，批评界无力让全社会在当代文学问题上形成普遍的共识。”[①]在一定意义上说，批评的无力让文学批评本身应有的阐释力量缺失了，从而造成文学批评孱弱的病相。德国汉学家顾彬关于“中国当代文学是垃圾”的观点，固然是对中国当代文学的不屑一顾，我觉得也是对当代文学批评的轻视。试想，文学批评如果真的有力度切入中国当代文学的内部，真正触摸到当代文学最为真实的内核，中国当代文学是否是“垃圾”也应有自己的说法，批评界也不会为顾彬的一句话大为哗然。因此，在我看来，当下文学批评的真正力度还没有形成，甚至从某种程度上还缺少形成建构力度的努力。对于新时期短篇小说而言，这种批评的“无力”现象表现得更为明显，具体表现在以下两个层面。

其一，短篇小说的批评幅度较“窄”。这里的批评幅度，是指批评对象的范围而言。毋庸置疑，新时期以来特别是20世纪90年代以降，中国文学创作可谓是众声喧哗，尤其是由于文学传播媒体的多样化，文学创作出现了20世纪以来前所未有的复杂变化，文体的范围和文学创作方法也更是处在不断变迁之中。无疑，文学批评对象的范

---

① 吴义勤：《中国新时期文学的文化反思》，南京：江苏文艺出版社，2009年版，第246页。

围在急剧延展。然而，实际的文学批评范围并没有得到相应的调整，批评的幅度没有随之扩展，仍然囿于原有的阵地和平台，说到底，这就等于失去了驾驭整个批评对象的能力，当然有一种“小马拉大车”的动力缺陷。从目前关于短篇小说的批评来看，批评的幅度较为狭窄，批评界对短篇小说批评和研究的篇目十分有限。

短篇小说的“专业读者”的批评话语是造成批评幅度较“窄”的重要因素。尽管在理论上批评的主体是多层次的，包括专业读者、一般读者等，但在实践中文学批评的声音和评估秩序的确定主要是专业读者所为，院校学者和文学批评家（官方机构、文学刊物的文学评估也多由他们参与）的评判可以说基本就是文学批评的主要话语。因此，只有专业读者调整自身的阅读和研究行为，才能更好地应对和解决因短篇小说阅读选择所造成的种种问题。

其二，短篇小说的批评深度较“浅”。深度是文学批评一直追求的学术向度，游离这个方向，文学批评便会变成泛泛的评说。遗憾的是，当下文学批评的深度不“深”，对批评对象深层次的言说显得苍白无力。我们对现代文学经典作品的认知感受，其实内心的深度理解在很大程度上来源于某些经典批评，比如对鲁迅小说的领悟，我们可能想起钱理群对鲁迅式的语言、节奏、生命哲学、艺术审美等的独特解读，从而在一种深度批评的引导中又一次完成对鲁迅作品的再解读，鲁迅作品的经典地位再一次被建构。然而，当下这种“深度化”的批评显然做得很不够，不少研究者不仅阅读量达不到应有的广度，对文本更缺乏细读的功夫，只能印象式评说，很大程度上丧失了文学批评所应达到的“深度”品格，这实际上大大减损了批评的力度。

新时期短篇小说的文体期待正是在这种批评和研究的语境中形成的。短篇小说的“批评无力”，无疑使短篇小说的传播和接受受到了很大程度的制约，读者对于短篇小说创作状况的了解也因此受到影响。毋庸置疑，从事批评和研究的专业读者对于文学作品的理解和把握显然超过一般读者，因而通过专业读者的批评和研究将会增加文学作品进入一般读者阅读视野的机会，从而进一步提高一般读者的文体意识，这对于一种文学样式形成其文体期待将会产生极大的助推作用。然而，由于批评和研究状况的制约，这种助推作用对于新时期短篇小说文体期待的积极影响显然是有限的，这就大大增加了短篇小说文体期待生成的难度，使其生成的过程呈现出一种“艰难性”的特征。但是，这种难度也彰显了小说家在风格形成过程中的一种超越性品格，凸显了短篇小说文体风格的鲜明特征，正如洪子诚指出的那样：“作家的独特创作个性、风格的形成，不只是一种被动的反应、消解的选择。如果说他的个性、风格具有值得肯定的特征的话，那么，这应该看作是他从限制中求得自由，从被动中发挥他的主动性和创造性的产物。这是对于‘自我’的寻找和发现，是在各种条件下的制约中，对一种艺术境界的攀登，是在他的生活经验、艺术修养、才能倾向的基础上，对独特的艺术道路的探索和追求。”[①] 因此，突破一种制约，攀登新的艺术境界，正是小说家艺术风格形成的重要原因。新时期短篇小说艺术风格的生成也是突破上述阅读和批评的诸多制约不断进行探索的结果，并在此基础上形成了短篇小说的文体期待；而文体期待形成的“艰难性”，也更加凸显了新时期短篇小说艺术创新的独特品格。

---

① 洪子诚：《当代中国文学的艺术问题》，北京：北京大学出版社，2010 年版，第 129 页。

余论　经验与局限

新时期短篇小说的艺术创新是在新时期文学整体转型的背景中发生的，这也是中国文学生态改良和发展的重要体现。同时，新时期短篇小说的艺术创新是在消费文化的语境中展开的，这也证明了短篇小说具有应对各种考验的生存能力。在短篇文体“衰退”的批评话语中，短篇小说安静地进行着艺术的探索，并以创新的艺术品格冲破诸多传统的制约，开辟着短篇创作更多的可能性，为新时期文学的发展提供了新的增长点。在这个过程中，短篇小说所生成和积淀的艺术经验无疑是值得重视的，而这，也应是艺术视阈中“中国经验”的重要组成部分。我们从这个思维路径出发，从国家的艺术形象入手，探讨新时期短篇小说之于国家艺术形象的关联性，反思新时期短篇小说发展中的“中国经验”，从而为进一步思考新时期短篇小说的艺术经验开辟更多的可能路径。

随着对国家“软实力”问题的讨论，近年来关于国家形象的话题也越来越多地被谈及。不仅在政治意识形态领域如此，在艺术理论和创作领域也是如此。这是中国在政治、经济、文化等方面与西方世界进行新一轮交流和碰撞的结果，也是中国在融入世界一体化的进程中，面对“他者”所表现出来的一种急迫和全面的文化反思。很明显，国家形象是在“国家主义”和“世界主义”的语境中生成与积淀的某种集体认知，正如有学者指出的那样：“国家形象是一个综合体，它是国家的外部公众和内部公众对国家本身、国家行为、国家的各项活动及其成果所给予的总的评价和认定。”[①]然而，这种评价和认定是极为复杂的，它不能简单表现为诸如经济数据的某种统计和分析，而是更多地指向关于国家的一种时空意识和共同想象。这种复杂性给国家形象的探讨带来极为丰富的空间，但同时也应该注意到，“国家形象”所具有的一种政治意识形态的“表征”，似乎也让不少学者产生了某种审视和警惕。譬如，在中国当代文学特别是新时期文学的研究中，涉及当代文学书写与国家形象之间的讨论并没有有效地展开，相关的考察要么停留在“主流话语”式的呼吁，要么是整体观照中的一种点缀式评述，缺乏具体和深入的学理探究。这种扫描式或闪烁其词的讨论姿态，往往忽视了国家形象本身所具有的丰富内涵，也在很大程度上遮蔽了当代文学书写与国家形象建构之间的必然联系。

我们知道，中国现代文学是伴随着“现代中国”意识的产生而发展的。从整体上看，中国现代文学承载了一个历史时期人们对于国家和民族的现代性想象，它与国家和民族的现代化始终处于一种文化的同构关系。因此，中国现代文学凸显了对于国家的时代关切和忧患意识，正如夏志清所说：“但那个时代的新文学，却有不同于前代，亦有异于中国大陆文学的地方，那就是作品所表现的道义上的使命感，那种感时忧国的精神。……即使从世界文学的眼光来看，中国

---

① 管文虎：《国家形象论》，成都：电子科技大学出版社，1999年版，第3页。

现代文学感时忧国的精神，仍然值得我们进一步加以探讨。”[①]在这个基础上，对于国家形象的想象和建构就成为现代文学书写中一个极其重要的艺术内涵和艺术品格，“在中国现代文学中，尤其是通过小说（fiction）这种虚构叙事作品由一种边缘文体上升为文学正宗的踪迹，我们可以发现小说在民族国家共同体的构造中的重要功能，同时也可以充分认识到现代民族国家的想象和建构的特点”[②]。中国现代文学特别是小说在民族国家中的构造中发挥了重要的作用，现代文学承担了现代民族国家主体和现代个人主体的双重建构的作用。不仅如此，不少学者把现代文学的这种精神和品格一直推延至整个20世纪的中国文学。其中，最著名的应是钱理群等学者在20世纪80年代提出的观点，他们在阐释“20世纪中国文学”的概念中指出：“所谓‘20世纪中国文学’，就是上世纪末本世纪初开始的至今仍在继续的一个文学进程，一个由古代中国文学向现代中国文学转变、过渡并最终完成的进程，一个中国文学走向并汇入‘世界文学’总体格局的进程，一个在东西文化大撞击、大交流中从文学方面（与政治、道德等诸多方面一道）形成现代民族意识（包括审美意识）的进程，一个通过语言的艺术来折射并表现古老的中华民族及其灵魂在新旧嬗替的大时代中获得新生并崛起的进程。”[③]在这个意义上，从20世纪开始的百年中国文学，都在现代性的语境中以积极和关切的姿态参与了国家形象的建构。但值得注意的是，学术界在谈及这个问题时，往往仅聚焦于现代文学，而对当代文学特别是新时期文学的相关考察却显得并不具体

---

① 夏志清：《现代中国文学感时忧国的精神》，见夏志清：《中国现代小说史·附录》，上海：复旦大学出版社，2005年版，第358页。

② 旷新年：《民族国家想象与中国现代文学》，见严平编：《全球化与文学》，济南：山东教育出版社，2007年版，第123页。

③ 黄子平、陈平原、钱理群：《论“二十世纪中国文学”》，《文学评论》，1985年第5期。

和充分。譬如，王一川在《中国形象》一文中指出："以鸦片战争时期作为国体名称的'中国'的诞生为标志，古典性中国形象在西方他者冲击下急剧破灭，中国形象终于成为一个需要重新追问的空前急迫而重要的大问题；也正是为着解决这个问题，实现中国文化复兴，现代中国人开始了新的想象力活动——建构现代性中国形象。而由于文学的审美形象性特点及其无可比拟的优势，创造富于审美魅力的中国形象，就必然成为20世纪中国文学的一项非常而又自觉的使命。于是，中国的作家和诗人不得不于焦虑中重新构想和描绘当前的'中国'，似乎只有这个新形象描绘成功了，才能进而寻到抵御强敌、复兴'中国'的良策。而由于这百年间中国及世界历史的特殊性，对中国形象的反复寻找、呈现或重构，竟演变成了一个贯穿整个20世纪中国文学的'世纪性'传统。"[①]可以看出，这些关于20世纪中国文学对国家形象建构的讨论基本上是在现代文学的历史语境中展开的，拓展到当代文学似乎是一种想象的惯性使然。那么，如何确认中国当代文学之于国家形象的建构关联呢？

应该说，钱理群、王一川等学者上述关于20世纪文学对国家形象想象和建构的观点是建立在历史分析基础之上的，是准确和令人信服的。实际上，中国当代文学依然延续了现代文学对于国家和民族形象想象和建构的迫切性与自觉性，只是随着时代和历史的发展，其建构的具体方式和表现形态发生了变化。在新的历史时期，中国当代文学特别是新时期文学对于国家形象的想象和建构实现了从"呐喊"到"重建"的内在转型。基于对"国家""民族"现代形象的强烈期望，中国现代文学表现出一种"呐喊"般的呼唤，"以'改造民族的灵魂'

① 王一川：《中国形象》，《粤海风》，2000年第1期。

为自己的总主题”[①]，以颠覆封建礼教和传统家庭观念等诸多书写形态显示出“启蒙”的文学诉求。随着现代“国家”“民族”形象的确立，“重建”已代替“呐喊”，在新的时代进程中，塑造新的国家形象已经成为国家形象建构的迫切需要和重要内涵，而新时期文学的转型恰恰契合了这种历史语境的转变。随着新时期的到来，文学脱离了与政治的紧密关系，逐渐回归自身，从而实现了文学的“内转向”。正是从这里开始，中国当代文学以自身独特的优势和魅力参与了国家形象的时代建构，并成为国家形象艺术建构中不可或缺的重要方式。从20世纪80年代起不断涌现的文学思潮可以看出，新时期文学一直在一种观念的支配下发展，那就是努力跻身世界文学之林，尽快确立中国当代文学的地位和形象。因此，借鉴西方文学的表现方式来实现自身的解放和发展，就成为新时期文学演进的重要形态。而在这个过程中，中国文学与其他民族和国家的文学进行了急切而深刻的交流与碰撞。面对西方“他者”，中国文学所进行的自我形象塑造，必然也是一个对于国家形象进行建构的行为。当然，这种建构首先是关于国家艺术形象的塑造，而这也是整个国家形象建构的应有之义。实际上，新时期文学对于国家形象建构的迫切性并不逊于现代文学对于现代“国家”的呼唤和呐喊，这种迫切性几乎是以一种非常焦虑的形式来表达的。比如，先锋文学等思潮在推动当代文学发展的同时，也因此付出了“极端行为”的诟病代价，颇具有一种悲壮的意味。文学界的诺贝尔文学奖情结也可以作为当代文学建构国家形象的一个鲜明的情感注脚：“诺贝尔奖情结或焦虑始终在折磨着中国作家的神经。文

---

① 黄子平、陈平原、钱理群：《论“二十世纪中国文学”》，《文学评论》，1985年第5期。

坛每一年都会为获奖者而激动，尤其是本土作家入围提名的年份。”[1]直到莫言获得诺贝尔奖，似乎才让中国文学界有了“好梦成真”的感觉，这甚至被媒体作为“中国崛起的一个象征”[2]。可见，新时期文学始终以融入世界的艺术姿态，自觉而有效地进行着国家形象的艺术建构。因此，重视中国当代文学对于国家形象的建构意义，理应成为一个重要的学术问题；仅仅强调“个人化”的书写特征或因警惕“政治意识形态”而忽视二者的关联性，不仅是对国家形象本身的误读，也是对当代文学研究路径的一种遮蔽。

在新时期文学对于国家形象的艺术建构中，地域书写成为一个不可忽视的重要建构方式。新时期文学中的地域书写，不仅仅是对“越是民族的越是世界的”这句老话的文学实践，更是在中西文化碰撞的时代背景中，对中国地域文化的一种重新审视和深刻反思，正如有学者指出：“到了新时期，‘地域文化意识’的普遍觉醒就从根本上拉开了文学与政治的距离，并使得文学的格局发生了决定性的分化。我之所以要强调这一点，是因为一般研究者都认为，是西方‘现代派’文学的影响从根本上改变了中国当代文学的格局。这种说法是从‘现代派’文学的手法打破了现实主义一统天下这个角度去看问题的，自有它的道理。但我觉得，新时期的‘地域文化文学’中体现出的文化意识已经根本不同于‘十七年文学’和‘文革文学’的政治意识了，而且，在‘地域文化文学’中，已经出现了具有浪漫主义风格的成熟作品，比如张承志的‘内蒙古草原故事’（像《黑骏马》那样的作品）、乌热尔图的‘东北故事’、李杭育的‘葛川江系列’等，也明显有别

---

① 黄发有：《诺贝尔文学奖和中国当代文学》，《天津社会科学》，2008 年第 2 期。
② 陈小方：《是中国崛起的一个象征》，《光明日报》，2012 年 10 月 13 日。

于现实主义的风格。”[①]区域书写中丰富的审美要素、文化源流以及多样的文学形态，是中国文学充满活力、形成宏大气象的综合资源与独特优势，也是发育和积淀中国经验的基础，更是中国艺术形象构建的元素和内涵。因此，在中国文学加速融入世界文学的进程中，中国作家对区域书写的重视，实际上也是对国家形象建构的一种艺术自觉。

讨论区域书写对于国家形象的艺术建构，有必要进入区域书写的“个体”中进行考察。否则，面对地域书写的多样性和丰富性，简单的“区划性”的分类述说往往不能形成有效和准确的分析。在这里，我们选取“新时期江苏短篇小说创作”作为“标本”，以“个案”考察的方式讨论区域书写在国家形象建构中的经验表达。之所以选择江苏短篇小说创作，主要是基于三个方面的考量。一是江苏不具有边疆、少数民族聚居地等边缘地域所凸显的区域特征，而是以经济和文化高地体现出区域的代表性，实际上地域书写更多是由类似“江苏书写”等“个体”所构成的，因而对江苏区域书写的分析更具有学理意义上的普遍性。二是在新时期小说创作中，短篇小说是一种“安静”的文体，以其“纯净”的文体品格在很大程度上拒绝了一些“非文学”的因素；同时，相对于中长篇小说来说，短篇小说是“轻文体”，也是文学性最强的文体，令人无法轻视它的技术含量和艺术价值。以短篇文体作为探讨的路径，为充分从文学自身的因素发现区域书写中的中国经验提供了更多的可能。三是汪曾祺、陆文夫、高晓声、赵本夫、范小青、苏童、毕飞宇等江苏作家的短篇小说影响广泛，江苏已经成为新时期短篇小说创作的“重镇”，正如有学者指出的那样：“江苏短篇小说的发展，显然已经客观地形成了这样一个‘定局’：从全

---

① 樊星：《当代文学新视野讲演录》，桂林：广西师范大学出版社，2007年版，第160页。

国文学的总体来看，提到江苏的小说创作，人们首先想到的必然是它的短篇。”[①]从新时期江苏短篇小说创作的整体来看，以下两个创作特征是值得重视的。

一是对区域文化丰富性和差异性的精致表达。新时期伊始，汪曾祺、高晓声、陆文夫、赵本夫等作家就创作了蜚声文坛的短篇小说。汪曾祺的《受戒》《大淖记事》等呈现了“里下河”地域的风物人情，区域化的书写特征与其个性化的叙事风格同样引人关注，前者也成为汪曾祺作为“短篇小说家”的一种指称，如苏童所说：“文学史上有太多的短篇大师。大学时代我曾迷恋于契科夫、高尔基、海明威，三人的创作风格可谓风马牛不相及，但契科夫和海明威的短篇集使我分别领略了古典的灰暗、细腻、沉重和现代的简洁、明朗和个性化的技巧，至于高尔基的早期短篇小说，它们的流浪者情绪其实极易俘虏文学少年的心。我对短篇小说的兴趣使我后来又读到了博尔赫斯、乔伊斯、辛格、契佛这些欧美作家的精彩短篇，直到1988年读到令人叫绝的美国作家雷蒙德·卡佛的作品，这是一个漫长的横亘十余年的阅读过程，它是令人愉悦又是黯然神伤的。……中国历史上也出现过伟大的短篇大师，在我的心目中至少有三位：编撰‘三言’的冯梦龙，写湘西的沈从文和写苏北里下河的汪曾祺先生。”[②]同样是乡土小说，高晓声的《李顺大造屋》《陈奂生进城》等取材于苏南的乡村，赵本夫的《卖驴》《空穴》《绝唱》等则表现出苏北农村的风土特征。陆文夫无疑是苏州书写的代表，从20世纪50年代的短篇小说《小巷深处》到新时期之初的《小贩世家》，陆文夫以个性化的艺术方式开启

① 董健：《江苏短篇小说五十年》，《江海学刊》，2001年第2期。
② 苏童：《我的短篇病》，《小说林》，1993年第1期。

了对苏州地域风情的叙写。继陆文夫之后，范小青成为苏州书写最重要的小说家，正如何西来指出的那样："陆文夫作为先行者、范小青的前辈，已经离我们而去。在他身后，范小青已经是当之无愧的苏州地域文化的文学表达者、主将和旗手。她的作品，不仅陈述苏州的历史文化，而且陈述并参与塑造这座名城的现代文化，既有地域性，又有普适性。"[①]尽管范小青的长篇小说——从《裤裆巷风流记》到《香火》《赤脚医生万泉和》《城市民谣》《城市表情》《女同志》以及新作《我的名字叫王村》等都产生了广泛的影响，但短篇小说在其创作中同样占据着重要的位置，甚至有学者指出："真正能够呈现范小青艺术天分和才情的灵光之笔，主要还是蕴含在她的短篇小说之中。这似乎是范小青日积月累的经验，一次次激情的涌动和理性沉淀的必然结果。"[②]因此，范小青的短篇小说如《鹰扬巷》《六福楼》《苏杭班》《我们的朋友胡三桥》等不仅传递着"苏味"的叙事风格，而且为区域书写注入了更多的新的艺术元素。在短篇小说的苏州叙事中，苏童的意义同样是不可忽视的。苏童在其"香椿树街"系列中，把苏州地域诸多的历史变迁、世态人情融入短篇小说中，如《古巴刀》《骑兵》《白雪猪头》《人民的鱼》《水鬼》《哭泣的耳朵》等，形成了具有苏童个人气质的苏州书写。同时，更年轻的一批作家如叶弥、朱文颖等也从不同的审美视角延展着对苏州地域的景观叙事。此外，在江苏的区域书写中，叶兆言对南京的书写以及鲁敏以苏北乡镇为背景的"东坝系列"小说也是引人注目的。

当然，区域书写并不承担风物人情的记载功能，尤其是短篇小

① 何西来：《从勤勉到叙事场效应》，《文艺报》，2008 年 4 月 18 日。
② 张学昕：《人间信息的生命解码——范小青短篇小说论》，《当代作家评论》，2012 年第 3 期。

说，更没有足够的叙事时空来呈现区域的外在景观。文学意义上的区域书写是发现和表达风物人情与精神世界之间的联系，表现区域文化的内涵与影响。上述的诸多短篇小说中，并没有凸显对区域性独特景观、奇闻趣事的描述，而是聚焦鲜明的区域文化，重在表达浸染在区域文化之中的审美旨趣与生命情状。更值得注意的是，小说语言进一步表达了区域文化的差异性和丰富性。比如，赵本夫的敦厚简劲与陆文夫的温婉幽默显然是不同的，鲁敏的质朴俊朗与叶弥的细腻神秘也有很大的差异。尽管苏童的短篇小说创作深受汪曾祺的影响，但由于区域文化不同，汪曾祺的清新澄明显然不同于苏童的细密沉郁。因而，即使小说中没有区域风物的明显呈现，仅仅从语言本身来看，许多小说依然是对区域文化的艺术表达，比如范小青的《夜归》《城乡简史》《像鸟一样飞来飞去》《父亲还在渔隐街》等，毕飞宇的《地球上的王家庄》《哺乳期的女人》等。从这个意义上说，短篇小说对区域文化的书写是一种内在的、精致的表达。

二是对时代心灵史的建构与书写。文学书写是建构心灵史的重要方式，正如有学者指出："如果单纯地从反映一般历史经验的角度看，哲学、历史等的文本也具有很高的认知价值（或有更高的价值），但是如果我们希望了解的是一种心灵史的经验，尤其是那种活生生的、紧贴于感受性生活层面上的心灵经历，那么文学文本就会是更有价值的。"[①] 长篇小说因其宽广的叙事时空在很大程度上能够满足人们对于"史诗"的想象，因而也常常被认为是心灵史书写的重要文体。其实，短篇小说以其便捷的姿态进行"散点"透视，解读时代的心灵编码，

① 黄卓越：《从文论史到心灵史：一种民族性建构的途径》，《清华大学学报》（哲学社会科学版），2009 年第 5 期。

也以文体自身的优势形成了对心灵历程的整体书写。江苏的短篇小说创作在区域文化的历史观照中，审视和反思时代的心灵轨迹，有效实施了对社会转型时期心灵变化的艺术表达。从赵本夫《卖驴》中担心政策多变的孙三老汉，到其《即将消失的村庄》中忧虑村庄消失的村长老乔，这是一个漫长的社会转型时期，也是一个观念、心理剧烈变化的时期。从陆文夫《小贩世家》中用一根扁担谋生的朱源达到范小青《城乡简史》中进城打工的王才，这同样也是一个社会结构和社会伦理转变的过程。江苏小说家在进行短篇创作时，正是在心灵史的维度中展开了对时代的书写，譬如，荆歌的生存困顿中的心灵体验，韩东的复杂生活中的诗意心灵，黄蓓佳的生活细微处的心灵悸动，鲁羊的哲学思辨中的心灵诘问，戴来的日常表象下的心灵反思，朱文颖的迷离人生中的心灵探寻，等等。小说家在短篇小说的方寸世界里，关注人生状态，诉说生存冲突，探究隐秘的精神意象；在与人物进行心灵对视的同时，用不同的方式表现着诸如迷茫、痛苦、挣扎、坚韧、善良、关爱、救赎等心灵状况和精神品格，并汇聚成一个时代宽阔而深沉的心灵图景。在这个过程中，除了汪曾祺、赵本夫、陆文夫等早期的短篇名作之外，还有一些优秀的短篇小说，如范小青的《城乡简史》《接头地点》、毕飞宇的《地球上的王家庄》《哺乳期的女人》、苏童的《茨菰》《桥上的疯妈妈》、鲁敏的《离歌》《伴宴》，以及韩东的《反标》、叶弥的《香炉山》、朱文颖的《繁华》、戴来的《亮了一下》……都让人印象深刻，并在一定程度上成为这种心灵史书写的重要支撑。

可以看出，对区域文化和心灵史的书写，是江苏短篇小说创作的两个重要维度。江苏的区域文化内涵及其时代的心灵轨迹，显然是民族文化和民族心灵史的组成部分或缩影，因而，对它们的发现和表达应是对国家形象的一种艺术建构。作为中国文学的一个“个体”，江苏的区域书写为我们提供了整体观照国家形象与当代文学关联的一个视点与平台。以此为基点，探讨区域书写中中国经验生成和积淀的可能路径，对于国家形象的艺术建构来说则具有重要的理论和实践意义。

丹纳指出：“每个地域有它特殊的作物和草木，两者跟着地域一同开始，一同告终；植物与地域相连。地域是某些作物与草木存在的条件，地域的存在与否，决定某些植物的出现与否。而所谓地域不过是某种温度、湿度，某些主要形势，相当于我们在另一面所说的时代精神与风俗概况。自然界有它的气候，气候的变化决定这种那种植物的出现；精神方面也有它的气候，它的变化决定这种那种艺术的出现。”①地域幅员辽阔，文化复杂多样，是中国文学的优势资源。有学者在研究当代文学作品在国外传播的基础上指出：“西方看重中国当代文学的中国特色和地域特征，欣赏中华民族文化中本真的语言艺术精品，特别是凝聚着东方哲学和美学精髓的作品。”②如何在区域书写中发育、生成和积淀更多的中国经验，也是当代文学发展长期关注的问题。同时，对这一问题的深入探讨以及在此基础上的创作实践，是当代文学铸造自身形象以及在此意义上建构国家形象不可或缺的内容和途径。

创作主体与“区域”的融合程度在很大程度上决定了文学经验的生成。文学经验是独特的和真实的，具有鲜明的归纳性和启示性。在区域书写中，如果创作主体与作为创作对象或语境的“区域”不能实现充分的融合，那么就无从谈及真正的经验生成，而所有相关的归纳

---

① ［法］丹纳：《艺术哲学》，傅雷译，北京：人民出版社，1963 年版，第 8 页。
② 姜智芹：《中国新时期文学在国外的传播与研究》，济南：齐鲁书社，2011 年版，第 291 页。

和总结也只不过是虚伪的形式。遗憾的是，作家与“区域”之间“貌合神离”的状态却成为当下小说创作中令人担忧之处。在阅读中我们不难发现，不少作家与他们书写的“区域”存在着不同程度的距离和隔膜，在某种意义上，这些作家是在仅凭尚存的一些故土记忆和乡愁来展开区域书写。为了能够延续这种书写，小说家往往采用乌托邦的文化想象来填补这种疏离的空白。于是，我们在小说中读到了一种对区域文化粗浅甚至虚假的表达。事实上，创作主体与“区域”的融合，不仅是指作家对于某一区域风物人情和文化积淀的深入了解，而且还应指作家在情感上能够真正融汇于区域文化之中，甚至达到“我”即是区域存在“一部分”的生命状态。只有这样，作家才能沉浸在区域文化的语境中感知和发现独特的区域精神，书写出真正的区域经验。在这个问题上，沈从文的小说创作是一个经典的范例，正如有学者指出：“他的作品之所以能够产生广泛的影响，在‘边城’之外激起甚至京都人的心灵共鸣，看来并不在于他铺叙了多少湘西的民间风土或离奇故事，而在于他在写作的过程中把自己沉浸到了乡土传统所存有的想象境界和叙说状态之中。在这种境界与状态下呈现出来的作品，自然也就能使读者，尤其是已经远离自然气息的都市人，在自己心中激起对超越世俗的向往与回忆。沈从文的成功，从另一方面看，也在于他能够把‘民族—地域’与‘社会—历史’结合在一起，写风土而不孤僻，叙民情而不空虚。因此他的作品也就获得了自成中心的独特价值，而没有成为都市时尚的简单陪衬。”[①]不仅如此，作家真正融入区域文化的状态之中，在创作时也常常会受到其审美旨趣的

① 徐建新：《全球语境与本土认同——比较文学与族群研究》，成都：巴蜀书社，2008年版，第180页。

浸染，从而对文学的表现方式也会产生重要的影响，这显然对于文学经验的生成来说是极为重要的。

需要指出的是，对区域文化的深度融合与借鉴西方文学的表现方式之间并不存在必然的矛盾——尽管当代文学思潮中的极端方式凸显了这种冲突，相反，对西方文学的借鉴往往为作家表现区域文化提供了更多的可能，正如杨义指出外国文学对于沈从文的创作影响：“沈从文的‘凤凰情结’，包括苗、汉、土家族杂居的湘西情结，以及荆蛮、三苗相通的楚文化情结，深刻地影响了他的文学创作的价值取向、想象天地和审美形态，沉积成他的文学创作的文化特质和文化基因。应该强调的是，他对这种文化基因和特质的传承，是开放性的传承，而不是封闭性的传承，传承中有着非常深刻的内在的现代性的点化。他的根基在于眷恋湘西，他的成功在于走出湘西。……外来影响也在改变着他的文学创作的文化特质，使他文学创作的文化基因成为具有现代性的复合性。但是这种特质和基因的异变，是再生性的，而不是原生性的。外来影响的作用，主要在于唤醒和释放出他的文学创作的潜力，并赋予他某种形式，而不是代替他的文学潜力的积累和发挥，更不是消解他的文学创作的文化特质和文化基因。沈从文的杰出在于他从外国文学的影响中找到一种可能性，自觉地发挥了他的‘凤凰情结’的优势，从而创作出一个属于沈从文的，别人无法代替的审美形式和审美世界。”[①]汪曾祺在区域文化的书写中，也善于融合西方文学的一些元素，正如他自己所说：“我是更有意识地吸收民族传统的，在叙述方法上有时简直有点像旧小说，但是有时忽然来一点现代派的手法，意象、比喻，都是从外国移来的。这一点和前一点其实是

① 杨义：《重绘中国文学地图》，北京：中国社会科学出版社，2003 年版，第 273—274 页。

一回事。奇，往往就有点洋。但是，我追求的是和谐。我希望融奇崛于平淡，纳外来于传统，能把它们糅在一起。"[①]正是这样的借鉴和融合，使汪曾祺形成了独特的区域书写风格，创作了诸如《受戒》《大淖记事》《故里三陈》《岁寒三友》《七里茶坊》《晚饭花》《桥边小说三篇》《鲍团长》等风格鲜明的短篇小说，并在这个过程中生成和积淀了自己的文学经验，成为具有广泛影响的重要作家。

区域书写也要注重把区域化的文化意识上升为整体性的文化认知，上升到中国的经验乃至人类的文化共知，才能真正凸显中国精神和中国经验。其实，这也是文学界一直在思考和关注的问题，如评论家吴义勤指出："在我们这个时代，现实比小说更离奇，更复杂，也更残酷；网络比小说更迅捷，更直观，也更包罗万象。真正的写作变得分外艰难。作家仅有讲故事的能力还不够，还要有思想的能力，才能穿越生活万象，澄清庞杂；不仅要凸显地域的优势，还要掌握人类化的整体性视野，才能准确描述全球化时代的现实。"[②]在这里，吴义勤实际上提出了区域书写与"人类化"书写的关系问题。在阅读中我们不难发现，许多小说家用一种寓言教义的方式来实现"人类化"书写的诉求，但这往往却造成了主题先行的创作缺陷。无数的创作实践证明，无论多么深刻的人性主题都必须来自作家心灵的"本土世界"，而不是思想的简单移植，否则只能造成虚伪的情感和虚假的表达。因此，作家必须把探究人类精神的目光放在浸润着自己情感的区域土地上，从区域历史文化的语境和独特的生命情态中去发现和表达人类化

① 汪曾祺：《〈晚饭花集〉自序》，见《汪曾祺文集》（文论卷），南京：江苏文艺出版社，1993年版，第199页。

② 吴义勤：《培养新一代文学大师与经典的摇篮》，见封德屏编：《海峡两岸青年作家作品选·序》，台北：文讯杂志社，2013年版，第5页。

的主题。在这方面，苏童的创作是值得重视的。苏童的短篇小说，如《徽州女人》《樱桃》《桥边茶馆》《十八里相送》《小偷》《骑兵》《桥上的疯妈妈》《五月回家》《冬露》《西瓜船》《香草营》等，往往通过对一个普通事件的叙述，在具有区域特征的文化语境和语言表达中，指向对心灵隐秘之处的探寻，努力实现对人性深处的某种触摸。《桥上的疯妈妈》是苏童"香椿树街"系列中的一篇短篇，写了一位"疯妈妈"与旗袍的故事。"疯妈妈"年轻时特别爱"美"，喜欢穿旗袍、狐皮大衣等漂亮衣服，但在那个特殊的年代却被视为"作风不好"，有人以此为"把柄"欺侮了她，她因此受到刺激落下了"疯"病。变成了"疯妈妈"之后，她依然喜欢穿旗袍，如小说开头写道："疯妈妈穿着白丝绒旗袍，手执一把檀香扇，仪态万方地站在桥头。"一位女医生喜欢"疯妈妈"的旗袍，为了"做得一模一样"，偷偷拆下"疯妈妈"旗袍上的"琵琶扣"做"样品"，被"疯妈妈"发现。"疯妈妈"不能忍受仅存的一件旗袍被损毁，大哭大闹，最后被强制送往精神病院。小说的叙事场景和叙事语言都具有苏州区域的显著特征，而苏童却在一般意义上成功写出了一个女人对"美"的渴求，探寻了人在精神世界中对某种事物的向往和追求，以及生存环境对心灵的残酷挤压，从而使小说产生了一种意蕴悠长和一唱三叹的叙事效果。从这个意义上说，苏童正是从区域书写出发，并在区域文化的语境中实现了对"人类化"某种问题的思考和表达。而这也为文学经验和中国经验的生成提供了可能。如何在区域书写中有效实现中国经验的表达，是中国当代文学发展需要长期面对的问题。

因此可以说，新时期短篇小说以艺术创新显示了短篇文体独立发展的内在要求，在世界文学和中国文学的双重视域中，进一步开发了属于短篇文体的新的叙事技术，发育、形成和积淀了新的文学经验，并以纯净的面孔和自信的姿态预示着短篇小说创作的某种前景。当然，新时期短篇小说的发展并不能脱离新时期文学的时代背景，它所呈现的艺术创新也必须置放于新时期文学发展的整体语境中去考量。“整个20世纪中国文学都是一种‘打基础’的文学，如果说中国文学长期为‘历史’‘政治’所扭曲、所压抑，未能获得自身独立的发展线索，因而呈现出某种病态的话，那么90年代比较健康的文学生态的建立，也只是一个良好的开端，它不可能一步到位地解决中国文学根深蒂固的所有问题。”①在这个意义上说，新时期短篇小说不可避免地存在着一些局限，具体表现在以下几个方面。

其一，新时期短篇小说在不断进行艺术探索和创新的同时，也呈现出过分彰显“技术性”的创作特点。走进每年短篇小说的创作现场，我们很容易发现许多作品呈示着对“技术性”追求的欲望，但是这种追求在小说的叙事中显得较为夸张，以至于小说家在叙事诸多要素的运用方面表现得较为浮躁，从而在一定程度上阻碍了作品精神内蕴的生成。有学者指出：“当前短篇小说创作的一个突出问题，就是叙述方式和叙述语言的有意风格化，而后者尤甚。我说它是‘有意风格化’，意在突出这种写作行为背后隐含的猥劣的功利化动机。为了能够有效地吸引注意力，这种叙述往往采用一种明显的造作矫情的形态来进行，而缺乏必要的艺术真诚。……久而久之，习焉不察，为害不浅。殊不知真正成熟的小说家力图回避的恰恰就是这种雕琢的、矫饰的、匠气味四溢的‘抢眼’，而是尽可能让叙事自然、熨帖、内敛、沉稳。他（她）更看中的，是一种整体效果。他（她）绝不容许有任

① 吴义勤：《自由与局限——中国当代新生代小说家论》，北京：人民文学出版社，2010年版，第362页。

何不和谐的因素妨碍这种整体效果的传达，哪怕它仅仅是一个特别漂亮的句子，或者是一个特别精彩的字眼。”[①]在我看来，这种现象正是由于作家对短篇小说“技术性”观念的误解所造成的，过分彰显技术性，过分强调技巧化，从而在很大程度上丧失了短篇小说应有的“自由”品格。

其二，相对而言，短篇小说创作是一种更有“难度”的创作，对于作家的创造力是很大的考验。或许正因为如此，许多作家在短时间内并不容易突破这种难度，于是自觉不自觉地进行“模仿”创作。在当下的短篇小说创作中，有不少作家非常明显地临摹诸如沈从文、汪曾祺、孙犁等短篇的创作技法，或沿用 20 世纪 80 年代先锋小说的语言、形式，强烈的互文效用使得读者在瞬间就消解了它们的艺术建构。当然，新时期短篇小说的艺术探索是在与“经典”作家作品的碰撞交流中进行的，但文本中呈现出来的较为普遍的“仿制”痕迹使得小说创作非常平庸，毫无生气，极大地破坏了短篇小说艺术创新的向度追求。尽管在这种“模仿”的创作中，小说家也试图进行一些叙事形式的调整，力求在继承基础上实现艺术形式的“变异”，但最终力不从心。同时，我们也发现一些知名作家在短篇小说创作上的“惰性”，不断地“模仿”自己，年复一年重复着过往的平庸观念和写作技法，题材老套，主题陈旧，理念预设，细节虚假，叙事慌张。这实际上也是一些作家对于短篇小说创作的一种畏难和不自信的表现，这也在很大程度上削弱了新时期短篇小说艺术创新的力度；同时，也从一个侧面表露了新时期小说家在一定程度上存在着想象力的匮乏和艺

---

① 段守新：《问世间情为何物？——读〈彼此〉》，见中国小说学会编：《2007 年短篇小说精选》，天津：天津人民出版社，2008 年版，第 208 页。

术能力的欠缺。

其三，对现实的介入和批判缺乏足够的艺术力量。新时期短篇小说创作不再追求传统的“深度”模式，不再承载道德理想式的说教，而是追求更个人化、更生活化的叙写，探寻生活的细腻感受和精神的敏锐悸动，并以此来呈示短篇小说文体的精致和意蕴。但是，由于过分强调了这一点，短篇小说往往显得过于轻逸而缺乏必要的厚重，过于精致而缺乏必要的大气。有些作家的短篇创作往往囿于自己的狭小视野，过于迷恋自己的私人空间，过于凭借自己的文学才气，从而在某种程度上滑入一种自我言说的局限境地，缺乏文学创作应有的深广气度，这在很大程度上阻隔了短篇小说创作与现实的某种联系。

新时期短篇小说创作经过几十年的探索，艺术形式已经取得较大发展，这一点有目共睹。“在当今的相当一些文学写作中，并不缺少外在的审美特性，而是缺少了一种文学所应有的精神内质，而这恰恰是作为真正的文学所不可缺少的‘精、气、神’的东西。”[①]这种评价对于新时期短篇小说显然也是适用的。在我看来，这种精神内质的缺少很大程度上是由于小说叙事话语中言说力量的缺失所形成的。相对于中长篇小说而言，短篇小说更凸显了叙事技巧的审美特性，所以对社会现实言说的某种缺失似乎表现得更为明显一些。文学要植根于现实生活的土壤中，积蓄和释放生活的丰富性，生长带有生命和灵魂的东西，并通过文学形式的言说传递给读者，涤荡和震撼读者的心灵。比如鲁迅、卡夫卡的短篇小说，在给予我们认知现实社会的同时，也呈现出对现实生活、生命状态巨大而犀利的言说力量，让我们的思索永恒地存在于这种力量的震颤之中。这种力量来源于文学作品对社会

① 赖大仁：《当今文学究竟缺什么》，《文艺报》，2009年3月10日。

现实的全面观照，对生存状态的深切关注，能让读者在文学艺术中找到关于生命的痛苦、焦虑、希望和光明，并真切地体验到精神的丰富和生命的关怀。在当前社会变革和发展的背景下，人们越来越期望在文学中能找到一种生存和精神的慰藉，找到文学对生活言说的力量。可以说，文学创作对生活言说力量的强弱，已经成为当下人们评判文学作品优劣的重要标准之一。而这种对生活的言说力量，不仅在新时期短篇小说之中，甚至在中国当代文学中都是被弱化甚至是缺失的。新中国成立后的十七年文学言说的是政治意识，狭义的政治观念遮蔽了现实生活的源泉。新时期之初的“伤痕文学”“反思文学”等，意欲超越社会政治层面，呈现出挣脱政治意识形态的努力。“寻根小说”则是展开了对历史文化的发掘，试图在历史深处找寻民族的根迹。在当时的社会文学背景下，作家们由于心灵“伤痕”，惊魂未定，将狭义的政治生活层面和社会现实生活的许多方面（特别是广义的“政治”概念下的社会生活）混在了一起，社会现实的许多层面反而没有成为创作的对象。这样，作家实际上缩小了现实生活的观察幅度，因此便不可能完全沉潜在广阔的现实生活之中，也就不可能生成对其言说的力量。鲁迅曾说过，“五四”时期散文小品的成就在其他文体之上，在很大程度上是认为散文小品言说了更广更深的社会现实，给予了民众更多的现实认知和精神力量。也正是在这个意义上说，在文学创作与现实生活关系的视域中，我们才如此关注文学对生活的言说力量，它应该是文学创作内在的极其重要的品格。正是从这个意义上说，如何带给读者一种对现实思索的深度和对现实批判的力度，是新时期短篇小说创作需要长期面对的问题。

局限往往是在发展中形成的，发展也往往是在冲破局限的过程中进行的。新时期短篇小说的种种局限不能遮蔽其辉煌的成就；在某种程度上说，这也许更多地呈示着短篇小说创作的未来。经过三十多年的探索和努力，我们看到了新时期短篇小说顽强的适应能力和鲜活的个性品格，它所呈现的艺术创新更让我们看到了其内在的活力。在创作主体方面，越来越多的青年作家加入到短篇小说的创作中来，越来越多的陌生名字出现在短篇小说的创作现场。特别让我们感到欣慰的是，一批“70后”“80后”的小说家，如鲁敏、朱文颖、戴来、徐则臣、魏微、盛可以、金仁顺、乔叶、付秀莹、朱山坡、于晓威、田耳、李师江、哲贵、陈家桥、孔亚蕾、路内、李红旗、张楚、权聆、张惠雯、斯继东、杨怡芬、笛安、张悦然……对短篇小说创作所表现出的巨大热情以及在短篇创作上的非凡表现，更让我们看到了短篇小说的希望，也在一定程度上预示着短篇小说创作的某种未来。从这个角度而言，以下两种创作趋势是值得关注的。

首先，短篇小说显然已经走出了“实验”性的创作场域，在更为开放的视域中沉稳地探索艺术的表现形式。小说家更加重视创作视野的广阔性，叙事形态更多走向从容，既有先锋创作蕴含的技术，也有传统文学的叙事内蕴。更让我们欣喜的是，这批作家对短篇小说文体拿捏得如此精准和曼妙，特别是新鲜、灵动的语言特质，都预示着短篇小说创作新的高潮的到来。

其次是重视对精神和灵魂的书写。“艺术是自由的女儿，它只能从精神的必然性而不能从物质的欲求领受指示。”①当代文学的创作实践证明，任何对生活的戏谑、娱乐的书写，也许可以形成一时的喧哗，但最终难以成为具有深远影响的文学创作；任何把文学创作作为哗众取宠工具的作家，也正在和必将成为文学现场的匆匆过客，难以

---

① ［德］席勒：《美育书简》，徐恒醇译，北京：中国文联出版公司，1988年版，第37页。

留下言说生活的痕迹。在当下短篇小说的创作中，相当一批作家不再满足于展示喧嚣的图景和自我的经验，而是力图指向对精神和灵魂的书写。在叙说不同阶层物质生活的同时，更关注他们的精神状态和灵魂变化，在广阔动荡的社会背景中展现他们灵魂的飘摇和坚守。这些小说家试图以个性的方式重新回归到生活的内部，体味和书写来自社会生活内部的力量，深深触摸现实的真实内核，有效言说生活底部的渗透力，呈现出作家对表达现实生活和精神世界的文学诉求。

新时期短篇小说的艺术创新远远没有结束，或许现在仅仅是一个开始，我们有理由对它的未来充满信心。

参考文献

一、中文文献

（一）专著类

[1] [美] 伊恩·里德．短篇小说 [M]．思涵，映桥，善江，译．哈尔滨：北方文艺出版社，1988．

[2] 刘俐俐．中国现代经典短篇小说文本分析 [M]．北京：北京大学出版社，2006．

[3] 高尔纯．短篇小说结构理论与技巧 [M]．西安：西北大学出版社，1985．

[4] [美] 勒内·韦勒克．批评的诸种概念 [M]．丁泓，徐徵，译．成都：四川文艺出版社，1988．

[5] 刘世生，朱瑞青．文体学概论 [M]．北京：北京大学出版社，2006．

[6] 杨君雷．中国当代文论话语转型研究 [M]．北京：人民文学出版社，2003．

[7] [美] 勒内·韦勒克，奥斯汀·沃伦．文学理论 [M]．刘象愚，等，译．北京：文化艺术出版社，2010．
[8] 程德培．当代小说艺术论 [M]．上海：学林出版社，1990．
[9] [美] 韦恩·布斯．小说修辞学 [M]．华明，等，译．北京：北京大学出版社，1987．
[10] [英] E. M. 福斯特．小说面面观 [M]．苏炳文，译．广州：花城出版社，1984．
[11] 中国社会科学院外国文学研究所．20世纪世界小说理论经典 [M]．北京：华夏出版社，1995．
[12] 汪靖洋．当代小说理论与技巧 [M]．南京：江苏教育出版社，1989．
[13] 李庆西．文学的当代性 [M]．北京：人民文学出版社，1988．
[14] 夏济安．中国现代小说史 [M]．上海：复旦大学出版社，2005．
[15] 吴义勤．对话的年代——20世纪90年代中国文学叩问录 [M]．济南：明天出版社，2005．
[16] 吴义勤．目击与守望 [M]．济南：山东文艺出版社，2001．
[17] 李欧梵．徘徊在现代和后现代之间 [M]．上海：上海三联书店，2000．
[18] 李何林．近二十年中国文艺思潮论 [M]．西安：陕西人民出版社，1981．
[19] 贾植芳，等．中国现代文学的主潮 [M]．上海：复旦大学出版社，1990．
[20] [美] 浦安迪．中国叙事学 [M]．北京：北京大学出版社，1995．
[21] [加] 高辛勇．修辞学与文学阅读 [M]．北京：北京大学出版社，1997．

[22] [英] 戴维·洛奇. 小说的艺术 [M]. 王峻岩，译. 北京：作家出版社，1998.

[23] 周作人. 中国新文学的源流 [M]. 上海：华东师范大学出版社，1995.

[24] 曹文轩. 中国八十年代文学现象研究 [M]. 北京：北京大学出版社，1988.

[25] 张柠. 中国当代文学与文化研究 [M]. 北京：北京师范大学出版社，2008.

[26] 朱光潜. 谈文学 [M]. 桂林：广西师范大学出版社，2004.

[27] 张少康. 中国文学理论批评史 [M]. 北京：北京大学出版社，2005.

[28] 张玲. 文化的病症——中国当代经验研究 [M]. 上海：上海文艺出版社，2004.

[29] 陈思和. 中国新文学整体观 [M]. 上海：上海文艺出版社，1987.

[30] 王瑶，等. 中国现代文学研究：历史与现状 [M]. 北京：中国社会科学出版社，1989.

[31] 唐弢. 中国现代文学史 [M]. 北京：人民文学出版社，1985.

[32] 钱理群，等. 中国现代文学三十年（修订本）[M]. 北京：北京大学出版社，1998.

[33] 孔范今. 20 世纪中国文学史 [M]. 济南：山东人民出版社，1998.

[34] 杨匡汉，孟繁华. 共和国文学 50 年 [M]. 北京：中国社会科学出版社，1999.

[35] 洪子诚. 1956：百花时代 [M]. 济南：山东教育出版社，1998.

[36] 尹昌龙. 1985：延伸与转折 [M]. 济南：山东教育出版社，1998.

[37] 朱寨. 中国当代文学思潮史 [M]. 北京：人民文学出版社，1987.

[38] 何西来. 新时期文学思潮论 [M]. 南京：江苏文艺出版社，1985.

[39] 南帆. 文学的维度 [M]. 上海：上海三联书店，1998.

[40] 尹国均. 先锋试验——八九十年代的中国先锋文化 [M]. 上海：东方出版社，1998.

[41] 张志忠. 九十年代的文学地图 [M]. 太原：山西教育出版社，1999.

[42] 王又平. 新时期文学转型中的小说创作潮流 [M]. 武汉：华中师范大学出版社，2001.

[43] 陈晓明. 表意的焦虑：历史祛魅与当代文学变革 [M]. 北京：中央编译出版社，2002.

[44] [加] 诺斯罗普·弗莱. 批评之路 [M]. 王逢振，等，译. 北京：北京大学出版社，1998.

[45] 白烨. 小说文体研究 [M]. 北京：中国社会科学出版社，1988.

[46] 中国作协创作研究室. 当代作家论 [M]. 北京：作家出版社，1986.

[47] 季红真. 众神的肖像 [M]. 北京：人民文学出版社，1996.

[48] 张钧. 小说的立场——新生代作家访谈录 [M]. 桂林：广西师范大学出版社，2002.

[49] 樊星. 当代文学与地域文化 [M]. 武汉：华中师大出版社，1997.

[50] 孙先科. 颂祷与自诉——新时期小说的叙述特征及文化意识 [M]. 上海: 上海文艺出版社, 1997.

[51] 周宪. 中国当代审美文化研究 [M]. 北京: 北京大学出版社, 1997.

[52] 何言宏. 中国书写: 当代知识分子写作与现代性问题 [M]. 北京: 中央编译出版社, 2002.

[53] 贺仲明. 中国心像: 20 世纪末作家文化心态考察 [M]. 北京: 中央编译出版社, 2002.

[54] [美] 哈米顿. 小说法程 [M]. 华林一, 译. 上海: 商务印书馆, 1924.

[55] 钱理群. 二十世纪中国小说理论资料 [G]. 北京: 北京大学出版社, 1997.

[56] 张丽华. 现代中国"短篇小说"的兴起——以文类形构为视角 [M]. 北京: 北京大学出版社, 2011.

[57] 刘东方. "五四"时期胡适的文体理论 [M]. 济南: 齐鲁书社, 2007.

[58] [捷] 普实克. 普实克中国现代文学论文集 [G]. 李燕乔, 等, 译. 长沙: 湖南文艺出版社, 1987.

[59] 王安忆. 故事和讲故事 [M]. 上海: 复旦大学出版社, 2011.

[60] 王安忆. 王安忆短篇小说编年 [M]. 北京: 人民文学出版社, 2009.

[61] 钱乃荣. 20 世纪中国短篇小说选集 [M]. 上海: 上海大学出版社, 1999.

[62] 苏童. 枕边的辉煌——影响我的 10 部短篇小说 [M]. 北京: 新世界出版社, 1999.

[63] 潘军. 潘军 [M]. 北京：人民文学出版社，2000.
[64] [美] M. H. 艾布拉姆斯. 镜与灯——浪漫主义文论及批评传统 [M]. 郦稚牛，等，译. 北京：北京大学出版社，1989.
[65] 童庆炳. 文学理论教程 [M]. 北京：高等教育出版社，1998.
[66] 陈思和. 中国当代文学史教程 [M]. 上海：复旦大学出版社，1999.
[67] 洪子诚. 中国当代文学史 [M]. 北京：北京大学出版社，2007.
[68] 李敬泽. 中国新文学大系 1976—2000·短篇小说卷一 [M]. 上海：上海文艺出版社，2009.
[69] 童庆炳. 文体与文体的创造 [M]. 昆明：云南人民出版社，1994.
[70] 林建法，等. 中国当代作家面面观——寻找文学的灵魂 [M]. 沈阳：春风文艺出版社，2003.
[71] [阿根廷] 博尔赫斯，索伦蒂诺. 博尔赫斯七席谈 [M]. 林一安，译. 北京：光明日报出版社，2000.
[72] [法] 托多罗夫. 巴赫金、对话理论及其他 [M]. 蒋子华，张萍，译. 天津：百花文艺出版社，2001.
[73] 王潮. 后现代主义的突破——外国后现代主义理论 [M]. 兰州：敦煌文艺出版社，1996.
[74] 台湾师大国文学系编. “解严”以来台湾文学国际学术研讨会论文集 [C]. 台北：万卷楼图书有限公司，2000.
[75] [英] 迈克·费瑟斯通. 消费文化与后现代主义 [M]. 刘精明，译. 南京：译林出版社，2005.
[76] 胡平. 新中国六十年文学大系 [M]. 武汉：长江文艺出版社，2009.

[77] [俄] 瓦·叶·哈利泽夫．文学学导论 [M]．周启超，等，译．北京：北京大学出版社，2006．

[78] [古希腊] 亚里士多德．诗学 [M]．陈中梅，译．北京：商务印书馆，1996．

[79] [加] 诺斯罗普·弗莱．批评的解剖 [M]．陈慧，吴伟仁，译．天津：百花文艺出版社，2006．

[80] 洪子诚，孟繁华．当代文学关键词 [M]．桂林：广西师范大学出版社，2002．

[81] 夏志清．中国现代小说史 [M]．上海：复旦大学出版社，2005．

[82] 董之林．旧梦新知："十七年"小说论稿 [M]．桂林：广西师范大学出版社，2004．

[83] 陈忠实．白鹿原 [M]．北京：人民文学出版社，1997．

[84] 贾平凹．秦腔 [M]．北京：作家出版社，2008．

[85] [德] 尼采．悲剧的诞生——尼采美学文选 [M]．周国平，译．北京：生活·读书·新知三联书店，1986．

[86] 吴义勤．中国当代新潮小说论 [M]．南京：江苏文艺出版社，1997．

[87] 王耀辉．文本解读 [M]．武汉：华中师范大学出版社，1999．

[88] 吴义勤．中国新时期文学的文化反思 [M]．南京：江苏文艺出版社，2009．

[89] 刘心武．刘心武短篇小说 [M]．北京：现代教育出版社，2009．

[90] [美] 克林斯·布鲁克斯，罗伯特·潘·沃伦．小说鉴赏 [M]．主万，冯亦代，丰子恺，等，译．北京：世界图书出版公司，2006．

[91] 丁帆，朱晓进．中国现当代文学 [M]．南京：南京大学出版社，2007．

[92] 蔡翔．日常生活的诗意消解 [M]．上海：上海学林出版社，1994．

[93] 吴义勤．自由与局限——中国当代新生代小说家论 [M]．北京：人民文学出版社，2010．

[94] 林白．春天，妖精 [M]．沈阳：春风文艺出版社，2006．

[95] 董健，丁帆，王彬彬．中国当代文学史新稿 [M]．北京：人民文学出版社，2005．

[96] 刘川鄂．小市民　名作家——池莉论 [M]．武汉：湖北人民出版社，2001．

[97] 陈建功，等．鲁迅文学奖获奖作品丛书·短篇小说卷 [M]．北京：华文出版社，2001．

[98] [英] 安德鲁·本尼特，尼古拉·罗伊尔．关键词：文学、批评与理论导论 [M]．汪正龙，等，译．桂林：广西师范大学出版社，2007．

[99] 王庆生．中国当代文学 [M]．武汉：华中师范大学出版社，1999．

[100] [法] 阿兰·罗伯－格里耶．快照集·为了一种新小说 [M]．余中先，译．长沙：湖南美术出版社，2001．

[101] 庞守英．新时期小说文体论 [M]．济南：山东大学出版社，2002．

[102] 郭宝亮．王蒙小说文体研究 [M]．北京：北京大学出版社，2006．

[103] [俄] 巴赫金．巴赫金全集 [M]．白春仁，译．石家庄：河北教育出版社，1998．

[104] 崔道怡，等．“冰山”理论：对话与潜对话 [M]．北京：工人

出版社，1987.
[105] 丁帆，王世城. 十七年文学："人"与"自我"的失落 [M]. 开封：河南大学出版社，1999.
[106] 王晓明. 二十世纪中国文学史论 [M]. 上海：东方出版中心，1997.
[107] 马尚瑞，等. 北京作家谈创作 [M]. 北京：北京十月文艺出版社，1985.
[108] 陈平原. 中国小说叙事模式的转变 [M]. 北京：北京大学出版社，2003.
[109] 冯牧. 中国新文学大系 1949—1976·文学理论卷 [M]. 上海：上海文艺出版社，1997.
[110] 黄曼君. 中国 20 世纪文学理论批评史 [M]. 北京：中国文联出版社，2002.
[111] 温儒敏. 中国现代文学批评史 [M]. 北京：北京大学出版社，1993.
[112] 南帆. 冲突的文学 [M]. 上海：上海社会科学院出版社，1992.
[113] 吴义勤. e 批评丛书：告别虚伪的形式 [M]. 济南：山东文艺出版社，2004.
[114] 汪曾祺. 桥边小说三篇 [M]. 杭州：浙江文艺出版社，2000.
[115] 陶东风. 文学理论基本问题 [M]. 北京：北京大学出版社，2007.
[116] [美] 苏珊·朗格. 情感与形式 [M]. 刘大基，等，译. 北京：中国社会科学出版社，1986.
[117] [阿根廷] 博尔赫斯. 博尔赫斯文集·文论自述卷 [M]. 王永

年，等，译．海口：海南国际新闻出版中心，1996．
[118] [法] 玛格丽特·杜拉斯．情人·乌发碧眼 [M]．王道乾，译．上海：上海译文出版社，1997．
[119] [美] 亨利·詹姆斯．小说的艺术 [M]．朱雯，等，译．上海：上海译文出版社，2001．
[120] 张卫中．新时期小说的流变与中国传统文化 [M]．上海：学林出版社，2000．
[121] 周宪．世纪之交的文化景观 [M]．上海：上海远东出版社，1998．
[122] 李复威．世纪之交文论 [C]．北京：北京师范大学出版社，1999．
[123] 刘庆邦．女儿家 [M]．北京：中国文联出版社，2004．
[124] 中国小说学会．短篇小说精选 [M]．天津：天津人民出版社，2008．
[125] 谢有顺．文学的路标——1985年后中国小说的一种读法 [M]．广州：广东人民出版社，2009．
[126] 鲁迅．鲁迅全集 [M]．北京：人民文学出版社，1981．
[127] 王国维．王国维文集 [M]．北京：北京燕山出版社，1997．
[128] 宋兆森．诺贝尔文学奖获奖作家访谈录 [M]．杭州：浙江文艺出版社，2000．
[129] 许志英，丁帆．中国新时期小说主潮 [M]．北京：人民文学出版社，2002．
[130] 王钟陵．二十世纪中国文学史文论精华 [M]．石家庄：河北教育出版社，2000．
[131] 汪曾祺．汪曾祺全集 [M]．北京：北京师范大学出版社，1998．

[132] [哥伦比亚] 加西亚·马尔克斯．百年孤独 [M]．范晔，译．海口：南海出版公司，2011.

[133] 王蒙．全国小说获奖落选代表作及批评 [M]．长沙：湖南文艺出版社，1995.

[134] 格非．小说叙事学研究 [M]．北京：清华大学出版社，2002.

[135] 王元化．文学风格论 [M]．上海：上海译文出版社，1982.

[136] 铁凝．安德烈的晚上 [M]．沈阳：春风文艺出版社，2005.

[137] 高兴．小说中的小说——《世界文学》短篇小说精选 [M]．南京：译林出版社，2010.

[138] [法] 安托万·孔帕尼翁．理论的幽灵——文学与常识 [M]．吴泓缈，汪捷宇，译．南京：南京大学出版社，2011.

[139] 中国当代文学年鉴中心．2010 年中国当代文学年鉴 [M]．北京：文化艺术出版社，2011.

[140] 朱立元．现代西方美学史 [M]．上海：上海文艺出版社，1996.

[141] 刘再复．性格组合论 [M]．上海：上海文艺出版社，1989.

[142] 王德威．众声喧哗之后 [M]．台北：麦田出版社，2001.

[143] 申丹．叙述学与小说文体研究 [M]．北京：北京大学出版社，2004.

[144] [德] 卡西尔．人论 [M]．甘阳，译．上海：上海译文出版社，1985.

[145] [美] 希利斯·米勒．解读叙事 [M]．申丹，译．北京：北京大学出版社，2002.

[146] [法] 热拉尔·热奈特．叙事话语 新叙事话语 [M]．王文融，译．北京：中国社会科学出版社，1990.

[147] [英] 马克·柯里．后现代叙事理论 [M]．宁一中，译．北

京：北京大学出版社，2003.

[148] 吴义勤. 长篇小说与艺术问题 [M]. 北京：人民文学出版社，2005.

[149] [美] 爱伦·坡. 爱伦·坡短篇小说集 [M]. 徐良廷，徐汝春，译. 北京：外国文学出版社，1982.

[150] 王家荣. 法国二十世纪中短篇小说选 [M]. 西安：陕西人民出版社，1985.

[151] 温儒敏，陈晓明，等. 现代文学新传统及其当代阐释 [M]. 北京：北京大学出版社，2010.

[152] [英] 拉曼·塞尔登. 文学批评理论——从柏拉图到现在 [M]. 刘象愚，陈永国，等，译. 北京：北京大学出版社，2003.

[153] [德] 沃尔夫冈·伊瑟尔. 阅读活动 [M]. 金元浦，周宁，译. 北京：中国社会科学出版社，1991.

[154] [法] 贝尔纳·瓦莱特. 小说—文学分析的现代方法与技巧 [M]. 陈艳，译. 天津：天津人民出版社，2003.

[155] [法] 皮埃尔·布迪厄. 艺术的法则 [M]. 刘晖，译. 北京：中央编译出版社，2001.

[156] [美] 华莱士·马丁. 当代叙事学 [M]. 伍晓明，译. 北京：北京大学出版社，1990.

[157] 鲁迅. 中国小说史略 [M]. 太原：山西古籍出版社，2001.

[158] 刘孝存，曹国瑞. 小说结构学 [M]. 北京：光明日报出版社，1989.

[159] 叶朗. 中国小说美学 [M]. 北京：北京大学出版社，2004.

[160] 申丹，等. 英美小说叙事理论研究 [M]. 北京：北京大学出版社，2005.

[161] 高行健．现代小说技巧 [M]．广州：花城出版社，1981．

[162] [捷] 米兰·昆德拉．小说的艺术 [M]．董强，译．上海：上海译文出版社，2004．

[163] [美] 伊恩·P．瓦特．小说的兴起 [M]．高原，董红钧，译．北京：生活·读书·新知三联书店，1992．

[164] 严家炎．二十世纪中国小说理论资料 [G]．北京：北京大学出版社，1997．

[165] 何镇邦．观念的嬗变与文体的演进 [M]．北京：作家出版社，2009．

[166] 刘俐俐．外国经典短篇小说文本分析 [M]．北京：北京大学出版社，2004．

（二）论文类

[1] 张学昕．亟待跨越的短篇小说 [N]．人民日报，2004，7（13）：16．

[2] 汪政，晓华．有关短篇小说技术的断想 [J]．上海文学，1996（7）．

[3] 汪政．短篇小说存在的理由——以阎连科为例 [J]．扬子江评论，2007（5）．

[4] 洪治纲．短篇小说·生活图谱·代际差异 [J]．文艺争鸣，2011（4）．

[5] 唐弢．短篇小说的结构 [J]．人民文学，1979（11）．

[6] 孙犁．关于短篇小说 [J]．人民文学，1977（8）．

[7] 苏童．我的短篇病 [J]．小说林，1993（1）．

[8] 张兴劲．当代短篇小说观念：从开放走向放大 [J]．文学自由谈，1985（1）．

[9] 吴义勤．难度·长度·速度·限度——关于长篇小说文体问题的思考 [J]．当代作家评论，2002（4）．

[10] 黄子平，陈平原，钱理群．论“二十世纪中国文学” [J]．文学评论，1985（5）．

[11] 铁凝．诱惑我一生的体裁 [J]．当代作家评论，2005（1）．

[12] 毕飞宇，汪政．语言的宿命 [J]．南方文坛，2002（4）．

[13] 吴义勤．让“思想”轻易地穿越现实 [J]．北京文学，2010（7）．

[14] 莫言，等．“小说与当代生活”五人谈 [J]．上海文学，2006（8）．

[15] [美] 康正果．重建家园的报告 [N]．南方周末，2008，9（18）．

[16] 洪治纲．陷阱中的写作——论近年来的长篇小说创作 [J]．当代作家评论，2002（6）．

[17] 苏童，张学昕．回忆·想象·叙述·写作的发生 [J]．当代作家评论，2005（6）．

[18] 李丹梦．张悦然的“文学性” [J]．南方文坛，2011（1）．

[19] 王彬彬．鲁敏小说论 [J]．文学评论，2009（3）．

[20] 茅盾．新的现实和新的任务 [N]．文艺报，1953，1（9）．

[21] 茅盾．小说选刊·发刊词 [J]．小说选刊，1980（1）．

[22] 王蒙．关于《春之声》的通信 [J]．小说选刊，1981（1）．

[23] 何镇邦．新时期文学形式演变的趋势 [J]．天津文学，1987（4）．

[24] 茅盾．解放思想，发扬文艺民主——在中国文学艺术工作者第四次代表大会及中国作家协会第三次会员代表大会上的讲话 [J]．人民文学，1979（11）．

[25] 朱伟．接近阿城 [J]．钟山，1991（3）．

[26] 钟本康．关于新笔记小说 [J]．小说评论，1992（6）．

[27] 何士光．感受·理解·表达——关于《乡场上》的写作 [J]．山

花，1981（1）.
[28] 莫言. 几位青年军人的文学思考 [J]. 文学评论，1986（2）.
[29] 杨扬. 在文学的空间中想象——关于新时期短篇小说的随想 [J]. 扬子江评论，2007（5）.
[30] 迟子建. 新鲜如初的印痕 [J]. 青年文学，2002（1）.
[31] 赖大仁. 当今文学究竟缺什么 [N]. 文艺报，2009，3（10）.
[32] 魏微. 写作十年 [J]. 当代作家评论，2003（5）.
[33] 翟永明. “意守世间的精神难点”——韩少功新世纪中短篇小说简论 [J]. 南京师范大学文学院学报，2009（3）.
[34] 张均，韩少功. 用语言挑战语言——韩少功访谈录 [J]. 小说评论，2004（6）.
[35] 张学昕. 朴拙的诗意——阿来短篇小说论 [J]. 当代作家评论，2009（1）.
[36] 雷达. 强化短篇小说的文体意识 [J]. 文艺争鸣，2011（1）.
[37] 李丹梦. 红柯中短篇小说 [J]. 论文学评论，2008（6）.
[38] 杨光祖. 艰难的突围与挣扎——新世纪西北中短篇小说论 [J]. 文艺争鸣，2008（8）.
[39] 张晓琴. 现实主义文学的生命力——新世纪中短篇小说的一个动向 [J]. 文艺理论与批评，2009（2）.
[40] 段崇轩. 论毕飞宇短篇小说 [J]. 文艺争鸣，2008（8）.
[41] 吴玉杰. 新世纪中短篇小说的叙事伦理 [N]. 光明日报，2008，2（28）.
[42] 李丽. 论中国现代短篇小说中的“还乡”[J]. 文艺争鸣，2010（11）.
[43] 李敬泽. 1976 年后的短篇小说：脉络辨——《中国新文学大系

1976—2000·短篇小说卷》导言 [J]．南方文坛，2009（5）．
[44] 黄发有．短篇小说为何衰落？ [J]．南方文坛，2005（3）．
[45] 崔道怡．短篇小说评奖琐忆（系列文章）[J]．小说家，1999（1－4）．
[46] 李敬泽．关于短篇小说奖的二十条笔记 [J]．小说选刊，1998（3）．
[47] 萧复兴，朱向前．短篇小说的困境和出路 [J]．小说选刊，1997（11）．
[48] 雷达．市场拒绝短篇小说吗 [N]．光明日报，2005，3（18）．
[49] 段崇轩．消沉中的坚守与新变——1989年以来的短篇小说 [J]．文学批评，2006（1）．
[51] 赵毅衡．短篇小说正在死亡吗？ [N]．南方周末，2007，1（25）．
[52] 陈晓明，丛治辰．汉语小说艺术的短篇证词 [J]．名作欣赏，2008（10）．
[53] 李运抟．中篇小说20年 [J]．江汉论坛，1994（4）．
[54] 王一川．我看九十年代长篇小说文体新趋势 [J]．当代作家评论，2001（5）．
[55] 谢有顺．文体的边界 [J]．当代作家评论，2001（5）．
[56] 谢有顺．短篇小说的写作可能性——以几篇小说为例 [J]．小说评论，2007（3）．

二、英文文献

[1] Charles E. May. *Short Story Theories* [M]. Athens: Ohio University Press, 1994.

[2] Frank O'Connor. *The Lonely Voice: A Study of the Short Story* [M]. New York: Melville House Publication, 1963.

[3] Anderson, Marston. *The Limits of Realism: Chinese Fiction in the Revolutionary Period* [M]. Berkeley: University of California Press, 1990.

[4] David Duff, Harlow. *Modern Genre Theory* [C]. New York: Longman, 2000.

[5] Hamilton, Clayton. *Materials and Methods of Fiction* [M]. New York: The Chautauqua Press, 1911.

[6] Hockx, Michel. *Question of Style: Literary Societies and Literary Journnals in Modern China, 1911－1937* [M]. Leiden and Boston: Brill, 2003.

[7] Levy, Andrew. *The Culture and Commerce of the American Short Story* [M].Cambridge: Cambridge University Press, 1993.

[8] March-Russell, Paul. *The Short Story: An Introduction* [M]. Edinburgh: Edinburgh University Press, 2009.

[9] Lohafer, Susan and Jo Ellyn Clarey. *Short Story Theory at a Crossroads* [M]. Baton Rouge and London: Louisiana State University Press, 1989.

[10] Barthes, Roland. *Mythologies* [M]. New York: The Noonday Press, 1972.

[11] Eagleton, Terry. *After Theory* [M]. New York: Basic Books, 2003.

[12] Murray Julia K.. *Mirror of Morality: Chinese Narrative Illustration and Confucian Ideology* [M]. Honolulu: University of Hawai' i Press, 2007.

[13] Hall, D.. Modern China and the Postmodern West [A]. In L. Cahoone

(ed.) *From Modernism to Postmodernism: An Anthology* [C]. Malden, MA: Blackwell Publishers, 1996.

[14] Christopher, N.. *What's Wrong With Postmodernism* [M]. London: Harvester Wheet-sheaf, 1990.

[15] Ilana, S.. *Paul Auster and Postmodern Quest* [M]. New York: Peter Lang Pub Inc., 2002.

[16] Kristeva, Julia. *Word, Dialogue and Novel* [A]. in Toril Moi (ed.) *The Kristeva Reader* [M]. Oxford: Basil Blackwell, 1986.

后 记

本书是在我博士论文基础上修改而成的。写作历经几年，仍感觉不够完善，心中不免有许多遗憾。在当今长篇小说“时尚”的时代，短篇小说是一种安静的文体。然而，短篇小说却保持着最为纯粹的文学性，并严格考验着小说家的艺术修养。不仅如此，短篇小说作为艺术创新的“试验田”，也在很大程度上引领着新时期文学的进程，因此，从短篇小说入手能够最清晰地观照新时期小说艺术创新的整个历史。然而，目前学术界对短篇小说的研究却显得并不充分。本书通过对新时期短篇小说艺术特点的研究，力求在一种新的知识场域中对短篇小说的文体特点做一个新的阐释与定位，以期引起人们对新时期小说文体与艺术形式演变过程的更多关注。

在本书的选题确定、初稿写作和修改过程中，我都得到了导师吴义勤教授的指导和鼓励。在这里，对吴老师多年的关怀和栽培深表谢意。同时，江苏师范大学文学院的方忠教授、张卫中教授也给予了我许多的关心和启发。在论文答辩过程中，诸位答辩老师都提出了非常中肯的意见，特别是温儒敏先生的肯定和褒奖，使我平添了不少学术的勇气和信心。付梓之际，我谨向他们表达最诚挚的感谢。

刘迺顺先生为本书的出版提供了经费支持，在此对刘先生深表敬意，也感谢江苏师范大学文学院对本书的大力推荐。生活·读书·新知三联书店为本书的出版提供了帮助和支持，责任编辑胡老师为此付出了许多精力，在此一并致谢。

郝敬波

2015年6月25日于南山庭院